U0041634

高門嫡女

壹

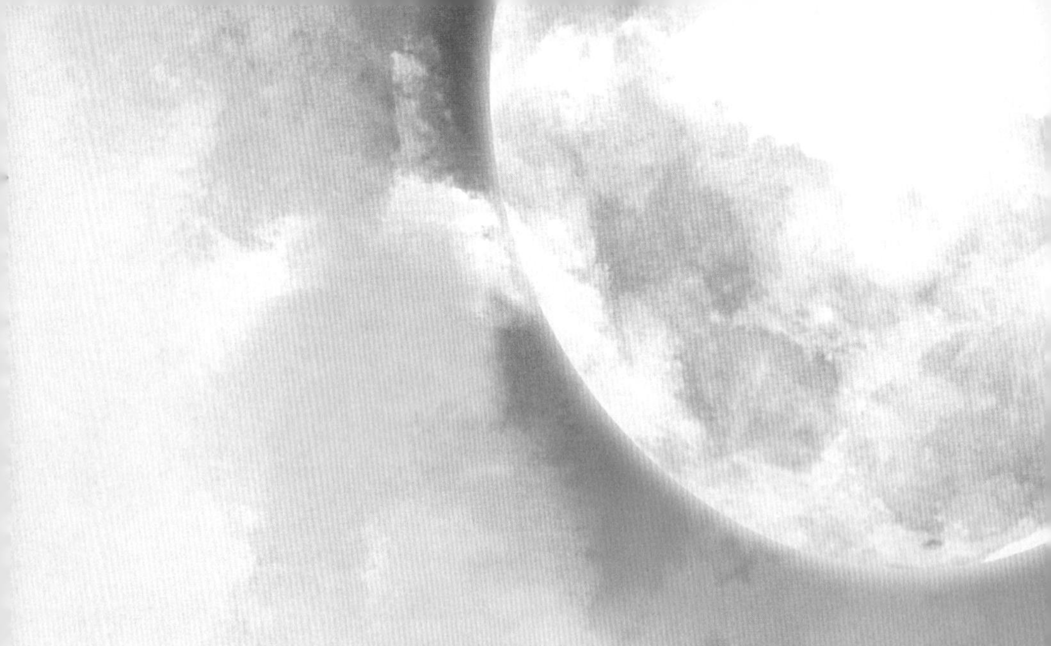

目次

壹之章◆沉江重生挽狂瀾

歐陽暖被帶到了大街上。

她還記得第一次從這條街上走過的種種情景，那時她出嫁，滿目都是耀眼的紅，轎子後面跟著數不清的嫁妝，一擔擔、一槓槓都朱漆鬏金，流光溢彩，外面是萬頭攢動，人山人海，誰不羨慕這十里紅妝？

三年後的今天，她又來到這街上，放眼看去，不禁觸目驚心。街上同樣擠著密密麻麻的人群，而且個個激動，人人興奮。他們帶著許多籮筐，裡面裝著菜葉爛果，還有許多鍋碗瓢盆，還有很多的人，拿著掃帚畚箕、棍棒瓦片……

呵呵，她怎麼忘了——如今她已經不是高高在上的歐陽大小姐，而是人人喊打的「淫婦」。

蘇家的人也都到了，不光是公公、婆婆和夫君，連丫鬟和小廝……都來了。

「不要，小姐……」紅玉喊著，想往歐陽暖的方向擠去，「不要碰我們小姐！」她拉開喉嚨喊：「老爺、夫人、姑爺，求你們了，放過小姐吧！」

歐陽暖聽不到她說話，她已經被一片人聲給吞噬掉了。方嬤嬤沒命地衝到歐陽暖身邊，哭著大喊：「小姐！這是一個陷阱，他們都在陷害妳啊……」

歐陽暖看著頭髮花白、形如瘋狂的方嬤嬤，腦海中卻想起當初自己出嫁時她唱的那首歌：「十里紅妝十里長，花轎浪得十里狂，喜糖撒得十里甜，老酒飄出十里香。女兒夢裡人成雙，愛到地老和天荒，情長意長相思長，才有紅妝十里長！」

情長意長相思長，才有紅妝十里長……如今全成了笑話。

「還不認罪？」蘇夫人冷冷地說：「這是妳自己不檢點，丟了妳歐陽家的臉，辱沒了我蘇家的門風！」

這時候，人群中一個男人大叫了起來：「看呀！這就是歐陽暖，不要臉的女人，趁著丈夫外出偷人啊！」

「淫婦！蕩婦！婊子！」

「下流卑鄙的女人！打她！打她！打死她……」

伴著這些不堪入耳的咒罵，是那些蔬菜爛果、磚頭瓦片……全都往歐陽暖身上拋撒過來。歐陽暖被撒了一頭一臉，身上中了好多石塊，她已不覺得疼痛，心裡只是模糊地想著，所謂的「地獄」大概就是這種景象了！

不多時，她就已經髮絲零亂，滿臉都是汙水、汗水和淚水。

紅玉拚命想衝上前去，蘇家的人死死地攔著她，紅玉對著人群不斷嘶喊：「我們小姐是冤枉的！是蘇家人陷害她啊！」她淒厲地喊著，發瘋發狂地掙扎，掙脫一邊，又被攔腰抱住，踢開一人，又被死命拽住。

紅玉……歐陽暖看著，濕了眼眶。

「啊……」一塊磚頭擊中了歐陽暖的額角，她不禁痛喊出聲了，血從髮根中滲了出來。

因為她被五花大綁地強行押著跪在地上，她只能眼睜睜看著菜葉和爛果對著她飛砸而來。方嬤嬤一直死命擋在她的身前，被人抓住的紅玉發出一聲撕裂般的喊聲，就又捧又掙地掙脫了蘇家人，勢如拚命地衝了過去擋在前面。

紅玉對著人群跪了下去，哀聲大叫著：「小姐是無辜的！她是被人冤枉的啊！」她對人們磕下頭去，「高抬貴手啊……我給你們磕頭了！求求你們不要再打了……」

她對左邊的人磕完了頭，又轉向右邊的人，繼續磕頭，邊磕邊說：「放過我們小姐吧！」

人群並沒有因此停頓下來，數不清的東西砸到歐陽暖的身上，歐陽暖卻都沒有反應，可是此刻看到紅玉不斷向周圍的人磕頭，磕得頭破血流……淚剎那間從歐陽暖的眼裡滾滾而下，她哽咽地，沙啞地低喊：「紅玉，起來！不要跪他們！起來，起來啊！」

一片混亂中，歐陽暖抬起頭，儘管已經模糊，她卻認真地看著在場的每一個人，尤其是遙遠的站著的那些蘇家的人。

威嚴的公公蘇老爺、慈愛的婆婆蘇夫人，還有那個對她溫柔體貼的俊美夫君蘇玉樓，最後她的目光落在一直站在夫君身邊的柔弱女子歐陽可的身上。

記憶回到了那個充滿屈辱的凌晨。

當時她只是被喧鬧的人聲吵醒，從被子裡坐起，睜開惺忪的雙眼。床前，圍著密密麻麻的人，其中有怒火沖天的公公和婆婆、面色鐵青的夫君、竊竊私語的下人，還有滿面同情之色的繼妹歐陽可。

與她蓋著一床被子的，是一個赤著身體的男人。

歐陽暖還沒有反應過來，男人先鑽出被子，一縷未著地跪在眾人面前，大聲叫道：「主子饒命，小的以後再也不敢了！」

一句話，已經坐實了她紅杏出牆的證據！

公公婆婆眼睛裡似噴了火出來，要將歐陽暖努力蓋住雙肩的被子燒為灰燼。

蘇玉樓的身子搖晃了一下，他似是厭惡萬分地閉上雙眼，再也沒有睜開來看歐陽暖一眼。

歐陽暖一直都想不通，為什麼醒來時那個男人會睡在自己的床上。

可是後來她明白了，那一杯茶——是那一杯由自己的妹妹親手端來的茶！

為什麼？歐陽可，我對妳不夠好嗎？我生母早逝，妳娘是我的親姨，我對她像是對待親生母親一樣敬重，對妳像是一母所生的同胞一樣愛護！妳被朝中權貴紈袴逼婚，是我不顧得罪權臣的後果收留了妳！

為什麼妳要這樣對待我？

歐陽暖拚盡全部力氣叫夫君的名字：「玉樓！玉樓！」

玉樓，你為什麼不信我？你曾說過不管發生什麼事，你都會相信我、愛護我！我是冤枉的！

歐陽暖被關起來的一天一夜，將這些話說了又說，喊了又喊，喉嚨都喊出血絲了，還是沒人相信。別人如何說，歐陽暖都不在乎，她只希望能看到夫君，能親口對他說：玉樓，我是清白的，你信我！

可是，蘇玉樓一直不肯見她，就連紅玉在外面叩頭拚命哀求了一天一夜，他仍舊沒有來，直到歐陽暖被五花大綁押著，要以淫婦之名遊街的時候，他才出現，但是他卻一直站在人群中冷眼看著，身邊依偎著美貌如花的妹妹歐陽可。

其實她早想明白了，她嫁入蘇家三年卻一無所出，又不肯替夫君納妾，早已成了婆婆的眼中釘，半個月前婆婆曾向自己提出要妹妹嫁入蘇家做平妻，卻被自己拒絕了。

而歐陽可一直暗戀著蘇玉樓，紅玉甚至看到他們數次幽會，可那時候愚蠢至極的自己竟然不信，還一再懲罰忠心耿耿的紅玉。

唯有誣歐陽暖為淫婦，才能讓歐陽可光明正大地嫁入蘇府。

那麼，陷害她的人必不止歐陽可一個人！這裡面，是不是還有夫君……夫君他……

不！不會，她不相信！

這時候，她已經被人押到了江邊，眼前就是波濤滾滾的江水。

方嬤嬤和紅玉還是守在歐陽暖身邊，片刻都不肯離開！

蘇老爺的臉一下子變得鐵青，他將手一揮，五六個人猙獰地向她走來。方嬤嬤和紅玉被他們強行帶走，死死押在一邊，動彈不得。

歐陽暖仰天而笑，「老天爺，你開開眼吧！」

風忽然大了起來，雨點紛落。

歐陽暖笑得更嘶啞了：「看吧，老天爺開眼了，祂也知道我是被冤枉的！」

人群一陣騷亂，蘇老爺的臉更加青了，他怒喝著：「沉江！」

「爹，等等！」

人群中，蘇玉樓慢慢走過來，俊美無匹的面容顯得有幾分憔悴，頎長的身形似站立不穩。有人為他披上披風，歐陽暖淚眼朦朧中望出去，是歐陽可，她正以最嫻靜的姿態站在夫君身後。

再多的話也沒用，歐陽暖望著蘇玉樓的眼睛，像過去的每一日那樣望著他，輕聲道：「玉樓，我是清白的，你信我！」

蘇玉樓沉默了許久，從袖中掏出一張紙，丟到歐陽暖的面前，聲音沉痛，目光卻很平靜，「妳到今天還在狡辯，這是早就該給妳的！妳這樣的女人，便是死了，也必須與蘇家斷得乾、乾、淨、淨！」

休書……竟然是休書……

歐陽可走近前來，撿起掉落的休書，容貌美麗萬分，端莊高貴，她的表情似乎十分的哀傷，對上歐陽暖，柔聲說：「姊姊，不要怪玉樓，都是因為妳做錯了事！妳放心地去吧，以後我會代妳好好照顧……」她住口不語了，面容浮上一層紅暈。

歐陽暖看著眼前這張熟悉的臉，喃喃地道：「可兒，為什麼……」

歐陽可越走越近，似乎在向自己的姊姊告別，卻用別人聽不見的聲音對歐陽暖說：「妳知不知道當初妳不小心磕破了額頭而已，為什麼後來會落了疤呀？是因為我娘派人做了手腳！」

「妳的那個寶貝弟弟，多可愛的一個男孩子，本來可以繼承歐陽府的一切，可惜卻掉進池塘裡淹死了！實際上我娘和我都在場，我們看著他被人推下去，然後拚命呼救，水一點一點漫上來，淹過他的嘴巴、鼻子、眼睛……活生生淹死了！只怪他自己命不好，有個早死的娘和蠢笨如豬的親姊姊！」

歐陽暖神情一窒，抬起頭看著歐陽可，死寂般的眼眸逐漸染上厲色，最終猙獰瘋狂。弟弟死了，她被人休棄，一直以為的好母親和好妹妹原來是這樣的狼子野心！

哈哈……哈哈哈哈……林氏，妳是我歐陽暖的親姨娘啊，妳當初答應過病榻上的娘要好好照顧我們姊弟，可是妳是怎麼做的？妳是怎麼做的！

歐陽暖緩慢地閉上雙眼，慢慢睜開，向歐陽可笑了一下，笑容竟然是說不出的溫婉如水，「妹妹，姊姊是做錯了，妳過來，我有最後一句話要囑託妳。」

歐陽可看著她，也不信她能在眾目睽睽之下翻出什麼花樣來，便更走近了一步。

歐陽暖低聲道：「當初我娘死後，還留下一批價值不菲的妝奩，現在我要死了，便將這些都給妳吧，不過請妳善心大發，留一些給方嬤嬤和紅玉……」

歐陽可眼睛一亮，她的確聽說當年的歐陽夫人妝奩驚人，後來這批財產在歐陽暖出嫁後卻不翼而飛了，看來真的在她手上……

「妳再走近些，我告訴妳。」

如果歐陽可不那麼貪婪，她可能不會上當，但是她太過自信太過篤定，竟真的靠近了歐陽暖的嘴唇。

人們還不知道發生了什麼事情，突然聽到歐陽可淒厲的尖叫，就看到她整個人像是瘋了一樣倒在地上，痛得滿地打滾……

地上，赫然是一隻鮮血淋漓的耳朵……

看到這一幕，圍觀的百姓用最惡毒最不屑的話來罵歐陽暖，歐陽暖不願低頭屈服，儘管雙目酸澀，卻不讓眼淚掉下來。她的眼神激怒了他們，有人怒吼著潑來大糞。

歐陽暖用舌頭舔去唇邊的糞漬，嘶啞著大笑。笑罷，歐陽暖看著水邊的人們，咬牙切齒，一字一句地說：「日月在上，鬼神在下，我歐陽暖死得冤枉，化為厲鬼也不會放過你們！」

「沉江！快！」蘇老爺聲嘶力竭。

歐陽暖仰天大笑，世界一瞬間旋轉。

江水沒頂，冰涼入骨。

和煦的陽光毫不吝嗇地透過窗格間那一層厚厚的高麗紙照進了屋子裡，讓寬敞的房間裡多了幾許暖洋洋的氣息……

「我的好小姐，妳醒了就好，醒了就好！」

歐陽暖睜開眼睛，看到一張熟悉到不能再熟悉的臉，只是這張臉比她最後一幕看到的年輕了不知多少，歐陽暖下意識地盯著方嬤嬤的臉，喃喃地道：「嬤嬤……是我錯，是我錯了……」

方嬤嬤嚇了一跳，滿眼的擔憂、關切，口氣卻是不贊同，「大小姐，您說什麼呢！都是二小姐惹的禍，要不是為了幫她擋那一下子，妳的額頭怎麼會受傷！」

二小姐？額頭受傷？

不對，有什麼不對！

這是怎麼回事，方嬤嬤在蘇府日夜替她操勞，早不是當年那副年輕的模樣，可是現在……她、她怎麼變樣了？歐陽暖的心臟咚咚狂跳，她狠狠地掐了下自己的手腕，很疼，這不是夢！

難道老天爺聽到了她的祈求？她不敢置信，一言不發，貪婪地看著眼前的人，生怕這才是一場美夢。

方嬤嬤拿出乾淨柔軟的絲綢絹帕，小心翼翼地擦拭歐陽暖額頭的冷汗，用心避開了傷口，嘆了口氣，「大小姐，您的心腸實在是太軟了啊，只怕您把那些中山狼當成了親娘親妹……唉……」

前生，這句話方嬤嬤不知道苦口婆心地說了多少遍，可是那時候自己是怎麼回答她的？自己總是像傻瓜一樣替那對母女辯解：嬤嬤，她是我娘的妹妹，是我的姨娘啊！她在娘的床前發過誓，會好好護著我們姊弟倆的，怎麼可能會傷害我呢？妳太多心了！

方嬤嬤說的次數多了，歐陽暖還會心煩地將她趕到一邊去，全然看不到對方傷心失望的眼神。

她好傻，簡直是天底下最大的傻子！方嬤嬤才是真正關心她的人，她卻將她的良苦用心棄若敝屣！自己的親生母親是鎮國侯府寧老太君的親女兒，她是侯府嫡親的外孫女，父親歐陽治是吏部侍郎，蘇家不過是商戶，縱然富甲天下又如何，京都豪門誰又看得起他們？偏偏自己卻滿心滿眼的都是蘇玉樓那俊逸得彷若謫仙的容貌，仰慕他愛戀他，在繼母的有心撮合下，甚至不顧外祖母的決絕反對，毅然決然嫁給了蘇玉樓。

當初，自己還一心以為繼母雖然是侯府的庶女，卻自小在寧老太君跟前養大，與娘的關係向來是頂好的，娘體弱多病，自知不支，怕父親再娶後繼母刻薄，特地向寧老太君討來了這個端莊賢淑溫柔善良的妹妹照顧自己的親生兒女，怎麼會知道她引來的不是保護神，是活生生的中山狼！

自己的出身遠遠超出林氏所生的歐陽可，本有大好的姻緣在等著她，可偏偏自小額頭受傷留下疤痕，她心中常常懷有一種自卑，從不出來參與京都的各種聚會，反而是妹妹歐陽可代替她到處跟著林氏與人交往應酬，以致於最後誰都知道歐陽家二小姐，而將自己這個大小姐徹底遺忘了。

更可怕的是，自己年少無知，在一次與蘇玉樓的偶遇下對他一見鍾情……現在想起來，偶遇？哈哈，這世上哪兒有那麼湊巧的偶遇！自己的容貌有瑕疵，蘇玉樓又怎麼會對自己一見鍾情？背後那隻陰暗的推手，並不是她以為的老天爺，而是來自那個高貴端莊溫柔賢慧的繼母。

然而，正是因為自己自毀前程這種愚蠢至極的舉動，才使得外祖母傷心失望，明明病重卻再也不肯用藥，直到最後死前都不肯見她一面。她知道一切都是自己的錯，是自己的所作所為讓外祖母對自己徹底絕望，也斷絕了與侯府的一切聯繫，終至於當她被沉江的時候，沒有任何人來阻止。

她眨了眨眼睛，看著眼前的方嬤嬤。一切都重來了，她現在是京都鎮國侯府的嫡親外孫女，歐陽家的大小姐，不是蘇府的下堂婦歐陽暖。

『日月在上，鬼神在下，我歐陽暖死得冤枉，化為厲鬼也不會放過你們！』是老天憐憫她，給了她再活一次的機會，前生在江水邊她許下的誓言，必有實現的一天！

「大小姐，傷口還疼嗎？」方嬤嬤見歐陽暖小手攥得緊緊的，手上青色血管暴起，便掰開歐陽暖緊扣的手指，揉著掌心她的指甲掐出來的紅印子，擔心地道：「要不要再叫大夫進來瞧瞧？」

不過是一點小傷口，不會比前生的痛和悔恨難以忍受。歐陽暖反手握住方嬤嬤的手，唇邊扯出一抹微笑。方嬤嬤見歐陽暖小臉上的笑愣住了，不似平時的溫柔和善，反倒似一朵帶刺的玫瑰般帶著一股堅韌。方嬤嬤眨了眨眼，是她看錯了嗎？

歐陽暖拉過方嬤嬤，頭枕著方嬤嬤的懷裡，「嬤嬤，謝謝妳！」謝謝妳，一直對我不離不棄！歐陽暖暗暗發誓，疼惜我的人，我要永遠護著，讓他們享盡一世尊榮！害我的、算計我的人，我定會讓他們十倍百倍的償還！

方嬤嬤先是驚訝，然後慢慢地放鬆，輕撫歐陽暖的髮絲，唇邊帶笑。自從繼夫人進門，大小姐好久不曾和自己這樣親近了……

「嬤嬤，紅玉呢？」如果一切重來，紅玉今年也只有十二歲吧。

「那丫鬟在煎藥呢。」

「嗯。」方嬤嬤的懷抱是那樣的溫暖，為什麼她從前不曾發現？歐陽暖慢慢闔眼。

「大小姐，喝藥了。」

「小桃，大小姐睡著了，不要打擾她。」

「紅玉姊，這話怎麼說的？我何時敢吵大小姐？就妳對大小姐是忠心的，我就是壞人嗎？我可全心全意為了大小姐好，要是不及時服藥傷口好不了，妳擔得了這個責任嗎？」

「小桃，妳——」

是紅玉的聲音，歐陽暖睜眼一下子坐起，眼前站著笑臉盈盈的小桃和一臉尷尬的紅玉。

「小桃，吵吵鬧鬧像是什麼樣子！」方嬤嬤輕聲斥責道，看歐陽暖被驚醒了，更是不高興。

「嬤嬤這話可不對，我也是為了小姐好啊！」小桃笑盈盈的，並不理會。

小桃是繼母送來的丫鬟，生得十分漂亮，小小年紀能言善辯，說話又討得歐陽暖喜歡，不到半年的功夫，就從二等的丫鬟晉升為大丫鬟。比起溫柔沉默性情敦厚的紅玉，歐陽暖當年更喜歡這個丫鬟，讓她陪嫁不說，更是百般信賴。那個屈辱萬分的晚上……值夜的丫鬟就是她……出事之後，她卻突然成為歐陽可身邊的大丫鬟，這麼說來，她也必然逃不了干係！

小桃似往常一樣揚起燦爛的笑容，手中端著一碗熱氣騰騰的藥，「小姐，喝藥吧！」

看著那碗濃濃的藥汁，歐陽暖眼神一冷，「跪下！」

「小姐，您怎麼了……」小桃到這裡來之後，極討歐陽暖的歡心，不管是當面頂撞方嬤嬤，還是背後欺負丫鬟，都沒受過斥責，她一時沒回過味兒來，還在辯解。

歐陽暖冷笑一聲，竟順手拿起桌上的一個茶杯，就對著小桃砸去。小桃嚇了一跳，頭下意識地一偏，雖然沒有砸到小桃，卻飛向了一張茶几，把茶几上的古董花瓶給打得粉碎。一陣稀里嘩啦的巨響，所有人都驚呆了。

小桃愣了愣，自覺歐陽暖不同以往，「大小姐，我……」

「住嘴！」歐陽暖喝道，無視小桃露出往日她最喜歡的明媚微笑，「叫妳跪下聽不見嗎？」

歐陽暖對人和善，從不曾如此疾言厲色，小桃撲通一聲跪倒，淚盈盈地抬頭，「大小姐，奴婢只是心急，擔心藥涼了，怕您喝了之後不舒服，絕不是故意打擾您休息！」

屋子裡站了方嬤嬤、紅玉和小桃，其餘兩名大丫鬟、四名二等、八名三等丫鬟和四名嬤嬤，這時候全部垂首站在門外，他們都有些驚異地看著歐陽暖，不知道她要幹什麼。

歐陽冷冷地道：「沒有我的吩咐，誰敢擅闖我的房間？小桃，妳從哪裡學來的這種規矩？」

「來人！」

「請大小姐吩咐。」

歐陽暖瀑布般的髮絲披散著，臉上雖然還是一般的平靜，眼底卻多了幾分說不出的狠厲之色。

「擅闖小姐房間、頂撞嬤嬤，還敢巧言令色為自己辯解，拖出去打五十板子！」

紅玉也嚇了一跳，趕緊為小桃求情：「大小姐，小桃只是一時莽撞才會衝撞了您，要是被打了五十個板子可就沒命了啊！」

沒命了？

歐陽暖展開一抹淡笑，這可不成，小桃她留著還有用，「既然紅玉為妳求情，那就先打三十，餘下的二十先記著。打完了關三天，只許送水不許吃飯。」

「大小姐……」小桃徹底傻眼了，被孔武有力的嬤嬤硬生生拽了出去，遠遠地只聽到她哀嚎：「小姐，小姐，我錯了……我錯了……饒了我……饒了我啊……」

紅玉聽著於心不忍，還要說什麼，歐陽暖輕聲道：「我累了。」

方嬤嬤心中對歐陽暖這麼處置雖然驚訝卻也很滿意，這丫鬟確實太沒規矩，長此以往，誰還聽小姐訓斥呢？所以她趕緊扶歐陽暖躺下。紅玉看著歐陽暖冷若冰霜的面容，也嚥下了求情的話，轉身去收拾一地的碎片。

歐陽暖看了紅玉一眼，在心底嘆了口氣。小桃向來仗著自己得寵，背地裡沒少欺負人，紅玉竟然還幫著她說話，的確是心地善良。只是要對付那些人，她的心腸太軟了。

不到半個時辰，外面的丫鬟回稟說：「繼夫人來了。」

林氏？歐陽暖勾起嘴角，消息傳得好快，她剛剛關門打了狗，狗的主人就到了，看樣子這院子裡是要清理清理了。

紅玉親自上去打簾子，走進來一個華服麗人，梳著高髻，身穿紅色紵絲織金五彩通袖，下頭是曳地百鳥翟紋鏤金裙，一雙眸子宛若流波，唇角更是帶著和煦的笑意。歐陽暖瞇起眼睛看著來人，心中卻又一陣恍惚，她娘過世得早，依稀之中，林氏與她有五分相似，正因如此，自己才一見面就很喜歡她。

歐陽暖微笑著要坐起來行禮，林氏連忙一把阻止了，拉著她的手極為親密，「傻孩子，別起來了，讓娘看看妳的額頭！」

聽到娘這個稱呼，歐陽暖只覺噁心得想吐，這個女人太虛偽了，裝了那麼多年慈母，她真是不得不佩服。

林氏仔細地瞧了傷口，半晌，臉上才露出放心的笑容，鬆了一大口氣一樣。她並沒有察覺到歐陽暖眼中的寒冷，只是帶著親切的笑容，溫柔地安慰：「好在傷得不重，暖兒，可苦了妳了！我回妳外祖家去了，剛剛收到消息，連茶也沒來得及喝一口就趕緊回來了！妳妹妹這丫頭太頑皮，回頭我非得好好懲治她一番！」

「娘，不要怪妹妹，她年紀還小呢！」是年紀很小，卻也很毒辣，歐陽暖笑得十分溫柔。

「她怎麼都比不上妳懂事，所以娘才這麼疼妳。暖兒，妳額頭雖然傷得不重，可留下疤痕怎麼好？」林氏充滿憐愛的眼神在歐陽暖的額頭上流連不去，終於說道：「對了，娘那裡有一盒生肌活血的上等藥膏，回頭就找人送過來給妳！」

一旁的方嬤嬤擔心地看著，就怕自己小姐又被這個口蜜腹劍的夫人騙了，卻礙於身分而不能多說什麼。

歐陽暖心裡冷笑，原本自己的額頭只是一個小傷口，正是這個林氏找來了所謂的好藥，敷了以後，傷口表面看似癒合得很快，卻留下終生難消的疤痕。她只能梳著厚厚的瀏海遮住，甚至連眼睛都快遮住了。她永遠也忘不掉他人的憐憫和嘲笑，忘不了偶爾參加宴會時，那些貴族千金眼底露出的驚詫和同情。

繼母為了親生女兒歐陽可，真是用心良苦啊！可自己有什麼錯？歐陽暖心中明白，她最大的錯就是占著鎮國侯府嫡親外孫女、歐陽府大小姐的位置，自己永遠在地位上把歐陽可甩出去十萬八千里。

歐陽可生得貌美，琴棋書畫樣樣精通，可只要有歐陽暖在，她再出色都只是歐陽家的二小姐，更重要的是，她娘不過是侯府的庶女，在極為講究門第嫡庶的大歷朝，出身是歐陽可的致命傷。所以前世歐陽可再出色，那些真正的豪門世家也不會來求娶，她才會盯上第一富商蘇家。

「小桃，藥送來了以後記得給小姐一天敷上三次，很快就好！咦？小桃這丫鬟去哪兒了？竟然不在跟前伺候……」

果然來了！歐陽暖故意露出生氣的表情，「娘，快別提她了，剛剛我正在休息，她問也不問就闖進來，我就想起當時她離可兒最近，卻不知道要替妹妹擋一擋，真是個木頭樁子！所以才讓人打她幾板子，非要讓她長記性，下次再遇到這種情況也知道誰是主子誰是奴才！」

這話說得半真半假，避重就輕，縱然是林氏也只是稍微有些疑惑，並沒有生出太多的懷疑，當下拍拍暖兒的手，「傻丫頭，到底是姊妹情深，妳和可兒感情真是要好，娘看到妳們這樣也就放心了！」果然，她也不再提小桃的事情，一心叮囑起紅玉要按時給小姐敷藥。

她心心念念的，就是毀了自己的容貌。歐陽暖面上帶著無限依戀的樣子，心裡卻在陣陣冷笑。林氏，妳可知道眼前這個十二歲的小女孩早已經換了一副心腸，妳可知道這個身軀裡的靈魂恨妳入骨，妳可想知道將來會有怎樣的下場等著妳……

歐陽暖用了整整一個時辰，才送走了喋喋不休慈母一樣的林氏，她靠在枕頭上靜靜想著心事。報仇的事情來日方長，至於現在，最重要的可不是這個……

她似乎有什麼極其重要的事情遺忘了，是什麼，到底是什麼？

是爵兒！是她的親弟弟！

她重生在十二歲，這一年她額頭受傷，這一年爵兒落水身亡！

歐陽暖一下子從床上跳起來，一把抓住紅玉的胳膊，「爵兒呢？他在哪兒？」

「大少爺？他現在該下學了吧……」紅玉剛說完，就看到歐陽暖突然神色大變地衝了出去。

她因為額頭受傷而閉門養傷，爵兒下學路過花園時意外溺水！

是今天！

她記得，弟弟溺水而亡的日子就是今天！

當初她以為一切都是意外，可根本不是這樣。花園裡向來人來人往，事發的時候為何空無一人？弟弟身邊明明有小廝有護院，為什麼他們不在身邊？

「大小姐！」方嬤嬤嚇了一跳，大聲喊道：「還愣著幹什麼？快去看看！」

一屋子的嬤嬤丫鬟全都跟著跑了出去。

歐陽暖從來沒有跑得這麼快過，彷彿連心臟都要急得跳出來。

爵兒，你千萬不能有事！

剛到了花園，就聽到「撲通」一聲，她的心猛地一沉。花園的人工湖看似很淺，實際上不要說一個十歲的孩子，就算是成年人也會淹死。

「爵兒！」歐陽暖大叫一聲。

假山後飛快地閃過一道人影，衝過來攔住她，「大小姐，您可是尊貴之軀，還是讓我下水救大少爺吧！」

歐陽暖猛地一個巴掌重重摑了過去，「滾開！」

那人頭被打得偏到了一邊，頓時懵了，反應過來後還要阻攔，歐陽暖厲聲喝斥，對身後匆匆跟過來的嬤嬤道：「抓住他！」

四個嬤嬤驚駭，一時都被歐陽暖身上散發出的凌厲之氣所震懾，依言撲上去，一把按住那個還要掙扎的灰衣小廝。

就在這時候，歐陽爵已經淹沒在幽幽的湖水之中，歐陽暖想也沒有想，飛快地跳入湖中。

「大小姐！」身後一片尖叫。

冰涼的湖水沒頂，前世淒慘的記憶一下子全部湧上心頭。現在不是分心的時候！歐陽暖用力搖頭，拋開全部的雜念，什麼也不顧，拚命在水下到處搜尋歐陽爵。

可是水裡除了浮動的水草，一片霧濛濛的，什麼也看不見。

到底在哪裡？

突然，她看到一片衣角，心中一下子湧起希望的火花……是爵兒！真的是他！

歐陽暖自己不過是一個十二歲的孩子，卻還要費力地拖著陷入昏迷的爵兒游上岸，幾乎已經脫力。岸上的嬤嬤和丫鬟這時候都衝上來，幫著歐陽暖把人拉上岸。她渾身都是水，卻根本不顧自己，趕忙把爵兒喝進腹中的水給拍出來。過了好一會兒，歐陽爵迷茫地睜開眼睛，看清身邊面色發白的人，下意識地叫了一聲：「姊……」

歐陽暖欣喜地一把抱住他，「謝天謝地！」

「大小姐，您還好嗎？」紅玉為了跟上歐陽暖，跑得氣喘吁吁，看見大小姐跳下水的時候，心跳都要停止了，這時候看見他們都平安無事才放下心來。她從袖中取出汗巾，小心翼翼地拭著歐陽暖臉上的水珠。

看著歐陽爵醒過來，歐陽暖放下心，剛要抬起頭告訴紅玉自己沒事，卻眼前一黑，昏了過去，花園裡頓時亂成一團……

歐陽暖的眼前一片黑暗，手腳不能動彈，全身上下還屬於自己的，就只有嘴和耳朵了。雖然不能說話，卻能感覺到不斷有苦苦的藥汁和各種湯水被灌進嘴巴，她真的不知道自己怎麼熬下來的。她被沉江前的剎那不時在恍惚間浮現出來，好在一聲聲的呼喚硬是把她從夢魘中硬拉了出來。

「姊，妳醒醒……」

「姊，不要丟下我一個人……」

「我再也不頑皮了，妳讓我做什麼都行……」

「方嬤嬤，都是我的錯，要不是為了救我，姊也不會傷成這樣……」

「我已經沒有娘了，姊，不要丟下我一個人！」

一聲聲呼喚真真切切，歐陽暖知道那熟悉卻遙遠的聲音是自己的弟弟。

爵兒！她已經好多年沒有看清他的臉了，她真的好想看看他！

第一次感覺到手指微微能動彈的時候，歐陽暖幾乎是毫不猶豫地奮力睜開眼睛，扭動脖子。漸漸的，已經脫離使喚許久的軀體一點一點恢復了控制。當睜開眼睛看到光明的那一剎那，她情不自禁地發出了一聲輕呼。

眼前的小男孩，濃黑的眉毛、黑亮的眼睛、彎彎的嘴角、驚喜的笑容，一直都是她銘刻在記憶深處的，那個與她血脈相連的親弟弟！

「姊，妳醒了！」

歐陽爵又驚又喜，竟是高興地一下子跳上床，死死地摟住了歐陽暖的脖子，又笑又跳道：「我就知道妳沒事！我就知道妳肯定沒事！」

他嚷嚷了好幾聲，接著轉過頭大喝一聲道：「都愣在這裡幹什麼？快，快去倒熱茶來！」

這時候，已經是深夜。

歐陽爵見姊姊醒了，高興得不得了，方嬤嬤嘴裡阿彌陀佛念了半天，眼淚也高興得掉了下來。一旁的紅玉提醒道：「大小姐，老夫人遣人來看了兩回，老爺親自來看了一回，把一直守在這裡的繼夫人給勸回去了，繼夫人走的時候說等妳醒了立刻去請她。」

祖母會派人來問並不奇怪，倒是父親會從百忙之中抽出時間來看自己，這次事情還真是鬧大了。不過，這時候最憤怒的應該是林氏，她千方百計想要害死爵兒卻因為自己的臨門一腳而陰謀落空，這下還不恨死自己了。難得她還能裝出一副慈母的樣子在這裡守到半夜，真不容易！歐陽暖嗤笑一聲，懶懶的不說話，歐陽爵心直口快地說：「叫她幹什麼？貓哭耗子假慈悲！」

歐陽暖聞言，心中卻湧上一陣溫暖，這個孩子沒有變，和以前一樣都那麼討厭林氏。他根本不管林氏這個後娘做得有多好，只是直覺地討厭這個取代了他親娘地位的女人，相比較而言，自己才是那個遲鈍木訥、後知後覺的人。

她拍拍爵兒的手以示安撫，對紅玉漫不經心地說：「這時候已經很晚了，不要打擾他們休息，明早再說吧。」

然後，歐陽暖抱著暖爐，半躺在床上，聽著歐陽爵又叫又跳，向一屋子的嬤嬤丫鬟講述自己姊姊英勇地跳下湖救他的光輝事蹟，不免失笑。

她輕輕咳嗽一聲，「爵兒，你過來。」

歐陽爵立刻不說話了，跑到床邊上來，忽閃著眼睛，小狗一樣討好地看著她。

「姊姊問你，有沒有看清到底是誰推你下去的？」

「我沒看清楚，要是讓我逮著，非扒了他一層皮不可！」歐陽爵憤憤的，黑亮的眼睛裡滿滿都是憤怒。

歐陽暖思忖了片刻，又問：「你身邊的小廝護院呢？」

「今天身邊本來只帶了清風和兩個護院，又落了東西在學堂，就派了清風回去取。中途回來時遇上一個醉漢，硬是說我們撞了他，纏著不讓走，我就留下護院，自己偷偷從別的地方回來了。」

歐陽爵這麼說著，看見自己姊姊的臉色越來越不好看，「姊姊，妳怎麼了？」

歐陽暖沒有回答，反而問一旁的紅玉：「抓到的那個灰衣小廝呢？」

紅玉愣了一下，趕緊回答：「大小姐，繼夫人走的時候已經把人帶走了，說要好好教訓一頓。」

教訓，恐怕是堵那人的嘴巴才是！不過也不礙事，林氏既然敢做就自然會把痕跡消滅得乾乾淨淨。前世弟弟突然溺水身亡，祖母也派人大張旗鼓查了一番，最終的結果也只是個意外，可見林氏的收尾功夫做得不差。這次如果不是自己突然出現，那灰衣小廝也不會因為露出馬腳而被抓住。就算自己這裡扣著人不讓走，沒有人親眼看見，更沒有實質性的證據，根本就傷不到林氏的根本。

聽到人是林氏帶走的，歐陽爵從鼻孔裡哼了一聲，歐陽暖失笑道：「你怎麼了？」

「哼！那女人跟娘沒法比，差掉了那一半的世家氣質，就掩不住露出暴發戶的嘴臉，我看見她就討厭！姊，妳可千萬別被她騙了！」

差掉一半的世家氣質，掩不住露出暴發戶的嘴臉，哈，這話還挺貼切的，不過這裡的丫鬟嬤嬤這麼多，其中不乏林氏的耳目，現在還不是肆無忌憚說話的時候，歐陽暖輕聲斥責：「別胡說！你也累了一天，趕緊回去休息吧！」

「不要！我要留在這裡陪著姊姊，我怕一睜眼姊姊又不見了！」歐陽爵堅持，大眼睛裡佈滿血絲，卻含著濃濃的依戀。

歐陽暖看著心疼，拍怕他的手說：「傻孩子，姊姊哪兒也不去，一直護著你，以後……什麼都不用怕！」

歐陽暖這句話說得別有深意，可是歐陽爵年紀太小，聽不出那話裡面藏著的深情厚意。

「紅玉，妳領著兩個嬤嬤打燈籠送大少爺回去，送到門口再回來。」歐陽暖緩緩說道。

歐陽爵聞言立馬抗議：「姊，我是大人了，妳不要當我是小孩子，以後我要保護妳！」

歐陽暖微微一笑，摸了摸他的頭，輕聲道：「好，姊姊等著那一天。」

她看著紅玉送歐陽爵出門，方嬤嬤輕聲勸道：「大小姐，天還沒亮，您再休息一會兒吧。」

歐陽暖搖了搖頭，一直半倚在床邊，目光沉沉地看著門外，不知道在等些什麼。直到小半個時辰後，紅玉回來，向她稟報說已經將大少爺送回了松竹院，歐陽暖這才躺下。

歐陽暖躺在床上，身上蓋著厚實的錦被，眼睛卻一直盯著頭頂上石青色繡花卉的帳子，兀自出神。先是處置了小桃，接著又救下了爵兒，目前這種情況，林氏必然對自己起了懷疑，只是她無論如何懷疑，也不會想到自己是重生了一回。

天濛濛亮，外間就傳來了一陣腳步聲和說話聲，彷彿是有一行人進來了。歐陽暖看了一眼一旁坐在小杌子上，頭一點一點直打瞌睡的紅玉，本想開口，最終卻沒有做聲。不一會兒，她就聽到了門簾響動，緊跟著就是一聲咳嗽，於是索性閉上了眼睛裝睡。

「啊，夫人！」

紅玉聽到聲音，一個激靈驚醒過來，看到來人頓時嚇了一跳，叫了一聲便慌忙行禮，慌亂之間卻撞翻了那個小杌子。林氏沒有開口，站在她身旁的心腹王嬤嬤立刻惱怒地喝罵道：「叫妳守著大小姐，結果竟然自己偷睡起覺來，還這麼毛手毛腳的，怎麼伺候的？」

聽這聲音越來越高，歐陽暖輕輕翻動了一下身子，就聽見了一個十分擔憂的聲音：「王嬤嬤，要教導也別在屋裡，要是驚擾了暖兒，我連妳一起問罪。」

「是，夫人說的是。」

歐陽暖睜開眼睛，看到眼前的人果然是林氏。林氏看到她睜眼，臉上露出喜色，親自上前，將她小心翼翼地扶起，又將一個石青金錢引枕擱在了她身後靠著。

王嬤嬤笑道：「大小姐，天還沒亮夫人就要來瞧您了，老奴硬是攔著，勸著她說您一定還沒睡醒呢！」

王嬤嬤手腕上戴著金鐲，頭上插著珠釵，唯恐綢緞衣裳不夠筆挺，硬是擺出一副端莊氣派來，歐陽暖莫名就想起了昨天那句「差掉一半的世家氣質，掩不住露出暴發戶的嘴臉」的話來，果然是有什麼樣的主子就有什麼樣的奴才。她臉上的笑容溫柔了幾分，表面看來還真像是被林氏感動了一樣。

「暖兒好些了嗎？」

「好些了。」

「好些了臉色還這麼蒼白？」林氏面色一沉，隨即回頭狠狠瞪了一眼紅玉和剛從外面進來的方嬤嬤，「老太太三番兩次派人來問，妳們都說大夫說一切都好不會有事，怎麼大小姐臉色還這麼蒼白？大少爺還小，不知道來跟我們說一句，難道妳們也糊塗了不成？就算別人糊塗了，方嬤嬤妳總不能糊塗，我打發人來瞧過好幾次了，妳怎麼不知道回報，哪有這麼怠慢的！」

林氏開始發派她身邊的嬤嬤丫鬟了，看樣子她要在這院子裡立威呀！歐陽暖溫柔地笑笑，彷彿弱不禁風，「娘可別怪她們，紅玉要去回稟，我怕打擾娘休息，就給攔了。方嬤嬤畢竟年紀大了，我讓她先回去休息。倒是紅玉，平日裡我怎麼教妳的，怎麼到了關鍵時候跟小桃那賤婢學得沒規矩，娘來這裡這麼長時間了，也不知道備座嗎？」

紅玉忙搬來了錦墩讓林氏坐下，另一個大丫鬟文秀已經倒了熱茶進來。

林氏愣了愣，心中一驚，臉上卻不動聲色地換上了滿臉關切之色，她仔細端詳歐陽暖一會兒，就嘆了一口氣，「暖兒，娘知道妳心急救爵兒，可妳也不能拿自己的身子骨去拚啊！看妳可憐的小模樣，為娘真是心疼，恨不得以身代之！妳要是有個三長兩短，我要怎麼跟姊姊交代？」

歐陽暖臉上的笑容越發燦爛真誠，「娘，您待暖兒真好！」

交代？遲早有一天我親手送妳去見我娘，到時候慢慢交代吧！

歐陽暖落水受傷這事鬧得很大，不光是林氏，連歐陽治都來瞧了一回。對這個父親，歐陽暖內心同樣十分複雜，當初方嬤嬤百般求救，他卻對自己這個親生女兒不聞不問，在他的心中，這個女兒是歐陽家的恥辱，恨不得她立刻從世上消失才好。不過這不奇怪，在林氏不著痕跡的百般挑唆和離間之下，自己和父親從來沒有親近過，有的只是疏遠和畏懼。

「爹，女兒不孝，竟然還要您親自來看望！」歐陽暖微笑著，很乖巧的模樣。

歐陽治看了看大女兒，只見她眉目宛然，目似點漆，依稀當初亡妻的模樣，忽然想起當初她剛出世時，自己也是抱過親過疼過的，可後來妻子去世，新婦進門，這個女兒又不愛親近自己，便不大喜歡了，甚至覺得她不如可兒活潑伶俐。如今看到歐陽暖一副病殃殃的可憐樣子，他想到這個到底也是他的親骨肉，再加上還拚了命救下了自己的長子，心裡又生起一股疼惜之心，便和藹地微笑道：「妳這個傻丫頭，知道妳心急救爵兒，可是也要顧及妳自己的身子！妳這一病，可把妳娘擔心壞了！」

歐陽暖笑得更溫婉，「是女兒魯莽了，那時候我本沒有多想什麼，只是一心想著救弟弟，卻鬧得家裡不安，又是請大夫又是探視，還讓爹爹勞神……」

歐陽治聽了這話，頓時覺得她很懂事，語氣更溫和：「還頭疼嗎？」

歐陽暖吸了吸鼻子，聲音不知不覺就帶了點撒嬌道：「疼的！」頓了頓，淚水就掉下來了。

歐陽治疼惜得把她摟在懷裡抱緊了，哄道：「以後不要這麼莽撞了，妳弟弟的命是寶貴，可妳若是出了事，爹爹也要心疼的，明白嗎？」

歐陽暖把臉埋進父親懷裡，用力點點頭，「嗯！」

十足乖巧，十足可愛，十足惹人憐愛，歐陽治過了一把慈父的癮，心滿意足地離去了。女兒這裡安撫好了，妻子那裡還在為女兒的身體憂心忡忡，他也要去安慰一下才好。

看著他離去的背影，歐陽暖勾起嘴角——很快，她就會讓他和林氏反目成仇。

在屋子裡休息了短短三天，流水一樣的藥材、補品被林氏送進來，外面人都說林氏寬厚大度，善待繼女，方嬤嬤對此十分惱怒，說來給歐陽暖聽，她卻微微一笑，毫不在意。

第四天，歐陽暖自己能夠下床了，她簡單穿戴了一下，便開口道：「該去祖母那兒問安了。」

紅玉有些遲疑，勸道：「小姐身子還沒好利索，老太太早就發話了，可以不去問安的。」

歐陽暖輕輕一笑，祖母李氏是這個棋盤中很重要的一子，不可以忽略。

「妳這丫鬟真不曉事，大小姐應該在老太太面前多走動，可別讓那些小人……」方嬤嬤說了一半，想到了什麼，就住了口。她看了看歐陽暖一身的打扮很是素雅，轉而換了話題：「大小姐，要不要配上那件大紅的狐氅？」

歐陽暖想了想，輕描淡寫地道：「將祖母去年賞給我的鶴氅拿出來。」

方嬤嬤很是贊同地點點頭，立刻去櫃子裡小心翼翼地取了出來，玫瑰紫的鶴氅，面子上還用金線繡出了富貴牡丹圖，帽子上全都是軟和的毛，越發襯得她的臉晶瑩如玉，眉目清麗，竟是出乎意料的好看。

林氏，戰鬥馬上就要開始，我很期待！歐陽暖看著鏡中的自己，微微一笑。

祖母李氏住在壽安堂，歐陽暖在迎上前來的丫鬟們簇擁下進了屋子之後，居中暖榻上坐著的老婦人身穿五福捧壽紋樣的天青色紵絲大襖，頭上戴著中間鑲嵌翠玉的秋板貂鼠昭君套，正和人說話，見著歐陽暖進來盈盈行禮，她就露出了笑容。

歐陽暖才一屈膝，就被人拉了起來。

林氏溫柔地笑了笑，把她拉到了李氏跟前，笑道：「母親，暖兒來看您來了。」

「暖兒，妳娘剛還跟我說妳能下床了，妳這就到了，怎麼不多休息幾天？」李氏難得的溫和。

她不過是剛能動彈，林氏就來這裡打小報告了，她的目的顯然是讓祖母知道自己已經能下床了，繼而引起「她既然能下床為什麼不來向祖母請安呢」這樣的聯想。好在她沒有給林氏挑撥離間的機會，歐陽暖心想。

「想著祖母一再派人來問候，孫女心裡太惶恐，當然要來謝謝您的關心了。」

林氏把歐陽暖拉到自己身邊坐下，對李氏道：「母親，您瞧瞧，暖兒氣色比從前好多了，這可是因禍得福呢！」

「可不是，多虧了妳什麼山珍海味、稀奇藥材都捨得往她屋子裡送！有妳這個娘護著，我也放心許多！」李氏也打量了一番歐陽暖，點點頭微笑著說。

記憶之中，歐陽暖對李氏這個祖母只有敬畏並無親近，李氏對她這個孫女也只是平常。李氏如今對她這麼和顏悅色，必然是因為自己不顧性命救下了爵兒，對李氏來說，死個孫女並不算什麼，要緊的是長孫沒事，歐陽暖心裡很是明白。

「暖兒還沒謝過娘呢！」她想到這裡，不著痕跡地笑笑，「可惜大夫說我虛不受補，大多用不上，真是可惜！其中有一只千年人參十分難得，常聽人說呀，這是有大福氣的人延年益壽用的，我哪兒能受得起，下午就送過來給祖母吧！」

李氏和藹地拉過歐陽暖的手拍了又拍，「這家裡難得有人還想著我這個老太婆，還是妳這丫頭有心！」說完，她看了林氏一眼，笑容帶了點冷淡。

林氏原本燦爛的笑容頓時僵硬了一下，歐陽暖這一受傷，為什麼像是變了個人？軟中帶刺，綿裡藏針，說話更是不動聲色的毒辣！她故意將千年人參送去給歐陽暖，她如果吃了，虛不受補反而對身體大為有害，自己也能落一個賢慧大度的好名聲。誰知她竟然會借花獻佛送給婆婆，這樣一來，自己不就成了一直藏著好東西不叫婆婆知道的人嗎？林氏手裡死死地揪著手絹，片刻後才恢復正常。

「這裡好熱鬧呀！」簾子一動，一個女孩子走了進來，她身著交領五彩緙絲裙衫，罩著一件雪白的狐狸毛大氅，髻上插了一支彩色琉璃蝴蝶簪，長長的珠翠流蘇搖晃生輝，顯得十分玉雪可愛。人還沒有到，嬌俏的聲音卻先傳過來，正是歐陽可。

看到這個印入心底深處，恨不得一刀砍了的小腦袋，歐陽暖眼睛瞇了起來，笑得分外溫柔。

紅玉一直站在歐陽暖身側，看到她臉上露出的笑容，不由自主打了個寒顫。

只見歐陽可巧笑嫣然地上前來，從一旁跟著她進來的丫鬟盤子裡端下一個十瓣蓮花玉質茶碗，笑著說：「祖母，這是剛泡好的英山雲霧，您潤潤喉。」說著端到李氏身邊，她身邊的張嬤嬤接手過來。

她自然而然地走到歐陽暖的下首坐下，笑得很天真，「這泡茶用的水是昨天從玉泉山運來的泉水，裡面還加了經過火焙的茉莉，攙入乾茶裡再泡入茶盅，飲起來既有茶香又有花香。姊姊，我待會兒也送一些去給妳，一起品嘗！」

歐陽暖看見她這般作為，微微一笑，點頭道：「妹妹真是有心。」如果是以前，她一定會覺得歐陽可真心敬重自己這個姊姊，才會事事想到自己，現在重活一世，才發現人家根本是別有用心，既討好了李氏，又在眾人面前樹立了一個姊妹親善的假象。小小年紀，心思跟林氏一樣，深沉得很呀！

果然，李氏喝了口茶，微笑著說：「瞧這孩子，我說她不用來，她非要來，天兒怪冷的，就怕凍壞了她，可憐她一片孝心了！」

張嬤嬤站在一邊也笑著說：「是啊，二小姐真是貼心孝順，老太太一咳嗽她就捶背，老太太一皺眉她就遞茶碗，我服侍老太太也是小半輩子了，竟也沒這般細心妥貼呢！」

林氏欣慰道：「能在母親跟前服侍是她的福分，終歸是自己的孫女兒，累著點算什麼！可兒，要好好地伺候老太太！」

歐陽可俏聲答是，笑得親切可人，歐陽暖也笑道：「說得也是，可兒妹妹向來聰明伶俐，討人喜歡，可不像爵兒那傻小子，就知道讀書！」

李氏立刻放下茶杯，臉上露出笑容，卻故作生氣的樣子，「可不許這麼說我的乖孫子，他學習上進，功課用心，哪怕不來看我又有什麼！我心裡時時刻刻都惦記著他，將來歐陽家還指望著他呢！」

歐陽暖笑著稱是，果然看到一旁的歐陽可小臉一白，她就是要讓她們知道，祖母心中，自己的親弟弟才是第一位的，其他人再殷勤也是白搭。

歐陽可想了想，笑道：「祖母院子裡都是青松，要是種上些紅梅，白雪映紅梅，豈非美哉？我那裡有一株上好的紅梅，待會兒就送來給您！」

「妹妹說得是，小時候祖母還手把手教我和爵兒認過紅梅，如今他院子裡的擺設都是照祖母當初教的放的呢！尤其是院子裡那棵鐵樹，是弟弟出生那一年，祖母親自命人種下的，都種了十年了，今冬還是第一次開花！」歐陽暖淡淡說道，語氣中似乎滿是懷念。

李氏眼中帶了幾抹暖色，「妳不提還好，現在我還真想去看看。」

歐陽可到底年紀小，一口氣沒接上來，真是氣死了，原本她想要討好祖母，卻被歐陽暖搶先了。母親林氏目前也只生了自己一個女兒，並沒有男孩，祖母對此一直頗有微詞，歐陽暖今天句句不離歐陽爵，在她聽來都覺得刺耳，更不要說林氏會覺得有多憋屈了。這個大姊平日裡不是傻得很，十分信任自己母親嗎？今天怎麼突然變得如此……

歐陽暖微微一笑，「祖母想去看看又有何妨，不如……」

「暖兒，妳真是不懂事，哪兒能讓老祖母眼巴巴跑去孫子的住處，況且爵兒現在還在讀書又不在院子裡，妳明日來看祖母帶著爵兒一起不就行了嗎？」林氏急忙插話道。

歐陽暖笑得更和氣，「娘，妹妹親自送來了好茶，可這飲茶也需要環境和心情，前朝畫家丁大師所畫的〈玉川煮茶圖〉，茶室就在庭院裡，綠蔭蔭的竹林下，桌上放些精緻的茶具，火爐上再煮一壺茶，只是看著畫，那茶香就能一直香到我跟前了。放眼咱們家，也就只有爵兒的松竹院與畫中景最相似，若是祖母也願意移步，豈不是別有意趣？」

林氏向歐陽可使了個眼色，歐陽可雖然不知道林氏為什麼不肯讓祖母去松竹院，但立刻領會了她的意思，剛想要說什麼，李氏已經發話了：「我還沒老到走不動的地步，好，就去看看那株鐵樹！」

鐵樹喜歡溫暖潮濕的氣候，不耐寒冷，冬天絕不會開花，這樣的奇景，說不定是什麼好兆頭，李氏這麼想著。

見到李氏主意已定，林氏對著自己身邊的心腹王嬤嬤打眼色。

爵兒，姊姊很快就替你把院子裡不乾淨的東西都料理了！歐陽暖這樣想著，微微一笑，上前攬住林氏的胳膊，不著痕跡地阻斷了她和王嬤嬤之間的互動，「娘，快走吧。」

李氏身邊的張嬤嬤一向很妥貼，她先去松竹院吩咐下人們老太太要來，讓他們做好準備，可剛走進門口沒幾步，就看見一個丫鬟持著笤帚在掃地，張嬤嬤覺得她眼生，便多看了幾眼，誰知她揚高了脖子，冷冷哼了一聲，神色高傲，張嬤嬤立刻皺眉，心想這松竹院的下人這般沒規矩？使斥責了一聲，那丫鬟一扭頭放下笤帚就進屋了。張嬤嬤是李氏身邊的紅人，從沒人敢這麼給她沒臉，頓時臉色變了變。

走了幾步到了庭院裡，只見一個弱柳扶風的美貌少女倚著一根廊柱，輕輕吟著詩，一個小廝還站在旁邊使勁兒說：「姊姊吟的詩真好！」一聽，竟然是「我欲將心向明月」，張嬤嬤再次皺眉對她高聲訓斥道：「不好好做事就罷了，還吟什麼詩！」

那丫鬟臉色慘白，蹣跚著回了屋，一旁的小廝一看是張嬤嬤，頓時很抑鬱，呵呵乾笑兩聲，跑上來說：「嬤嬤有禮了！公子今兒上學去了，不在院子裡，不知嬤嬤怎麼會……」

「老太太馬上就到了，去通知你們的管事，院子裡趕緊收拾一下，要是出了什麼紕漏，小心你的皮！」

今兒正好是上次跟著歐陽爵出門的清風當值，他一愣，頓時白了臉，扭頭就去準備了。可說是準備，這院子裡的人向來疏懶慣了，連燒茶倒水的小丫鬟都不知道跑去哪裡了，這時候聽說老太太親自來，頓時慌了手腳……

李氏很快就帶著眾人到了，她走進屋裡坐下，清風一會兒端茶一會兒上點心，松竹院管事信嬤嬤站在一旁尷尬地陪笑。張嬤嬤向來受到信任，當下就把院子裡的情況一五一十說了，林氏聽了頓時覺得身上冒汗。歐陽爵是個小孩子，歐陽暖又一直信任自己，如今松竹院上上下下大半都是她的人，在自己的刻意安排下，這些人不僅僅是怠慢疏懶的問題。平日裡婆婆在自個兒屋子裡不出來根本不知道，今天要不是歐陽暖這該死的丫頭……

李氏神色不豫，把茶杯往桌子上重重一頓，沉聲道：「這院裡丫鬟都死到哪兒去了，要個小廝在這裡奉茶！」

這院子的確很亂，信嬤嬤是原夫人留給自己兒子的，原本也是忠心耿耿的，但年紀大了，又一直被林氏刻意打壓，大小姐是個信任繼母的軟骨頭，大少爺又是個頑童，她一個人根本管不住，心灰意冷之下索性不管了，大多時候睜隻眼閉隻眼，松竹院一時不成樣，下頭小丫鬟有樣學樣，不是出去玩兒，就是去別院串門磕牙。

信嬤嬤看到老太太發怒也慌了，連忙對著外面喊：「柳兒、翠兒，還不上來侍奉！」

這時剛才那吟詩的丫鬟輕柔如飄絮一步三顫地來了，接著那個一臉高傲的丫鬟也跟著進來，她原本沒想到自己甩臉子的人是老夫人身邊的嬤嬤，這時候也知道壞了事，嚇得臉色發白。

李氏看到這兩個美貌過了分，半點不像是丫鬟的丫鬟，頓時心頭火起。好啊，林氏，我看妳平日裡慈愛大度得很，一時大意沒管妳，竟然敢把這兩個狐媚子送到我親孫子這裡，妳安的是什麼心！

林氏接到婆婆那刀子一樣的眼神，心裡恨透了歐陽暖。

「信嬤嬤，妳怎麼管事的，憑白給祖母添堵！」歐陽暖當然知道林氏此刻恨上了自己，索性放下茶杯，溫言細語地說。

信嬤嬤平日裡也看不慣這些妖媚的東西，早就忍了一肚子氣，這時候卻也不敢開口辯駁，只低著頭，訥訥地說不出話來。

李氏惱怒，一把摔了茶杯，喝斥道：「去請老爺來！」

林氏和歐陽可對視一眼，歐陽可立刻站起來跑到李氏身邊，「祖母，下人們不懂事，隨便教訓就是，不要生那麼大的氣，傷了身子不值得！」

李氏正在氣頭上，一把摔開她的手，轉頭吩咐下人：「快去！」

歐陽暖看了臉色慘白的歐陽可一眼，不易察覺地微微勾起了嘴角。

歐陽治在前廳剛剛送走了客人，這邊母親著人來叫，十萬火急似的，他趕緊到了松竹院，一進門看到母親黑著臉，立刻小心翼翼地問：「母親這是怎麼了，誰敢惹您生氣？」他說著，略帶責備地看了一旁的妻子和女兒們。

李氏指著那兩個跪在堂下的丫鬟，不悅道：「你問問你的好夫人，這松竹院都快被那群沒規矩的東西鬧翻了，她做的什麼當家主母，也不好好整治整治！」

歐陽治吃了一驚，「這是怎麼說的？婉如，怎麼回事？」

林氏立刻開始用手帕子掩住臉，一副梨花帶雨、情真意切、自責萬分的模樣，「老爺，都是我不好，最近忙著暖兒生病的事，竟將爵兒疏忽了，這院子裡的下人越發不成樣子，得罪了母親！」

歐陽暖不用自己開口，李氏倒是先怒了，「妳的意思是暖兒不該救爵兒了？還是妳這個繼母捉襟見肘，沒本事管好內院！」

張嬤嬤在一旁看到老太太氣白了一張臉，立刻說道：「老爺，也怨不得老太太生氣，今兒難得來這裡賞景，全被這群小人壞了興致！信嬤嬤，還不老實說！」

信嬤嬤本來就厭惡這幫丫鬟小廝，橫豎她自己的責任逃不掉，索性將他們全部供出來，還加油添醋道：「老爺，這些丫鬟平日裡什麼活兒都不幹，只在花園子裡玩兒，園子不打理，屋子不收拾，大小事情都使喚不動，還閒磕牙搬弄是非，我說了她們幾句，全都被頂了回來！」

歐陽治有些懷疑地看了林氏一眼，歐陽暖在旁邊微笑著道：「信嬤嬤，不要胡說，娘定是挑了頂好的人才會給弟弟，他們現在這樣，都是妳沒有管好的緣故！」

信嬤嬤也開始抹淚，又道：「大小姐，我沒有胡說！這院子裡的丫鬟小廝是閒散慣了的，大少爺年紀小不知道，那兩個小丫鬟，一個個眼睛生得比天還高，竟然敢給主子臉子瞧！尤其是那個柳兒，說當初進來的時候不知誰許了她將來少爺長大給做姨娘的，越發覺得自己高貴了……」

李氏一聽，氣得眼睛發紅，差點沒當場暈過去，怒道：「什麼東西，爵兒才多大，也虧得她們想得出！」

「竟有這種事！」歐陽治驚愕。

林氏狠狠地盯著信嬤嬤，恨不得當場宰了她，可是現在這種局面她再多說一句都是錯，不由得手指狠狠掐住椅子上的靠墊，像是要在上面挖出個洞來。

一邊的歐陽可心中暗暗著急，勉強笑道：「爹別急，不過是些小事，回頭教訓下那些不懂事的丫鬟就是了，何必生氣呢？信嬤嬤也是，妳是管事嬤嬤，奴婢要打要罵還不是一句話，許是妳心軟，讓丫鬟們瞧著好欺負了吧？」

她輕輕幾句話，便想把事兒帶過去，歐陽暖在一旁兀自冷笑，她算是拍馬屁拍到了馬腿上，祖母只有這麼一個孫子，豈不是當做心肝寶貝哄著，怎麼可能讓什麼亂七八糟的丫鬟妄想所謂姨娘的位置，更不用說弟弟才十歲，這些丫鬟就存了這種齷齪心思，等於是當眾給了祖母一耳光，她怎麼可能善罷甘休？

李氏果然大怒，重重一掌拍在桌上，提高聲音道：「這是什麼話，什麼叫小事？刁奴欺主，難道歐陽家的門風壞到了這個地步？」

歐陽治頓時皺眉，責問林氏道：「妳怎麼照看的，爵兒屋裡鬧成這樣，妳也不聞不問？」

林氏委屈道：「我想著孩子大了，總不能事事插手……」

她話還沒說完，被歐陽治厲聲打斷：「什麼大了，爵兒這才幾歲，妳也不幫著管制奴才，只在一邊看戲？」

那邊發了火，歐陽暖卻靜靜看著，不動聲色。

林氏臉色十分難看，心裡暗恨不已，這時候歐陽暖才慢慢站起來，低聲道：「爹爹莫怨娘，娘到底是後進門的，爵兒他……唉，說到底，這院子裡的下人不好，上次弟弟出事就沒人在身旁，這一次還怠慢了祖母，我這個長姊也難辭其咎……」

這話有三層意思，爵兒不是林氏親生的，她怎麼可能上心？歐陽爵上次出事也是這院子裡的人太疏忽的緣故，林氏等於是罪上加罪，說不準還別有用心。自己是爵兒的親姊姊，林氏不上心，自己卻不同。

歐陽治一想頓時疑雲大起，狠狠瞪了林氏一眼。李氏坐在上頭看著兒媳婦，嘴角浮起一絲冷笑，最後發話：「暖兒也大了，從今兒開始，這院子就交給她吧，她也好學著怎麼管家。」

歐陽治立刻附和：「母親說的是。」

歐陽可面無表情地盯著歐陽暖，看到她笑得更加謙和溫柔，心頭火起，恨不得上去撕爛了歐陽暖微笑的臉。

林氏出門的時候，腳步一個踉蹌沒有走好差點摔倒，歐陽暖上前扶了她一把：「娘，小心！」她這聲娘叫得極為親熱，林氏看著她溫柔可愛的臉，後背莫名起了一層雞皮疙瘩，只覺得這個繼女十分可怕，暗道平日裡真是太小看她了，立刻收回了手，面無表情地帶著歐陽可走了。

歐陽暖沒有立刻處置那些丫鬟小廝，而是等歐陽爵下學了，讓他在一旁坐著看。

方嬤嬤和紅玉都陪侍在側，院中寂靜，所有的丫鬟小廝和嬤嬤們都在院子裡等著發落。

歐陽暖坐在上方，信嬤嬤小心翼翼地端了杯熱茶給她，歐陽暖淡淡地看著自己手中的茶葉浮浮沉沉，一言不發。

一眾下人聽說從此以後都是大小姐管理這個松竹院，頓時鬆了一口氣，若是老太太當場處置人那才可怕，這個大小姐麼，什麼都聽夫人的，據說綿軟得很，從不會無緣無故發派人的，可是現在看著她不言不語坐在上方，心裡不知道為什麼都有點磣得慌。

歐陽暖喝完了一杯茶，掃了一眼身旁眨巴著眼睛看著自己的歐陽爵，微微一笑，傻小子，老實看著！

她的目光一一掃過院中人，小廝丫鬟們雖然平日玩鬧，但也知道今日不好，個個縮肩低頭，屏氣而立。

「我信任你們，才將爵兒託給你們照顧，沒想到你們欺負他年紀小，竟一個兩個爬到他頭上來了，好大的膽子！」歐陽暖聲音不大，卻十分威嚴，「哪個是清風？出來！」

清風一縮脖子，立刻跪倒在地，歐陽暖冷冷地道：「大少爺東西落在學堂，你就能放任他一個人回家嗎？怎麼當的值？去外面領五十個板子，就此出府去吧！」

清風一聽，頓時嚇得渾身發抖，跪倒在地上求饒不已。歐陽家是個好差事，他不想挨打更不想丟了差事，可無論他如何磕頭，磕到額頭都流血了，也沒見歐陽暖動容，硬生生被人拉了下去。

上次的事，他就算不是幫兇，也沒花多少心思在爵兒身上，這樣的奴才留不得。歐陽暖看了想要求情的爵兒一眼，小男孩縮了縮脖子，黑亮的眼睛裡同情的神色閃了閃，立刻變成了討好。

「柳兒、翠兒出來！」

兩個丫鬟柔弱嬌媚，楚楚可憐，歐陽暖看了看她們，冷笑一聲，「看妳們這副樣子，是想要攀龍附鳳了，可惜爵兒受不起！罷了，降妳們兩人為廚娘，以後去廚房吧！」

柳兒和翠兒頓時臉色煞白，還要求饒，歐陽暖擺擺手，便讓人看著她們去收拾東西。

柳兒立刻大聲喊道：「大小姐不公道，我不服氣！我平日裡沒有犯錯，今兒也在院子裡守著，憑什麼為了幾句閒言碎語就要發派我？我是太太給的，可不是大小姐的人！」

歐陽暖目中冷光閃現，她微微一笑，「信嬤嬤，妳說呢？」

信嬤嬤立刻上前，伸手就是一個響亮耳光打過去，柳兒白玉般小臉頓時腫起半邊，信嬤嬤大罵道：「賤蹄子！管妳是誰給的，如今進了這院子，主子殺了妳都行！敢跟大小姐頂嘴，這是哪裡學的規矩？再有一句便打爛妳的嘴！」

歐陽爵平日裡也不喜歡這幾個煙視媚行的丫鬟，老是對他擠眉弄眼的，煩死了，又看到她竟然對自己姊姊不敬，立刻大聲道：「把她拉出去，打三十板子！」

柳兒撐不住了，哭得滿臉淚水，被孔武有力的嬤嬤拽著要拉出去，歐陽暖突然道：「慢著！」

柳兒滿臉的期盼，大小姐到底是顧忌夫人，要改主意了？

歐陽暖慢條斯理地瞥了她一眼，將她的希望一下子打得粉碎，「妳且忘了——謝恩。」

柳兒滿臉是淚，嘴唇顫抖，突然醒悟到她的生死都掌握在歐陽暖的手上，她跪下磕頭，「謝大小姐……謝大小姐責罰……」

說著便有人叉著已經癱軟的柳兒下去，歐陽暖端起茶碗輕輕撥動著，動作輕慢，對下面的人說：「柳兒想是服氣了，翠兒，妳看呢，將妳送回去給夫人，可好？」

送回去給夫人也沒好果子吃，說不定還不如廚娘呢！翠兒暗恨柳兒多話連累了自己，已經嚇得瑟瑟發抖，雙膝一軟就跪下了，歐陽暖淡淡地道：「今天開始，妳從哪兒來回哪兒去吧！」

翠兒感覺到這句話裡的寒意，嚇得連連磕頭，卻又說不出話來。信嬤嬤臉上掛著鄙夷的笑，叫人拉走了她。

歐陽暖看了信嬤嬤一眼，信嬤嬤頓時沒了剛才的氣勢，歐陽暖充滿親和力的一笑，「信嬤嬤，妳是這院子裡的老人了，我一向敬重妳，可惜這一次實在是讓祖母失望了！妳是管事的，我若是不處置妳，難以服眾，妳——」

信嬤嬤冷汗直流，歐陽暖下一句話立刻讓她的心放了下來：「還是扣半年月錢吧。」

信嬤嬤擦了擦汗，雖然半年的處罰不可謂不重，可跟剛才那些丫鬟小廝比起來已經好很多了，剛才那麼賣力地幫助大小姐收拾那兩個丫鬟，果然很有效果。

「只是以後麼……」

「大小姐放心，我以後一定拚了老命也要管好這院子！」信嬤嬤滿臉陪笑。

歐陽爵黑亮的眼睛眨了眨，長長的睫毛閃了閃，討好地說：「姊姊，外面冷，進屋去吧！」

歐陽暖含笑看了院子裡眾人一眼，處理完幾個出頭鳥，松竹院裡忽然安靜如同墓地一般。

她微微一笑：「好。」

林氏回到自己住的福瑞院，還沒等鐵青著臉色的歐陽治先發作，王嬤嬤已經將屋內一干丫鬟媳婦全都叫出屋去，林氏撲通一聲朝著他跪下了，聲音如鐵器撞刀砧，臉色決然，「老爺，今日全是我的錯，惹得母親生氣！」

歐陽治顧不得歐陽可也在場，冷喝道：「妳也知道錯了？平日裡不約束下人，現在說這些有什麼用！」

林氏眼淚如湧泉，淒聲道：「治郎，你總要容我分辯！」

歐陽治輕輕一震，目光還是恨恨的，「妳有什麼好分辯的？難道爵兒院子裡的下人翻了天的事還冤枉了妳不成？」現在回想起來，爵兒那天在花園裡出了事，林氏確實可能脫不了干係！

林氏輕輕擦拭著眼淚，哀聲說：「母親辦事，我並不敢置喙，可也得容我說個青紅皂白呀！前些年我剛進門時，府裡的丫鬟婆子就隱隱綽綽地議論著，說是我這個庶女替代了姊姊，占了原本屬於她的位置，爵兒不知道從哪裡聽來了這些話，一直對我冷鼻子冷眼的。我本以為這不過是幾個無知下人嚼舌根，爵兒又是個小孩子，等長大了自然能體會到我的苦心，便不敢拿瑣事來煩擾老爺，暗暗忍下了，總想著清者自清，過不多時謠言總會散去，可沒想……沒想老爺竟然也疑了我！」

說著便滾珠般的淚水止也止不住地哭了起來，白玉般的手指抹過面頰，哀哀淒淒地說：「老爺，爵兒心裡早就怨上了我這個繼母，我做再多他都覺得是沒安好心，那年我熬了三個晚上給他做了雙鞋，他一下子丟進了湖裡，母親知道以後還說叫我以後少管他的事，我從此後就不怎麼敢管爵兒的松竹院，生怕讓爵兒誤會我這個繼母別有用心！誰知那些個小人藉機生事，亂了院子，那信嬤嬤可是家中幾十年的老人了，又是姊姊親自留給爵兒的，我想著將院子交給她也放心，誰知道她竟然也縱容著那幫下人壞了規矩，出了事情還要全怪在我身上！」

林氏說著又嗚嗚的哭了起來。

「就算如此，妳難道一點過錯都沒有？」歐陽治冷哼一聲，聲音裡卻沒了剛才的滔天怒氣。

林氏膝行幾步，爬到他身前，一張美麗的面孔滿是淚水，哽咽地緩緩訴說：「若說我一點錯也沒有，那也不然；我怕跟爵兒的關係更僵，不敢將事攬在身上，若是我能狠下心來管理家宅，也許今天就不會有這些事情……我不過是怕被人說我這個繼母指手畫腳、插手繼子院子裡的事情而已！我是錯了，可若說我有心縱容下人傷害爵兒，我就是到了閻王那兒也是不依的！我到底是他的親姨娘，難道沒有半點真心嗎？」

歐陽治聽著，也慢慢有點動容，默聲坐著。歐陽可在一旁看著，露出笑容，按道理說，父親縱然疑心了母親，沒有證據也不能怎麼樣，母親本不需要這樣下跪哭訴，她如今這麼做，卻成功地免除了父親所有的懷疑。

林氏又抽泣了兩下，哀聲淒婉，顫聲說：「老爺，我本是侯府的庶女，這一輩子都是依附著老爺活著的，倘若老爺厭棄了我，我不如現下立刻就死了！我也知曉自己惹怒了母親，讓母親心裡不快，她怨我厭我，我都明白，也不敢自辯……只盼望有一天我也能給歐陽家生個兒子，母親才能容得下我！」

歐陽治一向知道母親對林氏最不滿的就是她至今沒能生個兒子，聽到這裡也覺得大概是母親借題發揮，將爵兒受傷和下人胡鬧的事情都怪在了林氏身上，果真如此林氏何其無辜，他心頭一疼，連忙一把扯起林氏，「好端端的，妳這是做什麼？」

林氏抬起頭來，淚眼婆娑地望著他，千般柔情萬般委屈，他實在不忍心，嘆了口氣，「算了，這事情誰也不許提！」

歐陽治走了，林氏回到裡屋，丫鬟梨香早已擺放好檀木小几子，溫熱的茶盞冒著熱氣，林氏卻一腳踢翻了，茶水頓時飛濺。

梨香嚇了一跳，立刻跪了下來，王嬤嬤重踹了她一腳，「還不快收拾東西滾出去！帶上門！」

當屋子裡只剩下林氏、歐陽可、王嬤嬤三個人的時候，林氏惱怒地道：「妳們說這歐陽暖是不是腦子磕壞了，為什麼突然處處跟我作對？」

歐陽可搖搖頭，要說變化，大姊那雙眼睛的確是不同了，太過安靜清澈，臉上的笑容又十分的真心，可做出的事說出的話卻很是老道毒辣，她是變了，變得讓人無法捉摸。

「主子，大小姐也許是誤打誤撞，她那種沒用的廢物，這輩子都翻不出您的手心。」王嬤嬤諂媚，她是林氏的心腹，陪著她從一個小小的侯府庶女一步步往上爬，直到如今成為歐陽家的當家夫人，林氏有些見不得光的事都是她幫著辦的，也更知道林氏的心思，「說不定她背後有人指點，我看那方嬤嬤就是個老奸巨猾的，用不用想個法子……」

林氏斥責：「糊塗，如今歐陽爵剛出事，歐陽暖再緊接著發生事端，母親和老爺肯定會懷疑到我身上來！都是妳辦事不牢靠，沒能斬草除根，若是當時在花園……」

歐陽可急忙上前幾步，「娘，說話要小心！」

王嬤嬤笑笑，「我的小姐，這院子上上下下都是夫人的人，您放一百個心。」

林氏嘆了口氣，臉色陰沉道：「原先我看她是個蠢笨的，誰知竟是眼拙了，被這丫頭騙了這些年！」又把歐陽可拉到自己身邊，「女兒，娘以前在娘家是個不得寵的庶女，所有的風光都是大姊的，我哪怕再出色都是大姊的陪襯！從嫁進來的那一天起我就發誓，將來我的女兒絕不能讓歐陽暖壓著！」

林氏平和慈愛的眼底劃過稍縱即逝的怨恨，又輕笑道：「難為妳生得這麼出色，又琴棋書畫樣樣精通，我的可兒是百鳥中的鳳凰，她歐陽暖不過是個平庸的麻雀，除了有個大小姐的身分，她有什麼是比得上妳的？她以前老實聽話就罷了，敢來對付我？哼，娘會徹徹底底毀了她！」

「娘，話是如此，可我總覺得大姊看我的眼神……說不出哪裡怪怪的！」歐陽可想著，不知道該怎麼形容，歐陽暖那種笑容看著十分溫和親切，卻讓她覺得有一股涼氣從腳底下升上來。

貳之章◆美人入府添惑亂

歐陽暖輕輕把窗戶開了一線，看向外面，只見那院子裡，鐵樹的花開得很是傲然，花為圓柱狀，如玉米芯一般，花朵層層疊疊，黃燦燦煞是好看。她今天藉著這株鐵樹引來祖母，是為了明明白白地從祖母口中得到權力，同時讓祖母和父親對林氏生出不滿，如今看來，效果尚可。

歐陽爵蹬蹬蹬跑過來，道：「姊姊不要生氣，為了那些小人不值得！」

歐陽暖微微一笑，「我從來沒為他們生過氣，爵兒，姊姊今天讓你看著怎麼處置這些人，就是希望你明白，不管下人如何放肆，他們都是奴才，只要主子一句話就能決定他們的生死。你手中握有權力，誰都會畏懼你，但你若是太過寬和善良，就會讓這些人全都爬到你頭上來，久而久之，你這個主子就變成了奴才，不知不覺被他們牽著走了。」

「嗯！」歐陽爵認真聽著，似懂非懂。

她用這樣的雷霆手段處理那幾個下人，是前世的歐陽暖做不出的，當年她善良敦厚，憐憫他們十分不易，可到了她受苦落難的時候，除了方嬤嬤和紅玉，這些人無一不是落井下石，又何曾同情過自己半分？

歐陽暖笑道：「從今往後，這院子的一行一動都要有章法，丫鬟們該做什麼怎麼做，都依著規矩走，明白了嗎？」

歐陽爵看著紅玉拿出來的宣紙上寫著條條陳陳，鉅細靡遺的規矩，登時睜大眼睛，「姊，妳今天不是臨時起意，是早有準備的啊！」

歐陽暖伸出手指，戳了戳他的小腦袋，「小傻瓜！」

今天她如此做法，等於在向林氏示威。林氏心機深沉，自然是不會善罷甘休，爹爹雖然一時震怒，卻很快會被這個女人的花言巧語哄回去。不過，這只是剛開始。

如果她沒記錯，馬上歐陽府就要迎來一位嬌客了，對林氏來說，這可是個壞消息……

自這一日起，歐陽暖每日都準時去向祖母請安，一日不落。這一日去，祖母李氏很熱情地招呼歐陽暖：「快過來，看看妳表姑媽！」

歐陽暖仔細一看，李氏身邊果真坐著一位美人兒，不過十七八歲的年紀，斜斜梳了小巧的墮馬髻，青絲束成一束，隨意地放在腦後。髮髻上別了一支素銀花卉絞絲小髮簪，與耳上的淚狀墜子相映成趣，配上一身鵝黃的襖裙，好似一隻伶俐的畫眉鳥。

自從上次事情過後，老太太對大小姐和二小姐就有了顯著的區別，看到大小姐來了，張嬤嬤趕忙讓丫鬟端來一張鋪有厚棉墊的直背交椅，緊緊挨著熱炕放了，「大小姐，老太太正念叨您呢！」

歐陽暖微微一笑，親切地道：「張嬤嬤說的是，我聽說祖母身邊來了個仙女一般的美人兒，特地來看一看，沾沾仙氣。」

一句話說得李氏和那個美人兒都笑了起來，李氏拉著那女子的手介紹給歐陽暖：「就妳會說話！這是我表弟的女兒，也是妳表姑媽，還不快見過！」

這麼年輕的表姑媽還真是不多見，歐陽暖卻半點沒覺得彆扭，親親熱熱地叫了一聲表姑媽，李月娥也好奇地打量著這個歐陽家的大小姐。

前世印象中，這個表姑媽李月娥倒是出身書香門第，父親是李氏的遠房表弟，不但中過秀才，還開辦了私塾，只可惜沒過兩年她的父母就相繼去世了，如今說得好聽是來看望李氏，實際上就是個無依無靠的孤女來投奔的。歐陽暖記得當初她一進門就很不討林氏的喜歡，自己也一直覺得這個女人總喜歡在父親跟前打轉十分礙眼，果然沒半年林氏就想方設法將這個美人兒嫁了出去。

如今，歐陽暖可是十分歡迎這位嬌客的到來。

沒說兩句話，林氏帶著歐陽可就到了，這段時間李氏每次看到她都沒好臉色，虧得她還能每天必到，照樣親親熱熱，一副萬事都從容不迫的樣子。歐陽暖心中不免冷笑，被那樣當面斥責還能做到如此，林氏為人果真不可小覷。

李氏看到她來，只淡淡說了聲坐吧。林氏卻沒有坐，反而親手接過張嬤嬤手上的果盤，放到炕上的一個黑漆螺鈿束腰小條几上，又轉過身來還要接丫鬟手上的茶。

李月娥笑得甜蜜可人，說了一句：「表嫂，我來吧。」

原本不過是句客套話，反正又不是沒有丫鬟，茶水都是端到跟前再轉手，不會真的有多辛苦，李月娥這麼做，只是想要給林氏留給好印象，將來在歐陽家寄人籬下的日子能好過一些。

但這話一說，李氏不高興了，朝林氏冷聲道：「妳是尊貴的人，可別為了我這把老骨頭累壞了，不值當，先回去歇著吧！」

林氏笑容一僵，雖然無故受了氣，還得強撐起笑臉道：「娘不用這麼心疼我，我不覺得累！」

「那妳更該回去了！」李氏見她陪笑，反倒更添一層怒火，聲音越發得冷，近乎訓斥：「免得回頭累著了，更加沒心思管理宅院，到時候家裡下人亂成一團，豈不成了我不心疼兒媳的錯？妳去吧！」

林氏只覺一口氣堵在胸間，有點喘不過來。她忙前忙後不得半分好，反倒礙了婆婆的眼，平白無故挨了一頓訓斥，而且還是當著繼女和外人的面，叫自己今後還怎麼做人？還怎麼做歐陽家的當家主母？

她走也不是，留也不是，臉上更覺得下不來。

歐陽可人機靈，上前扶了母親道：「娘，既然是祖母的好意，就先回去歇一會兒吧！」

歐陽暖也溫柔地道：「娘，妹妹說的是！有女兒在這裡替娘盡孝，您有什麼不放心的呢？」

林氏看著歐陽暖，勉強露出笑容來，「那就麻煩暖兒了。」說完，強忍著氣退了出去。

歐陽可掀開簾子的時候，充滿怒氣地盯了歐陽暖一眼，卻看她微微啟齒：「妹妹，妳答應我的英山雲霧可別忘了。」

簾子啪的一聲摔了下來，把李月娥嚇了一跳。

從祖母的屋子出來，歐陽暖突然叫住了李月娥：「表姑媽，剛才祖母說您的針線做得極好，可否去我那兒坐坐，指點一二？」

李月娥愣愣地看著她，此刻歐陽暖鬢邊插了一支深紅寶石的喜鵲登梅簪，身上一件淺杏仁鑲玫紅厚綢的灰鼠襖，富貴逼人，越發映得少女的臉龐清麗明媚，她笑意吟吟地看著自己，自己一時之間說不出拒絕的話，只能說了聲：「好。」

歐陽暖笑得更溫柔，林氏沒有敵人就給她樹立一個敵人，給她找點事情做做，豈不妙哉？

李月娥攏了攏身上的盤金銀絲雙色纏枝花的狐狸皮袍子，坐在暖和的房間正廳內，屋裡正中放著個鏨福字的紫銅暖爐，不斷散發著熱氣。

歐陽暖吩咐紅玉他們準備了不少的瓜果點心，擺滿了一桌子。李月娥看了眼歐陽暖隨意放在桌上的手指，光亮的指甲呈現透明的粉色，手指細膩圓潤、光滑如玉，一看就知道是養尊處優的大小姐，她不免為自己孤苦無依的命運嘆了口氣，越發看不透對方這樣的高門女子怎麼會耐下性子和自己這麼個寒門孤女敘話了。

「多謝大小姐的袍子，我實在是惶恐。」若說在李氏面前這個大小姐表現出三分親熱還情有可原，現在沒人看見，她卻對自己這麼和顏悅色，實在令人費解，畢竟看那個林氏和二小姐的表情，分明當自己是投奔而來的窮親戚，連正眼都沒瞧過。

「表姑媽說的哪裡話？您一路風塵僕僕從南方到京都，自然不知道這裡天氣冷得很，我們早該為您準備好這些的。」歐陽暖這麼說著，笑語嫣然。

是啊，早該為客人準備的人是當家主母林氏，可她卻什麼都沒有做！李月娥心裡一想，自然就對林氏有了三分不喜。

屋子裡只留下了紅玉和方嬤嬤兩個人，方嬤嬤熱情地為李月娥倒了一杯茶，說道：「李家小姐這次來京都要留多久？」

李月娥表情一頓，立刻覺得有點難堪，歐陽暖嗔怪道：「嬤嬤，表姑媽到了我家，就像是回家一樣，以後就不走了，既可以給祖母做個伴兒，又可以指點我的繡活兒，多好的事情！」

李月娥的臉色立刻緩了緩，蒼白的臉孔像是有了幾分生機，「大小姐，我……」

「千萬別再叫大小姐，叫我暖兒就好，祖母和爹娘都這麼叫我，表姑媽是自己人，也該這麼這麼叫才親切。」歐陽暖微笑，冬日的陽光照進廳堂，照在她臉上，顯得她的皮膚白得透明，一雙眼睛如一潭清泉般幽靜，卻冒著一簇奇異的火焰，明暗交替，變幻莫測。

李月娥笑得自然了些，對待歐陽暖的態度也不像剛開始那麼疏遠。兩人又說了幾句繡活兒的事，歐陽暖突然嘆息了一聲，「可惜表姑媽將來也是要嫁人的，不能一直留在家中陪我。」

李月娥還沒說話，她的丫鬟佩兒便嘻嘻一笑道：「大小姐說的是，老太太剛還給我們小姐說了親事呢！」

李月娥臉一下子漲得通紅，斥道：「小蹄子，不許亂說！」

歐陽暖聽了之後露出感興趣的表情，「哦，是哪家？表姑媽不要害羞，我雖然不愛出門，卻也在京都生活多年，說的是哪戶人家，我也好幫著打聽啊！」

李月娥心念一動，雖然女兒家的婚事的確不好多說，可歐陽暖不僅是歐陽家的大小姐，更是侯爺府寧老太君的嫡親外孫女，這樣的身分在京都閨秀的圈子裡自然能拿到第一手的消息，自己的婚事……

佩兒看自己主子沉吟不語，立刻察覺到了她的心思，馬上說道：「一個是中牧監王家庶出的三公子，另一個是尚藥局司醫孫家嫡出的大公子。」

歐陽暖一聽，臉上的笑容似乎蒙上一層顧慮，看著李月娥欲言又止，方嬤嬤在一旁咋舌道：「李家小姐這樣的人品，怎麼好配那種人家！」

李月娥聞言大驚，顧不得羞澀，「嬤嬤這話怎麼說？」

歐陽暖低聲斥責：「嬤嬤，不要胡言亂語，壞人姻緣的事情萬萬做不得！」

中牧監是正六品，雖然是個庶子，但門第卻高；尚藥局司醫是正八品，門第不高，卻是嫡出的公子。這兩家若不是看在歐陽家的分上，斷斷不會同意這婚事，就算如此，還是她高攀了，怎麼方嬤嬤卻說出這種話呢？

「您不知道，那王家公子吃喝嫖賭無所不為，孫家的大公子體弱多病，一直想著娶妻沖喜，這京都裡哪兒有好姑娘想嫁給他們兩家！」

怪不得……怪不得他們願意上門求娶！李月娥臉色一下子慘白。如今自己這種家世門第，又怎麼可能嫁入高門？但寒門小戶，她暗自咬牙，讓她去受苦，她也絕不願意！

「表姑媽，您還是要為自己多多打算才是。」歐陽暖十分關心地說，看李月娥面色還是難看，微微一笑，揮手讓紅玉端來一個嵌紅寶石的匣子，「這是爹爹前幾日送來的禮物，平日裡我也收了不少了，這盒就送給表姑媽吧，算是您將繡活兒傾囊相授的謝師禮。」

紅玉捧著匣子到了李月娥跟前，順手打開。

李月娥看了一眼，見裡頭金玉輝煌，頓時嚇了一跳，「這使不得！」

「表姑媽進了歐陽家，就是自己人，這不過是我小小的心意，您若是不收下，我該傷心了！」

歐陽暖笑著拍拍她的手，看到李月娥的眼睛不由自主往匣子上轉，笑容變得更深。

兩人說了會兒閒話，李月娥便要起身告辭。

歐陽暖也不多留，笑著起身相送，誰知道在院子大門口，李月娥卻差點撞上一個人。那人三十來歲的年紀，身姿挺拔，風度翩翩，十分儒雅，正是歐陽家的老爺歐陽治。他剛從外面回來，還是風塵僕僕的樣子。

時間剛剛好！

「爹。」歐陽暖微微一笑，看向身邊的李月娥介紹道：「這是李家表姑媽。」

李月娥沒料到會碰見歐陽治，剛才又差點撞在他的懷裡，臉上不由紅了紅，「表哥安好。」

歐陽治突然在女兒院子門口撞上一個嬌滴滴的大美人，頓時愣住，眼睛不受控制地看著李月娥，歐陽暖輕輕咳嗽了一聲他才反應過來。想到李月娥是一個未出閣的姑娘家，即便是表兄妹也不好多說話，只好笑著說道：「表妹可還住得習慣？若是缺了短了什麼，只管跟妳表嫂說就是。」

李月娥不知為什麼臉上燙燙的，低了頭道：「嗯，多謝表哥。」

歐陽暖一路送李月娥出去，笑道：「表姑媽先去休息，明天我再過去找您說話。」

李月娥忙道：「嗯，外面涼，暖兒妳快回吧，表哥……好像還在等著妳呢！」

她一路走出去，等離開了歐陽暖的視線，找了個避人的地方趕緊打開匣子，裡面放著一支點翠嵌寶梅花簪、一支綠寶石淚形釵、一個碧綠的翡翠手串、一對東珠耳環……足足半匣子，照得她眼睛都花了。

佩兒驚呼：「大小姐好大方！」

李月娥看著這一盒珠寶也不免咋舌，感嘆歐陽家真的非同一般，喃喃地說道：「妳說，要是我嫁的人家有這樣的富貴，該有多好？」

接連兩天，歐陽治都與李月娥在李氏處「偶然」相遇。李氏是什麼樣的人物，沒消片刻就明白過來，一雙精明的眼睛在兒子和表侄女的身上轉來轉去，很快有了主意。

林氏剛進門那幾年還對自己這個婆婆畢恭畢敬，這幾年地位站穩了就有了嬌驕二氣，竟然還敢對爵兒下手，李氏覺得當壓一壓她。況且像歐陽治這樣的官位，娶十個八個姨娘也常有，如今不過只有兩個姨娘，還都沒有生出孩子，子孫為大，林氏到底也是大家子出身，必須明白這個道理。只是李氏又想了想，覺得歐陽暖對待李月娥十分和善，如果因為自己要將李月娥嫁給自己兒子，孫女心裡有什麼想法就不好了，但身為祖母，去和孫女討論兒子小妾的問題實在不成體統，於是她先派張嬤嬤去探了口風。

張嬤嬤主動去找歐陽暖，東拉西扯半天才進入正題，腆著臉說：「大小姐，老太太捨不得李家小姐離開咱們家，正好老爺身邊也缺個知心的人……只是您一向與李家小姐交好，老太太讓我來，是希望您不要因為這件事生出誤會……」

歐陽暖聽著，嘴角一點一點彎上去，歡歡喜喜道：「那要恭喜爹爹了……日子定在什麼時候？」

張嬤嬤設想了千萬個可能，卻沒想到歐陽暖是這麼個表現，頓時覺得大為納悶，臉上帶笑說：「這還要看李家小姐的意思，大小姐心裡有數就行了。」

歐陽暖拉著張嬤嬤的手，親切地說：「祖母不先問過表姑媽，先來問我，可見心裡是真的疼惜我的。以後若再有什麼事情，著人來告訴我便好，免得勞累張嬤嬤特意走這一趟。」

一旁的方嬤嬤將一個厚厚的紅封塞進張嬤嬤的口袋，道：「大小姐年紀小，老太太的心思只有妳最明白，小姐有個什麼做不好的，嬤嬤多提點。」

張嬤嬤走的時候笑得眼睛都看不見了，紅玉有些看不慣她那副小人樣子，低聲道：「這種捧高踩低的人，小姐理她做什麼？」

「越是小人，越是能為我所用！紅玉，妳可別小瞧了這些人，他們將來的作用大著呢！」看著張嬤嬤遠去的背影，歐陽暖臉上親和的笑容化為了一道諷刺的弧度。

「是，大小姐。」

這把柴加下去，林氏那裡的火會越燒越旺，當然，這事情進行得越祕密，爆發出來的時候才越有殺傷力……

李氏原以為孫女會不高興，看她這樣通情達理，越發覺得自己的主意沒有錯，便一鼓作氣地把事情對著李月娥也說了。

李月娥是個聰明人，聽老太太身邊的張嬤嬤一提起，第一個反應是有些吃驚，繼而很是惱怒了一陣子。

自己一個未出閣的黃花大閨女，他們這意思是……難不成是看她一個孤女柔若無依好欺負？但是她靜下心來想一想，那天在歐陽暖院子外面見到的歐陽治，年紀不大，官位很高，為人也是風度翩翩，十分儒雅。問題是——自己明明可以嫁給一般人家做嫡妻，現在卻要給人做小妾？若是自己父母親還在世，能夠許給表哥做嫡妻，那才是真真正正的一門好親事，現在這算怎麼回事？

李月娥心裡有些惋惜，又有一點不平。那林氏雖然是侯府出身，卻只是一個庶女，論容貌、論才情，自己並不輸她半分，只是運氣差了那麼一些。

李月娥心煩意亂，下意識地打開歐陽暖那一匣子珠寶，眼睛就再也移不開了。若是嫁給普通人家，縱然是嫡妻又如何，還不是要過苦日子，但是如果嫁給歐陽治……

她思來想去，折騰了半夜，終於主動找到李氏，羞澀地點了頭。

李氏雷厲風行，第二天等歐陽治和林氏都來請安，直接將這件事提上了議程。歐陽暖和歐陽可還都坐在一邊，歐陽可的臉色刷的一下白了，她看向自己的母親，一時之間說不出話來。

林氏盯了李月娥一眼，那眼神就像是毒蛇盯上了老鼠，嚇得李月娥一個哆嗦，下意識地躲到了李氏的身後。

「母親，這不妥吧，李家姑娘是來投奔我們的親戚，怎麼可以將人家收作妾室？這樣一來，豈不是影響老爺的官聲？」林氏過了片刻，笑著勸說。

聽到這話，連歐陽暖都不得不佩服這個女人，她在短短驚愕過後居然能想到這麼個冠冕堂皇的理由著實不易，只是，祖母是那麼好打發的人嗎？

「什麼官聲？吏部尚書還比治兒高一階，還不是納了個青樓女子為妾，誰又能說他什麼？我們月娥是好人家的姑娘，難道還能侮辱了老爺的官聲不成？」

歐陽治心裡自然是願意的，只是在妻子面前還要裝模作樣，道：「母親，婉如說的對，怎麼能讓表妹給我做妾？」

「怎麼了？」李氏冷哼一聲，不快道：「月娥給你做妾，難道還讓你委屈了？別說做妾，就是給你做妻，她也是配得上你的！」

林氏一聽，頓時臉色大變，婆婆在眾人面前說這種話，分明是因為上次的事情恨上了自己，故意給自己難堪。

歐陽治皺眉道：「兒子不是說這個，只是……」

「是不是怕你媳婦不願意？她生不出兒子就不讓別人為你開枝散葉？天底下哪兒有這種道理？」李氏厲聲問道。

林氏幾乎被這句話擠兌得要氣死，正要發作，王嬤嬤一把上去抓住她的胳膊，硬生生將她要脫口而出的話給壓了下去。

林氏這兩年不知道打發了多少個想要嫁給歐陽治的女人，可惜這次不同，是母親親自所賜，作為兒媳婦，如果連這個面子都不給，還怎麼在歐陽家做當家主母？任憑林氏百般手段，都使不出來了！歐陽暖端起茶杯，好整以暇地喝了一口茶。

歐陽治一怔，看了林氏的表情一眼，忙道：「沒有，婉如不是這種人！」林氏肯定不願意，要不然他這麼多年也不會只有兩個妾室，一個是原本的丫鬟由母親做主抬上來做妾，一個是頂頭上司送來的禮物，都不好推拒。

李氏的臉越發陰沉了……

戲不能做得過分，否則母親真的反悔豈不是得不償失？歐陽治連忙陪笑道：「兒子就是覺得，讓表妹做了妾室委屈了她！」

「你知道月娥委屈就好。」李氏臉色稍微緩了緩，道：「往後可得多心疼人，別虧待了她！」事情就此定下了，李月娥羞紅了一張俏臉，林氏卻氣得臉色發白。

歐陽暖的神色如同白梨花一般靜謐，輕揚的嘴角好像時刻帶著笑意，「那從今後，就不能叫表姑媽，得叫李姨娘了。」

兩天後，歐陽治、林氏都在李氏那裡問安時，李月娥特地穿上了新做的雪青色襖裙，上面用銀線繡了藤籮，絲絲纏繞。行動間璀璨光華，猶如流水行雲，越發顯得她腰肢纖細，身段玲瓏。不要說是歐陽治，就連歐陽可這樣的小丫頭都忍不住盯著那條流光溢彩的裙子瞧。

李月娥心中得意，暗道大小姐送的緞子顏色極好，再加上前次送的珠寶，這麼一配起來，已經生過孩子的林氏頓時顯得暗淡無光了。她藉故在歐陽治身邊轉了又轉，把他迷暈了眼不用說，卻偏偏看得到吃不著，越發心癢難耐，於是便硬生生催著李氏將她收房的日子往前提了半個月。

這時候，歐陽暖正和歐陽爵兩個人坐在廊下看著滿院的梅花，冬日裡溫和的陽光照在身上，梅花特有的清香充盈在鼻端，十分的舒適。

前世她嫁到蘇家後，院子裡也是栽了一片梅樹。冬天的時候，推開窗子往外看去，可以把那朵朵的梅花蕊都看得清清楚楚，令人覺得格外喜悅和滿足。剛剛嫁過去的時候，她一直幻想著，等將來有了孩子，就在走廊上擺一把躺椅，抱著孩子曬太陽，看著面前的花海，聞著花香，就比什麼都快活。可那種舒心快活的日子她卻一天也沒擁有過，嫁到蘇家以後，生活中只剩下了無休止的被人迫害和折磨。她做夢都想要的幸福，被那些人一手給毀了……歐陽暖微微閉上眼睛。

歐陽爵把頭靠在她肩膀上，軟軟地說：「姊姊，妳怎麼不說話？妳睡著了嗎？是不是昨晚沒睡好啊？」

歐陽暖輕輕地說：「爵兒，你看你這個院子多美啊，姊姊覺得這樣真好！」

歐陽爵撇撇嘴，「我從小就看著，看多了就不覺得了。再說了，妳看梅花現在開得燦爛，等過幾日，一陣大風吹過來便滿地都是，糟汙成一片。何況，這家裡還有些個討厭的人，再美再好的屋子、院子，住著都是不舒服的。」

歐陽暖睜開眼睛，微微一笑，「真是個傻孩子，話倒是不錯！」

歐陽爵想當然耳的抱著她的胳膊，「不過，現在有姊姊陪著我，我就勉為其難忍了他們啦！」他認真地看著歐陽暖，「姊姊，妳會一直陪著我的吧？」

歐陽暖看著歐陽爵的眼睛道：「爵兒，姊姊活著一天，就陪著你一天。」

「嗯！姊姊保護我，我也要快點長大保護姊姊！」歐陽爵再次像發誓一樣地說。

歐陽暖輕輕一笑。

也許是今天的陽光太暖和，歐陽爵說著話竟然就依著歐陽暖睡著了，一旁的紅玉立刻回房間裡拿了一條毯子給他蓋上。歐陽暖撫摸著爵兒黑亮的額髮，輕聲道：「為了你，哪怕變成惡鬼又如何……」

再來這一世，她最珍貴的寶物就是爵兒，若是有人敢動他，她會讓那些人過得比死了還難受！

「大小姐，聽說那邊這幾日病了……」方嬤嬤怕吵醒了大少爺，刻意壓低了聲音。

「哦？」歐陽暖知道，李月娥不僅僅是個空有美貌的花架子，自從她嫁進來以後，歐陽治就只肯在林氏那裡應個卯，其餘時候都喜歡往李姨娘那裡跑。看來，納妾一事對林氏的刺激不小。

一早，歐陽暖照例很早就去向李氏請安，這回李氏直接讓歐陽暖一起上了炕，讓她暖暖和和地挨著自己坐著，接著就等眾人來請安。過不多久，歐陽治帶著剛過門的李姨娘來了，林氏和歐陽可卻沒有來，說是病了。

李氏神色變了一變，漸漸陰沉下來，「母女兩個一塊兒病了？莫不是傳染病？」

「我已經差人去請大夫了，希望無事方好。」歐陽治憂色道。

李氏冷冷地看了兒子一眼，忽然道：「回頭你還是親自去瞧瞧吧，母女倆住得近了，得病也容易染上，就是不知道可兒會不會也傳染上她娘的嬌氣了！」不過是娶了一個姨娘，就敢給她這個婆婆臉色看了，倒真是天下奇聞。

李姨娘一愣，臉上顯現出為主母病情憂心忡忡的樣子，心中卻很是喜悅，喜的是老太太要給林氏顏色瞧，連忙道：「老太太說的是，這次夫人和二小姐一塊兒病了，老爺是得去瞧瞧！」

歐陽暖垂下眼睛，長長的睫毛垂下來掩飾住了眼神中的一絲笑意。前幾天還是表姑媽，現在就是老太太，看來這李姨娘十分適應自己的新身分，角色轉換很快呀。

李氏淡淡地看了李姨娘一眼，低頭喝茶，便再也不提這個話題了。

歐陽暖笑著向歐陽治問安，又和李姨娘噓寒問暖了幾句，談幾句李姨娘從老太太院子裡搬到新院子的感受，張嬤嬤又插科打諢了幾句，大家一團和氣地說了些話後，請安就此結束。

等歐陽治帶著李姨娘走了，李氏卻將歐陽暖繼續留下來敘話，說得好好的，卻突然問道：「暖兒，妳覺著妳娘和妹妹是真的都生病了嗎？」

這句話問得很不好回答。

歐陽暖聽了這句話，神情有些迷茫，「祖母，爹爹不是這麼說的嗎？」

「哼，他說妳就信！這麼大的人，連個女人都管不好！」李氏從鼻子裡哼出了一聲，眼睛裡冒出冷冷的光。

歐陽暖微微一笑，攏了攏額角的碎髮，「祖母不要怪娘，爹爹剛娶了新姨娘，娘一時糊塗想不通您的好意，所以才怠慢了，等她醒過神兒來就好了。至於妹妹麼，她看到親娘難受，心裡怨憤也是難免，只是個小孩子，不太懂事，祖母千萬別和她計較了。」

幾句話一說，的確是在為林氏和歐陽可說話，只是李氏仔細一想卻越發覺得林氏是故意拿喬，連帶著歐陽可也跟著驕縱起來，李氏果然面色越發不好看，輕輕拍了拍歐陽暖的手，「妳比她們都還懂事些！」

歐陽暖垂下眼睛，十分謙遜的模樣。與林氏親近多年的最大好處就是，她非常瞭解林氏，林氏曾經是侯爺府的庶女，小心翼翼慣了的，但做了十年當家夫人，一貫得繼女的愛重，有親生女兒傍身，得夫君憐愛，掌控歐陽府上下，獲得一片稱讚之聲。世人都說林氏賢慧大度、善良溫婉，當為女子表率，她早已不再是那個剛嫁入歐陽家府為繼室的戰戰兢兢的侯府庶女。正因為如此，她以為曾經做小伏低討好人的日子過去了，誰知卻被婆婆當眾弄得下不了台，所以立刻反射性地給婆婆臉子瞧。但這次算是撞到了槍口上，李氏這個人，心胸狹窄，睚眥必報，最上心的就是兒子和長孫，林氏如今的作為，一是縱容惡僕傷了她心愛的長孫，二是阻止她為兒子納妾給歐陽家開枝散葉，顯然犯了李氏最大的忌諱。就算她能掌控得了整個歐陽府，也無法挑戰李氏的權威，她再八面玲瓏，處處得賢名，討不到李氏的歡心，也沒什麼好果子吃。

至於歐陽治，他的確非常信賴看重林氏這個妻子，可是他更喜歡自己的家族和社會地位。母親前腳剛給他納了妾，林氏後腳就讓女兒一起裝病不去請安，這是擺明了下母親的面子，傳出去就是一個不孝的罪名，嚴重影響他的聲譽，同時母親這一頭的天平上還加了個嬌滴滴的李姨娘，所以歐陽治會作出什麼樣的選擇可想而知。

歐陽暖低下頭，喝了一口茶，看來明天有一場熱鬧可以看。

第二天，歐陽治仍舊沒能帶來林氏和歐陽可，說明林氏是打定了主意裝病到底。也是，如果她會因為歐陽治幾句訓話就改變初衷，就不是那個心機深沉善於謀劃的侯府庶女了。

歐陽暖十分擔憂地說：「昨日孫女去娘那裡請安，聽說她病得很重都起不了床，爹還請了兩個大夫會診，我也沒能進去呢！」

李氏冷冷一笑，拉住歐陽暖的手，「既然如此，咱們一起去瞧瞧！」想了想，又對張嬤嬤說：「拿我的帖子，去請王大夫來。」

歐陽暖低下眼睛，掩飾住微微翹起的唇角，道：「祖母仁厚！」

走進歐陽家主宅正院福瑞院，院落格局恢弘大氣，家具擺設奢華高雅，每一處布置都很考究，透著大家氣度，真真正正豪門風範。

李氏在歐陽暖的攙扶下，徑直走到上座坐下。

歐陽治向老太太見禮，「兒子不孝，勞動母親了！」

李氏冷冷一笑，天底下確實沒有兒媳生病婆婆來看的道理，但她就是想親自來看看林氏的演技能好到何種地步，便道：「大夫是怎麼說的？若是傳染病，還是趁早隔開這院子得好。連可兒也得和她娘分開，免得病情加重。」

歐陽治微怔，「大夫也沒說一定是傳染的。」

李氏一拍桌子，喝道：「既不是傳染的，怎麼連可兒都不來問安？你請的什麼大夫，看的什麼病？傳出去真是貽笑大方！」

歐陽治的臉上露出尷尬，額頭隱約可以看到冷汗，歐陽暖在一旁溫言道：「爹別擔心，祖母也只是擔憂娘的病情！王大夫醫術精湛，深受倚重，讓他看看吧！」

王大夫幾乎可以說世代在歐陽家行醫，只為李氏一個人看病的專屬大夫，今天被請過來，可見李氏有多生氣。

歐陽治如蒙大赦，立刻招呼頭髮鬍鬚皆白的王大夫去把脈。老大夫果然是杏林高手，把脈開藥一氣呵成，不過在他離開前，對臉色始終冷淡的李氏道：「歐陽夫人平日裡身體健朗，這次遇到什麼不順心的事，急怒攻心，氣血淤塞，才生了病，以後還是勸她放寬心胸為好。」

這話一說，一直在外面喝茶的李氏果真黑了臉，歐陽暖臉上還是一貫的溫和平順，「祖母，既然不是什麼傳染病，就讓我進去看看娘吧。」

李氏冷冷一笑，「我也該看看這個急怒攻心的媳婦！」

內室，躺在床上的林氏氣息奄奄、柔弱蒼白，一旁的王嬤嬤一臉憂心忡忡，所有的丫鬟婆子也都低下頭屏住呼吸，看樣子還真像是主母生了病的樣子。見李氏進來，王嬤嬤趕緊搬了座椅給李氏。

歐陽暖看了一眼守在床邊的歐陽可，對著林氏笑了，「娘，王大夫說您沒什麼大病，只要放寬心胸，便可早日康復。好在這裡有妹妹陪著，祖母又親來看望，娘只管放心休息。」

這話活似個大巴掌狠狠地抽在林氏臉上，她面上笑容僵硬了一下，嗓音乾澀：「多謝母親掛念兒媳！」

林氏料到了一切，卻棋差一著，她本來想給李氏臉子瞧，沒想到她竟然請來了大夫來看望，這並不像她一貫的行事作風，一定是歐陽暖！林氏指甲摳進華緞錦被中，歐陽暖，妳為何總是壞我的好事？

她掙扎著起身，似要向李氏表示感謝，歐陽暖趕緊上去阻止了，「娘，您生著病，就不要起來了，祖母不會見怪的！」

「讓祖母掛念了，娘只是前日沐浴時著了涼，昨日早起便覺著頭重腳輕，我一直守在床前照顧，所以沒能過去向祖母請安。」旁邊的歐陽可細聲細氣地說。

「是嗎？」李氏淡淡地說。

林氏微笑，臉上多了點楚楚可憐的味道，說：「昨日一早起來，我就病了，可兒一直在我身邊，恐染了病氣給母親，也不敢放她過去，您可千萬別怪罪！」

那一臉誠摯歉疚的笑容，任誰看了也覺得不似作假，李氏卻沒搭話。歐陽可向來得寵，哪裡受過這樣的待遇，小臉慢慢的漲紅了，似乎有些手足無措。

歐陽暖面上帶笑地說：「祖母，一日不見，可兒倒像是瘦了些，許是真的累著了！」

李氏這才看了看歐陽可，慢慢地說：「倒是真的瘦了。妳娘受了風寒，妳一直在床前伺候，也算得上有孝心。」只是這孝心用來矇騙祖母，就不那麼可憐了。

歐陽可含淚應著，看著李氏，淚眼汪汪的，又是可憐又是委屈，道：「多謝祖母體恤！」

李氏看了她一會兒，伸手將她拉到身前，溫聲道：「可兒呀，妳一個小女孩兒，切不可心思過重，累及身子便不好了，還是要修身養性，不要跟人學些不得體的事，傳出去將來不好許人家，以後要多跟妳姊姊學學女紅針黹和規矩禮數。」

這話聽起來溫和，實際上是在指桑罵槐，一屋子的丫鬟婆子都低下頭當做沒聽見。林氏的笑臉居然一直掛在臉上絲毫沒有變化，歐陽暖微微一笑，看樣子，這個女人現在已經緩過來了。不過，有那一小刻的想不開，後果也夠她喝一壺了。

「妳既然身子不爽利，以後也就不必勉強來請安了。」李氏喝口茶，淡淡地看了林氏一眼。

林氏笑得更歉疚，「母親說哪裡的話，媳婦來請安是本分，等過兩天身子好了就過去！」

「昨日不是也請大夫看過了嗎，他們怎麼說的？」歐陽暖在一旁，很是關心地問，刻意忽略了王大夫的這一節。

歐陽可心想，妳別貓哭耗子假慈悲了，但表面上卻不敢當面露出來，只能壓住心中的惱怒，盡力為自己的娘辯解：「大夫說娘身子不好，需要多休息，最好臥床半月。」這樣祖母就不會怪罪娘了吧？畢竟大夫的話連爹爹都認同了呢！歐陽可挑釁地看了歐陽暖一眼。

林氏看到歐陽暖臉上的笑容更深了，不知為什麼就覺得心裡有一種不好的預感，果然聽到李氏輕輕「哦」了一聲，說道：「既然如此，妳就好好歇著吧，內院的事情就暫時放一放。」

一聽這話，林氏差點跳起來，母親是什麼意思？

林氏趕緊道：「媳婦今天已經好……」這話才一說完，就意識到自己說錯了，剛才歐陽可明明說過自己需要多休息，甚至還要臥床半月，怎麼自己一下子就變成好多了呢？該死的，可兒著了歐陽暖的道兒，人家是故意挖陷阱給她跳呢！現在自己反駁也不是，應承也不是，活生生被架在了半空中。她深吸一口氣，笑容更誠懇，「媳婦也知道自己身子不好，但這不是內院裡騰不出人手來嗎？暖兒和可兒年紀都還小，不然宅子裡的事情也能幫襯著一點，現在斷斷是缺不了人的。」

李氏一聽，眉眼垂了下來，似乎有些躊躇。

歐陽暖走過去，依偎在李氏身邊，笑道：「娘說的是，上次弟弟的院子裡不就差點翻了天？這群下人若是沒有人約束著，還不定怎麼無法無天呢！」

李氏原先的躊躇立刻飛到了九霄雲外，對啊，林氏一直管著宅子，爵兒的院子不也照樣亂了套嗎？現在又來說什麼沒了女主人不行的話，豈不是自打嘴巴？難不成她是掐準了自己手裡沒有能打出去的牌嗎？

李氏心裡冷笑，臉上的笑容也就慈愛了很多，「說的哪裡話，妳生了病，我哪兒能再讓妳勞累，傳出去豈不是我們歐陽家刻薄兒媳了？妳放心，妳且放寬心去休息半月，家裡的事情自然有人料理。」

林氏心中一凜，道：「不知道母親屬意誰來代管？」

「這不是個現成的好人選？」李氏向著一邊指過去，正是一臉平靜地站在角落裡伺候主母的李姨娘。如果是月娥代管，她是自己的人，什麼事情最後決斷的還是自己。

「她不過是個姨娘！」歐陽可先是驚呼出聲，而後看到歐陽暖似笑非笑的眼神，立刻意識到自己說錯了。到底她只是個小孩子，比起林氏來，就太沉不住氣了。

林氏的眼刀衝著李月娥嗖嗖嗖地飆過去，轉臉對著李氏卻又露出笑容，「娘說笑了，李姨娘剛剛過門，對咱們家的事情還不熟悉，是不是……」

「剛過門怎麼了，我當初嫁進來第二天就開始管家了，誰還沒有個第一次！」

「娘怕是……李姨娘不能服眾呢！」歐陽可輕聲地提醒。

「暖兒也大了，若是月娥有什麼不懂的，讓暖兒幫襯著權作是學習了。培養好了她們，將來也是妳的好幫手不是？難不成歐陽家的大小姐也壓不住那幫子下人？」李氏這麼說著，微微瞇起眼睛，「還是說，我這個老婆子說話不管用，非要治兒來跟妳說？」

林氏心想婆婆這是打定了主意要奪她的權力？不，應該還不至於，她只是想要給自己一個下馬威罷了。這歐陽家宅院裡到處都是自己的人，就算交給別人，那些人還能乖乖聽話不成？到時候亂了套可怪不得自己！想到這裡，她笑了，「當然不是，媳婦一切都聽母親的。讓您勞累了，兒媳養好病後，再對您盡孝。」

李氏起身，前呼後擁地走了，林氏氣得眼睛發紅，王嬤嬤一旁小心翼翼地勸道：「夫人，您且想開些，不過是半月而已，翻不了天去。」

林氏心想也是，不要看是管理內院，這裡面學問大著呢！她冷哼一聲，走著瞧吧，李氏，有妳求我的時候！

隨著祖母一起出去的時候，歐陽暖就猜到林氏心中在想些什麼，只是世上的事情總不能事事盡如人意，尤其是權力這東西，交出來容易，想要拿回去麼，可難了……

歐陽暖送回了祖母，回到自己的院子，輕巧地對方嬤嬤交代說：「我累了，去歇息片刻。」方嬤嬤點點頭，大小姐向來有午休的習慣，今天折騰了半天，又是給老太太請安，又是去林氏那兒探病，最後送李氏回去的時候還被留了飯，耽誤不少時間，但她想了想，還是提醒道：「大小姐，李姨娘那邊……」

歐陽暖微微一笑，「等她求上門來再說吧。」

李月娥雖然出身寒門，可並不愚鈍無知，她今天被委以重任卻沒有露出過分驚喜的表情，可見多少還有些頭腦，只是僅靠這點，她還鎮不住那幫人……

不知過了多久，歐陽暖睡飽了，半睇著眼睛，靄霞錦簾被掀起，紅玉微笑著過來，道：「大小姐，您醒了就好，李姨娘在外面等候了一個多時辰了。」

「怎麼不叫醒我？」歐陽暖的聲音還有些飄渺。

「我要進來通報，李姨娘說本就是她突然上門來叨擾，堅持不肯讓我進來，現在方嬤嬤正陪著。」紅玉拿過一件素絨繡花襖給歐陽暖披上。

見到歐陽暖，李姨娘滿臉笑容地站起來衝她福了福，姿勢顯得很恭敬，她身穿桃紅色妝花綾子對襟小襖，鬢上斜插碧玉簪，看起來既精緻又富麗。

歐陽暖微微頷首，「李姨娘不必多禮。」

李月娥早先還叫她暖兒，現在立刻很恭敬地叫她大小姐，可見很明白如今自己的身分，這樣是最好，一個剛進門的妾室想要站穩腳跟，最好的辦法就是得到強而有力的外援……

「承蒙老太太看得起，將家事暫且交給我打理，可我剛剛進門，哪兒能越過主母來行事呢？好在老太太說了請大小姐一起理事，這樣我就放心多了，若是有什麼不得體的，還請大小姐──」

歐陽暖微微一笑，「李姨娘客氣了，既然祖母將家事交給了妳，就放開手腳去做吧。」

「是，現在所有的下人都在正廳等著聽大小姐的訓示呢，您看……」李姨娘笑容很親切，態度很誠懇。

她不過是個姨娘，又剛剛進門，不過是因為李氏看重才得到半月理事的機會，李氏固然是想通過這件事收回一些權力，更重要的則是要給林氏一個下馬威，讓她看看這歐陽府沒有誰都能一樣過日子。如果李月娥管理不好，整出什麼事情來，祖母等於是自打嘴巴，將來在對待林氏的問題上她也就不那麼好插手了，所以歐陽暖點點頭，並不拒絕，「既如此，就請李姨娘帶路吧。」

歐陽暖一路目不斜視地走過地上鋪著的暗紅短絨地毯，直直走向正北方向那把紅木高背大椅坐下。已有丫鬟端著茶盤在一旁等著，忙上茶請安。歐陽暖微微一頷首，抬眼看去，只見廳堂外頭，自階梯以下起已密密麻麻地站滿了人……

當這些人看到歐陽暖居然也來了，都愣了一下。孫總管到底是個有眼色兒的，急忙上前了兩步行下了禮去，「給大小姐請安。」

看到他這麼做，其餘的人等也拜了下去，「大小姐安。」

歐陽暖看著這些僕從們跟在孫總管的身後進了花廳，重新整理了衣衫後對著自己拜了下去。她輕輕道：「不用多禮了。今兒是李姨娘要見你們，我不過是來陪她來的，你們不必理會我，只管同她說話就是。」

說完，歐陽暖看了李姨娘一眼，慢慢地道：「你們都知道老太太的吩咐了嗎？」

孫總管躬身下去，「回大小姐的話，已經知道了。」

歐陽暖點了點頭道：「這就好。李姨娘剛到我們府中，很多事情並不清楚。我想有你們在，她料理府中的事情應該沒有什麼難處才對，是不是，孫總管？」

孫總管與眾管事們躬身行禮，「大小姐放心，我們一定盡心盡力。」

歐陽暖說完，便不再開口，只是取了丫鬟奉上來的茶，輕輕地抿著茶沫。

眾人看著歐陽家大小姐盈盈端立上首，說話緩慢斯文，瞧著清雅難言，一派柔雅和氣，可那份大家氣度，讓誰也不敢小覷。

李姨娘站在廳中，看著眾人微笑了，「今兒也沒有什麼事兒，只是來見見大家，彼此認識一下，日後要勞煩各位的地方兒多了去，還請各位盡心盡力地助我才是。」

聽李姨娘開口，這些僕從們全部都放鬆了下來。還不是那些個套路？這位姨娘也就這麼點斤量了！誰也沒有真的往心裡去。

一旁有丫鬟端了把椅子來給李姨娘，她卻自動坐到歐陽暖的下首，繼續發問：「你們哪個來給我說一下你們各自管的事兒？」

人群中一個矮個兒圓臉盤的中年女人臉色轉了好幾圈，上前大聲道：「李姨娘可考慮得太不周到了，若是外頭進來的人自是要清楚盤問的，可是咱們這兒站著的卻是歐陽家幾輩子的老人兒了，何必如此？李姨娘但有不明白的，可以去問老太太和夫人呀！」

李月娥一愣，她以為歐陽暖在這裡，這些人至少會在明面上過得去，誰知道他們竟然連歐陽家大小姐也不放在眼裡。她想了想要說話，卻叫不出這位嬤嬤的名字。

「錢嬤嬤。」歐陽暖手中茶盅蓋兒與杯子相碰發出一聲清脆的聲響，她斂去笑容，只淡淡地看著剛才說話的女人，目光冷冽清明，只隱隱含著一股寒意。

錢嬤嬤額角慢慢沁出汗來，她實在不明白，一個十來歲的小姑娘看起人來怎麼這般有威懾力！

廳堂上下一片寂靜，眾人都等著看。

「依錢嬤嬤的意思，李姨娘要如何做才好呢？」歐陽暖輕聲說道，語氣並不似發怒。

錢嬤嬤舒了一口氣，揚起脖子，「原來夫人管家，也不曾有這樣麻煩。我們只要按原來的規矩行事不就好了，本來也是夫人定下的規矩，難道還能有錯不成？李姨娘新官上任，可也沒必要那麼麻煩，大家手上都有事兒，何必多此一舉……」

歐陽暖看了錢嬤嬤一眼，心中知道她必然是林氏的人，想也知道普通的奴僕哪裡敢這個時候亂開口說話，還說這種明顯是冒犯、頂撞自己的話。

錢嬤嬤看到歐陽暖的笑容愣了一下，心裡卻沒有安穩下來，反而有些不安：大小姐她在笑什麼？這個時候就算她城府深，不露怒意，也不該笑啊！但她就是要惹怒歐陽暖，最好她直接把自己拉出去打一頓板子，這樣一來她就可以一口咬定她是為了維護夫人的規矩才被大小姐打了，這麼一來，不管歐陽暖是為了什麼處置她，名聲都不好聽。

歐陽暖微笑地問了她一句：「哦，我說過要更改母親定下的規矩了嗎？李姨娘，妳是不是說了要改這府裡的規矩？」

李姨娘立刻回答：「當然不是了大小姐，我只是想要瞭解府裡的情況，方便管理而已。」

一般的情形下，新主子掌理府中時，總會弄些新規矩出來顯示自己的與眾不同、雷厲風行，相信李月娥的目的也是如此，但是她的的確確是沒有說出來啊，錢嬤嬤愣了愣，「奴婢是以為……」

「哦——原來這府裡的下人已經聰明到可以擅自揣測主子心裡想什麼了？還是說妳是在教我怎麼做事？」歐陽暖冷冷地說。

錢嬤嬤額頭上冒出了冷汗，神色有一些驚慌，大小姐說的話跟自己想的完全不同，這樣下去錯的人豈不是變成自己了嗎？不過她也沒什麼好怕的，夫人說過會為她做主呢！想到這裡，她挺直了腰板，壯著膽子道：「大小姐說的哪裡話，老奴不過是提醒您一下，免得出了錯，以後夫人怪罪下來……」

歐陽暖盯著錢嬤嬤，溫和的聲音裡竟然帶著一種令人心顫的冰冷：「這麼說我要謝謝妳教我怎麼做事了？看來我這個歐陽家大小姐還不如妳一個管事嬤嬤，要勞煩妳提點我做事兒？要不這樣好了，我去回明了老太太，從明兒開始就由妳打理歐陽府，其他人都聽妳的派遣好不好？」

錢嬤嬤聽了這話，冷汗一下子就下來了，大小姐好厲害的嘴巴，她覺得自己徹底被繞進去了，立刻跪下，顫聲道：「不敢，我只是提醒大小姐，沒有別的意思……」

歐陽暖冷冷地道：「我以為，你們是來給我和李姨娘做幫手的，現在看來，倒像是給我們做奶奶的！」

錢嬤嬤背心一陣出汗，連聲道：「老奴不敢，老奴不敢……」

孫總管看場面不好，打哈哈道：「錢嬤嬤是年紀大了亂說話，大小姐勿怪！勿怪！」

歐陽暖慢條斯理一點兒煙火氣兒也沒有，微笑著低聲道：「老太太昨兒個還說這府裡人浮於事，既然年紀大了，還是回去養老吧。」

錢嬤嬤一個激靈，連忙道：「大小姐說的是，老奴一時糊塗，再也不敢了！以後您說什麼，咱們便做什麼就是！」

歐陽暖輕輕一笑，梨渦隱現，「錢嬤嬤能記住現在說的話嗎？可別一轉身就忘記了！」

錢嬤嬤連連磕頭，額頭上青了一片。歐陽暖隨意地揮了揮手，她忙不迭地退了下去，已是渾身被冷汗濕透了。

歐陽暖緩緩靠進高背大椅裡，端茶輕啜，「記不住這點的，這府裡可用不起！」

原本眾人看歐陽暖柔柔弱弱的樣子，都以為她不過是個半大的孩子，很好對付，誰知道她竟淺笑輕斥，連脾氣都沒發，話也不多說半句，就鎮住了場面。這樣一來，還有誰敢廢話半句？李姨娘看到底下鴉雀無聲，第一次體會到了上位者被人敬畏的感覺，立刻有一種與有榮焉的欣喜，彷彿那份尊敬裡頭也有她一份兒似的。

歐陽暖看到李月娥微微翹起的嘴角，心底冷笑，妳若是以為林氏就這麼點阻撓的伎倆就太單純了，這不過是剛開始而已。

「李姨娘，想問什麼就問吧，這裡站著的都是老人了，不會欺負妳一個新進門的姨娘的，要不然老太太、爹爹那兒誰都過不去。」歐陽暖說完，便不再言語，低頭喝茶。

李姨娘進門後雖然得到歐陽治的寵愛，卻總是被林氏想方設法壓制著，她從來沒覺得這麼威風過，聞言不免笑了起來，「那就請孫總管說說這府裡的情況吧。」

孫總管上前一步，小心翼翼地道：「是。」

歐陽暖抬起眼睛，漫不經心、慢條斯理地道：「孫總管，你還是撿要緊的說吧，可別耽誤了我去向老太太回話的時辰。」

孫總管心頭就是一顫，彎了彎腰，「是，大小姐！」

他現在有了一絲覺悟，這位平時不顯山不露水的大小姐可不是那麼好糊弄的主兒，便打起了十二分精神，把府中各人所執的差事說了一遍，然後又把府中的事情挑選出重要的條理分明說了一遍。

李姨娘接過孫總管遞上來的花名冊，再看歐陽暖的時候，臉上的笑容頓時真誠了兩分。

孫總管回完了事兒，李姨娘回頭又問歐陽暖：「大小姐可有什麼示下嗎？」

歐陽暖點了點頭，「帳冊都備好了嗎？」

孫總管一愣，他沒想到歐陽暖還會想到要看帳冊，但他畢竟早有準備，道：「大小姐，我馬上整理好帳冊，下午就親自送過去。」

李姨娘聽了更高興，道：「那多謝孫總管了。」

孫總管還沒來得及說不必客氣，就聽到歐陽暖淡淡地說道：「孫總管，你是這府裡的老人了，帳冊送去給李姨娘之前，想必你已經分門別類做好篩選了吧？」

孫總管的心又顫了顫，大小姐著實是不好對付，他若是把帳冊成捆往那兒一送，他們壓根兒不知道如何著手，但現在歐陽暖既然已經說了要篩選，那他真得下點功夫了，他立刻回答：「當然了，大小姐！」

「那就散了吧！」歐陽暖站起身，向外面走出去。李姨娘趕緊跟上去……剩下一廳的人面面相覷，李姨娘不才是代管的嗎？為什麼大小姐往那兒一坐，大家就把李姨娘徹底忽略了……

「大小姐，多謝您了，要不是您出面，我還真的鎮不住這幫人，以後……」李姨娘小心翼翼地跟在歐陽暖身後，語氣中帶了一絲自己都沒意識到的慎重。

歐陽暖微微一笑，道：「李姨娘不必多禮，我只有一句話，家大業大，人多嘴雜。妳只要管事，就有人說閒話，就有人挑毛病裹亂。記住，老太太就是妳的後盾。」

李姨娘愣愣地看著歐陽暖離開，幾乎說不出話來，為什麼她覺得眼前這個女孩子壓根兒不像是十二歲呢？簡簡單單的幾句話，其中的利害關係看得這樣明白，可她既然明白一切為什麼還要幫助自己……

歐陽暖回到自己的屋子，紅玉似乎有話要說卻不敢問，倒是一直沉默不語的方嬤嬤開了口：「大小姐，剛才那些管事們壓根兒就是服了您，府裡的管事權為什麼不乾脆收回來，何必交給一個剛進門的姨娘呢？就算半月後就收回去了，小姐您也能趁著這個機會……」

歐陽暖看著自己的嬤嬤，微微笑了，「祖母的意思妳聽不出來嗎？她是想要自己收回這權力呢！小不忍則亂大謀，嬤嬤不必著急！」

她說完這句話，目光似乎不經意地看向外面院子裡正低頭掃地的丫鬟，微笑道：「她放出來之後可還老實？」

紅玉順著小姐的視線看了一眼，見是小桃在打掃庭院，便道：「倒還安穩，再也不敢隨便咋咋呼呼了，我猜想她是真的改過了。」

歐陽暖看著小桃像是十分認命的樣子，微微挑眉。一下子從一等大丫鬟變成三等掃地丫鬟，任是誰也受不了，從表面看紅玉的說法並沒有錯，可一個人的秉性會改變嗎？小桃這種背叛主子的丫鬟，出賣她一次，就會有第二次。

方嬤嬤個性謹慎，她想了想，說道：「大小姐，小桃這丫鬟這兩天都想往房間裡湊，被我發現擋了出去，不知是不是想來求情的？」

「哦，那時候我可在？」歐陽暖若有若無地問了一句。

「現在回想起來，都是大小姐向老太太請安的時候……」方嬤嬤還有點沒明白歐陽暖怎麼突然問起了這個。

「對了，剛才文秀還抱怨過說今天咱們都去了花廳議事，小桃卻從小姐房間裡慌慌張張跑出來，難道說——」紅玉下意識地開口，說完了和方嬤嬤對視一眼，都覺得有些蹊蹺。

歐陽暖看著窗外的小桃，眼睛裡多了一絲冷酷，「去查查屋子裡少了什麼、多了什麼！」

「大小姐，您是懷疑……」紅玉愣了，難不成小桃膽大包天來這個屋子裡偷了東西？她的臉色刷的一下子白了，小桃這丫鬟真是不要命了嗎？

方嬤嬤是老人了，歐陽暖一說要查，她立刻醒悟過來，臉色變得異常嚴肅，「是。」

第二天一早，歐陽暖去向老太太請安，房裡有炭盆有熏籠，房門用了厚厚的撒花棉簾，屋子裡暖烘烘的。進去的時候，李氏在張嬤嬤的服侍下在喝茶，斜倚著妝花緞大引枕，心不在焉地聽著身邊的大丫鬟玉蓉說外頭聽來的一件趣事。

歐陽暖進了門來，李氏不易察覺地直起了身子，又慢慢倚了下去。

「祖母。」歐陽暖行過禮之後，見李氏頷首示意，便上前和往常一樣在炕沿坐了。

李氏看起來很高興，「昨兒個花廳裡情形如何？」

歐陽暖微微一笑，道：「李姨娘擔心自己剛進門，好些管事嬤嬤都不認識，硬是要拖了我去，我原就想祖母發了話，他們還能有什麼不對盤嗎？去了之後果真如此，一聽說是祖母的意思，立刻沒二話了。」

李氏點點頭，又問了一句：「帳冊可有什麼問題？」

歐陽暖眼神清澈真摯，嘴角的笑容更謙和，「祖母拿我取笑了，我一個小姑娘能懂什麼帳冊？

況且原就是交給李姨娘主事的，我就是去坐了一坐，喝了杯茶就回來了。」

李氏一聽，眼睛裡露出滿意的神情，臉上卻滿是不贊同，「傻丫頭，我也是想讓妳多多接觸些家裡的事，將來嫁了人才好主事啊，偏妳這麼懶！」說完，還用手指輕輕點了一下她的額頭，十足親暱。

歐陽暖立刻倚著李氏笑了，同時掩住了眼睛裡的冷芒。祖母那天說讓自己一起幫著李姨娘理事，不過是想要藉機會堵住林氏的嘴巴，免得她以李姨娘過門不久、身分太低為由從中作梗，並非真心想讓自己插手。其實從昨天的情形看來，李姨娘肯定早就彙報過了，現在祖母這麼說，不免存了三分試探的意思，看自己到底有沒有想要染指權力的意思。

對一個年紀小小的孫女也這樣防備，祖母果然老奸巨猾！心裡這麼想著，她的眼睛卻笑得成了彎月亮，親熱地靠在李氏身邊低聲道：「求祖母饒了我吧，管家理事最是繁瑣，還是免了我這苦差事！」

「妳呀！」李氏心裡很滿意，不知不覺就笑了。

正說著，歐陽可掀開簾子進來，笑道：「祖母安好！姊姊來得真早，瞧著是我遲了！」一邊說，一邊不動聲色地坐到歐陽暖旁邊，「姊姊到底是祖母心疼的人，果然跑得勤！」

歐陽暖狀似不經意地摸摸自己的袖子，把袖口撫平了，慢條斯理地道：「祖母年紀大了，我們做晚輩的自然該在身邊伺候著。我知道妹妹心疼娘親，剛才定是陪著娘才來晚了吧？妳放心，祖母是不會怪妳的。」

歐陽可氣息一窒，歐陽暖卻又微笑了起來，隨意轉開了話題，說府裡新進的鹿肉好吃，回頭送些給李氏，一會兒又說她新得了幅百鳥朝鳳繡圖要和歐陽可一起看，「小時候妹妹還經常和我們姊弟一起玩，可惜後來長大了反倒不怎麼親近了。咱們歐陽家兄弟姊妹少，該走得近些。」

歐陽可這時候也已平復下怒氣，臉上端起笑容道：「姊姊說的是，我答應了妳的英山雲霧還沒送過去，妳不提差點忘了，待會兒我就著人送去。」

歐陽暖笑吟吟地道：「那就多謝妹妹了。」

李氏點點頭，臉上帶了點欣慰道：「姊妹間就該這樣和和氣氣、有商有量的。妳們姊妹如此和睦，我也就放心了。」

出門的時候，歐陽暖先出門，歐陽可還以為她走了，誰知道出來的時候卻發現歐陽暖正一臉笑容地站在走廊上等著自己，「妹妹，不一起走嗎？」

歐陽可疑惑地看著她充滿笑意的眼睛和溫和醇厚的笑容，心中不知為什麼越發忐忑。

歐陽暖一路親切地和歐陽可說著話，歐陽可心不在焉地應著。轉眼到了花園，突然一個人莽撞地從假山後跑了出來，歐陽可正在心裡犯嘀咕，壓根兒沒留神到底發生了什麼事，一下子被撞到，「啊」的一聲整個人向後仰倒，摔得十分狼狽，連釵環都亂了。

歐陽暖立刻親自去扶她，一眾丫鬟婆子也慌了手腳，花園裡頓時亂了套。歐陽可被扶起來，已是怒容滿面，旁邊的大丫鬟秋月衝上去用力甩了那小丫鬟兩個巴掌，「怎麼看路的？竟然敢撞二小姐，眼睛瞎了嗎？」

小丫鬟抬起頭來，臉上多了兩道五指印子，驚慌失措得像是受驚的兔子，眼圈都紅了，淚水在眼眶裡打著轉兒，「我……我……不是故意的，求二小姐饒恕！」

歐陽可當然不是那麼好說話的，正要發作，卻聽到歐陽暖驚呼一聲：「百合，怎麼是妳！」

百合淚眼汪汪的，一副後悔得不得了的樣子，「大小姐，大少爺來了，方嬤嬤讓我來請您回去！我走得急了，不小心絆了一跤，竟不小心碰著了二小姐，求主子寬恕我！」

歐陽可恨不得一腳踹翻這個莽撞的丫鬟，聽到她是歐陽暖院子裡的，更是氣憤難平，卻聽到歐陽暖冷聲道：「妳若是撞了別人，非得被打一頓不可，偏偏妳運氣好，妹妹一向是最心軟的，不要說打罵丫鬟了，連一句重話都不會說，是出了名的善良溫和的，妳還不快磕頭謝恩！」

歐陽可一口氣沒提上來，氣個半死，臉都憋紅了，百合果真重重地在地上磕了兩個響頭，「謝謝二小姐恩典！」

這一對主僕倆一唱一和，本來是大罪過，現在竟然被輕輕一揭就過去了。歐陽可臉上青白變換，奈何當著花園裡眾人的面發作不得，便死死掐住秋月的手臂，掐得她一哆嗦。

歐陽暖回過頭，沉下臉，喝斥一眾丫鬟婆子：「還不快把二小姐扶回去休息，都傻了嗎？」

歐陽可恨恨地盯了百合一眼，像是要把她的樣子牢牢記在心裡。百合嚇了一跳，慌忙低下頭去。歐陽可沒辦法，終究是被人攙扶著走了。

歐陽暖看著她離開的背影，又看了貌似戰戰兢兢的百合一眼，便笑了起來，對她說道：「起來吧，妳做得很好！」

百合不過是個三等丫鬟，林氏平日裡根本不屑拉攏，她月銀低，又不得寵，更受盡了小桃的欺負，現在難得有歐陽暖用得著她的時候，當然要賣命演出了。聽見歐陽暖說了這句話，她從地上一骨碌地爬起來，臉上笑嘻嘻的，剛才沮喪後悔的樣子一下子全都煙消雲散了。

這時候，一直落在最後的紅玉連忙跟過來，向歐陽暖悄悄做了個手勢，從袖子裡露出一樣東西來，竟然是一支金光燦燦的鳳釵。

歐陽暖的笑容越發深沉……

等歐陽暖回去了，歐陽爵還真的在院子裡等著，許是剛剛從學堂回來，他的袖子上還蘸著幾點墨汁，看到姊姊回來，臉上滿是歡喜，「姊姊去哪兒了？」

「沒什麼，去祖母那裡請安。」歐陽暖看見自己的弟弟，微微笑了起來，這次不同的是，連眼睛裡都帶了些笑意。

歐陽爵往門簾那邊看了一眼，才用極低的聲音問道：「姊，祖母單留著妳，是不是有什麼要緊話說？」

歐陽暖如今除了對付林氏母女，其他的全部心思都是放在這個弟弟身上，但她漸漸發現，可能是因為自幼喪母，缺乏庇護，這孩子的個性有些偏激急躁，若不能下死力磨練一下，極可能吃大虧，因而她臉上的笑容淡了下來，盯著那張稚嫩卻沉不住氣的臉，淡淡地問道：「能有什麼要緊話？難不成你覺得林氏這回被祖母厭棄了，被迫交出管家的權力，咱們便有什麼好處？」

「那是當然，她本來就不該占了娘的位置！」

歐陽爵到底還是個孩子，歐陽暖深深吸了一口氣，旋即冷笑道：「娘的位置？娘既然死了，她是續弦，理所當然取而代之。林氏管了十年，府裡早已是另一番天地。雖說子不言父過，但爹那種性格，很容易就會讓她哄回去。不過半月而已，你真以為可以藉著這樣的機會改朝換代不成？再者，祖母剝奪了她的管事權，難道就會給我嗎？你我雖是嫡子嫡女，但親娘早逝，這府裡誰會真心幫我們？」

連珠炮似的幾個問題把歐陽爵直接問得呆住了，他僵坐在那兒，好一陣子才憋出了一句不服氣的話：「姊，妳怎麼能這麼說？妳是這府裡的嫡長女，是爹的親生女兒……」

「什麼嫡長女？說起來好聽而已！實話告訴你，孫子孫女要多少便可有多少，我在祖母的眼裡還不如一個好掌控的李姨娘！至於爹，他只會相信林氏的話，若不是她尚未生出兒子，你這個嫡長子的位置都未必保得住！」

歐陽爵聽著，眼裡的驚詫越來越多，甚至添上了一絲茫然和懵懂。

歐陽暖低聲說：「你要知道，咱們親娘早逝，在這家裡無依無靠，你年紀又小，這權力就算真的奪過來，難道就一定能長長久久？」

歐陽爵終於被說動了，臉上不由得露出了沮喪的表情，「可祖母似乎有那意思……」

「這事情，祖母不過是想從林氏手裡拿回去一部分權力，同時也是為了下下她的威風。」想起今日李氏的表現，歐陽暖早有了判斷，繼續道：「弟弟，你太小了，倘若你大上幾歲，或者是已經出人頭地，姊姊現在就會有辦法將這歐陽府牢牢掌握在手心裡，但如今若是不明就裡踏進林氏和祖母的爭鬥，只怕是得不償失！聽姊的話，不要表露在臉上，該怎麼做還怎麼做，心裡越是恨她臉上越是要笑！她再惡毒，名義上都是你的繼母，若是讓人看見你這幸災樂禍的樣子，光是忤逆不孝四個字，就會讓你萬劫不復！」

歐陽爵怔怔地看著自己的姊姊，驚訝她竟然能夠一下子說出這麼多話來。

歐陽暖輕輕摩挲了一下歐陽爵的鬢角，「爵兒，小不忍則亂大謀！姊答應你，等忍過這口氣來，再一個一個地把他們咬死！」

歐陽爵看著自己的姊姊，突然明白她的笑容之下隱藏了天大的恨意，可平日裡他竟然一點兒都沒瞧出來。他雖然不知道姊姊到底受了什麼樣的委屈，但自然而然就聯想到林氏的身上，臉色越發凝重起來。

歐陽暖拍拍他的頭，「若是娘在世，她也不會求你飛黃騰達，只要你好好讀書，做個上進的人便罷了。姊姊現在不希望你捲到任何仇恨之中去，家中的事情都有我在，明白了嗎？」

歐陽爵重重地點了點頭，「姊，我都聽妳的！」

歐陽暖點點頭，對一直守在簾子跟前的紅玉道：「去準備些糕點。」

紅玉應聲走了，歐陽爵奇怪地問：「姊，妳去哪兒？」

歐陽暖笑了，「我去看二妹，她不小心被百合撞了一下，摔了一跤，不知傷得如何？」

歐陽爵哼了一聲，小嘴翹多高，「姊，妳理她幹什麼？她跟她娘一樣也不是好人，背地裡沒少煽風點火！」

歐陽暖搖了搖頭，無奈地看著自己的弟弟，真是個孩子！

歐陽爵又說了幾句，見她並未因此改變主意，便說：「那我也一起去，免得他們趁我不在就欺負妳！」

歐陽暖失笑，聽了這孩子氣的話，她卻若有所思，帶爵兒一起去嗎？這倒是個好主意！

到了海棠院，歐陽暖先讓紅玉找個人通傳，她就帶著歐陽爵在廊下等。屋子裡靜悄悄的，明明看到人進去通報了，卻半晌都悄無人聲。過了一會兒，丫鬟出來，面帶尷尬，「大小姐，二小姐正在休息，要不您回頭再來？」

休息？這不早不晚的，難不成還午睡嗎？歐陽爵臉色變得古怪了起來，「姊姊，咱們走吧，妳好心好意來看她，人家不領情呢！」

歐陽暖淡淡一笑，在門外大聲道：「妹妹，我和爵兒掛心妳的傷勢，特意來看妳，妳好些了嗎？」

只聽到屋子裡什麼東西清脆地碎了一地，接著歐陽可怒氣沖沖地從裡面衝了出來，指著歐陽暖的鼻子冷聲道：「貓哭耗子假慈悲！妳是來看我笑話的吧？」

歐陽暖看她在花園裡的時候還十分注意小姐的風度，這時候卻像是一下子撕開了假面具，立刻猜到她恐怕是哪裡受了傷，惱羞成怒了。

歐陽爵解釋道：「二妹，妳誤會了，大姊和我……」

「誤會？妳看看我的手臂！」歐陽可冷笑，翻起袖子，就見到手肘的地方果真擦破了皮，隱約可見一道短短的血痕，「歐陽暖，妳根本是故意指使妳的丫鬟來撞我的！妳是不是成心想要毀我的容？」

這麼點傷勢就稱得上蓄意謀害了？

歐陽暖笑道：「可兒，這就是妳不對了，我們來看妳是關心妳，妳怎麼這樣說話？這樣會讓人傷心的！」

歐陽可向來極度愛惜自己的身子，生怕手臂上留一道疤痕，聽了這話，立刻暴跳如雷，「我就愛這麼說怎麼了？我如今被妳的丫鬟害成這個樣子，妳得賠我！」

歐陽可說著一步一步逼近，歐陽暖一步一步往後退，板了臉，一本正經地說：「這要怎麼賠？難道要我的身上也多一道疤痕嗎？二妹，我們是親姊妹，不要說這種讓人笑話的話……」

歐陽暖表情溫和，然而歐陽可卻在她的眼中看到了一種輕蔑挑釁的表情，頓時火上心頭，想起最近總是受到祖母冷遇，正憋屈得不得了，頓時將林氏的告誡拋諸腦後，一下子失去冷靜，怒聲道：「誰和妳是親姊妹？妳這個毒婦！妳也配嗎？」

歐陽可不顧追出來的大丫鬟秋月的拚命拉扯，揚起手就朝歐陽暖臉上揮過去。在她的手就快挨著歐陽暖臉的時候，歐陽暖「啊」的一聲叫起來，踉踉蹌蹌地跌倒在地上。

「不許碰我姊姊！」歐陽爵舉著手朝歐陽可撲過去。

歐陽暖使了個眼色，紅玉和一旁的方嬤嬤會意，連忙死死地拉住他，原本拿著的糕點匣子頓時掉了一地，糕點都碎了。

「鬧什麼！」恰逢此時，歐陽治打雷一樣的聲音在院子門口響起來。他老遠就聽見了姊妹兩人的爭執，沒曾想進來就剛好看到這麼樣的情景。

歐陽暖主動自己站起來立在一旁，滿眼的驚訝，一臉的委屈，「爹，您怎麼來了？」

歐陽治不言不語，衝上來，重重甩了歐陽可一個耳光，鐵青著臉，站在那裡指著她，氣得渾身發抖，「小畜生！當著下人的面竟然敢這麼和妳姊姊說話，還敢動手，成何體統？妳要丟盡我們歐陽家的臉面嗎？家法呢？拿家法來！」

歐陽可滿臉是淚，捂著臉，恨恨地瞪著歐陽暖，「我和妳沒完！」

那一瞬間，她真的是恨透了歐陽暖，恨不得將她撕成八大塊，如果不是因為心裡害怕歐陽治，她真的就撲上去了。

跟在後頭的林氏這時立刻上前，死死攬住歐陽治的胳膊，「老爺別生氣，可兒還是個孩子！」

歐陽治暴跳如雷，「她是個孩子？誰家的孩子敢動手打自己的姊姊？」又一把摔開林氏的手，對著她罵道：「瞎了妳的狗眼！妳說她摔傷了頭，都昏迷了……胡說八道！妳看看她生龍活虎的，又打又罵像個什麼樣子？氣死我了！」

歐陽暖壓下心裡的冷笑，她早就猜到這件事情被林氏知道，她必然會在第一時間內告訴歐陽治，藉以挑撥離間。明明只是輕輕撞了一下，說不準真的會弄出個什麼重傷昏迷來，而歐陽治向來疼愛歐陽可，定然會趕來瞧。只要歐陽可裝得半死不活，再把事情說成蓄意傷人，那時候自己真是百口莫辯了。恐怕林氏也曾交代過歐陽可要忍耐，可自己偏偏一而再，再而三地纏著要看望，果然，歐陽可被纏得忍不住，原形畢露，被匆匆趕來的歐陽治等人看了個清清楚楚。論起心機手段，歐陽可比起林氏還差得遠呢！

歐陽治深深地感覺自己被人愚弄了，一回頭還要發火，卻看到林氏臉色蒼白，淚盈於睫，搖搖欲墜。想到她還在養病，歐陽治一肚子的氣無處可洩，氣得一句話說不出來。

「都是我的不是，辜負了老爺的信任！」林氏委屈地垂著頭，晶瑩的淚珠一滴一滴地順著臉淌下來，聲音從小聲的嗚咽變得越來越大聲，身子晃了兩晃，一下子就往梨香身上歪了過去，引起一片驚叫聲和哭聲，「啊，夫人暈倒了！」

王嬤嬤老奸巨猾，這時候直挺挺地跪在了歐陽治的面前，「都是老奴的錯，瞧見二小姐受了傷，因為心疼她，才騙了老爺和夫人！夫人還在病著，她什麼都不知道，非要掙扎著下床來看二小姐，求老爺不要怪無辜的夫人啊！」

歐陽可也反應了過來，往前一撲，抱住了歐陽治的膝蓋，「爹，您懲罰女兒吧，是女兒的錯，不要怪娘啊……」

歐陽治雖然臉色還很難看，可是剛才那種怒氣明顯地變弱了，家法更是一句不提了。

剛剛得到消息的李姨娘匆匆進了院子，一看到這架勢，不自覺地看了歐陽暖一眼，見她一臉平靜從容，便面帶微笑地上前殷殷勸道：「老爺，夫人不舒服，還是先把夫人抬進屋子裡去，請大夫來看了再說吧！」

見歐陽治沒有反對，她便俐落地指揮眾人將林氏抬進了歐陽可的屋裡。歐陽可再也不敢露出張牙舞爪的樣子，低頭跟著人一起進去了，一路上還哭個不停。

歐陽暖嘆了口氣，又不安地對歐陽治說：「爹爹，我自己的丫鬟不小心衝撞了妹妹，我心裡很不安，真的是好心來看她的，本也沒想到會鬧成這樣，早知道我就不來了……」

歐陽爵拉著她的手，有些生氣地抱怨道：「爹爹，才不是姊的錯！」

歐陽治看著一臉愧疚的大女兒和一臉憤怒的兒子，頓時覺得疲憊不堪，揮了揮手道：「我知道不是你們的錯，算了吧！」

李姨娘對著歐陽暖笑了笑，便扶著歐陽治一起進去。進屋子的時候，歐陽治踩著一地的碎瓷片，不免又生氣地瞪了歐陽可兩眼。

歐陽暖冷冷地看著他離開的背影，這個男人果真自私自利，今天會這麼生氣完全是因為歐陽可當著這麼多下人的面想要動手打自己這個嫡長女，這對於向來重視禮儀規矩的歐陽家來說無疑是個大醜聞，他如此大發雷霆不過是為了掩蓋這一點，如果真的要懲罰歐陽可，何至於林氏說幾句話、暈倒一下，事情就這麼輕飄飄的過去了呢？倒也無妨，她的目的不過是要讓林氏和歐陽可沒法借題發揮罷了，本就沒指望他能大義滅親。

歐陽暖一低頭，對還跪在地上的王嬤嬤擔憂地說：「王嬤嬤，娘沒事兒吧？我只是想來看看妹妹罷了，沒想到她這麼生氣……」

王嬤嬤面色古怪地看著歐陽暖，二小姐被丫鬟撞了，那丫鬟還是大小姐院子裡的，這也太巧了。本來可以藉此機會狠狠告一狀，歐陽暖卻偏偏來看望，惹得她發了脾氣。不早不晚，偏偏又被老爺看到了，簡直是掐好了時間一樣，世上真有這麼湊巧的事情嗎？

出了海棠院，歐陽爵還有些憤憤不平的，孩子氣地斥責紅玉道：「妳剛才攔著我幹什麼？就該讓我給她一個巴掌！」

紅玉笑著低下頭不說話，倒是方嬤嬤說：「我的大少爺，你真是傻孩子！你今兒要是打了二小姐，大小姐還能藉這個機會將這事情壓下去嗎？」

「可要是爹爹晚來一步，姊姊要白挨打了！」歐陽爵白玉一樣的小臉還是陰著，雙頰鼓起來，像包子一樣可愛。

歐陽暖噗嗤一笑，捏了他一把，「我是那種白白送上門去給人打的人嗎？」

歐陽可無緣無故被撞倒，本以為可以撒撒氣，誰知還沒打到事主，卻反而被責罵了一通，不可謂不倒楣了！

「哼！姊妳別捏我的臉，我是大人了！」歐陽爵抗議道。

紅玉還有些擔心，「大小姐，這事兒算過去了嗎？百合會不會被罰？」

「百合是為了我做事，我當然會護著她的。不過這事兒也不算全過去了，妳慢慢看吧。」歐陽暖遙遙看了海棠院的方向一眼。每次看到歐陽可，她就會不由自主地想起前世。那時候爵兒也和現在一樣討厭這對母女，自己卻蠢笨地相信了她們，還百般為她們辯解。

「爵兒，可兒很可愛，你也要和她多親近！」

「爵兒，可兒很敬重你的，你要像哥哥一樣照顧她喔！」

「爵兒，我看娘給你安排的書僮不錯，看他對你多好啊！」

歐陽暖的腦海中不由自主想起曾經的種種，她低下頭，認真地看著歐陽爵，道：「爵兒，從今往後，要千萬小心這對母女！她們都是豺狼，別被她們咬一口而回來找我哭喔！」

林氏一直昏迷不醒，請來的大夫看了後說是一時憂慮過度才昏了過去，掐了半天人中才醒。

林氏虛弱地靠在床邊，對歐陽治道：「老爺，不要責怪可兒，要怪就怪我，是我教女不嚴！」

歐陽治看她一副哀哀戚戚的樣子，頓時說不出責備的話。

李姨娘一旁笑得溫婉，「老爺，二小姐不過是一時孩子氣，夫人還病著呢！您就看在夫人的面子上，原諒了二小姐吧！」

歐陽治看看嬌滴滴的李姨娘，臉上的怒氣慢慢沉下去，冷冷地看了歐陽可一眼，「今天就去跟妳姊姊道歉，求到她原諒妳為止！」

歐陽可的臉一下子就漲紅了，還要辯解，林氏趕緊說：「還不謝過妳爹，他都是為妳好！」若是歐陽可今天的行徑宣揚出去，將來誰還敢上門提親？誰家也不會要一個膽大妄為到當眾打自己長姊的女子做媳婦的！

歐陽治冷哼一聲，扶著李姨娘的手走了。

王嬤嬤還跪在院子裡，看到老爺走了，對著李姨娘的背影啐了一口，趕緊站起來進了屋子。人一走，林氏就從床上起身，半點也沒有剛才的虛弱狀，「可兒，讓娘看看，摔疼了吧？」

「妳放開我，放開我！」歐陽可一下子哭了出來，喊道：「連妳都不幫著我，還讓我去道歉，明明就是她故意害我的！要是我不小心摔傷了臉怎麼辦？」

林氏實在是有苦說不出，歐陽可不理解她的慈母心，這好比在她的胸口上捅了一刀，「可兒，妳是我懷胎十月所生，我怎麼會不疼妳？怎麼可能幫著外人？我都是為了妳……」

「那妳剛才為什麼不幫著我，還看著他們那麼欺負我，難道妳也怕了她？這些天我天天去祖母那兒受氣，我說了好多次我再也不想去了，妳非要逼著我去請安，妳這是幫我嗎？」歐陽可使勁推開林氏，「如果妳真疼我，就去跟爹爹說，都是歐陽暖害我受傷的，讓他狠狠懲罰她一頓！」

王嬤嬤趕緊過來拉住歐陽可，「二小姐，夫人早就想好了，請來老爺讓他看看您的傷，到時候您只要躺在床上說撞到頭了，傷得很重，那撞您的丫鬟不死也要剝層皮，老爺也會覺得大小姐是故意著人撞您的，可您今天那麼一鬧，誰還會相信您受傷了呢？夫人要不是為了替您遮掩，何至於要當著眾人的面暈倒？這麼一來，老太太就更有藉口霸著權力不肯歸還了啊！」

「我不管！她在門前死活賴著不肯走，非要我原諒她，我就是看不慣她那個樣子！現在這府裡誰都敬她怕她，她是歐陽家高高在上的大小姐，我成什麼了？我娘是續弦，我就趕不上她嗎？下人們都在底下偷偷說我娘是庶女，我這個二小姐也不值錢，妳們知道不知道？以前不是這樣的！不是的！」歐陽可突然爆發了，這話說出來，林氏和王嬤嬤一下子都愣住了。

林氏哪裡不知道府裡悄悄的變化，自從李氏對歐陽暖上了心，歐陽暖連消帶打地處理了一批人，反倒使得下人們越發敬畏這個大小姐，背地裡還在偷偷議論說二小姐到底是庶女養的，比不上人家侯府嫡出的大小姐生出的千金有風度有氣派，可林氏沒想到這些風言風語竟然影響到了歐陽可。

她當然能感受到歐陽可的不甘心，當初在侯府，她也是處處受制於人的啊！自從成為歐陽家夫人後，林氏認為往事已經過去了，死去的大姊不會再擋著她的路，但歐陽暖現在脫離了自己的掌控，而可兒彷彿變成了從前的自己，不，只怕是比她當初更難接受！歐陽暖從前老實木訥、溫和善良，但在為人處事、心機手段上遠遠趕不上可兒，現在突然樣樣比可兒好，可兒怎能接受得了？

林氏重新抱住歐陽可，「可兒，妳且聽我說。」

歐陽可漸漸止住了哭聲，也無力掙扎了。

林氏攏了攏女兒的垂髮，見女兒哭腫的眼睛，十分心疼，「我只後悔一件事，不該被歐陽暖的假象矇騙，我早就應該毀了她，都怪我一時沒察覺！不過，可兒妳放心，娘很快就會幫妳報仇，她囂張不了兩天了！」

林氏的眼中閃爍著狠厲的光芒，歐陽可看著她的臉，不禁有些害怕，「娘，您要做什麼？」

林氏看得清楚，卻沒有回答，從今日的事情她就看出可兒根本沉不住氣，明明叮嚀了半天讓她躺在床上不要動，還是被歐陽暖三言兩語激出來了，現在這個重要的計畫暫時不能告訴她，免得壞了事，於是緩了緩生硬的語氣，轉了話題：「可兒，我是為妳好，妳一定要記住娘的話！妳天資聰穎，怎麼會比不過歐陽暖？妳要在琴棋書畫上多用點心，我不信歐陽暖樣樣比妳強！她厲害，妳要比她更厲害，在府裡逞能算什麼，將來我帶著妳出去見客的時候，別人就會知道我的女兒是多麼的出色！我要讓世人知道她除了歐陽家大小姐的位置，什麼都趕不上妳！」

歐陽可含著眼淚點點頭，掙脫開林氏的懷抱，抹了一把眼睛，「王嬤嬤，伺候我梳洗一下！」

「可兒？」

「爹爹的話我聽見了，我要去向她道歉，我要讓人知道我也是大度能容的！」

林氏點頭道：「好，我的可兒終於懂娘的意思了。」

參之章◆髒水東引撇清白

歐陽暖正在屋子裡練字，大丫鬟紫林進來稟報說二小姐來了。

外間已經傳來了說話聲，歐陽暖勾起嘴角，衝紅玉使了個眼色，讓她先出去和文秀一塊陪著，隨即又磨蹭了好一會兒方才出了屋子。

「姊姊。」

「妹妹怎麼來了？」

歐陽可一看到歐陽暖出來就立時迎了上去，隨即囁嚅著解釋道：「娘知道了我胡鬧的事情，氣得了不得，又犯了病，狠狠罵了我一頓，讓我來向姊姊賠罪！我是被撞得厲害，急昏頭了才會說錯話衝撞了姊姊，妳大人有大量，一定原諒了我這回！」

見歐陽可一邊說，一邊竟是矮下身子要跪下，周圍還那麼多的丫鬟，真讓她跪下了豈不成了自己欺負妹妹？歐陽暖看了紅玉一眼，紅玉連忙在旁邊扶住了歐陽可的胳膊，硬生生把她架起來，口中又說道：「二小姐這是什麼話，什麼發火什麼衝撞，大小姐一個字都沒對別人提過呢！」

「紅玉說的對，我還以為妹妹有什麼重要的事，那會兒的事情我根本沒放在心上，本來也是百合不好，撞了妹妹，好在沒受什麼傷，妳不過是一時衝動罷了，不值得特地來道歉的。」歐陽暖看著歐陽可的表情，心裡冷笑，妳若真是來道歉為什麼在外面就吵吵嚷嚷的，還不是要讓別人都知道妳來了！真讓妳這模樣跪下了，不知道內情的人還以為是我欺負了妳！

「二小姐不要在外面站著，進屋去吧。」文秀和紫林也在旁邊勸著，歐陽可這才進了屋，紅玉扶著她坐下，又回到歐陽暖的身後。

歐陽暖安慰道：「妹妹回去之後多勸勸娘，姊妹之間鬧脾氣也是常有的，讓她好好休息，可別病得更重了，李姨娘一個人掌家實在太辛苦。」

歐陽可原本就垂著頭，一聽這話，恨不得上去搧歐陽暖兩巴掌，可是想起林氏的話，心中一狠，突然站起身，正對著歐陽暖跪了下去。面對這一幕，屋子裡的人更是齊齊愣住了，方嬤嬤連忙把丫鬟們都帶了出去，只留著紅玉。

「姊姊，今天的事情是我不好，妳我雖然不是一個娘生的，可從小也是一塊兒長大的，我對妳和哥哥一直是跟嫡親的一樣看待……那次哥哥掉下湖裡，我急得一個晚上都沒睡著！」歐陽可一邊說一邊拿手絹抹眼淚，隨即又可憐巴巴地說：「娘也是真心疼愛你們，有時候甚至都超過對我的好，這次也是！聽說我惹怒了姊姊，娘發了老大的火，非要逼著我立刻就過來道歉，再加上我心裡覺得實在是對不起姊姊，想著一定要來說一聲……」

看到她哭得梨花帶雨楚楚可憐，歐陽暖想到當初自己被沉江的時候她曾經親口承認是林氏一手策劃了弟弟的死，心知她們這時候還在賣力演戲以求得自己信任，臉上的笑容更溫和，卻帶了一絲不易察覺的陰冷。

「妹妹別哭了，我從來就沒怪過妳，妳能對我說這些，我就很欣慰了！」歐陽暖面上和顏悅色地安慰了兩句，親自把人扶起來在椅子上坐了，隨即示意紅玉去打水。

歐陽暖反覆保證沒有怪罪，對方才一步三回頭地走了，好像真的很捨不得自己這個姊姊似的。歐陽暖心道歐陽可雖然容易被激怒，到底是林氏生出來的女兒，兩個人的虛偽還真是一個模子刻出來的。

方嬤嬤看著自家小姐，「小姐，二小姐是找您道歉的？」

歐陽暖輕輕點頭，方嬤嬤不禁冷笑說：「剛才還張牙舞爪地要打人，現在知道風向不對了才過來道歉，哪有那麼輕易的事？小姐可千萬別給她騙了，您是不知道，二小姐年紀不大，心眼卻很多，一直暗地裡使絆子，還經常找老爺告狀說受了大少爺的欺負！天知道大少爺只是不理她，從來也沒欺負過她！小小年紀卻唱作俱佳，只怕有什麼陰謀呢，您要小心了！」

歐陽暖笑著說：「是啊，她笑得這麼甜，恐怕林氏許諾了什麼，我們的確需要小心了！」

當夜，歐陽暖遲遲沒有更衣休息，反而一直在燈下坐著看書，方嬤嬤和紅玉竟然也沒有催促，倒是另外兩個伺候的一等丫鬟文秀、紫林感到十分奇怪，要是平時大小姐早就休息了，怎麼今兒個一反常態，讓所有人都守在院子裡，卻將外面的燈籠都滅了呢？只是她們知道如今的大小姐與以往不同，遂也不敢多問，只得提起萬分精神守在屋子外頭。

寂靜的夜裡只聽到打更的聲音，歐陽暖翻過了一頁書，不經意看到方嬤嬤還一直守著，便放下書道：「嬤嬤，妳先去休息吧，這裡有紅玉守著就可以。」

「大小姐，我總覺得心裡不安，肯定也睡不著……妳真的覺得她們敢這麼膽大包天嗎？這裡畢竟是內宅，誰敢……」

「白天一事，我逼得歐陽可原形畢露，林氏疼愛這個女兒，必然會提早動手。我想不是今夜就是明晚，小心一些總是沒錯的。」

「什麼人？別鬼鬼祟祟躲在那裡！」歐陽暖話音剛落，院子裡，一個嬤嬤突然叫起來。

歐陽暖倏地站了起來，快步向外走去，霍地打開了門。

剛好看見一位外表看起來很瘦小的丫鬟將一個已經欺在她身上的大男人一摔，結果那大男人尖叫著高高飛起，落下後剛好卡在院子裡一棵梅樹樹枝間，倒掛在樹上。

不要說滿院子裡的丫鬟婆子驚訝，連歐陽暖都無語了半天。她院子裡什麼時候多了這麼個怪力女金剛？方嬤嬤跟著出來擋在歐陽暖身前，這時候看到這詭異的場景，也不免吃了一驚。

「紅玉，這丫鬟是誰？」歐陽暖輕聲問。

紅玉噎了半天，「大小姐，這丫鬟是三等丫鬟菖蒲，最是憨傻！」

方嬤嬤顯然也認出了此女，掩面輕聲嘆了口氣，「大小姐，這丫鬟的娘是我的老姊妹，我見她人雖然怪力了點，傻了點，但還是個聽話肯吃苦的好孩子，便想法子收了進來。今天聽小姐說要守院子，我第一個就想起她。」

歐陽暖默默看了一眼那倒掛在樹上的男人，又看看那個站在院子裡看似柔弱得一陣風就可以吹跑的小丫鬟，點點頭，「嬤嬤，做得好！」

「把人押過來！」方嬤嬤對那小丫鬟說道。

小丫鬟菖蒲生得濃眉大眼，瀏海被風吹得一翹一翹，看起來倒是有幾分可愛，但看她像是提小雞仔一樣提著那個男人過來，其他丫鬟婆子就不淡定了，這是姑娘嗎，這真的是個姑娘家嗎？老天爺，這得有多大的力氣啊……

歐陽暖微微一笑，扶著紅玉的手向前走了兩步，「頭提起來……」

男子抬起頭看著高高在臺階上站著的歐陽暖，只看到這年輕女孩子身穿一件銀白寶相花纏枝銀絲紋的縴絲褙子，裡頭襯著月白紗緞小豎領中衣，下頭一條綠地長裙，雖然身形還沒完全長開，容貌卻說不出的眉目如畫，臉龐如同一朵堪堪長出的花苞般明媚，不由自主想起林氏的許諾，頓時心頭暗喜。

歐陽暖見他十七八歲年紀，相貌不差卻眼神輕浮，被捉住了竟然也絲毫不曾露出畏懼的模樣，冷笑一聲，慢慢開口，聲音異常清冷：「你是什麼人？」

「大小姐，我叫張文定……我是府裡的，老爺今天宴請賓客，我也列席陪客……喝醉了……喝醉了亂闖，不小心進了這院子……」

看來，這個人還是歐陽治的食客，方嬤嬤立刻走下臺階，重重給了男人清脆響亮的一巴掌。這男人年輕卻不中用得很，喝了酒正是有些糊裡糊塗，被打了一巴掌，暈頭轉向，身子晃了幾晃險些栽倒，被菖蒲一把抓住領子動彈不得。

就在這片刻之間，紅玉已經搶上前去，她看著像是去幫著方嬤嬤按著男人，實際上飛快地自男人身上摸了一把，不知換了什麼東西又將某物收進了自己的袖口。男人被打得暈頭轉向，加上紅玉動作極輕，居然沒有發現有人在他身上做了手腳。

紅玉剛把東西收好，原本守著院子的婆子們也到了，方嬤嬤一指張文定喝道：「敢擅闖內院，狠狠地打！」

菖蒲臉盤兒有點黑，卻很是英氣，看著婆子們紛紛衝上去打，嫌她們沒力氣，索性搶過一把白天用的掃帚，沒頭沒臉的就對著張文定打了下去。張文定嗷嗷地叫起來，別人倒還不算什麼，這個死丫鬟拿的分明只是個掃帚，卻像是拿著個千斤錘，一下一下像是要錘斷他的腰。

他再顧不得別的，狠狠地罵道：「我是妳們的新姑爺，是妳們大小姐的未婚夫，再不住手以後爺賣了妳！歐陽暖，叫妳的丫鬟住手，他娘的快給老子住手！」

方嬤嬤聽到這些混帳話，氣得整張臉都紅了，「打！往死裡打！」

眾人原本以為這不過是個偷東西的賊，聽到這賊居然這麼大膽，罵出這樣無法無天的話來，當下人人下死力打了起來。

歐陽暖高高地站在臺階上看著，林氏心腸的惡毒她算是再一次見識到了，只要這人今夜躲進這院子裡，又沒人發現他，等到了明天早上他被人發現，再一口咬定和自己有私，拿出從房裡偷出來的貼身物件，就能坐實了她的罪名。如此行徑就是汙了歐陽家的名聲，到時候歐陽治再惱怒都非得將自己嫁給這個男人，自己也百口莫辯，名聲毀了，除了他也不能再嫁任何人。只是林氏沒有料到，歐陽暖知道小桃進過自己的房間，一搜查果然少了平日裡十分喜愛的墨玉釵，知道她要對自己下手，立刻提高了警覺，卻沒想到她還真的做得出這種卑鄙的事情，簡直是下三濫！

這計並不如何複雜，只是對一個十二歲的女孩子居然就下得了這樣的手，太過惡毒，林氏還真是費盡心機要置她於死地啊！

張文定剛開始還哼兩聲，罵得厲害，後來就不吭氣了，疼得幾乎要暈過去。

「留一口氣就行！」歐陽暖自始至終冷冷地看著，面色平靜。

張文定勉強睜開眼睛，正迎上歐陽暖冷冷的目光，那眼神裡帶著一種可怕的光亮，像是獵人看到了捕獸夾裡的獵物，有一種奇異的、說不清道不明的快意，他竟然感覺到了一陣徹骨的冰寒。不，不會，明明她才是自己快要到手的獵物！

就在這時候，突然一陣人聲喧譁，竟是林氏帶著一眾丫鬟僕婦到了，她們浩浩蕩蕩衝進院子，王嬤嬤衝在最前頭，一看到這場景立刻呆住了。

林氏最先反應過來，驚訝萬分地說：「暖兒……這……這是怎麼了？」

「娘，這人在院子外頭探頭探腦，好在被巡夜的嬤嬤們抓到，真是嚇死女兒了！」歐陽暖飛快地跑下臺階，一下子撲進林氏的懷裡，十足受到驚嚇的模樣，力道又十分迅猛，幾乎撞痛了林氏的心口。

林氏當著眾人的面不好閃避，硬生生受了這一下，臉上的神情僵硬了片刻，她直起身子，看了張文定一眼，怒斥道：「哪裡來的登徒子，這是我女兒的閨房，你也敢隨便闖嗎？」

哼，自己說的是院子外頭，在她嘴巴裡卻變成了閨房，可見是真的下定決心要把這盆汙水潑到自己身上，不過，到時候被澆了滿頭滿腳不能見人的，還指不定是誰呢！歐陽暖暗自勾起嘴角。

「都先住手！」王嬤嬤看著被打到蜷縮成一團的張文定，生怕不小心打死了人，到時候計策失敗，立刻上去阻止。

張文定看到林氏之後心下大定，恨恨地啐了一口，開口就罵：「該死的……」

菖蒲最是憨傻不過，別人都住了手，她卻還拎著掃帚，這時候見這傢伙竟然敢罵向來對下人和顏悅色的大小姐，索性丟了掃帚，一把拎起裙子，一腳狠狠地踹了過去。

張文定被這一腳踹下去「哇」的一聲吐出一口血，驚恐的眼神盯著菖蒲，再也不敢口出惡言。

歐陽暖心中暗爽，心想菖蒲這丫鬟果然是個可愛的大力女，回頭一定要好好獎賞，一邊露出驚慌的表情來，「娘，女兒好怕！」

林氏立刻慈母一樣拍拍她的背，「不要怕，有娘在這兒！來人，去請老太太和老爺來，就說大小姐院子裡——進了賊。」

她這麼做，就是要讓李氏和歐陽治親眼來看一看自家閨女的院子裡藏了個男人，說起來是賊，可傳出去誰會相信？

到了正廳，不光是李氏，連還在被窩裡摟著李姨娘的歐陽治都被這個震撼的大消息挖了出來，李姨娘站在一旁，也露出十分驚訝的表情。歐陽爵得到消息立刻就趕了過來，此刻白玉一樣的小臉上帶著惱恨的表情，死死盯著張文定，像是要一口一口咬死他。

張文定已經撲倒在地上大哭起來。

歐陽暖並不打算堵住張文定的嘴，既然林氏打定主意要潑自己一身汙水，就由著她來吧——只是最後這汙水是潑在誰身上，可就難說了。

張文定哭著訴苦：「今天是老爺宴客的日子，我多喝了兩杯，本想要回去休息，誰知道小姐身邊的丫鬟竟然給我遞了個信兒，說邀我去她院子裡……」

老太太李氏倒吸一口氣，這男人口口聲聲說歐陽暖邀他去她的院子，豈不是說他和歐陽暖早有私情在先？

歐陽爵一聽火從心起，一腳上去踹翻了張文定，「滿口胡言亂語，你敢這麼汙衊我姊姊！」

歐陽可也悄悄躲在一邊聽著，滿堂的管事丫鬟婆子都豎起耳朵，歐陽暖立時從椅子上站起來，跑到李氏身邊，「祖母，暖兒冤枉！」

李氏安慰地拍拍歐陽暖的手，誰會相信養在閨閣裡的千金私會男子，這簡直是天大的冤枉！

林氏也露出滿臉怒容，「你太無禮了，這世上哪兒有千金小姐來邀請你一個陌生男人的？沒有證據不許亂說！」

張文定大聲呼喊：「有！我有證據，我有人證，小姐身邊的丫鬟可以做我的人證！」他用手一指，赫然是一直偷偷尾隨在眾人身後的小桃。

小桃撲通一聲跪倒在地，「老爺饒命，夫人饒命！大小姐讓我去的……我……我……我什麼都不知道啊！」

滿堂譁然，一瞬間所有的懷疑、鄙夷和難以置信的目光都凝結在歐陽暖的身上，連李氏的目光都帶了三分冰寒。

歐陽爵氣得要再上去踢張文定一腳，卻被身旁的丫鬟婆子死死拉住了。

歐陽暖看了歐陽爵一眼，用眼神示意他不要激動，她知道張文定能到內宅必然有人引路，能進了院子也肯定是有人裡應外合，這個人不用想就知道是誰。

「我本來是不敢的，可是那丫鬟非說小姐對我十分傾慕，還……還說小姐曾說過及笄後一定要嫁給我！我大著膽子進去，誰知一被人發現，小姐立刻就翻臉不認人，說我是賊！最毒婦人心，最毒婦人心啊！如果、如果不是夫人來得早，我要被人活活打死了啊……」

林氏立刻站起來走到歐陽治身邊，「老爺，這情形……這情形我著實沒有預料到，我不過病了幾天，這府裡竟然亂成這樣！」說完，不著痕跡地看了李姨娘一眼，看得李姨娘心裡一驚，林氏又低聲道：「事到如今，老爺，還是讓所有人都下去吧，我們自己關起門來商量，有什麼事情也好說，千萬不要敗壞了暖兒的名譽！」

歐陽治原本恨不得立刻讓人宰了張文定，這時候一聽，心想是啊，他口口聲聲說有證據，難不成……難不成暖兒小小年紀真的動了這種歪心思？太敗壞家風了！不管如何，事情一定要想方設法壓下去！他剛要開口，歐陽暖卻猛地站起來，厲聲道：「讓他說，我倒要聽聽他在眾人面前還有什麼話要冤枉我！」

林氏心中冷笑，臉上作出憂慮萬分的樣子，過去扯住歐陽暖的衣袖，「傻丫頭，這種醜事怎麼能叫人知道？」

「醜事？」歐陽暖冷冷一笑，面上隱含怒氣，一語雙關道：「的確是醜事，只是還不知道是誰的醜事！」

她不著痕跡地甩開林氏的手，冷冷地繼續道：「小桃，妳早就被我趕出了內室，如今不過一個三等的丫鬟，我既然私會情郎，怎麼不找自己的心腹而找上妳？妳是個什麼東西！」

小桃滿臉帶淚水，像是受了極大委屈的樣子，轉而對著歐陽治咚咚咚磕頭，「老爺，我不知道小姐為什麼選上我的啊！只是小姐的吩咐，我實在不敢不聽……求老爺做主！」

李氏是看慣了內宅爭鬥的人，很快猜到這件事情八成跟自己的兒媳婦脫不了干係，看林氏三句話還不忘捎上李姨娘就能窺見她的心思，一方面除去了爵兒的長姊以便將來對爵兒下手，一方面再以管理失職的罪名處置了李姨娘，好毒辣的心思，竟敢為了權力內鬥不惜賠上歐陽家的名聲！李氏心裡頓時惱怒起來，一把抓起面前的茶杯就擲了過去，「胡說八道！」

茶杯硬生生地砸在了小桃的右頰上，她捂著臉哭喊：「老太太，我說的都是真的啊！」

「祖母、爹、娘，小桃是我院子裡的丫鬟沒有錯，只是她犯了大錯，被我打了板子，近日恨我得緊，這事情所有丫鬟嬤嬤都是知道的，我又怎麼會讓自己不喜歡的丫鬟去做如此隱祕的事情？況且這張文定我從未見過，更別提什麼傾心仰慕，分明是他盜竊未遂，想要將髒水潑在女兒身上！」

張文定一聽，梗著脖子道：「千真萬確，我還有物證！」

林氏看著心裡越發暢快，只要張文定拿出的是歐陽暖貼身的東西，今天這事兒就算是板上釘釘的，誰做賊不去找值錢東西，反而挑女孩家物件呢？只要他一口咬定了和歐陽暖有私情，不管別人信不信，歐陽暖這輩子都毀了！她暗地裡冷笑，臉上卻表現出受到極大侮辱的樣子，「住嘴！不得胡言亂語！」

歐陽可看了一眼場中的局勢，暗道母親真是好手段，再看向歐陽暖時眼中全是得意，心想：妳也有今天，早前那麼壓著我，活該，等著嫁給這個破落戶吧！

林氏眼中含淚，憂心忡忡地勸歐陽治：「老爺，不能再審問了，萬一他真的拿出什麼，說出什麼更不得體的話，我們家可丟不了這麼大的臉……他也不算什麼惡人，早前還是老爺的故友之子，只是家境貧寒才來投奔老爺做了食客，要不然、要不然我們……唉……我可憐的暖兒……」

歐陽治氣得拳頭緊捏，臉色已成醬紫色了，連帶看著歐陽暖都咬牙切齒，但這事兒能怎麼辦呢，打一頓罵一頓殺了張文定都沒辦法解決！林氏說的對，只能閉著眼睛將女兒嫁給這麼個……白已都瞧不上的人！

歐陽暖冷眼看著，忽然道：「搜他身！」她說得很緩慢，但是很清楚，帶著一絲決然。

林氏愣了愣，她想不到歐陽暖到了這時候還死鴨子嘴硬，既然她這麼給臉不要臉，乾脆就讓所有人都看看證據！哼，到時候她只會更難堪！

歐陽治看歐陽暖如此篤定，心裡也覺得女兒向來乖巧懂事，年紀又這麼小，怎麼會做出這種醜事，說不定真是這傢伙滿口胡言。現在小桃不過是個犯錯的丫鬟，說的話不足為信。只要張文定手上拿不出實質性的證據，就直接以盜賊定罪，這樣歐陽家的名聲也保住了，暖兒可是侯府寧老太君的嫡親外孫女，若真的不明不白嫁給這種潑皮，寧老太君還不撕了他！想到這裡，他冷聲道：「聽不到大小姐的話嗎？搜！」

管事立刻上去，張文定的身上被摸了個遍，最後才在他的腰間搜出了一支金釵。

林氏看也不看，頓時哀哭一聲：「這可怎麼辦啊，我可憐的暖兒！」

歐陽治臉色鐵青，氣息不勻，胸膛劇烈的一起一伏，只覺得一股怒火衝上頭腦，還真的搜出了所謂的定情信物。他猛地抬起眼睛，惡狠狠地瞪著歐陽暖，若不是這麼多人在場，他恨不得上去給她一巴掌。

「啊，這是二小姐的金釵！」忽然聽到紅玉驚呼一聲，接著彷彿覺得自己說錯話了，嚇得跪倒在地上一句話也不敢說了。

林氏聞言一愣，定睛一看，差點沒背過氣去，這金釵的確是可兒最喜歡的東西，怎麼會在他手上？她明明讓小桃偷了歐陽暖身上的貼身物件，難道是小桃掉了包？她一轉頭，惡狠狠地盯著小桃，像是要將她生吞活剝。

小桃完全傻眼了，她明明從大小姐房間裡偷出了一支玉簪，並將它交給了張文定，現在怎麼會莫名其妙搜出了二小姐的金釵，老天！

「可兒，這金釵——是怎麼回事兒？」李氏開口了，帶著十二分的怒氣。

原本站著看戲的歐陽可已經完全呆住了，她下意識地摸了一把頭上的金釵，原本的一對只剩下了孤零零的一支，另一支赫然就是張文定身上搜出來的那支。

就在眾人震驚的當場，歐陽暖忽然對著李氏跪下了，清麗的臉上淚水盈盈，滿是委屈的眸子惹人愛憐，「祖母，妹妹也許是一時糊塗……不、不可能是妹妹邀了他……我想肯定是他偷了妹妹的金釵……早知如此，我情願自己一力承擔啊！」

張文定瞠目結舌，還不知死活地想要辯解：「明明是……」

「還敢亂攀咬！」一直站在歐陽暖身側的方嬤嬤飛快上前，狠狠一巴掌，重重打歪了他的嘴，隨即轉身跪下道：「老太太、老爺、夫人，我們大小姐心地善良，這是代人受過啊！」

眾人都看向了張文定，他說小姐邀請他來，還說小姐對他十分傾心，非他不嫁，結果看見是小桃前來，更理所當然地認為所謂的小姐就是大小姐，誰知道被人發現一頓死打，又從他身上搜出了二小姐的貼身物件兒，這麼一來事情不就清楚了嗎？二小姐不知為何約了這人，他以為是大小姐，就跑去人家院子外頭轉悠，被抓住了之後還糊裡糊塗地以為約的人就是大小姐。事情這麼說不就說清楚了嗎？不少人露出恍然大悟的表情。

歐陽暖心底冷笑，臉上露出悲傷道：「妹妹年紀這麼小，哪裡懂什麼男女之情？只怕是因平日裡愛看那些書生小姐月下相會的戲文，不過是學著胡鬧罷了，她哪裡會想到這麼一來差點出了大事呢！最可恨的就是張文定，他不清不楚前來赴約，而小桃這丫鬟明曉得二小姐不懂事也不勸著點，反而跟著胡鬧，事情敗露怕被責罰就乾脆誣賴在女兒身上……唉，我可憐的妹妹啊！」

歐陽可一瞧情狀不對，連忙跪下，一疊聲賠罪道：「祖母，孫女什麼都不知道啊，孫女沒有做過，他冤枉我！」說著便哭了起來，一邊看了眼林氏，連忙又道：「孫女的金釵明明是白天丟了，怎麼會被他撿到了……孫女無論如何都想不通呀！丟失金釵不過是無心之失，我哪兒知道會……」

歐陽可看見祖母面帶譏諷地瞧著自己，再也說不下去了。

林氏幾乎氣了個仰倒，到了如此地步，歐陽暖竟然能絕地翻盤！她唯一想到的就是小桃背叛了自己，根本沒有將歐陽暖的東西拿出來，可……又怎麼會變成了自己女兒的金釵？

她怎麼會想到歐陽暖讓丫鬟故意撞倒歐陽可，取走了她頭上的金釵，而紅玉就趁著一片混亂的時候偷梁換柱呢；又怎麼會想到歐陽暖今晚甕中捉鱉特意挑選了信任的人手，沒有露出半點風聲給她。這一環一環下來，她當然弄不清到底發生了什麼事。

歐陽暖眼波流轉，看了一眼在旁邊目瞪口呆的林氏，輕柔地道：「爹、娘，你們可不能再任由此人汙衊妹妹的清白了啊！」

林氏的臉一下子就綠了，自己的女兒這麼小，又怎麼可能與人私會？可自古男女七歲不同席，歐陽暖這麼做不是要別人相信歐陽可跟外人有什麼私情，分明是要將可兒也拖下水，攪渾這一鍋粥！

事情到了現在，可以說是和歐陽暖關係不大了，就算張文定被人邀請，外人看來也是歐陽可邀請他，而且他還沒進院子就被人捉住痛打了，只是大小姐無辜被牽連在裡面，多無辜啊！

林氏看看那支金釵，知道此事已經被歐陽暖引到了自己親生女兒的身上，如今最重要的是一定不能再讓歐陽可出事，至於張文定——她根本就不放在心上。不過一霎間她已經想明白了利害關係，當即喝道：「好你個張文定，竟然安下了這等賊心！偷了東西也就罷了，居然還要一再汙衊我們歐陽家的女兒！」

張文定大驚失色，「夫人，明明是妳——」

林氏怎麼可能容他說話，「堵上嘴巴，拖下去狠狠地打，打完之後送到官府查辦！」

張文定還想說話，已經被人堵住了嘴巴，嗚嗚嗚說不出話來。

原本已經冷靜下來的歐陽爵撲過去把人推開，怒斥道：「說！誰指使你的！」

張文定再也顧不得許多，一下子大叫起來：「是夫人讓我做的，是夫人讓我今天晚上來，說以後把大小姐嫁給我，還給了我銀子……」

歐陽治聽了心中大震，忽然站起來一掌拍在桌子上，「還不給我拖下去打！居然連夫人也敢誣告，當真是畜生不如！」

歐陽暖冷笑著看著這一切，只覺得無比諷刺，事情到了這種地步，明眼人都看得出幕後指使，歐陽治卻還要百般維護林氏，真是鬼迷了心竅！這種糊塗人做得什麼親爹，當的什麼官員！

王嬤嬤跳了起來，領了兩個壯實的男僕一下便把張文定堵住了嘴，捆住了手腳，張文定宛如一頭野獸般，瘋了似的掙扎，硬生生被人捆著抬出去了。

屋裡一片寂靜，久久無聲，只聞得院子外頭樹葉被冷風吹得嘩嘩響的搖曳聲。

「娘，謝謝您主持公道，不然妹妹的清白真要被這賊人汙衊了去……」歐陽暖的淚水像是又要落了下來。

本來旁觀局勢發展的李姨娘立刻上前，安慰道：「大小姐說的哪裡話，是那個混帳東西偷了二小姐的東西，不想被人捉住所以才如此汙衊！妳放心，老爺絕不會放過他的！」

林氏聽了這話，只覺得心中有一把烈焰熊熊燃燒，只是她還有三分理智，不得不強壓下這股怒火，看了一眼嚇得幾乎癱倒的歐陽可，轉而嚴厲地掃了一眼周圍的丫鬟婆子們，「今天的事情，如果外面聽到了半點風聲，我叫妳們全都沒命！」

「是。」所有管事丫鬟婆子都應聲跪倒在地，屋子裡一片肅殺之氣。

李氏高高在上地坐著，心底冷笑不已，雖然她也不明白歐陽可怎麼就被拉下了水，但從這件事看來，林氏半點不省心，總是想方設法給自己添堵，好啊，這個兒媳婦做得還真是孝順……

歐陽暖看了一眼氣得半死的林氏，心中暗道：這可是妳咎由自取，從今天起，為了保住歐陽可的名譽和掩蓋妳的毒辣計謀，妳可有得忙了！

從正廳裡出來，紅玉腿都軟了，跨過門檻的時候差點摔倒，方嬤嬤不著痕跡地扶了她一把。歐陽暖看見了微微一笑，紅玉心地善良，忠心耿耿，唯一不好的地方是還不夠心狠手辣。對待惡人，善心永遠多餘，要打倒林氏，只能是她狠，妳要比她狠百倍千倍，打得她永世不得翻身！

回去的第一件事，歐陽暖將菖蒲升為了一等大丫鬟。

紅玉看了傻呵呵笑著的菖蒲一眼，小心道：「大小姐，小桃那裡……」

歐陽暖看著窗外怒放的梅花，淡淡地道：「她不會回來了。」

昨日事成，小桃會被林氏滅口；昨日事敗，她一樣逃不了這種下場。小桃背叛了主子，就要承受這樣的後果。

紅玉想了想，也明白過來，但總是相處了不短的日子，她臉上流露出細微的黯然之色。

方嬤嬤瞧見了，冷笑著說道：「妳可別同情那丫鬟，昨晚之事若是被她們構陷成功，且不說大小姐會如何，單是妳這個隨時伺候大小姐的丫鬟就要落個慫恿主子與人私會的罪名，到時候是活活打死還是賣出去就難說了！」

紅玉聽了這話，不由自主打了一個冷顫，立刻點點頭，不敢再亂想。

方嬤嬤看著歐陽暖清麗的側臉，大為欣慰，大小姐能不被林氏所騙已經讓她很高興了，萬萬想不到還能有如此漂亮的應對之策，她想了想，含蓄地提醒：「大小姐，這件事倒是一個可以扳倒林氏的契機……」

歐陽暖看了全心全意為自己著想的方嬤嬤一眼，眼神柔和了許多，道：「不，嬤嬤，凡事要擇機而動，一擊必中，不中則退！今晚爹爹的立場妳還沒有看出來麼，他不倒戈，我們就沒那麼容易成事！」

「可是老爺一向寵愛這位繼夫人，恐怕他沒那麼容易……」

這倒未必，歐陽治再寵愛林氏，也絕不會超過愛自己的權勢地位，等著瞧吧！

歐陽暖微微勾起唇角，帶著一絲神祕莫測的味道：「寵愛嗎？只怕再寵愛也有限……」

老太太李氏神情肅然地在正廳裡坐著，屋內下首坐著的正是歐陽治，他看到李氏表情不善，心裡有些緊張。

「母親，今晚的事情著實太不堪！您放心，我一定會將那張文定重重懲辦，挽回我們歐陽家的顏面！」

「顏面？現在還有什麼顏面可言？」李氏惱怒萬分，重重一拍桌子，猛地咳嗽了一聲。

張嬤嬤見她說得急了，立時端起茶杯湊到李氏嘴邊，一手還輕輕在她背上順著。

歐陽治見狀，一臉惶然，急切道：「母親千萬保重，您有什麼訓示，兒子都聽著！」

「我本以為你這些年處事越發老道，一切便任由你自己拿主意，誰知你把府裡一切完全交給林氏，搞得烏煙瘴氣不說，連歐陽家清白的家風都差點保不住！」李氏冷冷地說。

歐陽治從袖中掏出素帕，擦了擦額頭上的冷汗。

李氏輕輕緩了口氣，看了他一眼，端著茶碗輕輕撥動茶葉，一旁的張嬤嬤極有眼色，輕聲招呼屋裡的丫鬟婆子出去，才又回到正房服侍，正聽見李氏在說話：「我原也不想多嘴多舌惹人厭，你房裡人這些年被你那個媳婦都清得差不多了，你去外頭打聽打聽，哪個規矩人家像你這個年紀還只有一個兒子的？給她臉面罷了，她還不知道收斂，先是禍害我孫子，今日終於鬧出誣陷來了！」

歐陽治滿面愧色，站起來連連作揖，「都是兒子的錯，兒子糊塗，總想著她到底是侯府的千金，嫁給我做繼室，多年來孝敬母親、辛辛苦苦照顧一雙兒女，我心裡不免憐惜了些，卻沒想讓她越發不知進退，兒子回頭一定好好教訓她！」

李氏聽見他的話，知道他還在為林氏說話，不由輕輕冷笑幾聲，也不說話。

張嬤嬤見狀，便上前說：「老爺，老太太宅心仁厚，有些事不想管，有些話不便說，今日就讓奴婢這老婆子托個大，與老爺說說清楚，望老爺不要怪罪。」

歐陽治見張嬤嬤開口，忙道：「嬤嬤說的什麼話，這些年妳服侍母親盡心盡力，於我便如同自家長輩一般，有話儘管說！」

張嬤嬤側身福了福，道：「原夫人和繼夫人都是侯府出身，一個是嫡一個是庶，卻因自幼在寧老太君身邊長大，感情是極好的。原夫人賢良淑德、寬厚大度，一派大家風範，她的庶妹來咱們府中小住，原夫人待她十分親厚，吃的、穿的、用的，樣樣都挑頂尖的給，誰曾想，這位庶小姐卻是個有大主意的人，私底下竟與老爺生了情愫。這事老太太本是不贊同的，接她來本是照顧姊姊，怎能與姊夫鬧出事情來？傳出去於老爺聲譽有損。好在原夫人體貼大度，反過來替老爺說項，還親自去侯爺府向寧老太君討了她來。原夫人的病本是好轉了，可經此一事反而日漸沉痾，終於不治，現在想來，再大度的女人也有幾分心氣……」

歐陽治羞慚不已，面紅耳赤，話也說不出來。所有人都以為是原配夫人替他選好了這個繼夫人，卻不知道他和婉如早已在婉清生病時就已經暗度陳倉，說起來，婉清那麼早就去世，他們確實脫不了干係。

張嬤嬤看了李氏的臉色一眼，放緩了口氣道：「原夫人在的那會兒婆媳倆是親親熱熱、有商有量的，繼夫人進門前些年，倒是對老太太有些尊敬，這些日子是越發不像話了，先是把大少爺的院子弄得烏煙瘴氣，生了病竟然要老太太親自去看望，今天晚上還折騰出這一齣，您也別怪老太太生氣，繼夫人真是傷透了她的心！」

歐陽治撲通一聲，直直地給李氏跪下了，垂淚道：「兒子罪該萬死，給母親惹了這許多不快，兒子不孝，兒子不孝！」

張嬤嬤連忙去扶歐陽治，歐陽治不肯起身，告罪不已，李氏道：「你先起來吧。」

歐陽治爬起來，張嬤嬤準備了熱帕子來給他擦臉，又搬了椅子讓他坐下。

李氏緩了緩口氣，道：「現如今你仕途的確一帆風順，但外面還有多少人在等著挑你的錯處，今晚的事情說小了是賊人誣告，說不好就是家風不正，若讓外人知道了，參你個治家不力，你還能順順當當地做官嗎？」

歐陽治心頭一驚，嚇得滿頭大汗，「母親提醒的是！可兒子想今日之事應當不是她所為，她絕不是如此狠毒之人……」

「哼，你倒是相信她！李姨娘原本也是耕讀傳家的，要去好人家做正室，若不是家中遭了難，就是再窮也不肯為妾的！她接手府中事物不過短短兩天，出了事你媳婦竟然也敢怪在人家身上！你也不想想，此事必定有陰毒之人在作祟，她今天能害暖兒，明日就能朝其他人下手，歐陽家豈能容這種人？這件事要查就得查徹底，第一個就從你那個媳婦查起！」

「是，兒子回去一定好好問清楚！若真是她所為，兒子絕不姑息！」

歐陽治一從壽安堂出來，就直奔福瑞院，誰曾想林氏正等著他來。

他剛進門，林氏就親自前來伺候，再看她一身單薄的衫子，滿頭的青絲柔若無依地披散在肩上，像是大病初癒的模樣，真是楚楚可憐，來的時候縱有萬般火氣也退了一半。

「剛才在正堂上，我給妳留了臉面，照張文定說的，今晚的事情是妳主使？」歐陽治冷聲道，帶著十二萬分的嚴厲。

林氏淚光閃閃，「老爺給我臉面，我如何不知，老爺今日獨自來與妾身說話，我也索性全部說開了吧。那張文定是老爺故人之子，家中敗落後前來投奔，老爺留著他也當是養了一個門客。他喝醉了酒到處亂闖，竟然闖進了暖兒的院子，為了自保誣陷她，被撞破後又滿口胡言，將我也拉下水，這是明眼人都看得出來的，老爺難道懷疑我是我指示他嗎？」

「哼，空穴來風未必無因！他怎麼沒說別人，就只盯著妳一個人？」

林氏哀婉地道：「治郎，這話是母親告訴你的吧？她還說我這麼做是為了除掉暖兒和李姨娘，是不是？你想想看，暖兒雖然不是我親生的，但畢竟與我相處多年，如親生母女一般的，我怎麼會害她？她又是個女孩子，將來總是要嫁出去的，我百般針對她又有什麼所圖？那李姨娘是母親給你討來的，為的是什麼，全府裡上上下下都明白，不過就是看著你疼我憐我，我又生不出兒子，母親不喜。為了不讓母親生氣，我情願將主母的管事權交出來，關緊了門庭，凡事不多問。現在出了事，母親不去問管事的李姨娘反而責上我了？天可憐見，我縱然有千般萬般的錯，最錯的就是生不出一個兒子，母親才這麼厭惡我啊！」

歐陽治心中一動，也不作聲，端起茶碗來喝了一口。

林氏慢慢依到他身邊坐了，頭挨到他肩上，細訴：「治郎，你我夫妻十年，你瞧我是那種心狠手辣的人嗎？當初姊姊在世，我親手侍奉湯藥片刻不離；姊姊去世，暖兒傷心哭泣，我日夜陪伴，待她比可兒更好更用心，難道你竟不相信我？」

「真的不是妳所為？」歐陽治剛放鬆了眉頭，突然又想起李氏的話，立刻縮回手，推開林氏。

林氏素來拿捏得住歐陽治的性格，沒想到自己會被推開，臉上卻絲毫不露惱怒，只盈盈淚眼地望著歐陽治，「若我做出那狼心狗肺之事，叫我天誅地滅不得好死！」

歐陽治點點頭，「妳我夫妻這麼多年，妳的秉性我自然十分清楚，當然信妳不是那種毒婦，奈何母親如今卻疑了妳！她是我的親娘，一手撫育我成才成家，縱有冤枉了妳，究竟是長輩，妳應當忍讓，否則傳出去就是我縱容妻子怠慢親娘，是大不孝的罪名！」

林氏聽到歐陽治最後一句話，不言語了。她知道歐陽治雖然好糊弄，李氏卻是個狠角色，現在歐陽治搬出孝道來，是要自己什麼都得忍住，不能忤逆婆婆。這次的事情本就是她一手策劃，如今事敗沒有連累自身，他不過是要她做小伏低，卻沒有怪她別的已是大幸。她是聰明人，知道什麼時候該見好就收，連忙道：「這是自然的，我一定好好伺候母親！」

歐陽治見她應了，便拍著她的肩膀道：「委屈妳了！」

林氏笑道：「委屈什麼？出嫁從夫，我的一切都是你的，只要治郎高興，我就不委屈！」又說：「我也不想讓母親心中因此生了嫌隙，等過幾日，我請個戲班子來熱鬧一番，讓母親高興高興！」

歐陽治牢牢將林氏圈入懷中，嘆道：「妳可真是我的賢妻啊！」林氏雖然半路進門，卻十分貼心，不但一心一意地對他，做事更是無不妥貼，溫柔敦厚，他當然十分喜愛。至於那張文定，既然可以誣陷暖兒，又怎麼不會誣陷林氏，一定是母親對她多有誤會！

林氏半是含酸半是嬌嗔地道：「我不如別人多矣！」

歐陽治笑著，輕聲道：「她們都不及妳……」說完，便將原本興師問罪的事情忘了個乾淨，摟著她進了內室。

發生張文定一事後，林氏嚴令禁止府中談論，可是人的嘴巴最難封住，不過兩天就傳出了流言，說二小姐私會張文定，反而故意栽贓陷害在自己大姊身上。事發後，歐陽暖卻照常起居行事，沒有絲毫閃躲避人之意，一派光明磊落風範。歐陽可則因為氣得狠了，居然關門閉戶，整整半個月沒有出門，就連林氏親自上門去勸說也不肯出來。

所有歐陽府下人看在眼中，越發坐實了二小姐私會男人誣陷親姊的流言。林氏為了壓住這些流言幾乎費盡心思，可流言就是如此，越是壓制越是傳得變本加厲，一時之間人人都意識到這府裡的風向變了。

歐陽暖照常去給祖母請安，經過花園的時候，突然一名女子搶上來幾步，攔在她身前行禮，聲音嬌柔地向她道：「給大小姐請安。」

歐陽暖望過去，眼前的女子身穿蜜合色棉襖、銀鼠比肩褂、蔥黃綾灑線裙，面龐秀麗，舉止嫵媚，有一種溫柔入骨的味道，正是歐陽治頂頭上司吏部尚書所贈的美妾周姨娘。這名姨娘進門五年，剛進門那會著實受寵了一陣子，可林氏是何等手段，很快就將她死死壓得翻不了身了。說起來，她現在雖不得寵，卻仗著是歐陽治上峰所賜，與林氏不對盤，剛剛她明顯是衝著自己來的，倒是讓歐陽暖好奇她想幹些什麼？想到這裡，她臉上帶笑道：「周姨娘不必多禮。」

歐陽暖雖然和顏悅色，周姨娘卻十分緊張，她看了歐陽暖一眼，只覺得這位傳說中的大小姐年紀雖小，眉眼卻清麗脫俗，是個天生的美人胚子，風華氣度更是京中不少名門閨秀都望塵莫及。從前大小姐總是處處幫著夫人，可從上次那件事情看來，大小姐和夫人根本不是一條心的，那這樣一來，自己所圖豈不是大有可為？她想到這裡，不自覺地摸了摸自己的腹部，頓時多了不少勇氣，「大小姐，我是特意來找您的。」

「哦？」歐陽暖微微側頭，帶了三分疑惑，只是眼神卻有一抹淡淡的審視。

方嬤嬤冷冷地盯著周姨娘，眼神之中露出不悅，什麼叫專程來找大小姐？既然找大小姐為什麼不去聽暖閣？為什麼要在這個花園裡當著那麼多下人的面來攔人？怕是有什麼企圖吧？

周姨娘被她看得心怦怦亂跳起來，忐忑地垂下頭，開始有些懷疑自己來找歐陽暖的決定到底是對是錯，可事已至此，為了自己的身家性命和前程，她還是選擇賭上一把。

周姨娘的眼神從慌亂茫然再次變得堅定，一咬牙，突然跪了下來，將頭重重觸在冰冷的地上，儘量克制著聲音不去顫抖，「求大小姐救命！」

歐陽暖靜靜看著周姨娘，目光中帶著一絲冷意，周姨娘進門後向來和自己沒有來往，過去自己看不清林氏用心險惡之前，還曾幫著林氏對她冷嘲熱諷過，她怎麼會無緣無故跑來向自己求助？怨不得她多疑，這府裡誰都可能是敵人，需要萬事謹慎才是。

想到這裡，歐陽暖便也不叫她起來，只是淡淡地道：「周姨娘這話錯了，這府裡有什麼事情，妳都該先向院子裡的嬤嬤說，讓她去回稟夫人。現在夫人病了，妳就該去找李姨娘，怎麼會來找我呢？」

「大小姐，我已經去求過李姨娘了，她不敢為我做主，我現在又見不著老爺和老太太，實在是沒了辦法，才壯著膽子來求大小姐！如果大小姐不肯救我，我就一頭撞死在這假山上！」周姨娘直起身，死死盯著腳下的青石地板，聲音中帶著明顯的決然。

「這是怎麼說的？地上涼，姨娘還是快先起來說話吧！」歐陽暖這麼說著，心裡卻在一瞬間轉過了千百個念頭。

「不！大小姐不答應，我絕不起來！」周姨娘目光帶著一股魚死網破的決心，倒讓歐陽暖改變了主意，「紅玉，還不去扶姨娘起來！」

周姨娘早些年曾懷過兩個孩子，都不幸沒保住，現在想來和林氏脫不了干係，所以她算是林氏的死敵，她所求的事情李姨娘不敢應，必然是和當家主母有關係。對於能給林氏找麻煩的事，歐陽暖還是很樂意管一管的。

周姨娘還不肯站起來，卻被紅玉和菖蒲硬生生架了起來，她瞪大眼睛，驚恐地看了一臉傻笑的菖蒲一眼，心想大小姐身邊什麼時候多了這麼個力大無窮的古怪丫鬟？不過她總算放了些心，既然歐陽暖肯聽她說，自然不會放任不理。就算她不敢管，風聲也會傳到老太太或者老爺那裡，對自己當然是有百利而無一害。

「大小姐，今天我是拚了一死闖出了院子，本來後院這些齷齪的事情我是絕不敢麻煩大小姐的，只是實在沒了活路才冒死前來。事到如今，我什麼也不瞞著了，半個月前我身子不舒服，回稟了管事崔嬤嬤央求夫人請了大夫來看，結果那大夫看完之後恭賀我大喜，說我是懷了身孕，誰知他將這消息回稟了夫人後，夫人又換了大夫來診斷，這個大夫支支吾吾說我不是喜脈只是腸胃失調，還給我開了一副調理的藥方。我心中生了疑惑，偷偷讓丫鬟環兒帶到府外找人看了，這藥方裡竟然還帶了讓女人落胎的紅花……老爺一向子嗣單薄，府裡上上下下都盼著孩子出生，我想著夫人必不會如此狠心，便百般央求院子裡的崔嬤嬤讓我見老爺一面，可自從那天開始我就被崔嬤嬤關在了院子裡，她還向外說我是染了病不得見風，連老爺來我院子都給擋了，平日裡更是不讓我見任何人。我不肯喝他們送來的藥，崔嬤嬤就對我冷嘲熱諷、克扣欺壓，這次要不是環兒拚死幫我擋住了崔嬤嬤，我還跑不出來……」

周姨娘一開口，歐陽暖就明白了，本來周姨娘在府中地位就低，近來又不太得寵，偏偏她能把握寥寥無幾的機會懷了孩子，這無疑讓林氏妒恨不已，當然會往死裡整她，所以林氏先是隱瞞懷孕，又將她軟禁起來並不奇怪，只是……林氏既然軟禁了她，自然會有一千種法子打掉孩子，她卻到今天還能保住這個孩子，也算是個狠角色了，更不用說突破林氏的封鎖闖出來，沒有幾分手段是萬萬做不到的。當然，如今管事的是李姨娘，這裡面是否有她在推波助瀾就不得而知了……

「院子裡的人輪番欺負、為難我，這並沒有什麼，只是近來她們越發過分，還故意在我房門口置了冰塊，若不是我小心謹慎，恐怕肚子裡那塊肉早就被弄掉了……我自己倒沒什麼，只是老爺知道了不知該有多失望……」

歐陽治失望不失望根本不在自己的考慮之內，歐陽暖微微一笑，打斷周姨娘的話：「周姨娘，我雖是歐陽家的大小姐，卻不好插手管爹爹內院的事情，妳跟我說這些實在是沒有用的。更何況妳告的還是我娘親，我一個晚輩怎麼好妄議長輩的不是？還是剛才那句話，如今掌管家事的是李姨娘，妳既然要找人幫忙，就該去找她。紅玉，我們走。」

歐陽暖不予理會，作勢帶著方嬤嬤和丫鬟們準備離開。

周姨娘見歐陽暖要走，眼睛都急紅了，她不知道花費了多少心思才能見到大小姐，如果不能找準機會勸服她幫忙，那回去了之後林氏肯定變本加厲折磨自己。自己雖然總是偷偷將她們送來的食物倒了，但總是在人家眼皮子底下，躲得過初一躲不過十五，孩子又能保住幾天？

周姨娘連忙想要上前拉住歐陽暖的裙襬，卻被菖蒲一把抓住了手，「不要碰大小姐！」

菖蒲杏仁一樣的眼睛瞪得大大的，很是認真。

她個頭不大，卻力大無窮，周姨娘「啊」的一聲叫了起來。

歐陽暖輕聲道：「菖蒲，不得無禮！」

方嬤嬤趕緊上前去查看周姨娘的手腕，看到整個紅了一圈，不免瞪了菖蒲一眼。菖蒲縮了縮脖子，表示自己是無辜的。

周姨娘顧不得許多，撲通一聲跪倒，繼續苦苦哀求：「大小姐，求求您了，李姨娘那裡我早就去求過了，可她說自己有心無力根本幫不上忙！如果不是走投無路，我無論如何是不會來求大小姐的！這府裡能幫得上我的只有您了，求您救我和肚子裡的孩子一命，只要您肯點頭，這一輩子我都願意為您做牛做馬報答！求您，救救我吧！」說完在地上狠狠地磕著頭，那響亮的聲音讓人聽了不由心裡發寒。

菖蒲捲起袖子自動自發要去攙扶，卻把周姨娘嚇得直往後縮，只好退到一邊去，看著紅玉去攙扶她，卻無奈周姨娘鐵了心不肯起來，拚命在地上磕著頭。花園裡人越來越多，歐陽暖看著這架勢冷冷一笑，這位果然不是好對付的，她在眾人面前央求自己，若是自己鐵了心見死不救豈不是有礙聲譽？她淡淡地道：「我要去見祖母，一起去吧。」

周姨娘欣喜若狂，踉蹌地從地上爬起來，不顧磕得有些青紫的額頭，連聲道著謝。

歐陽暖勾起嘴角，人是讓妳見到了，結果如何，就看妳的手段了……

方嬤嬤瞧了一眼亦步亦趨跟在身後的周姨娘，壓低了聲音對歐陽暖道：「大小姐，何必蹚這個渾水？」

歐陽暖淡淡地道：「嬤嬤，我可從來沒答應過幫她什麼，不過是耐不住她的苦求，勉為其難地行了個方便，帶著她去見祖母，之後就要看她自己的本事了。」

周姨娘明明可以背著人來找自己，卻偏偏要選擇在人來人往的花園，就是篤定了自己不會放任不管。如果就讓她這麼跪在那裡哭哭啼啼，自己成什麼人了？別人又會怎麼議論？尤其她現在身子嬌貴得很，如果真的有閃失，自己不是白白替林氏擔了殘害歐陽家子嗣的罪名？周姨娘就是算準了這點，才會明目張膽地算計自己，的確是個聰明有心計的女人。只是她既然這麼做，必定是破釜沉舟了，至於她見到祖母以後是要哭訴自己被主母迫害呢，還是要求情保住這個孩子，可就與她歐陽暖無關了。周姨娘既然想要借她的手見到祖母，她自然要順水推舟，讓自己從中得到最大的好處才是。周姨娘若是沒本事，只會被林氏反咬一口；若是有能耐，自然能讓林氏脫層皮。想必這一場狗咬狗的精彩大戲，不會讓自己失望才是！

想到這裡，歐陽暖微微笑了，「菖蒲，周姨娘體弱，妳還不扶著點兒？」

周姨娘一看到菖蒲那雙手靠過來，立刻使勁兒往後縮，生怕被那雙鐵手碰一碰自己要痛兩天，趕緊道：「大小姐仁厚，不用了不用了，我自己能走得動！」

歐陽暖的笑容多了兩分親切，「那姨娘千萬小心著些。」剛剛跪得那麼狠，現在膝蓋都還是青的吧？臉色居然還能半點都不動容，周姨娘真有幾分忍勁兒。也是，近些年歐陽治身邊的女人納了不少，如今留下的不過是小貓三兩隻，能在林氏眼皮子底下討生活的，也不是省油的燈。

歐陽治向來是偏愛美色的，卻也自始至終認為林氏體貼大度，是個合格的主母，但凡他覺得她好，自然會一直維護，單單從張文定那件事情便可以看出來他分明是偏袒林氏。但作為男人，他的尊嚴和地位是不容侵犯的，林氏妨礙了他的子嗣是大過，就不知道他會不會翻臉無情了……歐陽暖這樣思忖著，臉上的笑容越發溫柔可親。

到了李氏的壽安堂，張嬤嬤已經一臉笑容地迎了上來，態度親熱得很，只是看見了周姨娘，表情就有一種說不出的微妙了。

歐陽暖對周姨娘和氣地笑笑，「姨娘在外面稍候片刻吧，我先去回稟祖母。」

張嬤嬤見到歐陽暖如此行事，不免暗中點了點頭，大小姐果然是個穩妥的人，知道沒有老太太的准許就貿然帶人進去必然會受責怪，便親自為歐陽暖打起了簾子，「大小姐，請。」

歐陽暖走進去，李氏一見她就笑了，招手道：「暖兒，過來嘗嘗。」

歐陽暖笑著向擺放在炕上的小條几看了一眼，見南酸棗糕、臍橙糕、胡蘿蔔糕、南瓜糕等十幾個果蔬糕類和丁香李、相思梅、鮮楊梅、長壽果、美味果、桔餅、金絲密棗這些蜜餞點心擺了滿滿一茶几，不免笑了起來，「祖母怎麼這麼好興致？」

「還不是妳姨娘，她知道我愛吃這些，說京都的點心雖然精緻，到底不如原汁原味的好，特地從南方託人捎過來的！」李氏笑得十分親切。

這個姨娘，說的自然是李姨娘了。

歐陽暖上去挨著李氏坐了，順手揀來一個長壽果吃了，道：「嗯，的確和京都的口味不同，還是姨娘孝順祖母，連帶著我也有口福了！」

李氏聽她這麼說，笑得更開懷了，道：「其實倒不是什麼貴重東西，關鍵是這份心意難得得很！這府裡現在除了妳隔三差五就送東西過來，就數得上妳姨娘最有心了！」

李氏說的不錯，歐陽暖明面上來請安，卻不知送來了多少禮物，其中有一幅被原夫人珍藏的珍品觀音雙面繡，乃是耗費數名繡娘運用流行的戧針、擻和針、扎針並結合一度失傳的蹙金、平金、盤金、釘金箔等不同針法，花費了三年時間才繡成，氣派莊嚴，美麗奪目。

當初李氏一眼看中了此物，林婉清卻因是寧老太君所贈不願割愛而惹得李氏心中暗暗不快，歐陽暖從方嬤嬤口中得知此事後，第一件事就是將這幅珍品刺繡送了過來。在她看來，物是死的，人是活的，要對付林氏勢必要拉攏祖母，如今李氏對自己如此親厚，自然是大有緣故。然而歐陽暖臉上卻不露出分毫，面上笑嘻嘻的，道：「向祖母盡孝是孫女的本分，現在有姨娘一起承歡膝下，祖母當更高興才是。」

李氏聞言點頭，輕拍著歐陽暖的手道：「好孩子，當真沒辜負我護著你們姊弟的一番心意！」

歐陽暖笑得更溫柔更謙和，李氏說的沒錯，她如今是擋在自己和爵兒身前的一道厚重的盾牌，只要有李氏在，林氏斷斷不敢明面上與自己撕破臉。

她提也不提還有個周姨娘在外面候著的事情，陪著李氏喝喝茶品嘗美食，間或說幾件歐陽爵身邊的小事來逗她高興。張嬤嬤在一旁看著，倒有些不明白了，大小姐這是什麼意思，大冷的天把周姨娘領到老太太院子裡卻提都不提，就這麼白白晾著人嗎？真是太捉摸不透了……

張嬤嬤琢磨了半天，終於開了口：「大小姐，周姨娘還在外頭站著呢！外面風大，您看是不是請她先回去？」

李氏一聽，立刻皺起眉頭。歐陽暖像是突然想起來有周姨娘這個人一樣，眼中微露懊惱，生怕被誤會一樣急著解釋：「是啊，跟祖母說得高興，差點忘記了！一早經過花園的時候，我被周姨娘攔了下來……」

李氏笑了起來，和藹道：「有什麼事慢慢說，不必著急，妳怎麼把人領到這兒來了？」

歐陽暖輕聲細語，將剛剛遇到的事情重複了一遍，既沒有添油加醋，也沒有隨便發表意見，只是把所有的經過鉅細靡遺地說了出來，倒是隱去了林氏軟禁折磨周姨娘的那一段，這事當事人來說效果更好，她說完還一副擔心的模樣道：「我本來不想管這些事，可聽她說有了爹爹的骨肉，又是一副可憐兮兮的樣子，不禁動了惻隱之心！她又死活跟著我們，孫女實在不好趕她走，祖母可別生暖兒的氣呀！」

李氏聞言一愣，聽到周姨娘竟然懷有身孕的時候眼皮子一跳，連臉色都凝重了起來。

歐陽暖看到她這副反應，臉上頓時露出不安的樣子，「祖母，暖兒是不是做錯了？」

李氏臉色緩和了幾分，道：「妳這個孩子心地真是太善良了，被人利用了都不知道！她找上妳，還不是看妳年紀小好糊弄？」

「祖母教訓得是，暖兒的確是莽撞了！」歐陽暖眼圈立刻就紅了，頗有幾分愧疚的模樣。

李氏其實並沒有對歐陽暖生氣，如今後院事務被她交給了李姨娘，歐陽暖若是強出頭就是越俎代庖，而帶著人來壽安堂就不一樣了。事關重大，李姨娘當然做不了主，一切是自己說了算，所以歐陽暖這麼做倒是情有可原的。

李氏看著她不安，心裡反倒軟了，轉而安慰道：「暖兒，我只是提醒妳以後要多長個心眼兒罷了，這件事情關係到我們歐陽家的血脈，妳倒沒有做錯。」說完，便對一邊的丫鬟玉蓉道：「去請周姨娘進來。」

不一會兒，周姨娘跟著玉蓉低眉順眼地走了進來，見了李氏就規規矩矩地跪下請安，然後又向歐陽暖行禮，李氏淡淡地道：「起來吧。」

周姨娘這才戰戰兢兢爬了起來，拘束地站在屋內，頗有些手足無措的模樣，又抬起紅紅的眼睛望著歐陽暖，像是指望她開口一樣。歐陽暖卻狀若無意地低下頭，避開她的目光。

李氏冷冷盯了她一眼，道：「暖兒說妳在花園攔住她硬是不肯走，到底有什麼委屈連李姨娘都解決不了，需要求到我這裡來？」

李氏雖然有心給周姨娘一點顏色看看，免得她認不清自己的身分，到處惹人笑話，但眼睛還是不受控制地掃過她並不明顯的腹部。歐陽暖在一邊冷眼旁觀，對於李氏的心態看得一清二楚，如今歐陽府裡只有自己和爵兒一對姊弟，剩下的就只有林氏生的歐陽可，對於將傳宗接代看得極重的李氏來說，什麼都比不上子嗣重要，這也是歐陽暖敢直接帶著周姨娘來壽安堂的原因。她篤定李氏再心狠，都沒法對自己的親孫子見死不救……

周姨娘聞言一震，聲音微微顫抖地道：「老太太，我也是迫不得已，這件事與主母林氏有關，李姨娘實在是做不了主的，我只能來求您！」

李氏倒是被這話說得一愣，她以為周姨娘不過想昭告天下說自己懷孕了以求得自己的重視罷了，沒想到竟然與林氏有關，不由得沉下臉來，「哦，妳倒是說來聽聽？」

周姨娘又跪下，重重在地上磕了一個頭，臉上全都是豁出去的神情，「老太太，我自知身分低微，在後院裡一直敬重主母、伺候老爺，謹言慎行，小心翼翼……我一直以為，能得到老爺垂青已經是萬幸，其他不再奢求，誰知老天爺垂憐竟讓我懷了身孕……只是從那一天起，我的院子裡便不再安全，日常的分例被剋扣不說，下人們也多有欺凌，在我院子門口接二連三的有人窺探，飯食裡藏有紅花，香包裡含著麝香，房門口還有人悄悄放了冰塊……」

李氏臉色越聽越難看，自古以來主母整治妾室的法子多的是，她不想管也懶得管，可歐陽府裡子嗣太少，這兩年自己沒有少把林氏提過來訓斥，讓她要想方設法替治兒開枝散葉，她竟還敢在自己眼皮子底下做這種事？

李氏盯著跪在下面的人厲聲道：「妳說的是真的？確定沒有弄錯嗎？妳怎麼能一口咬定就是妳們主母所為？」

「老太太，我絕不會弄錯！既然我已經到了這府裡，有些事情也不會藏著掖著，我是老爺上峰送來的，他為了調教我歌舞，還曾請來青樓裡的一位老嬤嬤，那老嬤嬤曾說過大宅門裡主母對付姨娘的法子不勝枚舉，讓我一定要小心，是她教我認識紅花麝香的！」周姨娘這時反倒平靜下來，有條有理地答道：「所有這些送來的東西，我一點未動都留著，丫鬟環兒可以替我作證。她是歐陽家的丫鬟，爹娘都在府裡，並非我從外面帶進來的，絕不會為了我這樣一個身分低微的姨娘冒大險誣陷主母、矇騙老太太的，老太太盡可以找她來！」

「啪」的一聲，李氏手邊的茶杯一下子砸在地上，摔得粉身碎骨。

歐陽暖面色驚詫萬分，聲音卻十分平穩：「周姨娘，妳可要想清楚了，誣陷主母的罪名可是妳能承擔的？哪怕妳真的身懷有孕，祖母也不會輕易寬恕了妳！」

周姨娘抬起臉，斬釘截鐵地說：「大小姐，您心地純善，當然不會想到夫人是個口蜜腹劍、心腸狠毒的婦人！若是她只是針對我一人也就罷了，可她針對的是我腹中老爺的骨肉！這些年來，不止我被她處處迫害，連半年前急病暴斃的柔姨娘、去年上吊的王姨娘、前年被老爺寵幸後跳井的丫鬟玉紅，還有三年前的良妾汪氏意外墜湖，無一不是和她有關！關於我剛才所言，老太太可以派人去我院子裡查證！我願意發下毒誓，句句屬實，若有一句不實之處，任憑老太太處置，上刀山下火海被活剮也絕無怨言！」

這話一說，不要說李氏，連一屋子的丫鬟婆子都震驚了，足足有一會兒連根針掉在地上都能聽得清清楚楚。

李氏還要問什麼，就聽見玉蓉驚呼一聲：「周姨娘暈過去了！」

張嬤嬤眼明手快地趕緊上去把人扶起來，掐了半天人中沒有效果，回頭看著老太太：「您看怎麼辦？」

李氏眉頭皺得死緊，終於壓抑不住對子嗣的關心，道：「去請王大夫來替她診治，我倒要看看她是不是真的懷了孕！」

周姨娘被人扶到隔壁廂房去休息了，李氏的表情始終陰晴不定，歐陽暖心中不免為周姨娘暗暗喝了彩，果然是在林氏眼皮子底下安然活了這麼久的女人，的確有幾分過人之處。說完了話再這麼一暈倒，請來大夫一診治真的懷了孕，祖母必定心軟，縱然不重重懲治林氏，也非要為她做主不可。況且，狀告主母這種事可不是好做的，貿然驚動了林氏，人家將所有證據全部銷毀，周姨娘肯定吃不了兜著走，現在這麼一暈過去，什麼事情都不用她勞心費神，李氏自然會去查證。

「張嬤嬤，帶人去周姨娘的院子把那崔嬤嬤和丫鬟帶來，還有她所說的證物，一樣不可少！」李氏冷冷地道，眼神冷酷。

張嬤嬤低頭，應了一聲是，立刻帶著手底下的嬤嬤們去了。

歐陽暖眼見這種情形，輕聲對李氏道：「祖母，今日這件事牽涉到娘，我留在這裡多有不便，還是先回去吧。」

李氏愣了愣，半晌才緩過一口氣來，沉聲道：「不，妳留下，也算作個見證！」

歐陽暖微微點點頭，留下來看戲，她自然是願意的，橫豎這把火一定會燒得林氏面目全非，看她這個賢妻還怎麼做得下去！

不一會兒，就看到丫鬟領著王大夫來了，老大夫慌慌忙忙進門還以為是老太太病了，一看李氏好端端坐在炕上，納了悶。

李氏慢慢說道：「王大夫，您為我診治數十年，是我最信任的大夫，今天請您來，是要為一位姨娘診治，這事關我家族的子嗣大事，請您一定盡力。」

王大夫醫術高超，德高望重，尋常人家請還請不到，這還是看了李氏的面子才肯來，讓他給一個地位低下的姨娘看病當然是不妥當的，但老太太如此鄭重其事地說了，王大夫便點點頭道：「老太太放心，老夫自當盡力！」說完，便在丫鬟的引領下去了隔壁。

王大夫去了半盞茶的功夫便回來了，「隔壁那位夫人的確是懷了兩個多月的身孕。」

李氏聞言眼中頓時亮起光彩，忙道：「勞煩您坐在一邊喝杯茶，待會兒還有事要麻煩您。」

王大夫坐到一邊喝茶去了，這時候，張嬤嬤風風火火回來了，還捎帶回來管事崔嬤嬤、丫鬟環兒，以及不少女子日常用的釵環首飾香包衣裙。

李氏沉聲道：「王大夫，還請上前去驗一驗，這些東西對孕婦可還安全？」

王大夫面帶疑惑地走上去一一翻看了，先放在手上摩挲半天，接著放在鼻子底下聞了又聞，剛開始略帶疑惑的表情越發凝重，又重新把所有東西檢查過一遍，甚至連胭脂都打開盒子沾了點放在口中嘗了嘗，臉色越發難看起來，他終於明白老太太這是找他來幹什麼了。

他回過頭來看著李氏，臉色黑得像是鍋底一樣，真是想不到這是找他驗這個來了。李氏見他神情有異，不由自主問他驗得如何，他卻皺著眉不說話，李氏問了再三，他都沉默不語。

歐陽暖鄭重地道：「王大夫，您出身杏林世家，父親還做過宮中御醫，家學淵源，若是連您都不肯跟我們說實話，祖母實在不知道該信任誰了！」

王大夫目光凝重，心裡估摸再三，終於開了口：「既然如此，老夫就直言不諱了！老太太，這些東西您是從何得來？全都是害人的汙穢東西啊！」

這時候，一直瑟瑟發抖的崔嬤嬤突然兩眼一翻，嚇得暈過去了。她就沒周姨娘那麼好的待遇，誰也沒管她，就任由她倒在那裡。環兒看了她一眼，眼裡露出厭惡的神情。

李氏一聽王大夫說了這樣的話，心裡頓時就明白了，她看也不看崔嬤嬤，嘆了一口氣道：「王大夫，現在不必說，我都明白了。請您先去一邊休息。張嬤嬤，著人去請老爺、夫人和李姨娘！」

肆之章◆步步驚魂設連環

歐陽暖自動自發坐到王大夫下首陪著他喝茶去了，張嬤嬤看了不動聲色的大小姐一眼，心裡暗自點頭，不聲不響點了把大火，眼看這陣東風一來就會把整個屋子燒得一乾二淨，她卻坐到一邊喝茶去了，果然是個狠角色！實在看不出清高自持不善爭鬥的前主母竟然能生得出這種女兒，真是不簡單啊！

李姨娘的院子離李氏的壽安堂最近，第一個到，一來就看到這屋子裡凝重的氣氛，聯想到周姨娘來找過自己的事情，頓時就明白過來，立刻垂頭屏息道：「老太太找我，不知有何吩咐？」

李氏卻換了向來和藹的臉色，冷冷地道：「妳且跪下，等老爺和妳主母來了再說！」

李姨娘向來在這裡受到優待，沒想到這次一來就受到這種待遇，但還是聽話地跪下了。

歐陽暖輕聲細語道：「祖母，地上涼得很，李姨娘身子肯定受不了，還是……」

李氏看了低眉順眼乖巧萬分的李月娥，也覺得自己似乎遷怒她了，但也不好讓她馬上就起來，道：「去拿個墊子給她。」

丫鬟立刻上來給李姨娘加了個大紅妝團花緞墊子，她低下頭，老老實實跪著。

不一會兒外面就有人通報林氏來了，歐陽暖明顯看到李氏眼中的火氣和不滿，心中不由暗自好笑，臉上卻淡淡的，沒有一絲一毫幸災樂禍的樣子，反倒還帶了幾分擔憂，倒還真有點情真意切的樣子。

林氏進來後跟平常一樣行禮問安，李氏卻不叫起，只是把她晾在那裡。林氏跪在地上，心裡恨得咬牙切齒，她自從嫁到這個家裡就是當家主母，婆婆雖然不好伺候，卻也從來沒有刻薄過她，現在倒讓她和一個姨娘一起跪著，簡直是當眾給她難堪。

歐陽可也跟著一起過來了，見到這種情形，勉強笑道：「祖母，地上涼，娘身子不好，是不是讓她先起來說話？」

無巧不成書，剛才歐陽暖也這麼說過，李氏就給加了個墊子，現在歐陽可說了，李氏卻挑起眉頭，「她身子哪裡就這麼嬌貴了？我沒讓她起來，就跪著吧！」

歐陽可臉色一白，看了坐在一旁的歐陽暖和王大夫一眼，越發覺得疑惑，到底是怎麼了？張嬤嬤打圓場道：「二小姐，您先去那邊坐著吧，老太太和夫人有話說呢！」

歐陽可無奈，只好到歐陽暖的下首坐下，只是臉上的疑雲越來越重，可是歐陽暖臉色平靜，祖母李氏又黑著一張臉，讓她不敢隨便開口詢問。

屋子裡始終沒有人說半句話，沉寂得可怕，丫鬟婆子們連大氣都不敢出。李姨娘有個墊子到底好些，林氏卻在地上跪得雙腿麻木，搖搖欲墜。歐陽治終於進了門，一看到屋子裡的場景，有點愣神。

「母親，這是怎麼了？什麼事情值得您動這麼大的怒氣，孩子們還在一邊呢，您這麼罰婉如……不好吧……」

李氏的眼神一下子陰沉了，銳利的目光射向歐陽治，口中平淡無波地道：「都在正好，也讓她們看看聽聽，以後多學著點！王大夫，把您查到的東西好好跟咱們老爺說上一說吧！」

李氏這麼說，都沒有叫丫鬟婆子迴避，就是不忌諱這件事傳出去。林氏的罪名一旦坐實，就再也沒法在下人面前端著一副主母的架子了，也就是說，李氏是不準備再將管事的權力還回去！歐陽暖這麼想著，臉上擔憂的神色卻越發深重了，彷彿對林氏是出自真心的關懷。一旁的歐陽可看見她的神色，氣得想吐血，不知道的人，還以為那跪著的林氏是她歐陽暖的親娘呢！

張嬤嬤早已叫了一排丫鬟，把周姨娘院子裡的東西都端來放在桌子上，歐陽治看著這些胭脂粉盒、衣裳首飾之類的物件，臉上也露出驚奇來。

剛才還等著歐陽治來救場的林氏一看到這些東西，臉色立刻就變了。李氏冷笑一聲，衝著王大夫點點頭，王大夫走了過去，指著胭脂粉盒道：「這些是周姨娘屋裡的胭脂水粉，我已經驗過，裡面藏有少量的水銀，若是不懂醫理的人肯定不知道，水銀有劇毒，但少量使用並不會死人。有些腌臢地方……用喝水銀的方法避孕，但肯定對身體有很大傷害，長期用的話只怕性命不保啊！」

腌臢地方？歐陽治一想，臉色就變了，府裡怎麼會有這種東西？

王大夫拿起一張紙包著的茶渣，道：「我仔細檢查後，發現裡面混著些紅花粉末。」

王大夫出身杏林世家，家學淵源，對於這些藥材再清楚不過，即便是一些宮廷祕藥，乃至民間偏方都少有他不知道的，他說是就肯定沒錯，歐陽治臉色越發難看了。

王大夫卻還在繼續說：「這盒香膏裡面，帶了不少的石榴籽粉末。」

石榴籽？歐陽治不禁問：「石榴籽有何效用？」

王大夫慢慢地道：「加了石榴籽香膏會更加細膩柔軟，而且香氣馥郁，卻能夠抑制懷孕。若是孕婦的話，這種東西是大忌，一旦用量多了就會小產。」

歐陽治的臉色越發陰沉下來，死死盯著這些東西說不出話。

可事情還沒完，王大夫繼續拿起一件顏色鮮豔的撒花煙羅衫道：「這衫子看來沒有什麼問題，只是我從過去留下來的醫書裡面看到過類似的案例，所以剛才特意抽了裡面的一根絲，仔細查驗後發現，其實這衣服上的絲線是用樹膠、椰子和蜂蜜浸濕的羊毛綿球織造而成……老太太和老爺可能沒聽說過，其實這種東西早前是從宮中流傳出來的惡毒法子，若是長期穿著這樣的衣服，生出來的孩子只怕……只怕是……活不成的……」王大夫硬著頭皮說完，屋子裡所有人的臉色都變了。

李氏胸前急劇起伏，深深吸了口氣，強壓下憤怒的情緒，道：「夠了，王大夫不必多說了！謝謝您為我們家盡心盡力，日後定當重謝！來人，送王大夫出去！」

這是要清理門戶了！歐陽暖冷眼看著，像是在看人世間最大的鬧劇，表情自始至終很平靜很安寧。歐陽可卻緊緊咬著自己的嘴唇，幾乎咬出鮮血，說不出一句話。

「母親，剛才這些東西是……」歐陽治也被這些陰毒的法子驚駭得一句話說不出來。

「哼，這都是為周姨娘肚子裡的孩子準備的！」李氏冷冷哼了一聲。

歐陽治臉色大變，先是驚喜周姨娘懷孕，後是勃然大怒，誰這麼膽大妄為敢害他的孩子……

林氏沒等歐陽治說話，先發制人，搶先道：「李姨娘，妳還有什麼話好說？虧得母親這麼信任妳，妳居然敢暗害老爺的親生骨肉！」

李姨娘吃了一驚，花容失色道：「我什麼都不知道啊，老太太、老爺明鑒！」

李氏猛地一拍桌子，眼神狠厲地看向林氏，「都住口！去把崔嬤嬤弄醒！」

張嬤嬤使了個眼色，自然有嬤嬤們上前七手八腳把崔嬤嬤弄醒了。她一醒過來老臉就嚇得發白，哆哆嗦嗦跪下了：「老太太饒命啊！」

「妳老實說，到底是誰讓妳把這些東西給周姨娘用的？若有一句不實的話，我揭了妳的皮！」李氏惡狠狠地道。

崔嬤嬤看了林氏一眼，咬緊了牙關一句話也不敢說。

歐陽治上去就是一腳，踹在崔嬤嬤心口，「該死的老奴才，再不說就連妳全家一起發賣了！」

崔嬤嬤被一腳踹得一個踉蹌仰面倒在地上，「哇」的一聲吐了一口血出來，卻只能硬撐著一口氣爬起來跪好，這時候說也是死，不說也是死，當真是兩難。

李氏卻一聲冷笑道：「妳不說我也知道，這府裡妳是老嬤嬤了，李姨娘剛進門沒一個月，管事不過幾天，能勞得動妳嗎？」說完，她的目光像是毒箭一樣射向林氏，道：「妳如今還有什麼可說的？這些東西可都是妳派人送去周姨娘那裡的，妳還敢賴在李姨娘頭上，好個沒臉沒皮的東西！」

歐陽暖這時候淡淡看了李姨娘一眼，李姨娘本就機靈，立刻反應過來自己應該怎麼做，馬上爬起來跪倒在歐陽治的腳底下，臉色煞白一片，驚慌失措地道：「老爺，不是我做的……我進門前雖然也是書香門第，到底是小門小戶，這些腌臢東西簡直是聞所未聞！要不是王大夫說起，我連聽都沒聽過！老太太說的是啊，我才管事幾天，崔嬤嬤怎麼可能聽我的指派！老爺，您要為我做主啊！」她跪在地上反覆不停地叫著冤枉，淚水漣漣，比梨花帶雨還要惹人憐愛。

歐陽治一看心都碎了，李姨娘臉上滿滿都是不知所措和委屈，想來也是，她只是小門小戶的女兒，那種陰狠的法子絕不是她能想得出來的，何況她才接手沒幾天，怎麼可能在短短時間內安排這麼精細複雜的害人法子？

他想了想，先扶起了李姨娘，「不用哭了，我相信妳是清白的，起來站到一邊去吧！」地上只剩下一個林氏，歐陽治死死盯著她，卻怎麼都無法將她這樣柔美的女人和心腸歹毒的婦人聯想在一起。

「這幾年妳要怎麼整治治兒院子裡的姨娘丫鬟，我都隨妳，眼不見為淨就算了，總想著這些不過是爭風吃醋的小事，誰家主母沒些個厲害的手段也坐不住這個位置，可是這次卻不同，關係到治兒的子嗣，關係到我們歐陽家的血脈！我再三跟妳說過，若這些姨娘沒有身孕隨便妳如何處置，可若是有身孕便要千萬當心……妳倒好，周姨娘懷了身孕，妳瞞著不說就罷了，還百般折磨整治她，妳可有把我的話放在心裡，妳可有把我和妳丈夫放在眼裡？」

林氏心裡驚駭不已，本以為天衣無縫的事情怎麼會被察覺到，真是該死！

歐陽暖看著她，目露冷色，歐陽治正值盛年，歐陽家卻子嗣單薄，對於李氏來說簡直是椎心之痛，但這樣只有對林氏最有利，所以歐陽暖一直在猜想林氏必然在後院動了某些手腳。她本想利用李姨娘當家的機會將這件事暗地裡調查一番，沒想到壓根兒就用不著，周姨娘自己送上門來，如此天賜良機，當然不能放過！

歐陽治這兩年沒少往房裡收人，然而被寵幸過的女人不是死了就是被發賣出去，留下來的也多年未曾生下孩子。林氏百般算計，自然不會讓別人先於她之前生下子嗣，費勁了心思對付這後院裡的女人，送過去的每一樣物品表面看不出任何端倪，實際上都包藏玄機。如此看來，這次周姨娘恐怕真是費了不少心思才懷孕。歐陽暖想明白這些前因後果之後，倒是真心地為林氏鼓了幾下掌，如此心機手段當真是厲害！這樣更好，也讓歐陽治睜大眼睛看看他的妻子是多麼的賢慧呢！

此時屋子裡的氣氛簡直凝重得嚇人。

歐陽治眼神冰冷，聲音如同利劍般射向林氏，低聲道：「婉如，我再問妳一句，母親剛才說的，妳認或不認？」

林氏臉色白得嚇人，搖搖欲墜得幾乎暈倒，抬頭看見素來對自己和顏悅色的丈夫正兇惡地瞪著自己，她立刻跪著爬到歐陽治膝蓋前，拉扯著他袍服下襬，淒切地哭訴：「老爺，我知道母親素來不喜我生不出兒子，可這都十年了，我兢兢業業、費心費力地伺候母親，無一刻敢有不經心的！我便有一千一萬個不是，老爺和母親也不該懷疑我心腸如此惡毒啊！老爺，我真的沒有做，這一切都是有心人在冤枉我，您可要替我做主呀！」一邊說，一邊連珠串的淚水順著清麗的面龐流下來。

歐陽治忍不住愣了一愣，李氏直氣得渾身發抖，晃著手指抖個不停，「妳、妳——妳竟敢這般不要臉，還死活不承認！這府裡誰沒事會來陷害妳，又哪裡陷害的了？」

林氏一臉的委屈哀怨，哽咽道：「母親您行行好，瞧在老爺的面上，我有一點不如您意，要打要罵都成，就是別說這種誅我心的話，我再惡毒也不會絕了老爺的子嗣啊！那孩子生出來不也要叫我一聲娘嗎？求您別再說了，我這裡給您磕頭了！」說著，便砰砰的磕起頭來，磕得額頭青了一片。

歐陽治神色鬆動，歐陽可也撲過去，拉住親娘哀哀淒淒哭個不停，像是受了天大委屈的樣子。

歐陽暖倒是第一次看到林氏當著眾人的面哀泣哭訴，心裡忍不住暗暗讚嘆，難怪祖母和爹爹被她糊弄了這麼多年，端的是有本事有智謀，明明白白的一件事也能叫她顛倒黑白，被她這麼一辯白，竟反過來，變成是別人的陷害。

想到這裡，歐陽暖走過去，輕輕撫著李氏的後背，柔聲道：「祖母，您千萬別聽別人的陷害，我也相信娘是無辜的！您想想看，這麼多年來，她是如何對待我和爵兒的，不說一絲不苟，那也是無一遺漏的……」

李氏頓時變了臉色，是啊，這個女人背地裡曾經害過自己的親孫子，做得了一件怎麼就做不得第二件？現在還三言兩語就把兒子的心給挑撥得鬆動了，果真不是好東西！她氣得面色發白，一口氣上不來，險些背過氣去。

張嬤嬤看了，立刻取了一杯水來給老太太壓火，道：「大小姐，煩勞您先照顧著老太太！」

張嬤嬤說完了這話，斂容上前幾步，輕聲道：「老爺，可否准許奴婢說幾句？」

歐陽治靜了一會兒，緩緩點頭。

張嬤嬤道：「夫人，奴婢是下人，有件事尚不明白，不知您可否釋疑一二？」

林氏擦了眼淚，抬起頭來看著她，張嬤嬤道：「照夫人這麼說，這府裡是有心人在陷害您？那這陷害的人是誰？是周姨娘還是李姨娘？您可有證據？崔嬤嬤雖然現在不說，但若是老爺真的叫人痛打她一頓，您還能保證她守口如瓶嗎？就算她再剛強，她兒子女兒也抵不住一頓打的，到最後還是會把幕後的人招出來。」

此言一出，歐陽治頓時一震，林氏當場變了臉色。

張嬤嬤果然是跟了李氏多年，深知道老太太心思，退一萬步說，哪怕崔嬤嬤死都不肯說，那些證物也都有跡可循，當初是誰採買、是誰送進府、是誰分配給周姨娘，一針一線、一盒胭脂、一支朱釵這都是可以找出蛛絲馬跡的。歐陽暖心中暗暗冷笑，就聽到張嬤嬤緩聲道：「老爺，尋常人家總有個三妻四妾的，天長日久，總有個摩擦爭執，夫人整治姨娘們本來不過是爭風吃醋的小事，說出去也上不得檯面的，但老爺向來子嗣單薄，歐陽家人丁不旺，夫人若是真心為老爺著想，就該在周姨娘診出喜脈的時候回稟老爺或者老太太，卻為什麼隱忍不說？今日若有個萬一，老爺的孩子可就……」

歐陽治怒氣漸消後，頭腦反倒明白了，看向林氏的眼光一片失望。林氏何等機警，又想開口，張嬤嬤卻道：「夫人，這件事情本容不得我這個奴婢來說，但奴婢在老太太身邊待了多年，妻妾爭鬥的事情看的多聽的也多，從沒有誰家夫人因此受到過多責怪的，可這回奴婢卻也不能替您說話了，一是您過分殘害老爺子嗣，二是您說有心人汙衊你，可是說的老太太？如此忤逆不孝，您可對得起一直對您這麼信任的老太太和老爺？」

張嬤嬤言語簡單，但卻句句點到要害，林氏淒聲道：「張嬤嬤，我何曾得罪過妳，為什麼要這樣構陷我？難不成妳也認為生不出兒子是大錯，非要將我一棍子打死才甘心？」

張嬤嬤道：「夫人說的什麼話？子嗣天註定，能給歐陽家帶來子嗣的都是有緣人，這緣分是前世修來的，眼紅不得！」

這一句話可真是刻薄，點到了林氏的死穴！歐陽暖眼底輕笑。

林氏的話全被堵在喉嚨裡，臉上不再復那楚楚之色，一雙美目露出凶光，啞聲道：「張嬤嬤說的是，只是我對此等事情確實不知，每次分發份例我也只是吩咐下面的人去發送罷了！那些東西我都沒有親自過目，以致於出了這等大錯，這都是我的過錯！」

李氏終於緩過氣來，冷笑道：「難道下面的嬤嬤們都是吃乾飯的嗎？如果事事都要妳這個主母親自過問，那豈不是天大的笑話？要是沒妳的示意，他們敢這麼做嗎？」

林氏心知這種答案無法讓李氏和歐陽治都滿意，現在唯一的辦法就是找一個替罪羊，而最佳人選就是眼前的李姨娘了，她必須咬死了她不鬆口，「母親，我生病後，許多事情都不曾親自過問，只是讓下邊的嬤嬤們按例行事，但之前也一直不曾出現過差錯！自前些日子將事情交給李姨娘，我就一直閉門休養，實在是一無所知啊！」

居然還死咬著自己不放！李姨娘恨恨地看著林氏，張了張嘴想要分辯兩句，最終不甘地閉上嘴沉默起來，只是眼底的怒火卻是越發高漲，對林氏恨入了骨髓。

李氏冷喝：「住口！林婉如，妳是家裡的主母，後院裡出了這等事情自然要問妳，難不成還是我故意冤枉妳了不成？或者妳根本就是對我讓李姨娘代管後院有所不滿？」

林氏臉上還是一副悲切的樣子，「母親，天可憐見，我是真的什麼都不知道，若是您一口咬定是兒媳所為，我情願一頭撞死在這裡，以證清白！」說完，她就從地上爬起來，作勢往旁邊的牆上撞，場面頓時混亂起來。丫鬟婆子們上前去拉，擠得屋子裡亂哄哄的，越吵越厲害。

李氏突然拿起茶盞就往地上一擲，清脆的破裂聲讓所有人猛地一驚，屋子裡一下子靜下來，連林氏都呆了片刻。

歐陽暖見李氏連杯子都砸了，連忙上前輕拍她的後背，輕聲安撫道：「祖母息怒，保重身體才是！」然後她看了歐陽治一眼，柔聲勸慰道：「爹爹，既如此就不必查了吧，何必鬧得家宅不寧呢？橫豎周姨娘肚子裡的孩子無事，便各退一步吧！」

這話看起來像是為林氏說話，聽在李氏耳朵裡卻是火上澆油，她才是家中長輩，林氏居然敢逼自己讓步，做白日夢！她冷冷地道：「暖兒，妳這話卻錯了，今日之事乃是禍延家族之事，一個處理不好，會遺禍歐陽家後世子孫！查，非查不可！」

張嬤嬤見狀，恭敬地道：「夫人平日裡知書達理，今天怎麼會如此言行無狀？這壽安堂是什麼地方，怎麼可以在這裡胡鬧？您出身侯府，難道要老太太去回了寧老太君這件事不成？您傷害老爺的子嗣，便是情有可原，也理不能恕！兩位姑娘都大了，您這般作為叫她們看見了有樣學樣，嫁出去將來在婆家也不好，唉……老太太總是內宅之主，不論對錯，一切由她評判，豈有您這麼胡鬧的份？若是下人們再嘴鬆些，把事兒傳到外頭去，豈非誤了老爺的清譽？」

歐陽暖低聲道：「爹爹，容女兒多言，這事千萬不能鬧到老太君那裡去，若侯府知道了，只怕娘以死相逼威脅祖母的事情在這京都就要傳遍了，還有最要緊的——您也知道，最忌的就是這忤逆不孝呀！」

歐陽治心頭一震，這話等於是要他的命！是啊，當今聖上最恨的就是這種不孝順的行徑！他想起朝中那位父親去世故意隱瞞不肯回家丁憂而被皇帝摘爵奪位的權貴，還有在太皇太后孝期因不守清規戒律被活活杖斃的大員，手心竟也濕了。

李氏嘆了口氣，道：「罷了，我老了，本不該管這等事，但是今兒這事實在是太嚴重了，別的事我可以不計較，若是威脅到歐陽家的子嗣，我絕不能姑息！」

李姨娘拿帕子捂著臉，輕聲哭道：「老太太，您一再託我好好照看這院子，如今出了這種事，我真是有負您的囑託！」

眾說紛紜，歐陽治已經不想再聽了，家裡一切的禍源都在一處，他思慮極快，沉吟片刻，最後宣判道：「周姨娘一事誰都不許再提！林氏身為兒媳卻忤逆婆婆，毫無端方嫻淑之德，從今日起，禁足於院中一月，好生修身養性，不得我的允許不許出來！」

林氏和歐陽可大驚失色，歐陽可立刻尖叫著哀求，歐陽治橫眼瞪去，厲聲道：「我意已決，不用贅言！再多說一句，我連妳一起關起來！」

說完，他威嚴的目光掃視一遍眾人，又對林氏冷冷地道：「從今以後，妳少與孩子們見面，別讓好好的孩子也叫妳教唆壞了！」說得聲色俱厲，林氏掩面而哭，本想拉扯他的袍服，他一把摔開，理也不理她。

林氏心頭如墜冰窖般，幾乎背過氣去。

李氏冷眼瞧著，一字一句道：「李姨娘，從今天起，妳要好好清理府裡的丫鬟婆子，該發賣的發賣，該打罰的打罰，如今這院子裡還不知道有多少這種害人的東西，妳要好好地查檢一番，尤其是妳那裡更要仔細，畢竟都是老爺經常待的地方，若真有這種東西，怕是連他都要受害的！」

李姨娘十分高興，臉上卻還要拚命忍住笑容，歐陽暖卻依舊神色不變，低聲寬慰道：「祖母別往心裡去，整個京都裡頭，哪家都有些煩心事！不過一些小事，李姨娘肯定能處理好的，到時候內宅總當安寧才是！」

出了壽安堂，歐陽暖嘴角的弧度才愉悅地微微上揚，林氏大概從沒想到自己會有這麼一天吧？她今天這一招置之死地而後生用得不錯，可惜啊，不論是誰，只要威脅到歐陽家的聲譽和歐陽治的官位及權勢，歐陽治都會將對方看成敵人！

回到屋子裡，連方嬤嬤都喜形於色，禁不住內心歡喜地對歐陽暖說道：「大小姐果然料得不錯，老爺今天只不過礙於侯府的面子和不想家醜外揚的心思才不曾對夫人過分嚴苛，但看他的態度就知道，她如今已經徹底失去了他的歡心，只怕從今往後想要沾上恩寵可比登天還難了！」

紅玉腳步輕快地端茶過來，歐陽暖端起來喝了一口，才慢悠悠地道：「嬤嬤不要高興得太早了，林氏可不是紙老虎，今日不過是被打了個措手不及，我料定她必有反擊，到時她和周姨娘鹿死誰手尚未可知！」

方嬤嬤皺眉，有些懷疑道：「這怎麼可能呢，老爺今天發了這麼大的火，哪兒有可能被夫人兩三句話就哄回來？大小姐，您也太高看她了！」

「嬤嬤若是不信，就等著看吧！」歐陽暖微微一笑，不再開口了。

不論林氏如何反擊，她只要等著看戲便是，橫豎這把火已經點起來了，誰也別想全身而退！

歐陽暖斜倚在暖炕上，窗外的陽光映著她低低垂著的眉眼，沉靜溫柔得動人心魄，縱使紅玉日日看著，也不免心中暗嘆，她們家這大小姐，這般氣質，這般品貌，再大些，不知更要引來多少男兒心碎？

歐陽爵一路進了聽暖閣，雙眼放光，眉眼飛揚，腳步輕快，鴉青色的斗篷都跟著飄了起來。寶娟追在後面喊：「大少爺，您不要跑，小心摔著！」

歐陽爵一路衝進屋子，興奮極了的樣子，一直跑到歐陽暖跟前才停下，氣喘吁吁地道：「姊姊，我找到妳要的廣陵集敘啦！」歐陽暖還沒反應過來，他已經用力扯住她的袖子，「姊姊，快起來，我領妳去！」

「大少爺，您別慌，有什麼好書買回來就是了！大小姐是不輕易出門的，您忘了？」方嬤嬤在一旁提醒道。

尋常人家的千金小姐出門敬香、赴宴，買些胭脂水粉也不是什麼稀奇的事情，只是歐陽暖並不喜歡出門，這一點他們都是知道的，然而這一次歐陽暖卻微微一笑，直起身子，道：「嬤嬤，他若是能將書買回來早就這麼做了，這等珍貴古籍，只怕是人家輕易不肯賣！紅玉，替我更衣吧！」

歐陽家的馬車並不奢華，裡面卻十分寬敞舒服，座位上都墊著厚厚的棉墊，歐陽暖倚著軟綿綿的靠枕看書，紅玉則低著頭，撥弄著馬車中間那一個小小的炭盆，讓裡面的炭火燒得更旺。歐陽爵很高興，特意將車窗處厚棉的簾子支起，露出一角蟬翼紗窗，看了看外頭的景色，又回頭對歐陽暖道：「姊姊，妳今天心情不錯？」

「哦？怎麼看出來的？」歐陽暖笑著放下書，望向他。

歐陽爵揚起英氣的眉頭，黑漆漆的眼睛晶亮有神，「那當然，我是妳弟弟，妳是真開心還是裝開心，肯定瞞不過我！」

歐陽暖伸出手，摸了摸他的頭，道：「算你機靈！還是說說你去書齋的情形吧！」

「妳不知道，天一閣的老闆死活都不肯賣，非說書被人訂走了，我出重金讓他轉賣給我，也都不肯！我不死心，這幾日天天都去，那店裡的夥計收了我的銀子，告訴我根本沒有什麼訂書人來取，我猜他肯定是捨不得這本稀罕的古籍，故意不賣給我！」

「有這種事？」歐陽暖點點頭，若是普通的書，買不到也沒什麼，只是這本書對她卻十分重要……既然如此，去看看倒也無妨。

正在這時，馬車卻在街角停下了，歐陽爵探頭出去，問道：「幹什麼呢？怎麼停了？」

車夫趕緊回答道：「大少爺，前面好像有個人暈倒了……」

歐陽爵朝他指著的地方望過去，果然見到有個小乞丐渾身髒兮兮地躺在路中間，不偏不倚擋在了馬車的前面。歐陽爵皺起了眉頭，後面跟著的護院趕緊上來道：「大少爺您放心，奴才馬上把他趕走！」

那護院三兩步走到那倒地的小乞兒面前，一隻手一提溜，沒費什麼勁，就拎著脖子把人整個提了起來。看著這般情景，周圍看熱鬧的人群紛紛側目，心道這馬車一看就是富貴人家的，看這男人的架勢，那小乞兒估計要吃大苦頭了。也有人好心想要求情，可是看著那馬車上的蓮花標記，卻誰都不敢上前幫忙，只有達官貴人的馬車上才會被准許刻有族徽……

「住手！」那馬車又有了動靜，從裡面伸出一隻手來。

那是一隻纖細白皙的手，沒有精心修飾的長指甲，沒有塗得鮮紅的蔻丹，手指上沒有佩戴金銀寶石的戒指，腕上也沒有名貴的玉鐲珠鏈，只牽露出一截天青色的衣袖，上面竟也沒有一般貴族小姐袖口慣有的繁複花紋，不知為何，覆在那隻手上，立時也變得惹人遐思起來。

眾人不約而同腦海中出現了浮想聯翩的美人形象，但不過是一瞬間，那隻掀開簾子的手卻又收了回去，一道輕柔的嗓音同時響起，道：「放了他！」

小乞丐這時也被那護院的大力氣給弄醒了，正在用力掙扎，一聽這話，那護院立刻鬆了手，低頭道：「是，大小姐！」

小乞丐連滾帶爬地跑到一邊，他剛才不過是餓昏了而已，否則也不會不小心擋住了達官貴人的馬車，還以為要像以往一般被毒打呢！剛鬆了口氣，卻見到剛回到馬車裡的歐陽爵竟然又跳了下來，小乞丐嚇得趕緊往後躲。

歐陽爵走過去，一邊大聲斥責他，裝作要打他耳刮子的樣子，一邊趁別人不注意將一個銀錠子交給他，道：「這是我姊姊給你的，別給人看見搶去了！」

小乞丐瞠目結舌地望著這個眉清目秀的貴族小少爺，卻見他笑著大聲道：「算了，這次就放過你！以後再叫小爺瞧見，一定打死你！」說完，轉身上了馬車。

看完熱鬧，眾人散去，唯有小乞丐一直站在路邊，攥緊了手心的銀子，呆呆看著馬車離去。

這一幕，一點不落全看進茶樓二樓雅閣中一個年輕男子的眼中。

「郡王……」一旁站著的男子恭敬地低聲道：「您在看什麼？」

男子回過頭來，那是雙又細又長的鳳眼，高貴而華麗，漆黑的眼瞳裡彷彿容納著無盡的星空與最尊榮的深沉。原本正仰視著他的男子不由自主彎下腰去，只覺得這位少年郡王嚴肅起來的時候，幾乎沒人能與之對視，就是他的親生父親，朝中人一向極端敬畏的燕王也不曾有過這樣氣勢。

世人皆謂明郡王風姿絕世無人能及，更是經常有名門閨秀看癡了眼大庭廣眾失態摔跤的故事發生，可只有親近他的人才知道這是一位很難接近的郡王，當下他不敢再想，只低聲道：「郡王，上次屬下為您尋找的書已經找到了……」

歐陽爵沒有猜錯，王掌櫃就是不想賣，因為這本書是他耗費多年心血才找到的，怎麼肯輕易讓給別人？

這幾天，得到消息的人絡繹不絕來求書，他非常後悔一時嘴快把話說出去了，只能對所有人推說書已經被人訂走，可是還有不死心的人來糾纏，眼前這位吏部侍郎家的小公子就是最難纏的人之一。

「歐陽少爺，我的書的確是賣給了別人，您別再來了，就算再來也沒有用，說沒有就是真的沒有！」王掌櫃堅持地說，一副死豬不怕開水燙的樣子。

「你又騙人！王掌櫃，我是真心想要這本書，你開個價格我們可以慢慢商量啊！」歐陽爵不死心地說。

王掌櫃正打算抵死不承認，卻聽到一個極為輕柔的聲音：「王掌櫃，京都有不下數十間書齋，您這一間卻是與眾不同！」歐陽暖慢慢說道，王掌櫃眼睛睜得老大，「大小姐這話是何意？」

歐陽暖指著一邊放著層層書的木架，笑道：「別家都用芸草、肉桂、香油、麝香為書驅蟲，天一閣卻別出心裁，若我沒有看錯……」她輕輕取出一本書，愛惜地翻開書頁，道：「這一卷敦煌經卷是用染製過的硬黃紙抄寫，與一般的存放方法相比，至少還能多存上十年，只是這種染紙的法子太過繁瑣，價格又過於高昂，一般商家乃是趨利而為，誰肯花費如此心思在這些書上呢？由此可見，王掌櫃是真正的愛書之人！」

王掌櫃眉頭一挑，驚訝地望著眼前這位看似嬌柔的名門千金，他開書齋已經有三十年，別人從來都是挑了書就走，從來沒人發現過他獨具匠心的儲書之方，竟然被這個小姑娘一眼看出來了！他驚訝之餘不免有幾分自得，道：「小姐，不瞞您說，敢用這個法子來儲書的，整個京都也只有我這一家書齋了！當初用這法子抄好第一本書，我喜歡極了，您且看這一本！」他丟下歐陽爵，快步走到書架前，抽出另一本蘭亭集，道：「小姐可知道這一本是用了什麼法子？」

歐陽暖接過書，細細看了看，微笑道：「這是用靛藍作染汁的碧紙，我尋常不出門的，倒是幼時在外祖父的書房見過，也曾聽他說過一些。」

「小人愚昧，不知小姐的外祖是……」

「我外祖父是先任鎮國侯，你連這個都不知道！」這一回輪到歐陽爵睜大亮晶晶的眼睛，露出很吃驚的樣子。

王掌櫃一愣，臉上浮現出一些醒悟之色，輕聲道：「原來是老侯爺的外孫女，饒是小人孤陋寡聞，卻也知道老侯爺是當世書法名家，難怪……難怪了……」

老侯爺在歐陽暖很小的時候便去世了，記憶之中那是一位清廉正直到幾乎有些古板的老人，她眼中不由自主浮現起一絲懷念，卻轉瞬就不見了，隨之抽出另一本書，道：「王掌櫃，卻不知道這一本書用的是何種法子？」

「啊，那是椒紙，是一種用辣椒的汁液滲透紙中的防蠹紙，可以毒死蛀蟲，效果比碧紙更好！」王掌櫃高興地解釋，說完了，他興致極高地帶著歐陽暖參觀起整個書齋，把書齋裡所有的擺設、書籍一件一件向歐陽暖作了詳細的介紹。從儲藏之法談到古書，又說到當初這些古籍是他如何千辛萬苦得到的，整整一個時辰王掌櫃說個不停，歐陽暖則微笑著聆聽，眼睛裡沒有半點不耐煩的神色，一副饒有興趣的樣子。

歐陽暖言談親切、頗有見地，半點沒有尋常貴族女子那種趾高氣揚、頤指氣使的神情。王掌櫃說到興起處，大有遇到知音之感，一直說到近黃昏時分，歐陽爵兩盞茶都喝完了，才看到王掌櫃高興地將一本書雙手送到歐陽暖手中，還樂呵呵地道：「小姐是知音人，這本書就送給您，希望您以後經常來這裡！」

歐陽暖微笑著受了，對王掌櫃說：「承蒙您盛情，歐陽暖卻之不恭，我那裡有您剛才所說的遍尋不著的《興盛輔集》，明天就著人送來給您。」

王掌櫃笑得眉眼都開花了，一路開開心心地將歐陽暖送到門口才回去。

歐陽爵瞠目結舌地望著歐陽暖手中的廣陵集敘，道：「他……他……我說了那麼多話，費了那麼多心思，他都不買帳，竟然這麼輕易就把書送妳了？為什麼啊？」

王掌櫃這種人，用權勢威逼，用銀錢收買都是行不通的，想要這本書，只能另闢蹊徑，歐陽暖笑著搖搖頭，道：「天色已近黃昏，先回去吧。」紅玉正要扶著歐陽暖上馬車，卻突然聽到一個人大聲道：「前面那位小姐請留步！」

一個樣貌清俊，書生模樣的年輕男子快步走過來，歐陽爵警覺地擋在歐陽暖身前，冷斥道：「你幹什麼？」

那男子遠遠站定，沒有靠近，低頭恭敬地向兩人行禮道：「小姐手中的書乃是我家主人尋覓已久的，可否請小姐割愛，不論多少銀子……」

「這本書是我姊姊先買下的，你家主子有本事就再去買一本！姊，不用理他，咱們走吧！」歐陽爵皺起眉頭，對這人唐突的行為很是反感，平日裡一本書也沒什麼，只是這本書是姊姊一直想要得到的，憑什麼要白白讓給別人？

「爵兒，不得無禮。」歐陽暖低聲道，看了一眼天一閣前不遠處停著的那輛輕便馬車，且不說拉車的兩匹馬如何神駿，光車頭不顯山不露水的兩盞赤金琉璃寶燈就價值不菲了，然而讓歐陽暖側目的，卻是車身上的一道金色標記。雖然天色漸暗，歐陽暖卻看得很清楚，那標記外廓呈圓形，圖案分內外兩層，鏤空雕刻而成，內層為十二條弧形齒狀芒飾，芒飾按順時針方向旋轉，外層的四隻飛鳥均是展翅飛翔，形容矯健，飛行的方向與內層圖案的旋轉方向恰恰相反，十分獨特，令人見之難忘。

歐陽暖看了一眼便將目光收了回來，將手中的書遞給歐陽爵，道：「你去送給那位先生。」

「姊姊，為什麼要讓他？」歐陽爵不滿，還要說話，歐陽暖皺起眉頭，道：「爵兒，聽話！」

每次姊姊這樣說，就意味著沒有任何轉圜餘地了，歐陽爵嘟著嘴巴，恨恨地將書丟給那個年輕男子，道：「給你！」

回到馬車上，歐陽爵還是很生氣，彆扭地坐在一邊不說話，紅玉也面帶疑惑道：「大小姐，好不容易才拿到書，您為什麼……」

歐陽暖看了窗外一眼，淡淡地道：「剛才那輛馬車帶著太陽神鳥標記，那是大歷皇族的族徽，為了一本書得罪皇族中人，你們覺得值得嗎？」

這話一說出來，紅玉臉色都白了，嚇得出了一身冷汗。歐陽爵則立刻忘了生氣，將頭伸出馬車向後望去，只見那輛馬車還停在天一閣門口，夕陽的餘暉落在馬車上發出絢爛奪目的光芒，帶了一絲神祕的氣息……

姊姊不會看錯的，她說是太陽神鳥標記就肯定沒錯，自己真是不小心，剛才還對那人這般無禮……歐陽爵喃喃地道：「姊姊，要不是妳提醒，我差點闖了大禍……」

黃昏時分，歐陽府門前的侍衛突然聽得蹄聲如雷，睜大眼睛就看到十餘騎駿馬疾風般奔過來，騎手清一色的黑色薄氈大氅，裡面玄色錦衣，每一匹馬都是矯健雄壯、通體黑色，奔到近處，侍衛們只覺得眼前一亮，金光閃閃，卻見每匹馬的蹄鐵竟然是黃金打造。騎兵奔到近處，突然分至兩邊，最後一騎從中馳出，馬上的少年面容清俊，目光冷銳，他對守門人朗聲說道：「奉明郡王的命令，求見歐陽家大小姐。」

這話一說出口，守門的侍衛嚇了一大跳，匆匆忙忙進去回稟了。

片刻後，歐陽治親自走出門去，滿面笑容地請他們進府，但所有人都只肯筆直地站在府外，再不肯往前走，只有領頭的少年手中捧著一只精緻的玉匣，跟著歐陽治進入府中。

歐陽治早已派人去請歐陽暖來，歐陽爵正好在聽暖閣，聽說有這樣奇怪的事情，便也一起跟著來了。歐陽治臉上的笑容出人意料的親切，他對著微微訝異的歐陽暖說道：「暖兒，這位貴客是明郡王派來的，他是特意來求見妳的。」

明郡王是京都炙手可熱的人物，暖兒是怎麼認識他的，歐陽治不知道，他只知道自己無論如何也攀附不上的貴人竟然派人來了，這讓他大為驚喜。

歐陽暖向著那少年低頭行禮，輕聲道：「不知貴客有什麼要指教呢？」

那少年見到歐陽暖似乎也吃了一大驚，眼前的女孩子年紀很小……一眼望去只覺得她眉如遠山，唇若紅菱，一身家常的雲雁紋錦滾寬黛青領口對襟常服，素白潔淨，不染纖塵，此刻面含淡笑，眉目生輝地望著自己，竟似一朵意外撞入眼簾的怒放青梅，鮮香馥郁，嫵媚生姿。

饒是這些年見慣了環肥燕瘦的各色美人，他的心都不由猛地一跳，趕緊低下頭去，恭敬道：「請問您是歐陽家大小姐嗎？」

歐陽暖點點頭，道：「是我。」

少年低頭又行了一禮，並將白玉匣子雙手奉上，道：「這是殿下送給您的禮物，請您收下。」

禮物？明郡王？歐陽暖無比吃驚地望著對方，明郡王是當今燕王殿下愛子，京都名門閨秀為之神魂顛倒的高貴公子，她什麼時候認識了這樣的人？思索片刻，她示意歐陽爵走上前去取過玉匣，歐陽爵將玉匣取過來打開一看，卻是一對乳白色的狼尾。

歐陽暖看了一眼，更添幾分驚異，只是這時候她卻想起了下午發生的事情，難道說與之有關？為了確定心中的想法，她鄭重地將玉匣接在手中，還禮道：「可否請貴客告知，明郡王因何贈送這樣貴重的禮物給我呢？」

少年揚聲道：「郡王說，下午小姐肯割愛將那本珍貴的古籍出讓，自當以同樣貴重的禮物相贈。」他沒說的是，這對雪白的狼尾是明郡王第一次出獵射殺白狼王所得到的，平日裡旁人想要一觀都不可得，將它掛在書房裡已經有六年，卻不知道為什麼這一次突發奇想要將這樣貴重的禮物送給一位年輕的貴族小姐，簡直是匪夷所思。

歐陽治聽得糊塗，低聲詢問一邊的歐陽爵，歐陽爵便將下午的事情解釋了一遍，說得歐陽治心中十分後悔，暗嘆他怎麼不在，若是他在，說不定還能與那明郡王見上一面。

歐陽暖微微一笑，道：「既然如此，替我謝過你家郡王。」

她的笑容皎潔似皓月初明，令人心中不由自主升起傾慕，少年點點頭，道：「自會轉達，那便告辭了。」

歐陽治忙說道：「請留步！」

少年停住，看著他，歐陽治臉上露出笑容道：「明郡王的美意我們收到了，自然要送一樣禮物作為回贈，請使者轉交郡王！」

少年聽了，臉上的神色卻更加冷淡，朗聲道：「侍郎大人不必多此一舉，明郡王早有吩咐，不可接受任何回贈，只要大小姐收下他的禮物就可以了。」說完，再不看歐陽治一眼，大步地走出門去。

歐陽治趕緊追著送了出去，花廳內，只剩下一對姊弟。

「姊姊，原來那輛馬車裡面坐的是明郡王啊！妳說他……」正說著，歐陽暖卻已經向內院走去，歐陽爵急得大叫：「姊姊，妳怎麼不聽我說完就走了？」

「皇族中人豈是那般好親近的，你若不怕待會兒爹爹回來問長問短，就繼續留著吧。」歐陽暖輕聲道，露出一個頑皮的笑容。

是啊，若是讓爹爹纏著問長問短豈不是要煩死了，歐陽爵明白過來，趕緊跺著腳跟上去。

回到聽暖閣，紅玉拿著玉匣，想要在屋子裡找一個顯眼的地方擺放起來。

歐陽暖看了一眼那玉匣，淡淡地吩咐紅玉道：「收起來吧。」

「為什麼呀？小姐，明郡王送給您的禮物，這可是天大的好事呢！」

「妳們說是好事，我卻覺得未必，我和這位明郡王素昧平生，連面都沒有見過，他卻送了這樣東西來，豈不是平白給我招惹麻煩？」歐陽暖的臉上浮現出一絲冷色，別人或許覺得與皇族中人結交可以平步青雲，對她來說卻是未必。

今上已經年邁，太子體弱多病，秦王虎視眈眈，情況本就已經十分複雜，太子府卻還有一個英明睿智的皇長孫，天下最後落入誰的手中還未可知。前一世直到她含冤死去，朝中仍是風起雲湧、爭鬥不休，這一世要等到塵埃落定，不知又是何等局面了，在這種時候歐陽治迫不及待地巴結皇族中人，要是不小心攙和到儲位之爭中去，那才真叫愚蠢至極！

福瑞院，燈火闌珊，被禁足的林氏並沒有得到明郡王派人前來的消息，歐陽可則被白天壽安堂中發生的事情嚇到了，猶自哭泣。林氏坐在一邊，怒極之後是平靜，可怕的平靜。她看了一眼歐陽可，過去摟著女兒，輕聲道：「都是娘不好，若不是娘算漏了這個周姨娘，也不會落到如今的地步，把妳都給連累了！」

歐陽可慘白著小臉，不安地道：「爹爹說以後都不讓我見娘了，這該如何是好？」

王嬤嬤拿來乾淨的帕子替歐陽可擦乾了眼淚，帶著笑容勸慰道：「二小姐別著急，老爺不過是一時氣得狠了。夫人這些年什麼大風大浪沒經過，在這種陰溝裡可翻不了船，現下最要緊的是自己先鎮定下來，快別哭了，沒得惹夫人傷心。」

歐陽可擦乾了眼淚，臉上帶了一份猶疑，「都說爹爹疼我，趕明兒等他消氣了，我再去勸他，一定讓他把娘放出去！」

林氏卻動作輕柔地摟著她說道：「不過是一個月而已，又算得了什麼？可兒不要擔心，娘自有辦法，不會叫背後那些人看了笑話去！」

歐陽可聽了，心裡略略放鬆了，林氏又冷冷地笑了兩聲，「不過是弄死一兩個狐狸精罷了，誰家沒有這些事情，又見誰鬧這麼大了，往年我弄死的還少嗎？那老東西不都沒吭聲？這一回不過是看那周姨娘懷了孕，府裡又有她的表侄女占了權，她才借題發揮，巴不得老爺一下子把我休了，好把李姨娘那個狐媚子扶正……哼哼，好厲害的老太太！她也不想想，縱然我犯了千錯萬錯，也還是這歐陽府裡的正房太太，想逼我讓賢，沒那麼容易！」

歐陽可聽到這裡恨恨地道：「不光是祖母，還有那個歐陽暖，她整日裡笑嘻嘻的，其實最是個笑裡藏刀的人！今天祖母似都有意放過這件事了，被她三言兩語一挑撥火氣更大了！」

王嬤嬤陪笑道：「我的好小姐，您心裡清楚得很，老太太、大小姐都在等著夫人和您的錯處呢，以後可一定要加倍小心才是！」

歐陽可點點頭，林氏安撫地拍了拍她的後背，聲音很溫柔，嘴角卻含冷意：「可兒，妳不必擔心，既然妳爹爹讓我少見妳，妳就聽他的話少來這裡！妳只管放心回去，不出十日，我定能堂堂正正走出去！」

歐陽可疑惑地看著林氏，林氏慢慢說道：「這次我是著了道，一意要除掉周姨娘肚子裡的孩子，卻忘了壽安堂那位的厲害！今天張嬤嬤說的那些話可真正是句句誅心，只差沒點明了說我是個毒婦！哼，什麼『生兒子也要有緣分』，她那意思就是說：我是生不出兒子的，別癡心妄想要霸占這主母的位置一輩子！」

歐陽可想了想，道：「娘的意思是，這都是祖母的意思？」

林氏哼了聲，「張嬤嬤把母親想說不便說的、想做不好做的，一股腦兒都做了，母親不方便豁出臉面來罵我，她就全替她代勞了！瞧著吧，這事兒可沒完呢！」

歐陽可大驚失色，「果真如此，娘可怎麼辦呢？爹爹會不會從此就不再親近您？」

林氏溫柔一笑，「傻孩子，怕什麼？兵來將擋水來土掩，娘有的是法子籠回妳爹爹，那周姨娘肚子裡的若是老爺的種自然是個心肝寶貝，若老爺懷疑了她……」

歐陽可疑惑地盯著林氏，「娘，您這是……」

林氏卻搖搖頭，柔和地道：「可兒，妳先回去吧，娘還有事跟王嬤嬤商量。」

歐陽可面帶疑惑地離開了，林氏將王嬤嬤招來跟前道：「聽說那周姨娘的遠房表兄也在這府裡任了個管事，可有此事？」

王嬤嬤一愣，立刻回答道：「是的，夫人，去年召見所有管事的時候您還見過的，瘦瘦高高的，相貌還不錯，叫張亞山，您還說他做的帳條理分明，給了獎賞來著。」

林氏冷冷一笑，道：「就是他了，妳可知道他在我們府裡有多少進項？除得每月薪水外，其餘可再有什麼額外進帳嗎？」

王嬤嬤笑道：「我跟著夫人管事這些年，手底下的人也是清楚的。他本是投奔周姨娘而來，可惜那女人自己不過是個姨娘，又有什麼法子安置他？只好求了老爺，讓他在咱們府裡做個管事，每月除薪水五兩外，其餘的油水有限得很。」

林氏臉上慢慢浮現出一絲笑容，道：「那樣他一家老小可就沒活路了。」

王嬤嬤笑起來道：「萬一老爺不用他，趕他出門呢？」

林氏點點頭，道：「我有一句話，妳去替我告訴他，若是老爺趕他出門，我每月另撥給他三十兩銀子，還送他一個宅子，叫他放心。」

王嬤嬤笑道：「夫人說笑話了，老爺好好的，怎麼會趕他？」

林氏看了王嬤嬤一眼，道：「嬤嬤，如今周姨娘春風得意得很，我實在不甘心將一切拱手讓給這些個妖精。人常說，斬草不除根，春風吹又生，乾脆一不做二不休，徹底絕了那妖精的生路。在這歐陽府中，婆婆對我薄情寡義，老爺又是個靠不住的，我最相信的人只有妳一個，所以這事情還要靠妳周旋一二。」

王嬤嬤跟隨林氏多年，對她的心機手段自然是知道的，聽到這裡哪裡還有不明白的道理，連聲道：「夫人好計策！只是……那張管事畢竟是她表兄，怎麼肯乖乖聽咱們的？」

林氏已經完全恢復了往日的狠辣與冷靜，淡淡地道：「他依了我，便是趕他出門，從此以後便可去我安排的地方做事，還可以按月在我這裡另支三十兩薪水，我是絕不食言的。跟著周姨娘，便是她真的生下一個兒子，憑藉這種上不得檯面的出身，老爺也斷斷不可能將她扶正，他張亞山又能得到什麼好處？叫他自己去斟酌，若是有半點推諉含糊，哼，我有的是法子料理他！」

王嬤嬤手腳俐落，第二天一早便找到張亞山，喜笑顏開道：「張管事，我是來向你賀喜的！」

張亞山正在房裡算今年的進項，猛然聽見王嬤嬤的聲音，笑著迎出來說：「王嬤嬤真會哄人開心，想我月銀有限，真拮据死了，還有什麼喜？」

王嬤嬤一笑，便將張亞山招進屋子裡，關上門窗，細細將林氏的一番主意原原本本告訴了張亞山。王嬤嬤看著張亞山震驚的表情，笑道：「張管事聽我一句勸，你想要得到好處呢，你就去幹。你若是不想好處呢，你就當沒聽見。」

張亞山想了想，猶豫不決，道：「人要講良心的，我來到京都無依無靠，是表妹伸了一把手救我，把我從地獄裡提到天堂上，便是做驢做馬，也報答不了她這恩德。妳要我恩將仇報，去葬送她，我實在是……」

王嬤嬤不覺沉下滿臉怒容，勉強冷笑道：「好一個知恩圖報的人！那好吧，我自去回覆我們夫人，不過夫人的性子你是知道的，你既然不肯應承就得承擔這後果，到時候你可別後悔！」說畢，憤憤地就要走。

張亞山頓時想起林氏平日裡處置下人的狠辣手段，一時之間心都涼了，一把將王嬤嬤扯住，狠了狠心腸道：「不瞞嬤嬤說，我是窮怕了，一天吃一個饅饅，還不知道第二天這饅饅的錢出在那裡，難得夫人肯給我機會，我一定照夫人的話去做！」

王嬤嬤這才笑起來，同張亞山訂好了日期，逕自轉回去同林氏安排了。

這一天歐陽治從外面回府，第一件事便是去瞧那懷了身孕的周姨娘，走到門口，突然見裡面衝出一個人來，倉皇失措，直向旁邊竹林飛也似的奔過去。

歐陽治吃了一驚，大喝一聲：「是誰？」

那人連頭也不回，沒命地跑了。

歐陽治掀簾而進，冷笑著問周姨娘道：「適才是誰在妳房裡？」

周姨娘疑惑地望著他，她一直在房間裡坐著，根本沒看到什麼人，自然老實地說只有自己一個人在。歐陽治心中的疑惑一點點擴大，卻隱忍不發。

歐陽治想想也許是自己疑心生暗鬼，便真的是有男人從周姨娘屋子裡出去又見得怎樣，未必就是說周姨娘行為不檢點。他一邊想著一邊要安慰周姨娘幾句，順手將茶杯向床邊小茶几一擱。只聽見「啪」一聲，碰在一件東西上。歐陽治順手將那東西拿過來一看，原來是個折疊起來的小卷。

歐陽治知道周姨娘向來不喜歡舞文弄墨，便問道：「這是什麼？」說完輕輕將那畫卷打開，燭光之下，竟然是一幅小像，小像上畫的不是別人，就是他曾見過的周姨娘的表兄張亞山。此時歐陽治不由氣沖牛斗，順手便在周姨娘臉上劈劈拍拍猛搧好幾下，打得她半邊臉紅腫起來，連聲罵道：「不要臉的東西！不要臉的東西！」

歐陽治將小像拿在手中，披了衣服直跳下床，開門大踏步走了。周姨娘這幾日正是春風得意，還以為終於可以苦盡甘來，想不到莫名其妙被搧了幾個巴掌，不由呆了半晌，暗想：這不是活活見鬼了，那小像怎麼會在我的房間裡？

歐陽治出了房門，直往福瑞院走來。林氏並沒有休息，秉著銀燈，滿面春風，含笑相迎。歐陽治滿面怒色，將小像摔在桌子上。林氏假意拾在手中看了一看，故作奇怪道：「老爺這會兒怎麼到這裡來啦？這又是什麼？」

歐陽治氣沖沖將剛才的事說了一遍，林氏驚道：「哎呀，老爺當真撞破了此事？唉，您千萬不要氣壞了身子，此事我也是疑心過的，只是沒有證據，實在是沒法可想！」

歐陽治急道：「妳早知道為什麼不說？」

林氏笑道：「我的老爺，周姨娘是尚書大人賞下來的，沒有證據如何拿人？我早就疑心那孩子來路不正，只可惜母親、老爺都只覺得我是爭風吃醋，現在可知道我用心良苦了吧！」

歐陽治依賴林氏慣了的，這時候惱怒十分，直覺那孩子不是自己的，便真是林氏做出損害孩子的事情也理所當然了，索性顧不得自己讓她禁足的事情，直接問道：「現在該如何？」

「這也不難，老爺要她死呢，便賞給她一根繩子。若是饒她活命，她打從那裡來，還打發她往那裡去，留在身邊終是禍胎，但是要快些決斷，怕你明天看見她又心軟起來，那就難了。況且母親已經知道這事，還信了這孩子是老爺的種，只怕老爺說她紅杏出牆，母親還以為是我心有不甘從中作梗呢！」林氏不緊不慢地說道。

歐陽治恨道：「要不是怕鬧得眾人皆知，我剛才就活活打死她！越想越氣，哼，不殺了這個下賤東西難消我心頭之恨！」

歐陽治怒氣沖沖地帶了人回周姨娘的荷香院，在花園裡卻撞到剛剛從壽安堂回來的歐陽暖和落她一肩走在後面的李姨娘。李姨娘見到歐陽治匆忙行禮，待看清站在歐陽治身旁的人時卻是一驚，失口道：「夫人？」她話一出口就自覺失言，不自覺看了一眼歐陽暖，卻看到她連眉頭都沒有動一下，似乎看到此刻本應該在禁足之中的林氏也沒有絲毫驚訝之意，反倒是欣欣然上前去請安：「爹爹、娘，你們這是去哪裡？」

歐陽治正在氣頭上，冷哼一聲帶著人就走。

林氏對著歐陽暖露出一絲笑容，道：「暖兒，周姨娘做出了醜事，妳父親正要去處置她，我苦勸了半天他都不肯聽呢！」

「怎麼會？」李姨娘臉色一白，深宅內院所謂的醜事不就是紅杏出牆……這樣一來，壽安堂發生的一切豈不是毫無意義、前功盡棄？她這麼想著，臉色不自覺就難看起來。

歐陽暖卻笑道：「娘向來宅心仁厚，周姨娘事小，爹爹身體事大，萬一氣壞了可就不值當了！您還是趕緊去看看吧，可別讓父親聽了周姨娘幾句哭訴就心軟了！」

林氏聽得一愣，頓時也沒了心思在花園裡多作停留。

李姨娘看著林氏一路離開，臉色越發的難看，不自覺望向歐陽暖道：「大小姐……」

歐陽暖微微一笑，「李姨娘有時間擔心，倒不如自己去瞧瞧。」

李月娥心裡十分忐忑，小心翼翼地看著歐陽暖道：「大小姐，何不一起去看看？」

歐陽暖眼中光華流轉，竟似是猜透了李姨娘的心思一般，淡淡地道：「按說爹爹房中的事情我是不該參與的，但周姨娘到底是爹爹上峰所賜，怕爹爹一時盛怒之下處置有岔……也罷，我就隨妳去看看。」

方嬤嬤和紅玉對視了一眼，心中不由都想到，大小姐果然十分瞭解林氏，連她近日會有所動作都想到了，只是這事十分難辦，一旦周姨娘坐實了紅杏出牆的罪名，主母怎麼對待她都是應該的，林氏豈不又重新得勢？

歐陽治到了荷香院，見院門緊閉，叫門也無人應聲，越發氣惱，命人硬生生踹開了門，當先將房門推開，一眼便見周姨娘一張俏臉雪白，已經用一方長手帕，縊死在床柱子上。

歐陽治一見頓時愣了，趕緊命人上前替她將帕子解下，抱至床上，然而人卻早已冷透冰膚，沒了氣息。

原本預備狠狠處置周姨娘的眾人頓時慌了神，有人見老爺愣在那裡，便要出去向老太太報信，林氏卻讓王嬤嬤把人攔了，冷冷地道：「這便是畏罪自殺了！一個姨娘居然敢在咱們府裡尋死覓活，當真是不知規矩，花幾個錢替她殯殮吧！」

畏罪自殺四個大字提醒了歐陽治，他的臉色由白轉青，奈何沒了發作的對象，硬生生一口氣憋在胸口出不來。此時，歐陽暖和李姨娘也進了門，見到裡面的場景哪裡還有不明白的，歐陽暖聽到畏罪自殺四個字，心中冷冷一笑，周姨娘連一句辯白都沒有就這麼死了，只怕又是林氏派人動的手腳吧？為了一己之私不惜動手殘害兩條人命，當真是豺狼心思！她低聲對李姨娘道：「李姨娘，妳與周姨娘一向交好，見她這般枉死，也該為她一哭吧？」

李姨娘原本被裡面的場景驚駭住了，這時候猛地一聽這話，抬起臉來看著歐陽暖，卻看到她神情雖平靜，眼中卻有一種徹骨的冰寒，她不由自主打了一個冷顫清醒過來，沒錯，不能讓林氏坐實了周姨娘的罪名！

李姨娘打定主意，再不遲疑，跨進門去，帶著哭意便奔向周姨娘，哀泣說道：「周姨娘，妳在世是最聰明不過的，妳若果然有此事，妳便將眼睛閉起來！若是別人誣衊了妳，妳顯點靈聖，老爺一定會為妳做主！」

周姨娘粉臉煞白，一雙眼睛睜得大大的，一副死不瞑目的樣子！

李姨娘不禁又頓腳大哭起來。

林氏明知李姨娘語中有刺，臉上冷冷地一笑，道：「李姨娘說的哪裡話，倒像是別人平白冤枉了她一樣！她若是行得正坐得直，怎麼會讓老爺看到那張管事從她屋子裡出來？又怎麼會等不到老爺處置就畏罪自盡？」

李姨娘也不去理會，只哀哭道：「周姨娘啊周姨娘，妳心腸未免太好了，不過是個姨娘，怎麼敢幫自家親戚討要什麼差事，可瞧瞧現在遭了別人的誣陷！妳有任何難處，若來同我商議，保不定我能替妳排解開了，為什麼就這麼以死明志了，誰還能理解妳的苦心啊！」

林氏怎麼會任由她將畏罪自殺說成是以死明志，揚起眉頭厲聲道：「李姨娘，妳在這裡亂嚼什麼舌根？妳當老爺是什麼人，難道還會冤枉她嗎？」

李姨娘轉身望向目瞪口呆的歐陽治，目中含著悲憤地道：「老爺，剛才夫人說周姨娘紅杏出牆，您也要想想，她愛張管事的哪一件，是人品生得好，還是圖他的銀錢？我雖然進門不久，卻知道周姨娘素來是個最守規矩的人，尤其是她待您一片情深似海，真正是死心塌地！做女人的最怕人誣賴她這些醜事，您都相信她腹中骨肉不是歐陽家的血脈了，還讓她不死做什麼？我還有一句明白透亮的話，若果然她是個淫婦，她必不肯死。她這一死，表明她的心跡，就可以相信得她的玉潔冰清，只是可憐她已是死了，就算表明心跡，又有何用？」

歐陽治聽她說得這一番話，頓時疑雲大起，一時之間看看滿面怒色的林氏，又看看哀泣不已的李姨娘，當真不知道誰說的是真誰說的是假，往日裡在官場上的決斷被這亂成一團的家事弄得糊裡糊塗，竟說不出一句話來。

歐陽暖嘆了口氣，故作傷感地勸慰道：「人既然都死了，再討論這些誰是誰非又有什麼用呢？爹爹不要傷悲，讓人停在這裡也不像樣子，還是該傳話下去叫人去預備衣衾棺槨。只是要吩咐他們，在外面就說周姨娘是病死的，不要說出別的閒話。」說完，又柔聲對林氏道：「剛剛爹爹正在氣頭上，娘怎麼也不勸著些，還帶了人大張旗鼓來處置周姨娘？傳出去實在難聽啊！如今人都已經死了，你們再爭執誰對誰錯，一來對死者不敬，二來她到底是爹爹上峰所賜，萬一讓尚書大人知道了，誤會爹爹是借題發揮，故意處置周姨娘，反而不美……」

歐陽治被這簡簡單單的幾句話說得悚然一驚，他對周姨娘所懷的孩子十分期盼，所以一得知這孩子極有可能不是歐陽家血脈，立刻被憤怒沖昏了頭腦，怎麼會忘記她是尚書大人所賜？即便她真的有什麼不妥，只要悄悄處置也就是了，現在這樣活活把人逼死了，傳出去豈不是讓上峰以為自己對他有什麼不滿，故意發作在他送來的人身上？一想到這裡，他背後嚇出了一身冷汗，對一直暗地撩撥他來處置周姨娘的林氏頓時發了怒，「妳為什麼不勸著我？有什麼事情非要鬧到這個地步？」

林氏沒想到情勢居然急轉直下，她費盡心思除掉周姨娘，本以為可以讓歐陽治就此相信自己當初所作所為是為了歐陽家盡心盡力，誰知道被歐陽暖幾句話一說，周姨娘是否紅杏出牆已經不重要了，自己反倒擔上了影響老爺官聲的罪名！她張口想要辯駁，到底還是硬生生忍下了這口氣，「老爺……是我一時心急不曾注意……您放心，周姨娘的後事我會好好處理的，事情絕不會傳到尚書大人的耳中去！」

「不必了，妳顧好妳自己吧，這件事情就交給李姨娘處理！」歐陽治煩惱到了極點，甩開袖子轉身就走。

李姨娘心頭一喜，對歐陽暖倒是有幾分真心佩服，自己哭訴了半天歐陽治還不曾動容，她三兩句話卻讓老爺立刻改變了主意，當真是厲害至極！

林氏看著歐陽治毫不留情的離開的背影，只覺得這一回萬般算計都落了空，實在是氣得狠了，頓時氣血上湧，眼前一黑就要暈過去，旁邊一雙柔軟的手卻輕輕巧巧地將她扶住了，那人輕柔道：「娘，外面風大，您還是先回去休息吧！這裡一切都有李姨娘在，放心吧，亂不了！」

王嬤嬤趕緊將林氏扶過去，皮笑肉不笑地對歐陽暖道：「大小姐，不必勞煩您，我來吧。」

歐陽暖微微一笑，如同三月的春風吹拂大地，說不盡的溫柔可愛，「那便勞煩嬤嬤了。」饒是老奸巨猾如王嬤嬤，也被這笑容吹得心頭抖了三抖，和身旁的丫鬟一起扶著林氏，像是撞見鬼一樣飛快地離去了。

李姨娘抹乾了眼淚，走回歐陽暖身邊，道：「大小姐，我去吩咐下人料理喪事，先失陪了。」

歐陽暖點點頭，目送她身子妖嬈地離去，自己進了屋子，方嬤嬤忙開口阻止道：「大小姐，這屋子不吉利，咱們還是回去吧！」

歐陽暖卻沒有停住腳步，一直走到還兀自睜大了一雙眼睛瞪著上方的周姨娘身邊，看了半天，才輕輕伸出手，替她合上了眼睛……

第二天一早，歐陽暖如往常一般去向李氏請安。李姨娘竟來得出奇的早，一見到歐陽暖到了，立刻讓出了李氏身旁的位置。歐陽暖微微一笑，像是根本沒看見她一個姨娘逾越了自己的本分坐在老太太身邊一樣，自然地坐上這個空位，一邊給李氏捏肩膀，一邊細聲細語地說：「祖母，昨天的事情……」

李氏嘆了口氣，道：「我都知道了，唉，好好的一個孫子，原本想著生下來以後歐陽家人丁也能興旺些，爵兒還能有個兄弟，誰知……」

歐陽暖輕聲地道：「祖母說的是，也是周姨娘福薄，受不起祖母的厚待！您也別太傷心了，爹爹正值盛年，將來李姨娘也能為歐陽家開枝散葉的，到時候一堆孩子圍著祖母轉，只怕您還嫌吵呢！」

李氏聽了這話果然很受用，臉上露出些笑意道：「月娥，聽見了沒有，暖兒在催妳快給她生個小弟呢！」

李姨娘臉上頓時紅了，笑道：「老太太可別拿我尋開心了……」

李氏笑起來，接著又蹙了眉頭，「至於林氏……」

歐陽暖慢慢地道：「我正要請求祖母，周姨娘先懷孕，娘本來就有些委屈，再說周姨娘如今人都沒了，這次的事情就算了吧，一直追究下去，只恐家宅難安，傷了爹爹的官聲。」

李氏有些意外地看著她，他們姊弟一直被林氏暗中欺壓，她還以為歐陽暖會藉機要求她懲治林氏，沒想到她竟然這麼懂事！李氏心中不由地升起一股憐意，其實她也沒打算嚴懲林氏，林氏雖是侯府庶女，卻有個做兵部尚書的胞兄在朝中，萬一真的動用家法，也不好向侯府交代。

「這府裡再沒有比妳更懂事的孩子了！」李氏笑著拍了拍她的手，又讓她陪自己一起用早餐。

李姨娘站在一旁，不時為李氏和歐陽暖布菜，氣氛倒是十分地和諧融洽。

正吃著，丫鬟玉梅忽然進來稟報：「老太太，鎮國侯府來人了。」

李氏抬起頭，「是誰？」想了想覺得不妥，立刻道：「快請進來。」

這時，一個身材纖瘦，穿著緙絲銀鼠襖、青哆羅呢對襟褂子的中年女人走進來請安。

歐陽暖看著她，慢慢站起身，在這一剎那間，她的笑容發自內心地綻放了出來，「杜嬤嬤！」但很快，她的笑容就淡下來了，杜嬤嬤是外祖母身邊最親近的嬤嬤，自然不會無緣無故地來到這裡，一定是鎮國侯府有事發生了……

歐陽暖向李氏福了福，轉過飯桌，走到杜嬤嬤身邊，慢慢地道：「杜嬤嬤，妳怎麼來了？」

杜嬤嬤看了歐陽暖一眼，卻沒說話，向著李氏行了一禮，才恭敬地說道：「給老太太請安。」

李氏面帶微笑，客氣兩句，接著吩咐張嬤嬤看座斟茶。

杜嬤嬤推讓著不敢坐下，然後向著李氏說：「老太太，奴婢今日前來，一是老太君派奴婢來看望老太太，二來……」她轉過頭，看著歐陽暖道：「二來是侯府的五少爺剛剛沒了，想請表小姐去侯府一趟！」

五少爺？那是自己親舅舅鎮國侯林文龍的幼子！

歐陽暖心裡一緊，回過頭來看李氏的神情就帶了幾分懇求，「祖母……」

李氏顯然也大為驚訝，沉吟道：「既然如此，妳就先跟著杜嬤嬤去看看老太君和大夫人吧，想必她們此刻都十分哀痛，妳多勸著一些，至於妳父親那裡由我去說。」

「多謝祖母體恤！」歐陽暖低頭行禮。

一路走出來，歐陽暖腳步紋絲不亂，笑容卻漸漸隱沒了，直到出了壽安堂，才低聲問杜嬤嬤道：「外祖母和大舅母可還好？」

杜嬤嬤的笑容雖然還一如往常，歐陽暖卻看到了一絲勉強，她靠近了些，輕輕地把杜嬤嬤的手包裹在了掌心，「杜嬤嬤，有什麼事情都不必急，慢慢說。」

杜嬤嬤感覺到她掌心的暖意緩緩傳遞過來，無形中精神振奮了許多，她回答道：「表小姐是知道的，老太君年紀大了，身子骨弱，一直在調養，昨兒個夜裡五少爺突然沒了，大夫人哭了一夜也病倒了，到現在都沒人敢告訴老太君呢。表小姐，您是老太君心裡頂重要的人，她一向疼您，待會兒您去後，她看見您一高興，身體就會好些，到時候奴婢再找機會告訴她這件事。」

歐陽暖點點頭，「杜嬤嬤，妳放心，我一定會哄得外祖母放寬心思好好養病的。」

杜嬤嬤看著歐陽暖，欣慰地一笑，「表小姐長大了，懂事了，之前您都不喜歡去侯府，老說侯府規矩多，不好玩。」

歐陽暖淡淡一笑，「杜嬤嬤，之前暖兒不懂事，一定讓外祖母傷心了！」

杜嬤嬤拍拍她的手，輕聲說道：「老太君永遠不會怪您的……」

鎮國侯府整體建築十分龐大，幾乎占去了半條大街，旁邊也有不少官員府邸，只是相比侯府的規模相差甚遠。馬車到達鎮國侯府，不入正門，而是在西邊角門前停下。車夫們支撐了車轅，隨即就卸下了拉車的騾子，立刻換了鎮國侯府六個衣帽周全的小廝們上來抬起轎子。沿著甬道走了一會兒，在一處垂花門停了下來。眾小廝退出去後，跟車的婆子聲音溫和地隔著車窗的簾子道：「表小姐，到了！」

紅玉應了一聲「知道了」，貓身打了簾，看見跟車的婆子已將腳凳放好，她踩著腳凳下車，然後轉身服侍歐陽暖下了車。此時杜嬤嬤已從後面的車上下來，引著她們上了臺階，一路走過抄手遊廊。四角都有穿著青緞子背心的丫鬟斂聲屏氣地垂手立著，看見歐陽暖和杜嬤嬤，丫鬟們齊齊曲膝行了福禮。

正面有五間上房，皆雕樑畫棟，歐陽暖他們一直行到正房的門前，立在一旁的小丫鬟見她們走近，趕忙打起簾子，恭敬地喊了一聲：「表小姐。」

剛走進臥室，就見裡面一個丫鬟匆匆走出來。

杜嬤嬤一把拉住她，有些急切地問道：「芙蓉，怎麼回事？」

芙蓉蒼白著臉回答：「老太君……老太君昏倒了，奴婢要去請大夫過來！」

杜嬤嬤臉色在剎那間變得沒了血色，快速往裡面走去。歐陽暖眉頭皺緊了，緊緊跟了上去。

黑漆鈿鏍大床邊，端盆的、打水的、擰帕子的，丫鬟們雖然還井井有條地做著事情，臉上卻都露出凝重的神色。

其中一名丫鬟轉頭間見到杜嬤嬤，就像見到救命草一般迎上來，焦急地說：「杜嬤嬤，妳可回來了！」說著眼淚兒一蹦就出來，「老太君剛才聽到五少爺沒了的消息，突然就暈倒了，怎麼叫都不行，我已經差人去請劉大夫了！」接著又看到跟上來的歐陽暖，連忙向她行了禮。

歐陽暖已經快速走到床邊，只見寧老太君髮髻散亂，雙目緊閉，面色蒼白，額上布滿汗珠，已是人事不省。

「外祖母……」歐陽暖在旁邊輕聲呼喚，寧老太君一點反應都沒有，杜嬤嬤轉過頭去，淚水潸潸而下。

歐陽暖猛地回頭，冷冷地問道：「誰把消息告訴老太君的？」

眾人不由自主都看向站在不遠處的一個丫鬟，那丫鬟撲通一聲跪倒，面色驚慌失措道：「表小姐，奴婢是無心的……」

杜嬤嬤惱怒地盯著她，「木樨，妳好大的膽子！」

歐陽暖盯著她，盯得木樨不由自主地低下頭去，她冷笑一聲，道：「杜嬤嬤，我記得榮禧堂的丫鬟一向是最知禮的，什麼時候變得這麼沒規矩了？」

杜嬤嬤道：「表小姐說的是！」她揮了揮手，立刻有幾個婆子上前來將木樨提起來，木樨還要掙扎，抬眼卻看到歐陽暖冰冷的目光，不由自主打了個寒顫，不敢再說什麼，老老實實被壓了出去。

沒多久，芙蓉引著一個大約五十多歲，中等身材，相貌端正，表情嚴肅，下頷留有三寸長鬍鬚的大夫走進來。劉大夫走到床邊，伸手在寧老太君的手腕上把了一陣脈，又讓丫鬟將寧老太君的下頷扳開來看了看舌色。接著沉吟一會兒，便回頭叫身後的藥僮將隨身帶的小木箱打開，取出銀針，在火上消了毒，針刺幾大穴位。

過了不久，寧老太君悠悠地醒轉過來，發出虛弱的呻吟。

杜嬤嬤跪在寧老太君的床邊，流著淚道：「老太君，您可算是醒來了，真是嚇死奴婢了！」

寧老太君一睜眼，卻是第一個看到歐陽暖，便顫巍巍地向她伸出手來……

歐陽暖連忙過去握住她的手，寧老太君看著她，嘴角浮上淺淺的笑意。

見寧老太君已然醒了，劉大夫便去外間寫下藥方，派人去煎熬，又交代了讓寧老太君多休息，記得讓她吃點東西就離開了。

寧老太君緊緊地攥住了掌心的手，感受著歐陽暖手心的熱度，仔細打量著她的臉。歐陽暖生得一雙彎彎的柳葉眉，秀氣的鼻子又挺又直，眼睛明亮清澈，面孔無比的靜謐而安寧……她不由自主地輕聲喚道：「清丫頭……」

歐陽暖知道寧老太君叫的是自己親生母親的名字，心裡浮現出一絲悲傷，柔聲道：「是我，外祖母！」

寧老太君一愣，勉強笑了笑，眼淚卻先落了下來……

過了許久，寧老太君才坐起來，倚在床上，歐陽暖一邊餵她喝水，一邊小聲叮囑：「外祖母，小心點喝，別嗆著了。」

寧老太君笑了笑，面色非常的柔和，「妳怎麼來了？」

歐陽暖臉上帶著溫和恬靜的笑，道：「我來看看外祖母。」

寧老太君摸了摸她身上的衣服，皺起眉頭道：「怎麼穿得這麼單薄？杜嬤嬤，去拿那件大紅羽紗面白狐皮裡的鶴氅來……」

杜嬤嬤依言去了，歐陽暖心裡一動，外祖母從不穿鮮豔的顏色，她猜到這必定是娘未出閣時曾穿過的，眼中便不由自主閃動著淚光，道：「外祖母，世上只有您對我最好……」

寧老太君面色更加柔和，道：「傻孩子！」

這時候，就聽見外間一陣喧譁。

丫鬟綠萼進來回報，臉色發沉地說：「老太君，外頭二老爺、三老爺、二夫人、三夫人和幾位小姐、少爺都來了，說要看望老太君！」

看望？二舅舅林文淵是林氏的胞兄，現在是兵部尚書，二舅母蔣氏出身山西大戶，是前內閣首輔家中的庶女。三舅舅林文培並無官位在身，平日裡是喜愛玩樂的人，三舅母出身江南四大巨賈之一的孟家，最是個精打細算的。這兩房舅舅都不是老太君所出，平日裡也不見得多孝順，現在聽說大舅舅的幼子沒了，竟眼巴巴地來了。

大舅舅雖然正直，個性卻十分軟弱，林文淵覬覦這個鎮國侯的爵位已經不知多少年了，這府裡一向是靠著寧老太君在苦苦支撐，他們若是看到寧老太君病倒了一定會有所動作！

歐陽暖想著，臉上卻浮現起笑容，對皺起眉頭的寧老太君道：「外祖母，我也好久沒有見到舅舅、舅母了，讓我出去看看吧。」

寧老太君搖頭，道：「傻丫頭，他們是衝著我來的，見不到我是不會走的！芙蓉，服侍我起身！」芙蓉趕忙上來攙扶住寧老太君，可還沒把人攙扶起來，寧老太君就猛烈地咳嗽起來，歐陽暖趕忙攔住，道：「外祖母，讓暖兒去吧！」

寧老太君一眼望進了她的眼睛裡，只看到一片從未在暖兒眼中見到過的堅定與冷意，她一震，歐陽暖卻已經安撫地拍了拍她的手，對芙蓉道：「好好照顧外祖母！」

說完，歐陽暖便帶著方嬤嬤和紅玉緩步往外頭走。剛走出正房，她就看到前頭一撥人朝這邊走了過來，一臉行色匆匆的二舅舅林文淵走在最前頭，三舅舅落後半步，其他人都跟在後面。

「兩位舅舅、舅母，暖兒在這裡給你們請安了。」歐陽暖帶著最溫柔的笑容，揚聲道。

林文淵倒是吃了一驚，很快換上一副親熱的表情，道：「暖兒怎麼來了？竟沒人通知我們！」

二舅母蔣氏生得十分端麗富貴，這時候走上前來，道：「暖兒肯定是聽說了消息來看望老太君的，想必這時候她老人家一定是傷心得很了，我們趕緊進去勸慰一二得好！」

勸慰？你們是知道大房五少爺沒了，老太君正在傷心，準備在她傷口上撒一把鹽，將她徹底擊倒吧！歐陽暖心中冷笑，臉上笑得更甜，「難怪娘常說，二舅舅和二舅母是最孝順不過的了，知道老太君傷心特意來看望，只是今兒不巧了，老太君剛剛睡下，幾位還是先回去吧。」

歐陽暖站在門口，硬是擋住唯一的門，林文淵怕失了威嚴不好硬來，端詳著歐陽暖說：「我們也是想要寬慰老太君，說不準她現在已經醒了！元柔，還不進去看看！」

林元柔從人群中走出來，她一襲銀白長裙，外套玫紅錦緞小襖，頸項之處鑲著一圈雪白的狐狸毛，襯得一張臉巴掌大，她是林文淵和蔣氏的女兒，比歐陽暖還要大上一歲，此刻盈盈走上來，對站在臺階上的歐陽暖道：「暖兒表妹，我要進去見祖母，想必她此刻見到我會極歡喜的，還請妳挪一挪位置。」

歐陽暖施施然一笑，道：「柔姊姊說的極是，妳既然得老太君喜歡，更該知道這榮禧堂的規矩！」她遙遙一指，指向頭頂上那幅赤金九龍青地大匾，繼續道：「這榮禧堂的牌匾可是先皇御賜的，平日裡若是不得老太君允許，是什麼人也不可以硬闖進去的。妳不妨勸一勸舅舅和舅母，五表弟剛剛沒了，老太君心情不好，你們非要進去反而誤了她心情。百善孝為先，妳總該明白這個。」

聽歐陽暖二話不說便扣了一頂大帽子上來，林元柔笑容一僵，回頭望了一眼爹娘，只見蔣氏正拚命給自己打眼色，她知道自己爹娘到底是長輩，不好和歐陽暖這個小輩多說什麼，遂繼續道：「暖兒表妹這話是怎麼說的，祖母生病，爹娘身為子女總是要來看望的。我們也是坐坐便走，只說幾句話寬慰寬慰，不會打擾祖母養病的！」

歐陽暖聞言，黯然垂首道：「柔表姊說的自然沒錯，只是今兒聽說五表弟沒了的消息，外祖母立刻大發雷霆，說是底下人沒照顧得好，當時就要發作照顧的下人，我和杜嬤嬤勸了好一會兒，她才肯歇了火氣，剛剛才睡下了。現在吵醒她，只怕又要惹來一場雷霆震怒，那些丫鬟小廝要倒楣不說，舅舅舅母也要遭受魚池之殃，這又是何必呢？」

老太君明明是病倒了，卻被說成是睡下了，方嬤嬤聽自家小姐睜著眼睛說瞎話，騙得對方一愣一愣的，垂下眼睛來暗暗笑了。

「這怎麼可能？我們都是老太君的至親，她知道我們來了，怎會避而不見？妳別攔著了，快讓我們進去！」三老爺林文培本就不在意什麼長輩的威嚴，此刻不管不顧地嚷嚷起來。

二老爺林文淵意味深長地看了歐陽暖一眼，應聲點了點頭，「不管怎樣，既然來了，總得去看看，暖兒總不會把咱們攔在外頭吧？」

說完，林文淵就走上來，眼看就要推開歐陽暖向內闖去。

「您言重了，暖兒不敢。你們幾位都是長輩，非要進去我自然是攔不住的，但這畢竟是外祖母的院子，各位就這麼進去非常不妥，還是我先請人進去通稟，大家在外面稍候片刻吧。」歐陽暖說完，便對紅玉揮了揮手，紅玉會意轉身進了屋子。

不一會兒，杜嬤嬤從裡面走出來，神色冷峻，「兩位老爺、夫人和各位少爺小姐們都先回去吧，老太君說今日不見。」

「我不信！老太君怎會說這話？」蔣氏皺眉道。

「二嫂說的對，定是妳們不想讓我們見老太君，難道裡面發生了什麼事情？快讓開！」林文培率先嚷嚷道。

杜嬤嬤說完這句話，歐陽暖又站在了正門前，雖只是身形嬌弱的少女，眼神卻是說不出的鎮靜從容，絲毫沒有要讓位的意思。

林文淵冷笑道：「暖兒，莫要以為老太君寵妳，妳就敢在這裡攔著我們！」

「我自然不敢攔著二舅舅，但杜嬤嬤轉述的可是外祖母的意思。」歐陽暖臉上的笑容不變。

林文淵臉上終於褪去了笑容，他沒想到這個在他印象中一貫膽小怯懦的外甥女居然這麼大膽，「妳這是要我讓下人動手拉開妳？到時候妳這個表小姐臉上可不好看！」

歐陽暖的身形紋絲不動，臉上的笑容越發真摯動人，「二舅舅說的哪裡話，暖兒可全都是為了您考慮的。一者，外祖母知道五表弟沒了雖然傷心，好歹有大舅母和我在旁邊勸著。二舅舅身上是有職司的人，公務繁忙，我們怎麼好讓你親自為這件事煩心？二者，老太君一貫身子不好，若是舅舅你們違了她的心意非要進去，到時候惹了她大為震怒又犯了病，那該如何？三者，我倒是常聽爹爹說，宗人府左宗正因為說錯了一句話忤逆了嫡母，傳出去之後竟被朝中的御史彈劾，聖上可是連他正一品的官職都褫奪了。二舅舅也是知道的，這榮禧堂的牌子是先皇御賜，剛才杜嬤嬤說的話是老太君親口所言，那些御史們最是會捕風捉影，沒事也要找些事來彈劾的，二舅舅何必給他們這樣的機會說您不敬先皇、不尊嫡母？」

這一番話說出口，不要說是林文淵，所有人都被鎮住了，全場鴉雀無聲。只有三老爺林文培身上沒有官職，又是個十分膽大妄為的人，他大聲道：「皇上聖明，定不會為了這點小事怪罪二哥！」

歐陽暖笑得幽幽靜靜，十分好看，道：「三舅舅說的是，只是我雖年輕，卻也知道家和萬事興、國安享太平這樣的話，萬一讓聖上誤會了，以為侯府是家宅不寧，這樣的罪過誰能擔得起呢？」

林文培還是不甘心，想要再說話，歐陽暖卻輕聲道：「三舅舅，老太君剛剛還在生氣，說前兩天侯府後門來了一位瘋女，非要說她是我三舅母，我就納悶了，我的三舅母好好在這裡站著，怎麼又多了一位？我是真心為您著想，這個時候還是不要去惹怒外祖母的好呀！」

原本一直站著看好戲的三夫人孟氏臉色立刻變了三變，林文培像是被捏住了嗓子，一句話都說不出了。

林文淵再一次仔細審視著歐陽暖，心想自己一直只是最忌憚寧老太君，沒想到不知不覺間，早逝的大妹妹的女兒竟有了這般膽色，婉如不是說她已經將這丫頭牢牢掌控在手心裡了嗎？怎麼會變成這樣？他深深吸了一口氣，道：「罷了，老太君既是不肯見我們，我們先回去吧。」

歐陽暖微笑著目送這群人憤憤然離去，轉過身的時候，卻看到杜嬤嬤一臉驚訝地看著自己，「怎麼了？」

杜嬤嬤笑了笑，道：「沒什麼，老太君還在等您呢，快進去吧！」

進了臥室，老太君精神倒像是好了許多，瞧著歐陽暖上上下下看了半天，才笑著對杜嬤嬤說道：「妳說這孩子什麼時候變得這麼會說話，今兒妳舅舅們都被妳說得磕巴了！」

歐陽暖笑著走到寧老太君身邊坐下，「外祖母，不是暖兒會講話，是他們理虧罷了。」

杜嬤嬤奇怪道：「可是表小姐您怎麼知道侯府後門曾有過女人鬧事呢？」

歐陽暖歪著頭，看看寧老太君，又看看杜嬤嬤，「因為我有神通啊，只要掐指一算，就算到啦！」

京都能有多大的地方，有些微的傳言很快就都傳遍了，誰又不知道鎮國侯府三老爺在外面包養了外室還找上門了，更何況歐陽暖一直派人留心這邊的動靜，更是早已心知肚明了。

寧老太君笑了起來，不免咳嗽了兩聲，歐陽暖輕輕拍了拍她的背，道：「他們今天走了，明天還會來的，大舅舅和大舅母在何處？」

杜嬤嬤露出為難的神色，道：「大老爺本就身子很不好，總是受不得風，只能臥床靜養，這家裡也都是靠老太君和大夫人撐著，但如今大夫人痛失愛子，自然十分悲傷，從昨夜開始便不肯出來主事了，若是不然，也容不得二老爺和三老爺如此咄咄逼人！」

大舅舅林文龍雖然承襲了爵位，卻是體弱多病、性情軟弱，比起身體強健、心機深沉的二舅舅林文淵，的確是差了許多。前一世大舅舅也是纏綿病榻多年，最後還是早早逝去，爵位理所當然由在朝中頗有威名的林文淵繼承，但林文龍才是自己的親舅舅，林文淵卻是繼母林氏的同胞兄長，就衝著這一點，如今歐陽暖也不會讓他這麼輕鬆自如地奪得爵位。她想了想，對寧老太君道：「外祖母，您也累了，先好好休息吧，我該去看看大舅母，回頭再來陪您。」

「去吧，好好替我勸勸她！」老太君深長地嘆了口氣，面色籠罩著一層陰雲。

歐陽暖一直看著杜嬤嬤服侍了寧老太君睡下，才轉身離開。

伍之章◆道姑批命惹禍端

榮禧堂的五間上房有一道後房門，與後院相通。歐陽暖出後房門到後院，再從後院的東西穿堂穿過，走過南北寬夾道，便直接到了大舅母沈氏的院子。

丫鬟通稟後歐陽暖才走進去，只見沈氏穿了一件石青色繡白玉蘭花的緞面小襖，薄荷繡花長裙，神色疲倦地靠在羅漢床上。她面容十分的蒼白，臉上猶見淚痕，而沈氏身邊的許嬤嬤則滿臉戚容，站在一旁默默垂淚。

見到歐陽暖來了，沈氏強打起精神，道：「暖兒來了，快過來坐下。」

在歐陽暖的記憶裡，沈氏為人親和大度，親娘剛去世的時候，她跟著外祖母來看望，總是將自己摟在懷裡耐心勸慰，相比虛情假意的二舅舅他們，這才算是歐陽暖的親人。歐陽暖微笑著走過去，挨著沈氏坐下，「大舅母。」

「好些日子不見，原來的小丫頭都長成一個亭亭玉立的大姑娘了！」沈氏露出一絲笑容，只是嘴角是說不出的苦澀。

五表弟沒了，只有他的至親在為他哭泣，其他的人縱有淚水，卻不是真心實意的，歐陽暖非常理解沈氏此刻的心情，輕聲勸道：「大舅母，您已經哭了一天了，小心哭壞了眼睛，還有大舅舅、表哥和表姊需要您照顧，還有家事需要打理……更何況您這樣，外祖母也會跟著傷心的。」

接著，歐陽暖低聲道：「許嬤嬤，我有話要單獨對大舅母說。」

許嬤嬤點點頭，讓所有服侍的丫鬟婆子們都出去，遠遠地在院子裡守著，又細心地將門關上，才回轉身來。

沈氏再也忍不住淚水，嚶嚶地哭了起來，許嬤嬤忙遞了帕子過去，沈氏接過帕子，一面哭一面低聲道：「暖兒，妳不知道，畫兒他本來沒事的，他是被人……」

許嬤嬤一聽到這話，立刻開口阻止沈氏要說的話：「夫人您急糊塗了，這話怎麼好對表小姐說，快別說這些胡話了！」

歐陽暖面色一凜，道：「許嬤嬤，大舅舅是我的嫡親舅舅，我又是大舅母從小看著長大的，我不會和那些外人一條心的，妳且放心！有什麼話，妳就讓大舅母說完吧！」

許嬤嬤一直覺得這位表小姐是個被繼母矇騙的糊塗人，此刻聽到她這樣說倒真的是吃了一驚。

沈氏這話早已想說，卻既不敢對體弱多病的丈夫說，也不敢對年事已高的婆婆講，急需要有人傾訴，已經說下去了：「妳大舅舅身子不好，我這些日子一直在他身邊照顧，疏忽了畫兒。他原本只是吃壞了肚子，只要清清腸胃便好，誰知道那庸醫非說是痢疾，竟然用了虎狼之藥……」

歐陽暖慢慢地道：「大舅母，那大夫是不是……」

許嬤嬤嘆了口氣，道：「除了老太君用的是劉大夫，我們其他房的主子生了病多年來用的都是周大夫，可半年前周大夫舉家遷往南方，二老爺又特地請來一位姓徐的名醫。」

名醫？林文淵請來的只怕是毒醫吧！可惜五表弟已經沒了，再追究這個恐怕也查不出什麼來。歐陽暖心中想道，口中卻低聲地道：「大舅母說的這些，暖兒都明白，也能夠體諒。只可憐老太君和大表哥，一個在那裡氣得病倒了，一個只能眼睜睜看著母親傷心……」

沈氏一下子愣住，不知道歐陽暖說得是什麼意思。

歐陽暖溫言細語地說道：「五表弟是外祖母的親孫子，她也是十分傷心的，大舅母還能夠躲起來哭泣，她老人家卻是一刻都不得休息，剛才二舅舅他們帶著人氣勢洶洶地去求見，有他們在，外祖母縱有萬般的痛也說不出口。」

沈氏聞言十分驚訝，歐陽暖繼續道：「二舅舅一直想要承襲爵位的事情，大舅母心裡也是清楚的，只是大舅舅才是長房嫡子，更加之外祖母還在，這爵位是無論如何落不到他頭上去的。但容我說句大不孝的話，若是大舅舅和外祖母都阻止不了他的時候，一旦讓他繼承了爵位，大舅母可曾想過，到時候大表哥如何自處？」

林之染是林文龍和沈氏的嫡長子，若是林文龍一直身體健康，將來繼承爵位的肯定是他，但丈夫的身體沒有人比沈氏更清楚，只怕他撐不了幾年了，之染還是個少年，如何爭得過二房那群豺狼？一旦讓林文淵得到爵位，自己這一房人縱然不被他驅逐出去，染兒的前途卻也全毀了！

「大舅母，您想一想，若是您繼續這樣傷心，任由那些人對外祖母一步步緊逼下去，外祖母倒了，大舅舅也就倒了，真正誰會得利？畫兒是您的幼子，您疼惜他我們都知道，但之染表哥是您的長子，您生他的時候差點難產挺不過去，產婆問您是保大人還是保孩子的時候，您毫不猶豫就選擇了讓之染表哥活著，您這麼地愛他，忍心看到他將來無所依靠、被人欺凌嗎？」

這些話，正是許嬤嬤想說卻礙於身分不敢說的，全被歐陽暖說出來了。大夫人過度悲傷不肯出來主事，便宜的正是二房那些人，一旦他們逼死了寧老太君，大房又能撐得了多久？到時候毀掉的只怕是大少爺林之染的將來啊！她看到沈氏露出若有所思的表情，趕緊勸說道：「夫人，表小姐說的是，為了大少爺著想，您一定要振作起來！」

沈氏沉默了許久，歐陽暖也不催促她，只慢慢等著。一直到沈氏輕輕地點了點頭，道：「我明白了。」她的眼睛、鼻子都紅通通的，神情卻已經明白過來。

歐陽暖知道她已經想通了，便對許嬤嬤道：「勞煩您去打一盆水來給大舅母擦擦臉。」

許嬤嬤應聲去了，歐陽暖卻拉住沈氏的手，低聲道：「大舅母無須不甘心，忍之妙用，韜晦待機，將來多的是報仇雪恨的機會。」

沈氏愣愣地看著這個年僅十二歲的外甥女，萬萬料不到她竟然說出這樣的話來。她嫁到侯府第二年，大姑娘林婉清便出嫁了，兩人雖相處時日有限，卻十分談得來。林婉清去世後，她真心為這個小姑傷心感嘆，最擔心的便是這個年紀小小的外甥女將來會無人教養，想不到她如今……竟出落得比林婉清更要聰明百倍，最難得的是她小小年紀，竟懂得百般忍耐、伺機而動的道理，想到這裡，沈氏慎重地點了點頭。

歐陽暖走後，從內室那幅半透明的水墨畫屏風後走出一個人來。

沈氏瞧見他，淡淡地笑了笑，「染兒，暖兒是自家人，年紀又小，你不必如此迴避的！」

林之染身著淺紫色雲錦妝花紗領窄袖常服，生著一雙深邃似寒星且凌厲的丹鳳眼，鼻子高挺，輪廓分明，雖然只是個十四歲的少年，卻身形挺拔，器宇軒昂。但此刻，他桀驁飛揚的眉頭卻微微蹙起，對沈氏道：「娘，您知道我素來不喜歡這個暖兒表妹的！」

沈氏淡笑道：「那是你一貫對人家有偏見，娘瞧著暖兒生得極好，又言談有度、舉止得宜，便是放眼整個京都，像她一樣出挑的大小姐也是屈指可數的！要是你大姑母還活著，看到了不知道多欣慰！」

林之染不由自主便向窗外望去，院子裡歐陽暖正含笑與許嬤嬤告別，他沉吟道：「我總覺得這個暖兒表妹有什麼不一樣了，她今日所言，話中有話，頗有玄機，全不像以前那個渾渾噩噩的樣子……」

「那是暖兒懂事了！」沈氏嗔怪道：「以前她總是跟在你二姑母身邊，什麼都聽她的，老太君和我多說幾句她都厭煩，你看她今日表現，可是截然不同了，我猜必然是其中發生了什麼事情，讓她明白過來了。」

林之染點點頭，心想只怕不是看錯了，而是歐陽暖太善於保護自己了，居然連母舅家都不信任，也許……是她生活的環境太複雜了，想到心機深沉的二姑母，林之染對歐陽暖的轉變有了幾分體悟。

接過許嬤嬤遞來的茶，沈氏緩了口氣，道：「不過她今日所言句句在理，我便是再傷痛，看著那幫子白眼狼，也該振作起來，為你的將來好好謀算才是！」

林之染看著原本還悲痛欲絕的母親竟振作起來了，心中也是有些高興的，點頭道：「娘能這樣是最好的，祖母那裡還指望著您照料，五弟的事……」

沈氏眼中仍然有淚花，臉上卻換了堅定的神色，「你也不要多想多猜了，出了這樣的事，那些人都盯著我們這一房，巴不得老太君和我都倒下才稱心如意！」她的目光落在許嬤嬤身上，「許嬤嬤，妳要管好家裡的管事們，特別是不要說出什麼不應該說的話來。如果聽到什麼閒言閒語的，妳也應當知道怎麼應對才是。」

許嬤嬤立刻道：「這些是自然的，請夫人放心！」

歐陽暖回到榮禧堂，陪著老太君又說了一會兒的話，哄著她休息了才回歐陽府。

第一件便是去向祖母回稟這一天的事。

壽安堂院門前已是紅燈高照，一路丫鬟婆子們彎腰行禮，臉上都還是帶著笑的，只是越往正屋去，人越少，氣氛越凝重。

丫鬟為歐陽暖掀開了簾子，一眼就看到李氏一臉惱怒地坐在上方，歐陽治滿臉鐵青陪坐一旁，林氏臉上帶著奇異的笑容侍立著，李姨娘低垂著頭像是不願多說的模樣。

歐陽暖看了堂下跪著的男人一眼，面上帶了笑容道：「祖母，怎麼生這麼大的氣？」

屋子裡的人都向歐陽暖望去，只有跪著的那個男人低頭垂目，蜷縮著身子，一副犯了大罪過的樣子。

「暖兒，娘本是過來商量周姨娘殯葬的事，誰知，唉……」林氏臉上似有三分煩惱，眼中卻全然都是得意。

李姨娘抬起頭，飛快地看了歐陽暖一眼，輕聲道：「大小姐，張管事今兒在門口跪了一天了，非說周姨娘肚子裡的孩子是他的，要領著屍身回家鄉去埋葬，惹了老太太發了怒，要親自審問他呢！」

哦？跪了一天了？祖母都不打算追究這件事了，林氏卻還是不死心，想要坐實了周姨娘紅杏出牆的罪名。連逝去的人都不肯放過，她也算小鬼難纏了，只是不知道許了這張管事什麼，竟讓他冒著如此危險來擔這干係。

「給大小姐看座。」李氏看到歐陽暖來了，也不理會跪在地上的人，轉而問她去了侯府情形如何、老太君和大夫人身體怎樣云云。歐陽暖笑吟吟的，將事情簡要說了些，並代老太君感謝李氏的慰問之情，李氏滿意地點點頭，剛才的怒色倒是少了許多。

林氏見她們越說越融洽的樣子，眼中不免有幾分著急，眼珠子一轉，道：「母親，恕兒媳多嘴說兩句吧，既然張管事一口咬定與周姨娘有私，她人也沒了，我們何必攔著別人一家團聚呢？」

許是一家團聚這四個字刺激了一直沉著臉忍住氣沒有發作的歐陽治，他頓時覺得綠雲罩頂，不由勃然大怒，道：「張亞山，你真忘恩負義，你到京都無依無靠，是誰收留你給了你一口飯吃，你竟是這樣回報我的嗎？」

張亞山在地上重重磕了個頭，抬起臉來，聲音顫抖：「求老爺大發慈悲，我和周姨娘實在是情難自已……我們青梅竹馬，兩情相悅，她卻因家境貧寒被叔父賣出，輾轉流落歐陽府上，我千里迢迢尋她，好不容易才能相聚，如今她人都死了，您縱然留著又有什麼用……求老太太、老爺成全！」

「張管事，你是吃了雄心豹子膽嗎？竟敢如此胡說八道，壞了周姨娘的清譽，老太太和老爺豈能容你！」李姨娘冷冷地說道。

張亞山又磕了個頭，才從懷中掏出一個帕子，顫聲道：「不敢胡說，我是有證據的！」

他將帕子抖開，歐陽暖眼角餘光一掃，只看見帕子上「張郎」兩字。歐陽治幾步上來，搶過來一瞧，只見上頭字跡秀麗，正是周姨娘的筆跡，登時臉色漲紅，一腳把張亞山踹了個趔趄，「混帳至極！」

李姨娘湊過去一看，卻看到帕子上寫著一首情詩，還署了周姨娘的閨名香雪，登時臉色發白，一時之間竟也說不出話來。林氏在後頭穩當站著，臉上露出冷笑，心道妳在周姨娘房裡還哭得那麼傷心，現在可自打嘴巴了！

李氏一看，當然氣得臉色發青，正要發怒，歐陽暖在一旁溫柔道：「祖母先不要生氣，娘親當初治家是極嚴的，家中管事若無主子宣召不得隨便進入內院，就是不知道張管家是怎麼進了內院，一路摸到周姨娘院子裡去，還能避著滿院子的丫鬟嬤嬤們見到了周姨娘的呢？」

林氏被嗆得一梗，慢慢嘆了口氣道：「暖兒啊，為娘平日裡管的事情多，總是有疏忽的，便是有個把小人趁著深更半夜偷偷進入內宅做些腌臢事也不奇怪，還不是周姨娘自己不檢點！」

「娘說的是啊。」歐陽暖深以為然地點點頭，接著道：「祖母，此事事關我們歐陽家的聲譽，自然要查個清清楚楚，可否容孫女問兩句話？」

李氏愣了愣，最終點了點頭應允，歐陽暖謝過，隨即站起身走到歐陽治身邊，輕聲道：「爹爹，將這帕子與我看一看可好？」

歐陽治看著自己女兒居然要看這帕子，臉上浮現疑惑，卻還是將帕子丟給她，「看吧看吧，再看也就是這種骯髒東西！」

歐陽暖端詳了一番，微笑著問道：「張管事，你說這帕子是周姨娘送給你的，可有人證？」

「這……」張亞山不由自主愣了愣，道：「這件事表妹院子裡的崔嬤嬤是知道的。」

林氏不慌不忙地道：「既然如此，就讓崔嬤嬤進來對質吧。」崔嬤嬤是她的人，必然會按照她說的做。

「讓她進來！」李氏發話了。

崔嬤嬤進了屋子，顫顫巍巍跪下請了安，歐陽暖道：「崔嬤嬤，周姨娘是不是送了一方帕子給張管事？」

崔嬤嬤咬了咬牙，點頭道：「周姨娘是送了一方帕子給張管事，上面還寫了一首情詩……」

林氏臉上露出微笑，只覺得心頭一塊大石落下來了。

「那她是什麼時候寫的？」歐陽暖輕柔地問她：「在什麼地方寫的？身邊什麼人陪著？」

崔嬤嬤目瞪口呆，雖然之前對過口供，可夫人沒說過會問這些細節啊！她有點結巴地道：「是……是半年前的一個晚上，我在旁邊伺候的時候，看到周姨娘背著人……背著人寫的！」

「哦，原來是崔嬤嬤親眼看到的啊！」歐陽暖笑了，走到崔嬤嬤面前，抖開一方帕子，道：「可是這一條？」

崔嬤嬤想也不想，連聲道：「是！是！」

歐陽暖又接著問道：「這帕子上寫了什麼，崔嬤嬤可否讀一遍給我聽？」

「朝朝暮暮與君同心，生生世世……」崔嬤嬤瞪大眼睛，盯著那帕子上的字念了一半，歐陽暖笑著接下去，道：「朝朝暮暮與君同，生生世世魂夢牽？可是這一句？」

「是，大小姐說的是！」崔嬤嬤連聲道。

歐陽暖微微一笑，轉身將手中帕子展示給屋子裡眾人看，歐陽治一瞧，卻是：千里黃雲白日曛，北風吹雁雪紛紛，他遲疑道：「暖兒，妳這是……」

「爹爹，女兒剛才拿錯了帕子，拿給崔嬤嬤看的這一條是前些日子爵兒在學堂學的新詩，回來隨便塗鴉的！唉，崔嬤嬤許是一時眼花，竟然也認錯了！」歐陽暖不好意思地將自己的帕子收了起來，彷彿真是不經意拿錯了。

「老爺，這崔嬤嬤分明是不識字的，她卻一口咬定那帕子上是情詩，豈不是奇怪得很？」李姨娘看出了名堂，在一旁提醒道。

歐陽治蹙眉，盯著崔嬤嬤的眼神越發凌厲，崔嬤嬤臉一白，林氏陡然提高聲音冷道：「崔嬤嬤，妳可知道矇騙老太太、老爺是什麼罪過？」

崔嬤嬤一個激靈，道：「不敢欺瞞老太太和老爺，老奴是不識字，可卻聽周姨娘反覆吟誦數遍，又怎麼會不記得？」

「是嗎？崔嬤嬤，我記得周姨娘身邊還有個丫鬟叫環兒的，現在在哪裡？」歐陽暖輕聲問道。

崔嬤嬤低頭，掩飾住眼睛裡的不安，道：「她自周姨娘死後傷心過度，整日裡啼哭不止，老奴便奏請了夫人同意，將她送出府去了。」

送出府？只怕是環兒不肯幫著妳們一起誣陷周姨娘，被處置了吧！歐陽暖知道她們不會這樣容易露出破綻，淡淡一笑，慢慢走到張亞山跟前，道：「張管事，不知這帕子是周姨娘何時給你的？」

張亞山早已準備好了答案，脫口而出道：「剛才崔嬤嬤也說過了，是半年前。」

「哦，半年前……」歐陽暖重複了一遍，故作疑惑道：「爹爹，暖兒對墨並不精通，只隱約覺得這墨不是上品，還請您仔細看看這帕子上的墨跡，可看得出用的是什麼墨？」

歐陽治聞言一愣，重新接過張亞山交出的帕子仔細對著燭光反覆照了照，斬釘截鐵地道：「這是雲州墨。」

歐陽暖點點頭，面露讚嘆道：「爹爹果然博學多聞，光是這一些字跡便能看出墨產自何處！」

歐陽治臉上雖然還是帶著怒氣，眼中卻不由自主露出得色，道：「妳這樣的小孩子哪裡懂得，雲州墨色呈青光，膠重有雜質，我向來很不喜，府裡一貫用的都是慶州墨，不但質地堅細，色澤黑亮，而且膠質適中，上硯無聲！這一個月來若不是慶州突遭大水，慶州墨運不出來，府裡也不至於將就用上雲州墨……」說到這裡，歐陽治的臉色突然變了。

半年前府裡用的都是上等的慶州墨，周姨娘身居內宅，足不出戶，縱然真的要寫情詩給情郎，又哪裡找來劣質的雲州墨？歐陽治也是聰明人，不過被綠雲罩頂一事弄得心煩意亂，這時候想到這個，倏地回身，將帕子猛地摔在張亞山的臉上，橫眉怒目，咬牙切齒道：「這帕子根本是近日寫的！」

「既然是近日寫的帕子，又何必說成是半年前的呢？」歐陽暖的聲音有些低，卻很清亮，似乎滿含疑惑，卻讓滿屋的人都聽得一清二楚。

張亞山一愣，道：「老爺，我萬萬不敢撒謊，這確實是表妹的筆跡啊！」

林氏被歐陽治一聲怒吼嚇了一跳，她讓張亞山說是半年前送的帕子，自然是要讓歐陽治相信他們勾搭已久，認定這孩子不是他的骨肉，一時之間也沒想到歐陽治竟然能從簡單的墨就能猜出這帕子是近日才寫，聽到張亞山的話，林氏猛一機靈，恢復了原有的氣勢，「老爺看仔細了，到底是不是周姨娘的筆跡。」

「老爺，筆跡是可以模仿的，只要看過周姨娘的字，出去隨便找一個擺攤賣字的先生就能寫出一模一樣的來，有什麼奇怪？」李姨娘不冷不淡地插了一句，看到歐陽治臉色一變，知道他已相信了大半。

「哼，今天這場戲還真是精彩，裝神弄鬼弄到我跟前來了！」李氏冷冷道：「治兒，我看你這院子裡是不乾淨，不過不是周姨娘有什麼不軌，而是有心人在陷害！」

歐陽治臉色一會兒發青一會兒泛白，指著張管事，惡狠狠地道：「拖出去，給我往死裡打！」

張亞山心道不妙，還沒來得及叫出聲來，崔嬤嬤已經癱倒在地上，大聲道：「老爺老爺，老爺饒命，老奴是迫不得已的啊！」

「還不把這兩個刁奴的嘴巴堵上！」林氏反應極快，厲聲喝道，立刻有八個粗使婆子上去將兩人的嘴巴堵了，不顧他們死命掙扎將人拖了出去。

李氏冷眼看著並沒有阻止，弄鬼的喊捉鬼，林氏真當自己眼睛瞎了、耳朵聾了不成？要不是看在侯府和她胞兄的面子上，早就連她一併料理了！

歐陽暖柔和的聲音在歐陽治耳邊響起：「爹爹，當務之急是不能把事態鬧大，到時候咱們家實在沒臉不說，要是外人知道是周姨娘是為了證明自己清白才死的，豈不是會誤以為娘親這個主母刻薄姨娘？到時候可就不是像今天這樣把人處置了就可以完的事情，恐怕連尚書大人也會驚動，爹爹會因此受牽連……」

一想到這裡，歐陽治不由打了一個寒顫，恨恨地道：「從今天開始不許再提周姨娘的事，對外一律說她是病死的！誰再提一句，家法處置！」

事情到了這個地步，最為懊惱的就是林氏，本想著李姨娘硬生生將畏罪自殺說成了一死以證清白，自己就把張亞山拉出來作證，有了姦夫，還怕歐陽治不相信嗎？誰想到這個該死的歐陽暖三兩句話讓自己的苦心付諸東流，實在是讓她恨得不行！

歐陽治一路陰沉著臉回到福瑞院，一關上門，就冷冷地喝斥所有人都退下去，自己尋了張椅子坐下，氣喘吁吁地瞪著她。

林氏心中有些忐忑，臉上卻還要帶著笑容靠上去，道：「老爺……」

歐陽治二話不說，一個巴掌狠狠招呼上來。林氏短促尖叫一聲，左臉上挨了一巴掌，不敢置信地摸著腫了半邊的臉，眼淚汪汪看著歐陽治，一副委屈的模樣。

歐陽治怒氣沖沖地問：「說，是不是妳在背後搗鬼？妳見不得姨娘生下兒子，就串通了張亞山來冤枉她逼死了她，是不是？妳從前的賢良淑德哪裡去了？虧妳還是侯府出身，這樣的事也做得出來！」

林氏委委屈屈道：「治郎，你對我一定有誤會，姨娘們為老爺開枝散葉，我高興還來不及，怎麼會做出這等惡毒的事？一切都是那張姨娘，她之前告訴我說周姨娘與人有私，我查證後發現周妹妹確實和張亞山走得特別近，正巧大夫還說她懷了孕，我當時氣得一佛出世二佛升天的，只怨她不懂事，與人有私情不說還珠胎暗結，就想方設法先把消息隱瞞下來，誰知有那些個不懷好意的暗中往院子裡送些髒東西，又將髒水潑到我的身上！在母親屋裡，我卻一直死死瞞著，寧可自己承擔罪過也不想讓別人知道這等醜事！事後張亞山非一口咬定自己與周姨娘有私情，我沒法子只好把他送給母親決斷，今天聽你那麼一說，才發現此事還的確有些蹊蹺！我縱然有錯，也是錯在太過憂心你，心腸又軟，生怕混淆了歐陽家的血脈！」林氏將所有過錯一股腦兒都推在曾是丫鬟被抬成姨娘的張氏身上，一心一意就是要讓歐陽治相信自己。

「張亞山腦子壞了，若沒有妳在後面指使，他敢說自己與我的人有私情？」歐陽治冷笑道。

林氏泣道：「治郎，這內院以前一直是我照顧，我誣陷周姨娘，不是說我自己管教不嚴嗎？你好好想想，我怎麼會這麼傻？」

過去的十年中，林氏確實將歐陽府管得很好，算得上是自己的賢內助，歐陽治有些被她說動，遲疑道：「不是妳還有哪個？」

林氏嘆了一口氣，道：「你還看不出來嗎？治郎，我向來管家極為嚴厲，上上下下得罪不少人，你若讓我說出這幕後黑手，我還真的說不出來。你只要想一想，哪個最不想我重新掌管內院？又是哪個有本事讓母親替她說話，李姨娘沒少在你那裡吹風吧？」

歐陽治說不出話來，林氏又道：「她們這個法子倒是好，離間我們夫妻感情，又損了老爺的名聲！我就說呢，自己得罪了什麼人，竟這樣狠毒非要將這些髒水潑在我身上！」

「妳別說了！」

歐陽治倏地站起來，道：「我不信月娥是這樣的人！」

林氏奔到他懷裡，淚如雨下，「好，治郎，我什麼也不說了，旁的你都可以不信，我們這十年的夫妻感情你總該相信的！我對你一往情深，便是為你豁出命去又怕什麼，怎麼會做一絲一毫讓你不樂的事？」

歐陽治心裡動了動，雖然並不相信是李姨娘那樣嬌弱的女子會是幕後主使，心中對林氏的懷疑卻也消了幾分，林氏輕輕吸了一口氣，道：「好痛。」說完又淚水漣漣道：「治郎，你真捨得打我……」

「婉如……是我不對，我叫丫鬟進來替妳擦藥。」歐陽治已是信了林氏的話，急急忙忙就要去開門。林氏一把按住他的手，柔聲道：「別，也不怕下人瞧見笑話，你若真的憐我，房裡有藥油，我去取來，給我擦擦可好……」

歐陽治點點頭，林氏心中終於鬆了鬆，剛要露出一個笑容，眼前卻一黑，突然暈倒了……

歐陽治嚇了一跳，趕忙讓王嬤嬤進來，連夜請了常給林氏看病的錢大夫來。錢大夫切了半日脈，不由笑道：「恭喜恭喜，夫人這是喜脈！」

此言一出，林氏十足的驚喜，一時之間竟然激動地說不出一句話來，王嬤嬤臉上快要開出一朵花來，趕忙道：「錢大夫，你快仔細看看，夫人這兩天受了點氣，可別……」

錢大夫聞言，哪裡還不知道王嬤嬤言下之意，當即笑道：「難怪有些滑胎的樣子，還要多多休息，保持心情暢快，小心安胎才好。」

歐陽治本以為沒了一個孩子，現在從天上掉下來一個，已經喜得不知道如何是好了，連忙叫錢大夫寫藥方，又一疊聲叫人去老太太那裡報喜。林氏紅著臉故意道：「老爺，錢大夫都說有些不穩當了，你現在告訴母親，萬一孩子保不住怎麼辦？」

「快別胡說！」歐陽治臉上掛著喜色道：「大夫們都是這樣子說的，沒病也總要尋點毛病來說，若是妳哪裡都好，還要人家看什麼？他這麼說，就是讓妳安心休養，什麼也不管！妳放心，母親那裡有我，定不會再讓妳受氣，這次妳可一定要給我生個兒子！」

錢大夫在外間寫藥方，一邊寫一邊笑道：「夫人，歐陽老爺都這麼說了，您就放心修養吧！」歐陽治笑道：「錢大夫，你好好替我夫人撿幾副安胎藥要緊，若真的是個兒子，到時必有重謝！」

錢大夫開完藥，歐陽治歡歡喜喜送他離開，王嬤嬤回來掩上門和林氏說：「夫人可大喜了！」林氏冷笑道：「這些日子我可憋屈夠了，這回有了肚子裡這個寶貝，算是揚眉吐氣了！」

王嬤嬤得意一笑，貼著林氏的耳朵道：「原先大小姐仗著是嫡長子的胞姊，一直都在跟夫人作對，現在夫人也有了兒子，老太太跟前爵哥兒可沒那麼金貴了，以後夫人再想些法子將他除掉，整個歐陽家還不是夫人的！」

林氏想了一會兒，道：「妳可別小瞧那丫頭，年紀雖小鬼主意多著呢，這幾次的事情明著是她挑唆著老太太和李姨娘和我作對，她自己在裡面裝腔拿調作和事佬，如今不光老太太依仗著她，連老爺也多次和我說暖兒十分孝順，可兒要是有她一半兒心眼，我也就放心了！」

王嬤嬤好笑道：「她不知死活跟夫人作對，總有吃虧的那一天，以後遠遠把她嫁出去也就是了！對了，李姨娘若是知道夫人您懷孕了，還不知臉色怎麼難看呢！」

林氏想著越發高興起來，「那個小賤人可算傻眼了吧！只要這一回是個兒子，從今往後我在婆婆跟前腰桿也能挺直了！」

王嬤嬤替她壓了壓被子，笑道：「夫人放心，肯定一舉得男！」

林氏點頭道：「果真如此，我可連婆婆都不用怕了。」想到李姨娘，不禁摸著小腹微笑起來。

李姨娘聽說林氏不舒服是懷了孕，卻是呆住了。她費盡心思才讓歐陽治疏遠了林氏專寵自己，人家懷了孕輕輕鬆鬆就占了上風，如何不惱？

消息送到時，歐陽暖正在和歐陽爵下棋。

「懷孕了？」歐陽爵手裡的棋子啪的一下掉在棋盤上，「這怎麼可能？」

方嬤嬤低頭道：「大少爺，大夫請過脈了，恐怕是真的。」

「可惡！」歐陽爵一聲怒喝，氣呼呼道：「老天真不長眼！我去告訴祖母！」

「站住！」歐陽暖淡淡地道。

「姊……」歐陽爵一愣，紅玉趕緊上前拉人，勸道：「大少爺，您真是急糊塗了，這消息是老太太送來的，她早就知道了。」

繼母不得祖母青眼，就是生不出一個兒子，如果這一次讓她膝下兒女雙全，豈不是從今往後都能在歐陽府裡橫著走了？歐陽爵沉不住氣，玉樣的小臉皺巴巴的，黑亮的眼睛帶了一絲惱怒。

「姊姊？」歐陽爵回頭看歐陽暖，聲音裡卻透出一絲慌亂，「怎麼辦？」

歐陽暖見一雙清澈如山泉般純淨的眼睛盯著自己瞧，微笑道：「先過來把棋下完。」

「姊，妳到底怎麼想的？」歐陽爵聽她的話已經成為習慣，只好重新回到桌子前面坐下，雙手倒弄著兩枚棋子，白色的棋子在他的指尖嗶嗶作響。想了半天，勉強落下一子。

歐陽暖看他棋落下的地方，不禁含笑搖了搖頭，爵兒是個聰明的孩子，下棋卻總是太莽撞，一直在盤算如何出奇出險，下個棋怪招迭出，大膽冒進，不計代價，抓住空檔，幾步就想置人於死地。不靠半點棋譜，完全是隨意發揮，興之所至。

「你既提出要與我下棋，就該專心一些，其他事以後再說吧。」歐陽暖慢慢道。

方嬤嬤看了看棋盤上黑子已經占據半壁江山，不免失笑，大小姐的棋看似有規有矩，依譜道來，然布局卻行雲流水，處處攻防兼備，動如脫兔，靜如處子，再詭異的手段，往往被她事先識破並巧妙化解。大少爺和她對壘，如同面對一堵銅牆鐵壁，很難討到便宜。

果然，歐陽暖落下最後一子，已是大獲全勝，歐陽爵瞪大了眼睛，喃喃道：「不可能，妳明明讓了我三子的！」

她微微一笑，道：「你下棋不專心是其一，行事過於莽撞是其二，不瞭解對手就貿然出招是其三，大勢已去，還掙扎什麼？」

歐陽爵聞言一愣，心下卻有幾分相信了，半晌找不出話去反駁，強自辯道：「我只是一時分了心，過會兒再下我一定能贏回來！這一回妳讓我三子，不，五子！」

歐陽暖淡淡地道：「下棋終歸是遊戲，有疆有界，有相互必須遵守的規則，所以再怪的手法在定勢面前都顯得無力和可笑。不要說讓你五子，便是讓你十子，你也贏不了。」

「姊，我每次陪妳下棋，從來沒贏過，妳也不肯讓我贏一回！」歐陽爵一臉懊悔。

「爵兒，你要記得，與人下棋可以讓子，不可讓棋。讓子是為善，讓棋則為侮。我讓你三子是出於姊弟之情，若是讓你整盤贏了，卻是在欺騙你。人生如棋，棋如人生，我是你的親姊姊，自然可以讓你，別人會輕易退讓嗎？與其求別人讓你，不如想想怎麼才能靠自己的實力贏了這盤棋的好！」

歐陽爵天資聰明，這時候眨了眨大眼睛，道：「姊，我怎麼覺得妳話裡有話？」

歐陽暖微微一笑，道：「你是歐陽家的嫡長子，是名正言順的大少爺，在祖母和爹爹心中你都是無可取代的。別人生的是龍也好是鼠也罷，與你都沒有任何關係，與其在這裡懊惱沮喪，怨天尤人，不如想想怎麼立身處地，明白了嗎？」

說罷，她站起來瞧著歐陽爵，笑嘻嘻地道：「我要去向爹娘賀喜，你跟我一起去嗎？」

歐陽爵下意識地想說不去，卻看到歐陽暖含笑注視著自己，像是看小孩子一般的眼神，不由得站起來，道：「姊姊，我明白妳的意思了，我和妳一起去福瑞院。」

「不，是去壽安堂。」歐陽暖笑了，笑容中卻有一絲欣慰，爵兒能夠學會如何做到喜怒不形於色，才是她最關心的事。

到了壽安堂，果然見歐陽治、林氏和歐陽可都在。

歐陽暖掀開簾子，笑意盈盈道：「祖母，我們來給爹娘道喜了。」

李氏正半閉著眼睛聽歐陽治說話，這時候看見歐陽暖和歐陽爵相繼進了屋子，眼睛一下子放出光彩，道：「你們倆快來我這邊坐！」

歐陽暖和歐陽爵依言走過去，恭敬地請了安以後才緊挨著坐在李氏身邊。李氏見到歐陽爵十分地高興，拉著他的手問長問短，歐陽爵也帶著笑容，一一回答了。

歐陽暖卻主動和林氏說話：「娘，聽到人來報信，可把我高興壞了！娘親有孕這可是咱們家天大的喜事，不知娘要怎麼慶祝？」

林氏慈母般的笑了，道：「現在不過一個多月，等孩子平安健康出生再慶祝也不遲，倒是妳的這番心意實在難得。」

歐陽可見歐陽暖臉上笑意盈盈，不屑地撇撇嘴，一轉臉看到她在瞧自己，趕緊換了一副笑模樣，道：「姊姊，妳猜娘肚子裡的是男是女？」

歐陽暖笑道：「我猜娘肯定給我生個弟弟，到時候爵兒就有伴兒了！」

李氏笑道：「這卻難以預料，我當日懷妳爹在腹中的時候，人人都猜是個女孩子，我就不信，男孩子抱娘生，脊背朝外，動只是一處動，旁人再如何說我只認定了是個男孩子，生下來一看果然不錯，就不知道妳娘有沒有我這個福氣了……」

歐陽暖看到林氏的笑臉雖還一如往常，眼睛裡卻帶了一絲不悅，不由得暗地裡冷笑。現在祖母心中早已對林氏產生很強的厭惡感，便是她真的生下男孩子，也說不上多麼高興，當然，若這個孩子是在李姨娘肚子裡卻是不同了……

歐陽可笑道：「祖母您放心，娘這回一定給您生個孫子，爹爹連名字都給弟弟起好了，叫歐陽浩！」

「胡鬧！哪兒有孩子還沒出生就起好名字的道理，這是折福啊！」李氏沉了臉，歐陽治忙紅著臉告罪道：「是兒子一時高興得忘形了，母親恕罪！」

李氏冷哼一聲，便不再搭理林氏，自顧自地拉著歐陽爵的手問他學堂裡的事。林氏的臉色越來越難看，便是歐陽治在那裡坐著也有幾分尷尬。

歐陽治低聲勸慰林氏：「妳是有身子的人，還是早些回去休息吧。」

林氏點點頭，依言站起來，卻在走到門口的時候突然大叫一聲，身子一歪，倒在近在咫尺的王嬤嬤身上。這一驚非同小可，歐陽治一下子跳起來，歐陽可飛快地奔過去，歐陽爵也要過去看，卻被歐陽暖一把拉住，道：「你快別去搗亂，陪著祖母吧，別讓她老人家受了驚嚇。」

說完，她向前走了幾步，像是要去探望的樣子，卻只在人群周邊站住，並不靠近。

「婉如，妳這是怎麼了？」歐陽治不明所以，只牢牢抱著林氏，生怕她有什麼閃失。

林氏滿面痛苦之色，哀泣道：「我不知道，頭好痛、腰好痛、肚子也好痛，好難受，好像渾身火燒一樣！老爺，救我，快救我！」

歐陽治被她叫得心中慌亂，質問王嬤嬤道：「夫人這是怎麼了，妳們這麼多人怎麼照顧的，還不快把夫人扶回去！」

王嬤嬤露出驚慌失色的表情，道：「老爺，老奴也從沒見過夫人這樣啊，到底是怎麼回事？夫人，哎呀，夫人，您可不要嚇老奴啊！」

「快，先把人扶回去吧！」李氏也站起來，高聲道。

歐陽治為防止兒子有什麼閃失，趕緊向李氏告了罪，半扶半抱地將林氏帶走了。

李氏站在屋子裡，臉上卻有兩分茫然之色，問一旁的張嬤嬤道：「妳瞧她這是怎麼了？原先還好好的……」

張嬤嬤陪笑道：「夫人或許是哪裡不舒服。」

李氏搖搖頭，道：「我瞧著不像，倒像是中了邪的樣子。」

歐陽爵也覺得十分奇怪，不由自主拉了拉歐陽暖的袖子，道：「姊，妳看她是怎麼了？為什麼好端端的渾身都疼？姊？」

歐陽暖沒有回答，她一直冷冷地注視著林氏離去的方向，腦海中迴蕩著李氏剛才所言的「中邪」兩個字，若有所思……

歐陽暖回到自己院子，反覆回憶林氏所為，越發覺得有問題，好端端的剛懷了孕，正是春風得意的時候，爹爹一心一意支持她，這時候裝病邀寵也不奇怪，只是渾身疼……中邪……她眸子裡冷光一閃，問道：「方嬤嬤，妳說說祖母平日裡燒香拜佛，最信奉的是誰？」

方嬤嬤道：「老太太最是信菩薩，每有難事或是家有喜事，都要去廟裡問上一問，施捨些香油銀錢，大小姐怎麼突然問起這個？」

歐陽暖閉目沉思片刻，隨後猛地睜開雙目道：「方嬤嬤，妳快去侯府一趟，告訴杜嬤嬤，我有事要求老太君幫忙。」

歐陽爵聽了覺得奇怪，忙問道：「姊姊，有什麼事嗎？需不需要我幫忙？」

歐陽暖微微一笑，道：「還真有需要你幫忙的事，你且附耳過來。」

當天夜裡，聽說林氏哭鬧了一夜，只說頭痛腰痛肚子痛總之是渾身不對勁，連錢大夫都被折騰了一夜，卻始終說不出個所以然來，不要說歐陽治守著寸步不離，就連李氏都礙於情面連夜派張嬤嬤去瞧了兩回。

第二天一早，歐陽暖便帶著歐陽爵去請安，李氏見了孫子雖然高興，卻還是奇怪道：「爵兒今日怎麼沒早早地去學堂？」

歐陽暖笑著打趣道：「祖母，他淘氣不肯去學堂呢，今天還向先生告了假。」

「才不是！」歐陽爵雪白的小臉上頂著一雙熊貓眼，辯駁道：「祖母，您別聽姊的，她又取笑我呢！今兒我告訴她昨晚做了怪夢，整個晚上都睡不著，她就是不肯信，還非要說我是找藉口偷懶不去學堂！祖母，您評評理，我這麼上進的孩子怎麼可能偷懶啊，我是整晚都睡不好才休息一天的！」

李氏看著他果然掛著黑眼圈，雖然心疼卻也奇怪道：「小孩子家家的怎麼會睡不著，是不是睡前喝了濃茶？祖母跟你說過多少次了，下人們不敢約束你，你自己也該仔細點……」

「祖母，不是這樣，我是昨晚做了個很奇怪的夢，夢到發了洪水，家裡一片汪洋，我到處找祖母和姊姊卻找不到，然後就看見——」

「爵兒，夢中的事情豈能夠當真？快別說了！祖母，您別理他，小孩子鬧著玩呢！」歐陽暖聲音突然提高了，難得對歐陽爵露出嚴厲的神色。

歐陽爵一愣，不知不覺就住了嘴，欲言又止地望著歐陽暖，卻不敢再說什麼了。

李氏和張嬤嬤對視一眼，張嬤嬤笑道：「既然大小姐說不提，大少爺您就別提了，老奴還有事求著大小姐呢！」

「張嬤嬤有什麼事？」歐陽暖和顏悅色地問。

「老太太想要一個銀鎏金九鳳鑲翠抹額，選了半天卻不知什麼花樣合適，老奴想請大小姐幫著拿個主意呢！」

「嬤嬤說的哪裡話，有什麼直接吩咐便是了。」歐陽暖笑得更親切。

「既如此，就請大小姐和老奴去暖閣一趟兒，老奴把花樣都拿出來，您慢慢選！」

歐陽暖點點頭，站起來向歐陽爵道：「好好陪著祖母說話，切不可胡言亂語！」

歐陽爵衝著她的背影吐了吐舌頭，鑽進李氏懷裡，道：「還是祖母對我最好，大姊好凶！」

李氏輕柔地拍拍他的背，道：「不可胡說，這家裡除了我這個老太婆，最疼你的人就是暖兒！長姊如母，她處處護著你，我又怎麼會不知道？」

歐陽爵抬起頭，看著李氏，不管這個祖母對旁人怎樣，她對自己的確是好的，甚至比爹還要真心些，這樣想著，他的眼眶不由自主紅了。

李氏趕忙把他摟在懷裡，心肝寶貝地叫道：「昨晚到底夢到了什麼，你仔細和我說說。」

歐陽爵想了想，道：「我昨晚夢到發了大水，水勢很大很猛，我乘了小舟，到處找祖母和姊姊都找不到，最後看到所有的屋子都被洪水衝垮了，姊姊被壓倒在橫樑下一動也不動，渾身都是血，我怎麼喊她都不理我……我嚇得不行，卻又看到……看到祖母……祖母您也……然後一個浪頭打過來，連我都掉進了水裡……」歐陽爵說不下去了，眼中露出極為恐懼的神色。

李氏聽了心弦震盪，眼皮直跳，卻是強自鎮定，輕輕拍拍歐陽爵的手背，道：「傻孩子，你姊姊和祖母不都安全在這裡好好的嗎？到底是夢，夢都是反的！」

歐陽爵似乎覺得這夢境十分荒謬一般，不好意思地笑笑，「祖母說的對，這不過是個夢罷了！只是一整夜我都反反覆覆做這個夢，怕得不行，最後乾脆不睡了，睜著眼睛等到天亮！」

「傻孩子，京都可從來沒有發過水災呀。」李氏失笑，笑著笑著卻突然頓住了，眼睛裡似乎有什麼閃過，突然抓住歐陽爵的手，道：「爵兒，你確定是洪水？」

「是啊，好大好大的水，我怕得不得了！」歐陽爵說著話似乎心有餘悸，也反過來握住祖母的手道：「好在醒過來祖母和姊姊都沒事！」

李氏笑著又安慰了他幾句，歐陽暖回來後，祖孫倆趕緊換了話題，歐陽暖見狀微微一笑，也不點破。

等歐陽暖姊弟離開，李氏將這一切告訴了張嬤嬤，張嬤嬤笑道：「老太太，大少爺還是個小孩子，竟把夢當真了，京都從古至今就沒有大水啊！」

「誰說不是呢，我原本也是這麼想的，可越想越覺得不對，人常說夢是上天的預示和警告，妳說老天爺是不是在向我們示警？」

「老太太的意思是……」

李氏不再回答，卻低下頭，反覆地念著一句話：「虞書上說，洪水浩浩，洪水浩浩，浩……」

張嬤嬤知道老太太向來迷信得很，定是懷疑了什麼，卻不好說破，只能再三勸說了兩句，李氏卻一直陰沉著臉。

福瑞院中，林氏哀號了一夜，歐陽治也頭痛了一夜，王嬤嬤見到這情形，低聲道：「老爺，老奴瞧夫人倒像是被什麼衝撞了，不如請個有靈通的仙姑回來看看……」

「胡言亂語些什麼！我堂堂吏部侍郎，妻子有病不看大夫卻去看什麼仙姑，傳出去貽笑大方！」歐陽治怒容滿面地斥責道。

林氏在床上卻又尖叫一聲，捂著頭哀哀哭著，歐陽治被她喊得心裡一跳，趕忙要進去看，卻被歐陽可攔住，道：「爹爹，女兒求您了，快請個仙姑回來看看吧！娘這樣下去，萬一傷到了弟弟可怎麼辦？」

歐陽治一愣，半晌說不出話，最後跺腳道：「罷了，去吧，悄悄地去，不要驚動了旁人！」

「是！」王嬤嬤低下頭，嘴角不自覺翹起一個弧度。

王嬤嬤出去大約半個時辰，便請回來一位道姑向歐陽治介紹道：「老爺，這位是京都很有名氣的馬道姑，好多人家都請她上門做法驅邪，有她在，夫人一定能逢凶化吉，母子平安！」

歐陽治點點頭，對著一臉肅穆的馬道姑道：「那便勞煩您了，若是我夫人真的沒事，一定會有重謝。」

馬道姑不過四十年紀，圓圓臉、狹長眼，一身道袍，滿臉嚴肅地點點頭，「大人放心。」她進去看了看林氏，片刻後出來，臉色沉沉地道，「夫人這是被人衝撞了，需要開壇做法。」

歐陽治一聽，立刻吩咐道：「沒聽見道姑說的話嗎？立刻去準備香案！」

「不，此處不合適，我剛才進貴府，已經查看過，只有東北方向的那座院子最合適，請將那院子裡的人都請出去，待我開壇做法，化解一番。」

東北方向的院子，那不是暖兒住的地方？

歐陽治點點頭，立刻道：「派人去告訴大小姐，準備一下，待會兒道姑去她那兒開壇做法，為夫人祈福。」

「是。」王嬤嬤和歐陽可交換了一個眼神，轉身離開了，那邊還不斷傳來林氏的哭叫聲，歐陽治聽得心煩意亂，在屋子裡走來走去踱著步子。

到了聽暖閣，王嬤嬤帶著丫鬟婆子們就氣勢洶洶地拍門進去，見到歐陽暖，王嬤嬤皮笑肉不笑地給她施禮：「奴婢見過大小姐。」

歐陽暖本坐在廊下看書，這時看著她笑道：「不知嬤嬤所為何來？」

王嬤嬤笑道：「沒什麼大事，夫人身子不適，老爺請來一位有靈通的道姑開壇做法，地方就選在這聽暖閣，還請大小姐行個方便。」

歐陽暖還未答話，方嬤嬤已經沉下臉來道：「嬤嬤說的什麼話？我們小姐還未出閣，這院子豈是什麼亂七八糟的人都可以進來的？若是到時候院子裡出了什麼事，嬤嬤可承擔得起？」

王嬤嬤當時就沉了臉，「大小姐都還沒說話，方嬤嬤急什麼？這可不是奴婢我自作主張，是老爺的吩咐！要是大小姐真不樂意，奴婢這就回了老爺便是，何必拿我撒氣？」又看向歐陽暖，「大小姐，您給評評理，是不是這麼個道理？」

歐陽暖慢吞吞地道：「王嬤嬤不必著惱，方嬤嬤也是為我著想，不過麼，王嬤嬤說的也對，既然是為了娘祈福，這院子便讓出來又有何妨。」

王嬤嬤聞言，滿臉喜色：「奴婢就知道大小姐是個明理的。」

歐陽暖微微一笑，「紅玉，去收拾一下院子，讓閒雜人等一律迴避，別打擾了開壇做法這樣的大事。」

王嬤嬤喜形於色地走了，歐陽暖看著她的背影，冷冰冰地笑了。

馬道姑從門外走進來，歐陽暖微笑著向她示意，她冷冷地看了一眼並不理會，回頭招呼跟隨她的兩個小道姑將一個擔子抬了進來。方嬤嬤看了一眼，竟是些黃符、糯米、黃豆、香燭之類的東西，不由得皺起了眉頭。

兩個小道姑布置了一會兒，一個小型的法壇便建了起來。法壇四周貼滿了條形的黃符，案上放著五穀，並點起了香燭。兩個人一左一右地站在法壇兩旁，儼然是一對護法。過了半個時辰，馬道姑負手冷冷道：「時辰已到，我要開壇做法，請所有人迴避。」

「妳——」方嬤嬤心道這道姑無禮，竟敢這樣對大小姐說話。歐陽暖揮手止住，反倒笑得很和善，道：「嬤嬤，叫所有人都出去吧，別誤了道姑做法。」

所有的丫鬟和嬤嬤們雖然都很好奇，卻還是依言退了出去，院子裡馬道姑已經開始做法，她抽出三炷香，左手拿著放在桌子上的蠟燭上點著。腳下猛地一跺地，口中大喝：「五雷猛將，火車將軍，騰天倒地，驅雷奔雲，隊仗千萬，統領神兵，開旗急召，不得稽停！護佑弟子，賜吾神通，急急如律令！」

歐陽暖回頭輕輕看了一眼，恰好與那馬道姑對視，馬道姑原本見她不過是個十二歲的少女，並不放在眼中，但此刻看見她笑得溫柔，眼神之中卻有一種冰冷入骨的懾人氣息，不由得心中一寒。

大門緊緊關閉，紅玉附耳在歐陽暖耳邊，道：「大小姐，萬一她在裡面要搞什麼鬼……」

「我正等著她來。」歐陽暖勾起唇角，笑了。

不過半炷香，院門重新打開，馬道姑一臉正氣凜然，對帶著一幫丫鬟婆子守在外頭的王嬤嬤大聲道：「這院子裡不乾淨，有東西衝撞了夫人。」

「妳好大的膽子！」方嬤嬤滿臉怒色，喝斥道：「這是我們大小姐的院子，妳竟敢在這裡胡言亂語！」

王嬤嬤冷冷地看了方嬤嬤一眼，對馬道姑說：「仙姑，您說的可是真的？」

馬道姑臉上現出一絲怒容，道：「說不說在我，信不信在妳們！若是要夫人痊癒，就得驅逐了這院子裡的小鬼！若是不信，我就此告辭了，妳們夫人的病，另請高明吧！」

王嬤嬤忙上去攔住，陪笑道：「仙姑請留步，容老奴與大小姐說兩句。」

馬道姑高傲地冷哼一聲，轉過身去。王嬤嬤走到歐陽暖面前，笑容滿面地道：「大小姐，老奴知道您是個孝順的，是不是請您行個方便……」

歐陽暖笑笑，看向馬道姑問道：「不知仙姑預備怎麼驅除這髒東西？」

「既然說了是髒東西，自然要清乾淨，這院子裡裡外外我都要找一找。」馬道姑冷冷地道。

「妳——」紅玉小臉氣得通紅，這是大小姐的院子，怎麼容得她這樣的人上上下下折騰？

「紅玉，不得無禮。」歐陽暖一手攔住，輕聲道：「依照道姑所言，是要搜這院子了？」

王嬤嬤陪笑道：「大小姐，這事兒事關重大，為了夫人母子平安，老爺交代了一定要嚴查，得罪了。」

歐陽暖唇角帶笑道：「嬤嬤客氣了，為了娘能夠痊癒，這點事又算得什麼呢？」說完，她轉身吩咐所有的丫鬟嬤嬤們：「妳們都去自己屋子裡等著，若是道姑有什麼需要，一定要積極配合。」

所有人都進去了，菖蒲站著不動，歐陽暖微微一笑道：「菖蒲，昨兒個爵兒說要帶個小玩意兒來送給我，現在估摸著人要到了，妳且去前面迎迎他，告訴他今天我有事，就不必過來了，妳把那東西領回來就行。」

菖蒲眉眼堅定地點點頭，旁人看她鄭重的神色都不由得好笑，她卻像是個接受了將軍命令的士兵一樣稱職地轉身跑了。

王嬤嬤的眼裡閃過一絲得意，道：「大小姐果然想得周到，大少爺性子躁，說不定就會誤會了什麼，不來當然是最好的。那奴婢斗膽，就從院子裡開始搜吧。」

歐陽暖淡淡一笑：「不，從我屋子裡開始搜。」

「這怎麼使得？」王嬤嬤一臉的為難和尷尬。

歐陽暖道：「怎麼使不得？就從我開始，接著到其他人的屋子都搜一遍，搜仔細了！王嬤嬤，我可有言在先，今天是為了娘我才破例一回讓外人進這院子，若是搜得到就罷了，搜不到的話，我可要稟報祖母，說妳為娘請來的不是仙姑而是神婆，這罪名妳可得自己兜著！」

王嬤嬤從歐陽暖的臉上看到了一絲一閃而過的戾氣，下意識地就答應了一聲：「是。」

王嬤嬤領著人在各個屋子裡搜了一遍，裝模作樣地到處看看碰碰，歐陽暖遠遠在院子裡坐了，並不理會她們所作所為。

方嬤嬤一直屋前屋後地跟著，以防她們動手腳，這時冷冷地道：「妳們可要搜仔細了，若是搜不到，可小心妳們的皮！」

院子裡，歐陽暖微微閉目，靜靜等待著。

屋子裡都搜查了一遍，果然什麼都沒有，方嬤嬤冷笑，這並不奇怪，馬道姑這樣的外人要進來，屋子自然是全部鎖上的，當然什麼都搜不出來。馬道姑眼珠子一轉，假模假樣地指了院子裡牆根下，道：「我屈指一算，就數這裡妖氣最重，挖！」

王嬤嬤拍了拍手，一個嬤嬤立刻提了花鋤上前，低頭挖了幾處都一無所獲，馬道姑一揮手，道：「這東西煞氣重，得我親自來！」說完，親自從那嬤嬤手中接過花鋤，走到牆根處不由分說衝著一個地方狠狠刨了下去，不消片刻，便大呼一聲：「找到了！」一邊喊著，她一邊對著眾人揚了揚手中的布偶，王嬤嬤臉上露出笑容……

就在這一瞬間，馬道姑卻看到自己面前所有人的表情都凝固了，就聽見後面「啪啪啪啪」的腳步聲，聲音很響很激烈，她奇怪，不自覺回頭看了一眼，一下子恐懼地瞪大了眼睛。

一隻渾身皮毛發亮的大狼狗，勇猛而瘋狂地向她衝過來！

太嚇人了！

馬道姑嚇得目瞪口呆，平日裡忽悠人的本事不知道哪去了，怪只怪她從來沒見過這麼龐大的一隻狗，幾乎有半人高，吐著舌頭、紅著眼睛向她勢如破竹地衝過來，太讓人驚恐了！

中國有一句古訓叫「面對狗，不要跑，直對牠」，然而馬道姑已經忘了這句話，甚至忘記了自己的使命，不管三七二十一，拚了命地猛跑。她瘋狂地向王嬤嬤的方向跑過去，王嬤嬤嚇了一跳，要去接住她搶下那布娃娃，卻不知道腳底下被誰絆了一跤，吃了個狗啃泥。

其他人早已避到了一旁，就連那兩個小道姑都躲到一旁不敢去救她們的師傅。王嬤嬤還要爬起來，方嬤嬤去攙扶她，卻故意一腳狠狠踩在她的老腰上，還驚呼一聲道：「哎呀，王嬤嬤，妳沒事吧？」

有些人看到這情形想要去幫忙，歐陽暖院子裡的嬤嬤們卻眼神冷冷、虎視眈眈地盯著她們，嚇得她們一動也不敢動，生怕那大狗反過頭來盯上自己。

馬道姑沒了求援目標，腦子都亂了，直接就沒命地跑，慌不擇路終是向外跑去。

最後馬道姑啪的一下在門檻上摔倒，那大狗也兇猛地竄上來，一口咬下去，狠狠咬在她鼻子上，馬道姑尖叫一聲，嚎得如喪考妣。那一聲尖叫像是要衝破天去，恐怖得令人心顫。

歐陽暖側耳聽著，面上露出一絲淺淺的微笑。

菖蒲站在門邊，嘿嘿直笑。

馬道姑捂著鼻子，痛得滿地打滾，這時候哪裡還顧得上什麼布偶，早不知道丟哪裡去了……

「這是什麼畜生！快……快抓住牠！」王嬤嬤氣得發狂，終於掙脫了方嬤嬤，跳起來大聲喊，卻不料剛才絆倒的時候摔斷了門牙，滿口的血，說話漏風的樣子十分可笑。

菖蒲將手指放在口中呼哨一聲，那狼狗像是聽到什麼信號一樣，乖乖地回到她腳旁邊，吐著舌頭像是在等待主人的獎賞。菖蒲拍拍牠的頭，表示讚賞。

歐陽暖大聲斥責道：「菖蒲，妳帶來的是什麼狗？把我的院子攪得一塌糊塗，還不跪下！」

菖蒲撲通一聲跪下，大呼道：「小姐，奴婢冤枉，這狗是大少爺從集市上買回來的，說是特別高大勇猛，很稀罕，要領過來給大小姐看一眼，誰知道牠餓狠了，竟把仙姑的鼻子給啃了……」

院子裡不知道是誰噗嗤一聲笑了出來，接著不少人捂著嘴偷笑。

王嬤嬤勃然大怒，顧不得說話漏風，滿嘴是血，大聲嚷嚷：「快！快把仙姑扶起來！」她不理會自己身上的傷，率先衝過去，把馬道姑扶了起來。馬道姑痛得哀號不已，王嬤嬤卻在她身上到處搜，連袖子都翻來覆去看了好幾遍，愣是找不到那布偶了，不由急得滿頭冷汗。

歐陽暖表情嚴肅，冷冷地道：「王嬤嬤，妳找什麼，難不成要看著道姑失血過度而死嗎？」

王嬤嬤一愣，突然明白過來，睜大眼睛回頭看著歐陽暖，十足恐懼的模樣。

歐陽暖輕輕走過去，伸出手要扶王嬤嬤，她卻一下子向後退了一步，「嬤嬤這是怎麼了？摔斷了牙齒，連話都不會說了嗎？」

「大小姐，您太宅心仁厚了，她們到這個院子亂搜一通，您還這麼好心腸！」方嬤嬤走上前來，盯著王嬤嬤道：「怎麼樣，王嬤嬤，可搜到了什麼？」

王嬤嬤環視了一圈歐陽暖院子裡的人，冷汗一下子就下來了，她猛然覺得，自己這個挖陷阱的人竟不知不覺變成了別人砧板上的肉，虧得她還在沾沾自喜！這個歐陽暖，簡直是妖孽投胎，可怕至極，老天爺！

「大小姐恕罪，老奴先扶馬道姑回去上藥，回來……回來再向您告罪！」王嬤嬤氣喘吁吁地扶著馬道姑，聲音顫抖。

歐陽暖臉上帶了歉疚的笑容，道：「都是爵兒頑劣，回頭我一定好好管束他。」

王嬤嬤只覺得這院子太邪乎，這個大小姐更邪乎得可怕，她一刻也不想再留下去，趕緊喝斥一邊站著的人，道：「快走！快走！」

原先跟著她一起來的那些丫鬟婆子們都灰溜溜地跟在王嬤嬤身後走了，走得很遠了都還聽得到馬道姑痛苦的呻吟。

等關了房門，歐陽暖伸出手，紅玉將剛才趁亂從地上撿起來的布偶放在她手掌心，歐陽暖看了看，冷笑一聲：「果真如此！」

方嬤嬤和紅玉過去一瞧，就看到那布偶用簡單的白色錦緞縫製，由上而下寫了一排字，竟是繼母林婉如的名字和她的生辰八字。娃娃上面，還有細小的針，插在身上各處，兩人不由得臉色大變。

林氏倒真是不惜下血本，為了誣陷歐陽暖，還把自己的生辰八字都捎帶上，看來真是把她恨到骨頭裡去了。先是故意當著李氏的面裝病請來馬道姑，非要堅持在聽暖閣做法，便是要趁著做法大家都出去的時候將布偶埋下去。當時院子裡只有馬道姑和兩個徒弟在，她們將布偶埋在了牆角下，接著王嬤嬤再找藉口來搜查，當眾搜出布偶，人證物證樣樣俱全了，院子主人便成了用巫蠱之術咒林氏的人。到時候林氏只怕會說，歐陽暖是因為她懷孕了，怕她所生的兒子會威脅到爵兒的地位才會謀害她，這樣一來，歐陽治必定不會輕饒，搞不好連爵兒也會被誤認為幫兇……果真好狠毒的心思！

歐陽暖唇角輕輕一勾，袖子一翻，將布偶丟給紅玉，「燒了。」

布偶被扔進了火盆裡，方嬤嬤拿起火箸撥了幾下炭火，林氏費盡心思整出來的布偶，很快化成了灰燼，歐陽暖笑了笑，對菖蒲說道：「謝謝妳了，菖蒲。」

「奴婢什麼都沒做，大小姐才是真聰明，要不是您讓大少爺找了這條訓練有素的狗來，又特意餓了牠一天，只怕咱們今天要吃大虧呢！」菖蒲靦腆地笑笑，半點也不居功。

紅玉有點不服氣地問道：「大小姐，咱們就這麼算了嗎？」

火光中，歐陽暖清冷的眼中似乎也被染上了一層絢麗的異色，她微笑著道：「既然她們送上門來，我當然要回敬她一份大禮了。」

半個時辰後，歐陽治怒氣沖沖地帶著歐陽可、馬道姑到了壽安堂，歐陽可搶先道：「祖母，姊姊這一回真是太過分了……」

這話一說完，另一半卻堵在喉嚨裡，李氏身邊那個臉上帶著淡淡的笑容，看起來很是乖巧溫順的人，不是歐陽暖又是誰？

「妹妹，這是怎麼了？」歐陽暖驚訝道。

歐陽可一指整個鼻子都被包起來，還在一旁哼哼唧唧的馬道姑，道：「祖母您看，姊姊縱容惡狗行兇，將仙姑的鼻子咬成這樣了！大夫說要是不好好醫治，可要留下後患啊！」

歐陽治也冷冷地道：「暖兒，妳這一回的確是過分了，怎麼可以將仙姑傷成這樣？」

「爹爹說的是，爵兒在集市上看到一條毛色十分稀罕的狗，非說要帶回來給祖母瞧瞧，我怕他驚擾了祖母，就說先送到聽暖閣去讓我看看，正好趕上仙姑來做法，不巧就衝撞了她，我心裡真是愧疚得很……」歐陽暖愧疚地說道，神情真摯嬌弱，讓人一看就不忍心責備。

「妳——」歐陽可的臉一下子變得雪白，轉眼又漲得通紅，眼裡含了憤怒，想罵出來，又不知罵什麼好，只能沉著臉不言語。

李氏不耐煩地道：「好了好了，你們怪得著暖兒嗎？帶著個道姑說要在她的院子裡做法這也就罷了，暖兒她乖巧，真的將院子讓了出來，接著還說有髒東西要搜查，搜來搜去什麼都搜不著，反倒讓條狗給咬了，你們好意思怪她！也不想想這事情傳出去，人家要怎麼笑話咱們，簡直是不知進退！」

歐陽治愣了愣，本來要發作，看到滿臉怒容的李氏和雙目飽含委屈的長女，竟一時不知道說什麼好，只得恨恨地道：「都是那畜生惹的禍，改明兒就將牠捶殺了！」

歐陽暖嘆了口氣，道：「爹，女兒以為，那狗不過是隻畜牲，什麼人事也不懂的！娘親懷了孕又生了病，這時候不適宜殺生，父親就饒了牠吧！」

歐陽治皺著眉頭，想想確實不吉利，揮手道：「那就算了！」

歐陽可心中憤恨不已，布偶已經找不到了，根本誣陷不到歐陽暖，這件事情追究下去已經沒什麼意義，索性道：「祖母，馬道姑有話要與您說！」

馬道姑捂著臉走過來，一股濃重的血腥味衝李氏而來。李氏見到她如此狼狽的樣子，半點仙風道骨的樣子也沒有，不覺多了三分厭惡，皺著眉頭道：「道姑有什麼話要說嗎？」

馬道姑恨恨地盯了歐陽暖一眼，道：「老太太，我有句話不知道當講不當講，但既然您家老爺請我來了，我便要將話說完才算盡心！您可知道，這位大小姐，生辰八字可是與夫人肚子裡的孩子相剋啊！」

「妳說什麼？」不要說李氏，連歐陽治都一下子愣住了，歐陽可臉上露出一絲冷笑。

「老太太，寧國庵惠安師太請見。」

李氏霍地站起來，一向鎮定的神色再也端不住了，興奮得聲音都在發抖：「什麼？惠安師太？快請進來！」

寧國庵是太后當年曾經清修之所，由聖上親自賜名，繼任住持的人選都是千挑萬選，這一任住持惠安師太長久住世，講經說法，普度眾生，德高望重，平日裡李氏去敬香想要見一面都得排隊，還不一定見得著，今天人居然就在她家門口，簡直是撞了大運！

不多時，忽聽見空中隱隱有木魚聲，那人念了一句「南無解冤解結菩薩」，便輕輕掀開簾子緩步走了進來。眾人一時之間都向門口望去，只見來人五十許年紀，相貌生得十分平常，眉宇間卻天生一種悲憫慈藹的神態，恍惚間望去竟如白蓮綻放，令人不由自主肅然起敬。

李氏見果然是惠安師太，笑得眉眼都看不見了，親自迎上去道：「師太怎麼會來此處？」

「阿彌陀佛，貧尼偶然經過此處，只覺得宅中似有不同尋常的氣息，料想必有事發生，便貿然打擾了。」

「師太說的是，正是這大小姐的煞氣衝撞了夫人肚子裡的孩子，才會有此異象！」馬道姑急忙說道，引起鼻子一陣劇痛，趕緊捂著怕風透進去。

「道姑，妳還是少說兩句吧！」李氏冷冷地看了她一眼，只覺得她猥瑣的樣子十分礙眼，「不知師太所言異樣到底為何？」

「先不忙說這個，既然貧尼來了，也是一種緣分，便為貴府批一批命吧。」惠安師太坐下後，思忖片刻，慢慢說道。

李氏聞言大喜，這京都的豪門貴族誰不想求惠安師太批命，她卻甚少答應，今天自己送上門來，豈不是天大的喜事？就連一向排斥鬼神之說的歐陽治聞言，臉上都起了五分喜色，能得到惠安師太批命，說出去也是極有面子的事。只有歐陽可皺起了眉頭，心道這老尼姑實在多事，早不來晚不來，偏偏關鍵時刻打斷了馬道姑的話。

靜安師太依次看過李氏、歐陽治的生辰八字，再對照本人面相，一路讚譽，說李氏是富貴雙全，福澤無邊，說歐陽治官運亨通、子女雙全、福祿不缺，直說得兩人連連點頭，眉開眼笑。待看到歐陽暖，卻是反覆盯著她眉眼看了半天，最終道：「妳是極貴之命，貧尼不敢算也。」

李氏和歐陽治對看一眼，覺得十分奇怪，他們的命相都能看得，為什麼歐陽暖的卻看不得了呢？可是惠安師太卻不肯解釋，只笑笑不說話了。歐陽暖並不在意自己的命數，反而一臉恬靜地向惠安師太一笑，道：「師太，我娘生了病，不知是否可請您為她也批一批命，看到底是什麼在作祟？」

惠安師太點點頭，道：「可以。」

歐陽治一聽，立刻將林氏的生辰八字寫了下來恭敬地遞過來，說道：「我夫人已經懷孕月餘，從昨日開始她卻突然說渾身劇痛難以忍受，想請師太看一看是何緣故。」

惠安師太低下頭看了看林氏的生辰八字，點點頭，又問道：「不知夫人什麼時候受孕？」

歐陽治面色有些尷尬，李氏冷冷地看了他一眼，他立刻笑著回答了行房受孕的日子。

惠安師太低頭掐指一算，一時面色凝重，皺眉問道：「果真如此？」

歐陽治點頭道：「是的。」

惠安師太突然長嘆一聲，一言不發地站起來就要向外走。

李氏驚惶，忙去攔了，「師太怎麼了？是不是我們哪裡冒犯？」

惠安師太搖搖頭，道：「有些話實在說不得，恕貧尼打擾了。」說完就要告辭。

李氏心裡更疑惑，忙一把將人攔住，懇切地哀求道：「師太是不是有話要說？請一定要如實告訴我們！」

歐陽暖微微笑著，道：「惠安師太，您剛才說過，路過即是有緣，我家祖母是真心敬重您，您何必話說一半，這讓她以後該如何安心？您慈悲為懷，有什麼話就請說吧！」

歐陽治也一臉奇怪，連忙趕上去誠懇地道：「師太，請直言相告！」

惠安師太皺了皺眉頭，半晌沉默不語，終是嘆息一聲道：「既然如此，貧尼就有話直言了。貴府夫人腹中此子，攜陰月陰日陰時陰風而來，乃是天煞孤星的命格，正是所謂孤鸞寡宿星，進角為孤，退角為寡……施主，這是大大的不好啊！」

「天煞孤星？」這是什麼意思？李氏頓時臉色大變，一把拉住惠安師太的袖子道：「師太啊，您一定要說清楚！」

惠安師太嘆了口氣道：「貧尼原先看貴府上方籠罩一層黑氣，心中就有了疑惑，特意進來為各位批了批命格，發現貴府眾人都無異樣，可偏偏等侍郎大人說到夫人的受孕之日，又結合夫人身體出現的異樣和貧尼先前看到的那層層黑氣才敢斷定，貴府夫人腹中所懷的孩子乃是天煞孤星的命格。這種命格主刑剋，如今夫人渾身劇痛就是一時受不了此子的煞氣所致，而這僅僅是開始，天煞孤星乃是剋父母剋兄弟姊妹剋妻子兒女，真正是刑親剋友，六親無緣，更是婚姻難就，孤獨一生……唉，只怕老夫人和侍郎大人原本的壽數也會因為此子而徹底斷絕，施主一生吃齋念佛，怎麼會遭逢如此厄運啊……」

李氏一聽，臉色變得慘白，聯想到歐陽爵所說的那個夢境，不由得大為駭然。歐陽治說要給孩子起名為歐陽浩，虞書又云洪水浩浩，那洪水豈不就是歐陽浩的化身？洪水沖垮了房屋，壓死了自己，豈不就是這孩子剋死親人的預兆？這正是老天在對自己示警啊！天啊，虧得自己還想林氏雖然不討喜，可這孩子到底是歐陽家的骨肉，本還有三分高興，誰知這竟是個煞星！

歐陽治一聽，立刻踏前一步，臉上露出急切的神色：「師太此言可當真？」

惠安師太把臉一沉，道：「貧尼只是路過此處，與你家素無來往，又怎會胡言亂語？話已經說了，信與不信都在施主！」

歐陽可聽得雲裡霧裡，臉色煞白，怎麼回事，明明娘生病是為了做出來陷害歐陽暖的手段，怎麼在這惠安師太的嘴巴裡竟然變成是弟弟剋出來的了？這和娘的初衷簡直是背道而馳！

李氏和歐陽治對視一眼，心中都信了八成，惠安師太與歐陽家素無來往，確實沒有欺騙自己的必要，那這個孩子……竟真的是剋親之命嗎？

「師太不要生氣，爹爹也是著急！剛才聽得師太點撥，只覺得娘所懷的這個弟弟會剋死至親，不知可有化解之法？」歐陽暖滿臉憂慮地問道。

惠安師太嘆了口氣，道：「女施主，非是貧尼見死不救，古語有云，天煞孤星不可擋，孤剋六親死爹娘，天乙貴人不解救，修身行善是良方，還是請各位今後多做善事，多加小心吧！」

李氏一聽急了，死死拉住惠安師太袖子不放，道：「師太，若是這孩子現在沒了呢？」

歐陽可頓時大驚失色，道：「祖母，這怎麼可以？」

「就是啊，根本不是未來的小少爺天煞孤星，而是——」馬道姑還要說話，歐陽暖目中冷光微微閃爍，微微一笑道：「仙姑，妳傷得這麼重，應當好好休養，再加上今日家中有事，實在不方便接待，他日暖兒必定攜重禮上門致歉！」

馬道姑知道惠安師太今天一來，自己這場戲算是白唱了，只怕林氏一分錢也不會拿出來。惠安師太與自己的威望有雲泥之別，若是一味與她唱對臺戲，傳出去所有人都會以為自己是欺世盜名之輩，往後生意可就難做了。正在進退兩難之際，一聽會有重禮致歉，頓時連鼻子被咬傷的仇都忘了，陪笑道：「是，惠安師太說的是！我道行太淺，竟誤將大小姐身上的貴氣看成煞氣，這樣說來，煞氣必然在夫人肚子裡才是！」

「妳再胡言亂語，我就立刻割了妳的舌頭！」歐陽可一跺腳，惡狠狠地說道。

「啪」的一聲，歐陽治狠狠地甩了歐陽可一巴掌，歐陽可震驚地捂著臉，不明白爹爹為什麼突然動手，歐陽治冷冷地道：「住口，不許對客人無禮！還不快滾出去？」

歐陽暖眼神冷淡，口中卻吃驚道：「爹爹，妹妹年紀小不懂事，您千萬別生氣！」

歐陽可恨恨地瞪了歐陽暖一眼，卻厚著臉皮不敢走，如果她走了，祖母堅持要想法子打掉娘肚子裡的孩子怎麼辦？那可是他們現在唯一的指望！娘盼了這麼多年，以為有了兒子就可以一朝翻身，怎麼會變成現在這樣？

馬道姑見狀訕訕地行了禮，跟著丫鬟出去了。

李氏並不糊塗，話一出口就後悔了，真的不要這孩子法子多的是，何必要問人家惠安師太？若是不小心將事情傳出去，豈不是丟盡了歐陽家顏面，當下老臉有些紅。歐陽暖恰到好處地過來攙扶她道：「祖母，您別心急，有什麼事慢慢說，師太也不是外人，自然會體諒的。」

此言一出，李氏趕忙點頭，道：「是的，師太，求您千萬給想個法子！」

惠安師太道：「事到如今，也只能是盡人事聽天命。從今日起，請老夫人必須每日誦經百遍為歐陽家祈福，孩子生下來以後，儘快送去寺廟吧，為他尋個道法高的師傅，讓他從此出家為僧，一是不連累家人，二是為自己積累福報，以此求個來生。」

「不行！」歐陽可幾乎跳起來，這個弟弟是她們和歐陽暖爭鬥的最大籌碼，怎麼可以一出生就送到寺廟去？她再也顧不得許多，衝上去死死抓住歐陽治的手臂，急切地道：「爹爹，娘肚子裡的弟弟是您的親生骨肉啊，您怎麼可以相信這個老尼姑的胡言亂語呢！」

「孽畜，還不跪下！」李氏心裡實在是惱怒到了極點，這個林氏，千方百計來害自己的長孫，現在還不死心，居然還要生個天煞孤星，成心要斷絕歐陽家的命脈！生下的女兒如今也不知趣，居然敢在這壽安堂大吵大鬧，真是不知所謂！

歐陽治一見母親惱怒至極，用力將歐陽可甩開。歐陽可沒有防備，一下子跌坐在地上，不敢置信地瞪著無情的祖母和親爹，氣得簌簌發抖。

歐陽暖在一旁看著歐陽可不顧形象地哭天抹淚，心中冷笑，在祖母心裡，媳婦不算什麼，孫女也不算什麼，兒子和孫子才是命根子，尤其是歐陽治，那可是她下半輩的依靠，怎麼可能讓人輕易剋了去？

果然，李氏想也不想就答應道：「虧得師太今日提點，要是您不來，我們懵懂無知接納了如此孽胎，將來我兒被剋，我們家的命脈豈不是就此斷絕了？師太放心，我們一定依您所言去做！不日還會為庵中菩薩重塑金身，以求消災免難，一生平安！」

惠安師太點點頭，微笑道：「我佛慈悲，定會福佑施主子孫綿延，福報綿長。」

李氏念了聲佛號：「但願如此，阿彌陀佛，菩薩保佑！」

惠安師太走的時候，李氏親自將她送出門外，歐陽暖更是一步步攙扶著她，將她送上車。

惠安師太微笑著雙手合十，道：「不必遠送，施主請留步。」

「師太慢走。」歐陽暖面上帶著淺淡的笑容，秀美的眉目舒展，光彩耀目，令人幾乎不敢直視。惠安師太又仔細瞧了瞧她，才微笑著上車離開了。

在城中繞了三圈後，惠安師太的馬車沒有回寧國庵，反是進了鎮國侯府的後院，寧老太君早就已經在等著她了，惠安師太微笑著要上前行禮，忙被寧老太君扶了起來：「妳我原本是舊識，何必多禮？」

惠安師太微微一笑，在寧老太君身旁坐下，語氣竟是說不出的關切：「妳身子可好些了？」

寧老太君點點頭，含笑道：「這些日子已是好多了，阿楠，妳過得可好？」

杜嬤嬤含笑看著她們，奉上茶水後退到一邊侍候。

惠安師太微微一笑，輕輕拍了拍寧老太君的手，眼中隱隱有明滅的光影，「貧尼一向是好的，只是華君妳老了，頭上都生出白髮了……」

寧老太君臉上雖然還帶著微笑，眼中卻已經有了淚花，道：「早年認識的姊妹們，如今只剩下妳我寥寥數人了，有時候我常常會想起第一眼看見妳的時候，那一年妳不過才十一歲，頭上戴著那一支嵌祖母綠的蝴蝶髮簪向我走過來的時候，蝴蝶的翅膀一掀一掀的，看著很是靈動……」說到這裡，她突然看到惠安頭上戴著的禪帽，心中一酸，話也說不下去了。

旁人聽到這話一定會驚訝萬分，如今誰都認識惠安師太，卻極少有人知道她曾經的出身。惠安師太其實出身名門，與寧老太君乃是閨中密友，只是早年父母相繼去世後，她拒絕家族為她選擇好的道路，毅然出家。

「不必如此，貧尼出身於權貴之家，半輩子都是猜人心思過來的，連夢裡都忌憚著那些人惡毒的心思，早已累了倦了。當初貧尼曾對妳說過，與其留在家中看那些人的臉色過日子，情願落髮為尼，長伴青燈古佛，了此殘生，妳還記得嗎？這些話，貧尼至今不曾後悔過。」

當初她親生父母去世，偌大家業被叔嬸霸占，大好姻緣被人奪走，從豪門千金變成要看人臉色過日子的孤女，她怎能不恨？最可恨的是，那些人還要將她嫁給紈褲子弟，毀她一生！既然如此，她寧願捨下旁人眼中的潑天富貴，忍受庵堂中一生的清冷與孤寂！

長伴青燈古佛說起來輕鬆，但一個青春少女要守著庵堂過那種日子，簡直是一種焚心蝕骨的折磨！寧老太君就是知道這一點，才會越發心疼惠安師太的遭遇。聯想到自己一生的經歷，她心裡難過，話中也不免含了幾分蕭索之感：「話是不錯，到底意難平啊！當初妳都訂親了，明明是一門大好的姻緣，卻被妳嬸娘誣妳身染惡疾，將那人強行奪給了妳表姊，耽誤了妳一輩子，我心中每每想起，都憤恨老天為何要讓這些惡人橫行無忌，反逼得弱女無路可走！」

「妳呀！」惠安師太豁達地笑了，「貧尼這一輩子，前半生忍受痛苦與折磨，後半生更要捨下紅塵俗世長守佛堂，但這輩子經歷的可比普通女人精彩，太后要來寧國庵聽貧尼講經，皇后後妃貴人更是千方百計來賄賂巴結，只求貧尼批一個好命數，倒是當初俗家的表姊，嫉妒成性，迫害庶子，聲名狼藉，反累得她娘活活氣死，貧尼可比她們舒坦多了！」說著呵呵笑起來。

寧老太君笑道：「妳還是老樣子，瞧著一派和氣，內裡卻最是硬氣，死活也不肯低頭的。」

惠安師太微有傷感，道：「不這樣，這漫長的人生該如何度過？」

「說的是，便是我這一生，也未必比妳好幾分，先是我愛女早亡，再是老侯爺去世，如今兒子還纏綿病榻，現在的鎮國侯府看來鮮花似錦，其實卻群狼環伺，我實在是……唉……」寧老太君嘆了口氣。

惠安師太微有憐意，聲音漸漸低下去：「妳這一輩子也不容易……」片刻後，卻是微微笑了起來，「不過我瞧著妳那個外孫女倒不是個軟弱可欺的，她繼母那般迫害，換了貧尼當初，只怕要被生生氣得吐血，她倒好，貧尼瞧著半點生氣的樣子也沒有的，反倒笑盈盈、樂呵呵地將了對方一軍，還知道預先求到妳這裡來。說實話，若不是妳親自來請，這小小的歐陽府，貧尼怎麼會親自去？」

寧老太君點點頭，道：「我瞧著也是。若非妳去，只怕那糊塗的老太太和那個狼心的爹還不會輕易相信的。」

惠安嘆息道：「若是妳的女兒當初有妳外孫女一半厲害，也不會被個庶女逼死了。」

寧老太君眉頭皺起，想起當初女兒重病卻還要為那個狼心狗肺的夫婿求到自己膝下來，不免痛心疾首道：「婉清是個糊塗的，我早與她說過，不要過於輕信那個女人，她偏偏信了人家姊妹情深的幌子。我本想將那女人遠遠嫁了，庚帖都與人換了，卻不料她端的是好手段，不但勾搭上了姊夫，還騙得我那個傻女兒不顧重病跪倒在我眼前求我成全。婉清那時候只以為那女人畢竟是她妹妹，會善待暖兒姊弟，何曾想到竟為自己的兒女引來了中山狼，如今悔之晚矣！我只恨當初不夠狠心，該在她羽翼未豐之時剷除了她，也免得如今束手束腳的局面！」

惠安點點頭，道：「如今知道也不晚，只是現在多少要顧忌她那個當上兵部尚書的胞兄罷了。妳凡事得放寬心，有什麼事情不妨找暖兒商量商量，多個人幫妳，做起事也更周詳。」

寧老太君笑道：「瞧妳說的什麼話，暖兒再聰明，也不過是個半大的孩子，留她在那個府上，對著寡情的祖母、無情的父親和惡毒的繼母，我本已是放心不下，怎麼還能讓她為我擔心？」

惠安搖頭笑道：「貧尼在庵中追隨先師修行多年，倒也不是白白耗費了這些光陰。今日說那未出世的孩子是天煞孤星一事原是妳的囑託，貧尼答應為之，卻也多少折損自己的修行。既已是如此，也不怕洩露天機，妳那個外孫女，命是極貴的，待她真正羽翼豐滿之時，只怕妳這個侯府老太君還要多多倚靠著她呢！」

寧太老君心中雖不十分相信，眼圈卻不由自主紅了，拿帕子輕輕拭著眼角，「果真如此，我那個苦命的丫頭在天有靈，也要含笑九泉了！」

惠安點點頭，道：「妳若真的想看到那一天，就得好好保重，把身子養好了，那些亂七八糟的事情乾脆不聽不看，該吃就吃、該睡就睡、該教訓就教訓。妳是堂堂侯府老太君，一品的誥命夫人，是他們的嫡母，若那些個不長眼睛的敢動妳，貧尼這個出家人拚死也是要與皇帝陛下論一論這天道倫常的！」

寧老太君心中感動，緊緊握住惠安師太的手，一時之間說不出話來。杜嬤嬤卻在一邊看了暗自好笑，這惠安師太雖是修行多年，本性卻並沒有大變，最是個重情意的，若不然也不會老太君一出面立刻就應承了此事，更不會罔顧出家人的身分，說出這番掏心窩子的話。

「阿楠，普天之下，如今也只有妳與我說這番話了。若不是事情緊急，我也不會將妳拖入這潭渾水之中……」寧老太君這麼說著，手心微微的顫抖。

「這話太傻，便是貧尼出了家，這一道薄薄的庵門怎能擋住世俗人世俗事？做人還是要食五穀雜糧，享人間煙火的，若真是清高自持，盼望著西方極樂，貧尼又何必親侍太后、皇帝這樣的權貴？再者說，便是為了世上最後一個喚貧尼阿楠的人，也要盡力一試。」

「妳的一番心意，我是永生不忘的！妳且放心……好歹我也得撐到暖兒出閣，再親眼看一看那些個小人的下場！」寧老太君鄭重地說著。

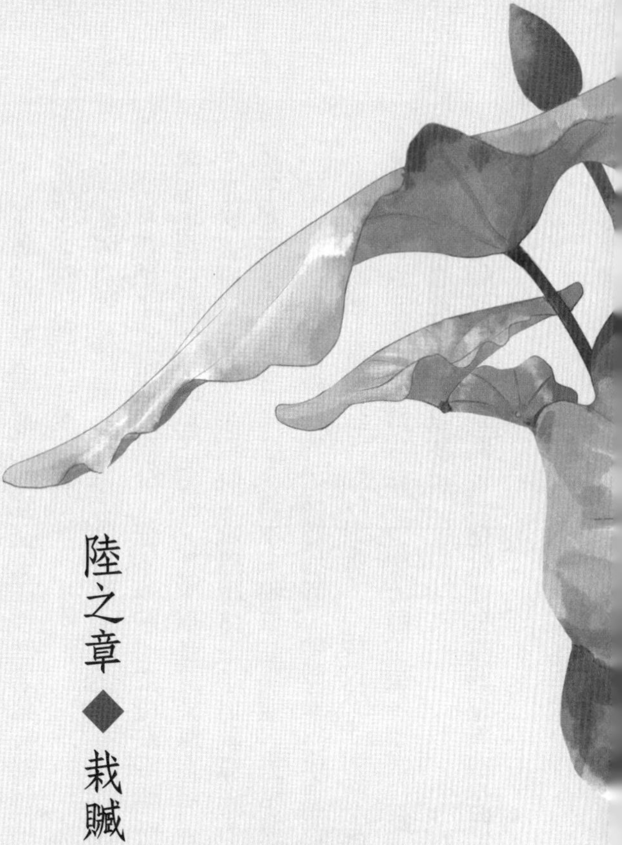

陸之章◆栽贓不成反自殘

福瑞院

林氏還沒有聽完歐陽可的話，就氣得渾身發抖，嘴唇哆嗦著半天說不出一句話來。王嬤嬤一看不好，趕緊上去給她順氣，「夫人夫人，您是雙身子的人，可要千萬保重啊！」

「孩子？這孩子現在還有什麼用？」惠安師太威望何等之高，她既然批了這孩子是天煞孤星的命，誰還能說什麼？只怕連丈夫對這個孩子都不會再抱有一絲期待了！林氏苦心孤詣演了這一場戲，如今全白費了，自己肚子裡金貴的兒子反而變成了剋親剋友的天煞孤星！完了，全完了！她一心盼望這個兒子的到來，盼望了這麼多年，如今真的懷孕了，卻變成一個人人唯恐避之不及的災星，這是要斷送自己的全部希望啊！林氏猛地拍著床沿，雙目赤紅。

王嬤嬤見狀大為急切，卻又勸不住狀若瘋狂的林氏，只好反身抓住歐陽可的手，道：「我的好小姐，老爺可說了什麼沒有？」

歐陽可連連搖頭，神色十分沮喪。

林氏聽了更是惱怒萬分，恨不得衝出去甩歐陽暖十幾二十個耳光，原本只要那道姑一口咬定歐陽暖與自己肚子裡的兒子犯沖，還用巫蠱之術謀害自己，她再向歐陽治請求將歐陽暖送出府去，不管是送去庵堂還是送去別院，歐陽暖這輩子也就算完了，沒了這個厲害的姊姊護著，歐陽爵那麼個孩子還不是任由自己搓揉？過不了兩年就送他下去見他親娘，到時候自己的兒子就變成了嫡長子！一切本來都計畫得好好的，樣樣周詳，她做夢也沒有想到歐陽暖會反將一軍。

「歐陽暖，歐陽暖，妳好狠毒！」林氏咬牙切齒，恨不得活生生撕咬了歐陽暖身上的血肉。

「夫人夫人，奴婢求您一定要冷靜下來，事情已經到了這個地步，千萬不可自亂陣腳啊！」王嬤嬤跪倒在地，死命哀求。

林氏如何不知這一點，只是她從來沒有像現在這樣失望過，難道就要任由著歐陽暖踩在自己頭上？王嬤嬤站在一旁不住地勸她，林氏卻還是惱怒不已。

歐陽可抱怨：「都怪那個惠安師太，早不來晚不來偏偏要在最要緊的時候出現，還一口咬定弟弟是天煞孤星，要不是她，歐陽暖現在都被趕出家門了！」

「現在說這些有什麼用？早知道如此，還不如等孩子生下來再計較！」林氏摸著自己的肚子，強迫自己冷靜下來，把這件事在腦海裡翻來覆去想了無數遍，也不知道如今還能如何挽救。

「娘，我今天聽祖母說不想留下這個孩子……」想到李氏冷冰冰的語氣，歐陽可打了個寒顫。

林氏眼神一寒，王嬤嬤卻慢慢地道：「夫人，果真如此的話，您心裡還是應當早作打算。」

「他們敢！我兄長是兵部尚書，他們若是敢動我，兄長不會放過他們！」林氏充滿怒氣地道。

王嬤嬤聽著靈機一動，「夫人，此事也可以與侯府二老爺那邊通個氣……」

「對！」林氏眼睛一亮，只要有二哥為自己做後盾，李氏無論如何也不敢動這個孩子。保住了孩子將來再想別的辦法，她就不信，等歐陽治看到了白白胖胖的兒子，還能狠下心來不成？

「那夫人您趕快寫封信，奴婢想辦法送出去！」王嬤嬤趕緊道。

林氏連連點頭，寫了封簡短的信。

王嬤嬤把信藏在袖子裡，走了出去，歐陽可擔心地望了林氏一眼，道：「娘，這能行嗎？」

「不行也得行，若是沒了這個孩子，我手中唯一的籌碼就沒了！」只要有了兒子，縱然李氏和歐陽治不喜，自己一樣有法子讓他名正言順地繼承歐陽家。林氏心中恨恨地想著。

壽安堂，香爐清新的松柏香若有若無地飄蕩著，李氏倚在絳紅色錦緞大迎枕上，面色陰沉。

屋子裡只剩下歐陽治面色沉沉地在椅子上坐著，足足有半炷香的時間，兩人沒有一句話。末了，李氏開口道：「這孩子不能留。」

歐陽治沉吟片刻，雖然是自己的骨肉，可到底是天煞孤星，萬一真的剋父，實在是得不償失。孩子以後還會有的，縱然林氏不能生，他還有李姨娘，將來還可能有別的女人為他生。只是他還沒有說話，張嬤嬤就進來稟報道：「老太太，鎮國候府二夫人求見。」

蔣氏？李氏皺起眉頭，兵部尚書林文淵是林氏的胞兄，他夫人不早不晚這個時候到了，不會是得到了什麼消息吧？惠安師太走了不過兩個時辰，林氏的動作還真是快！她不由得暗地裡咬牙，道：「請她在前廳稍候片刻，治兒，你先迴避吧。」說完，想了想，又加了一句：「去聽暖閣將大小姐請來。」

「是。」張嬤嬤低頭應承，心道老太太對大小姐如今當真是十分倚重。

蔣氏進來的時候，歐陽暖正坐在李氏的身邊，親親熱熱地為她捶著腿。見她進來，歐陽暖抬起眼，璀璨如星的眸子水波無瀾地靜靜地凝望著她，讓蔣氏想起深不見底的湖水，只覺涼氣襲人……

蔣氏廣額隆鼻，長得很漂亮，但看人的時候目光微斜，帶著居高臨下的優越感，顯得過於咄咄逼人。張嬤嬤為她上了茶，她卻動也未動，只對李氏微微一笑，道：「老夫人，身子可好？」

李氏點了點頭，態度顯得不冷不熱。縱然眼前這一位是兵部尚書夫人又如何？自己從身分上說是長輩，絲毫也不需要退讓的。

歐陽暖笑道：「二舅母突然到訪，可有什麼事？」

上一次在榮禧堂門口，蔣氏第一次見識了歐陽暖的厲害，現在當然也不敢小瞧，笑道：「妳二舅舅聽說妳娘身子不舒服，特意讓我來看看她。」

不舒服啊……上午惠安師太剛走，下午蔣氏就到了，這個消息傳得真是快，歐陽暖微微笑起來。林氏要保住這個孩子，最好的辦法莫過於把她懷孕的事捅出來給侯府知道，林文淵必然會為她撐腰的。蔣氏藉口不舒服來探望，是林氏想警告自己她有兄長林文淵保護呢？還是她擔心腹中的胎兒不能順利生產特意找個人來安心？不管是什麼目的，歐陽暖都不在意，她原本還沒打算對這個尚未出世的孩子怎麼樣，一切都是林氏咎由自取，妄想用孩子來謀害自己，當真是癡心妄想！

「這是什麼話？」李氏慢條斯理地道：「她今天一早來向我問安的時候都好好的，沒聽說她哪裡不舒服！婉如既然進了我家，就是我家的人。歐陽家雖然比不上尚書大人富貴，卻也是請得起大夫的，請夫人回去轉告尚書大人不必為令妹擔憂。」

蔣氏眼神一冷，慢慢地道：「老夫人，請不要誤會，我們並沒有別的意思。」說完嘆了一口氣，又道：「婉如妹妹從小聰慧又懂事，深得老侯爺喜歡，雖不是嫡女，卻也是如珠如寶長大的。來時夫君特意叮囑，婉如妹妹性子直爽，為人真誠，最是個實在不過的，怕她不懂事有什麼地方惹惱了老夫人都還不知道，如果她有什麼失禮之處，還請老夫人看在她幼年喪母的分上，多多包涵才是！」

性子直爽？為人真誠？林文淵說的這是反話嗎？說得林氏彷彿多可憐，多惹人憐愛，實在是可笑至極！

歐陽暖笑道：「二舅母，外祖母總是與我說，娘雖然不是她的親生女兒，卻自小聰明伶俐、個性溫柔，她看著心裡實在歡喜，從小就是當親生女兒養大的。嫡母的恩德可要遠遠超過生母呀，您剛才竟說娘幼年喪母，要是傳到外祖母耳中，她老人家還指不定怎麼傷心呢！」

蔣氏臉上一紅，自覺失言，豪門貴族之家從來都是只認嫡母不認生母的，今日自己這話實在是太失策了。

李氏臉上冷冷的，說話也不那麼客氣，道：「婉如進門這麼多年，只要她謹守本分，尚書夫人就不必擔心她在府裡過得不好。張嬤嬤，去告訴夫人她二嫂來了，想必她一定會很高興的。」

復才是。」

「多謝老夫人。」蔣氏含笑，起身告辭。

歐陽暖微微地笑：「二舅母不必如此多禮，祖母向來為人寬和，請您囑咐娘好好養病，早日康

蔣氏進了福瑞院，王嬤嬤早已在門口候著，一看到人趕緊迎上去。

蔣氏先問王嬤嬤：「妳家夫人可還好？」

王嬤嬤臉上露出愁容，道：「您還是進去看看吧。」

蔣氏皺了眉，和王嬤嬤進了屋。林氏早已坐在桌邊等著，見到丫鬟掀開簾子，蔣氏走進來，忙起身將她迎到臨窗的大炕上坐下，親自捧了茶給她，「二嫂。」

「妳這麼急著請我來，可有什麼急事？」蔣氏問道。

林氏眼圈頓時紅了，十足受了委屈的樣子，道：「本來是件大喜事，可現在卻成了禍事。」

「到底是怎麼回事？」蔣氏皺起眉頭，原先李氏見到自己不說十分親熱，卻也是很客氣的，今天來只說了幾句話，卻眉毛不是眉毛眼睛不是眼睛的，她就起了疑心，來送信的人只說有急事要她親自過來一趟，卻無論如何都不肯說是什麼事，現在看來，只怕這事情還真十分嚴重。

「二夫人，您是不知道，我們夫人懷了身孕，本是從天而降的大好事，可不知為何偏偏被那惠安師太將這孩子說成是天煞孤星！這一切定然是大小姐弄的鬼，只是老太太和老爺一時之間都惱了夫人，恐怕這孩子留不得啦！」王嬤嬤站在一旁垂淚道。

蔣氏怔住，「天煞孤星？」心裡卻轉得極快，那惠安師太在京都可是地位非同一般，歐陽暖不過一個小丫頭怎麼可能請得動？難道這事情老太君也摻合在裡面？她精明厲害，一下子就聯想到了其中關鍵。

「二夫人，您看是不是可以想個法子除了天煞孤星的名頭……」王嬤嬤繼續問道。

蔣氏聽著嘆氣，「惠安師太地位非同凡響，便是太后對她都是青眼有加的，妳若是想要推翻她說的話，眼下是絕不可能的。」

「難不成就任由他們除掉我腹中骨肉？二嫂，這是我唯一的指望，我盼了多少年才能盼來這個孩子，妳是知道的，現在可一定要幫幫我啊！」林氏急切地道。

蔣氏點點頭，仔細思量了一會兒，有了主意，「這事情說難也難，說不難也不難，好在妳及時前來送信，有妳兄長和我在，那老太太和妳夫君縱然想要打這個孩子的主意，也是不敢隨便動作的。先保住了孩子，將來再想法子除掉這個天煞孤星的名頭就是了，橫豎他們心腸再狠，看見親生孫子總是要心軟的，只是妳要當心了，這段日子縱然受氣也要忍得，莫要因為一時之氣而壞了大事。」

這本也是林氏的意思，只是現在由蔣氏口中說出來，她只覺得多了一分保證，不由得笑容綻放，「還是二嫂考慮得周詳。」

蔣氏微笑起來，道：「妳放心養著吧，將來這孩子出生，有個兵部尚書的舅舅，橫豎吃不了虧去，況且妳二哥將來還不止如此呢！」

林氏眼光一亮，「難不成大哥他……」

蔣氏冷笑，「撐不了多久了，侯府總有一天是我們的！倒是妳，也要早點生下兒子才行，要不然總歸是虛的！」

林氏點頭稱是，眼角眉梢卻有掩飾不住的得意，只要自己兄長繼承了侯府爵位，自己就是堂堂侯爺的親妹子，到時候自己的孩子一定會名正言順繼承這歐陽府！什麼天煞孤星，都是滿口胡言！

蔣氏一走，林氏立刻換了衣裳，披了件大紅遍地織金通袖衫、鵝黃荷葉邊鳳尾裙，戴了赤金銜紅寶石鳳釵，又配上大紅猩猩寶石耳墜，攬鏡一照覺得單薄，索性加了件玫瑰紅灰鼠皮披風，一掃原先的怨氣和蒼白，倒顯得喜氣洋洋了起來。

「夫人……」王嬤嬤看著她，欲言又止。

林氏冷冷一笑道：「我就是要讓他們看看，這院子裡只有我才是當家主母！別以為仗著婆婆撐腰，一個個就敢爬到我的頭上來！等著看吧，遲早有一天我要把他們一個一個都料理了！」

林氏一路帶著笑容，儀態萬方地走近壽安堂。

丫鬟掀開簾子，她人還沒進去，先聽見李氏的笑聲。

屋子裡，歐陽暖正不知道說了什麼笑話，逗樂了李氏，李姨娘也在一旁陪笑容逗趣，一派其樂融融的場景。

李姨娘梳了墜馬髻，雲鬢間帶了兩朵指甲蓋大小的石榴花，穿了件湖綠色素面妝花褙子，妙目含煙，姿若弱柳，看來可憐可愛。林氏一看到她，心裡就厭惡至極，臉上卻還要擺出一副十分喜悅的樣子，道：「母親。」先向李氏行禮，接著笑道：「不知什麼事這麼高興？」原本的抑鬱之氣，隨著蔣氏的到訪一掃而空。

李氏剛才還帶著笑容的臉一下子冷了下來，李姨娘也一改剛才的活潑，垂著眼瞼看著自己的腳尖，好像什麼也沒有聽到，什麼也沒有看到似的。

歐陽暖笑了笑，道：「娘來了，快請坐吧。」

「母親不讓我坐，我哪兒敢坐下呢！」林氏微笑著，似真似假地說道。

「妳倒真是客氣。」李氏表情淡淡地啜了口茶，「妳有了身子，坐下說話吧！」

林氏道了謝，儀態萬方地坐了下來。

李氏問道：「吃了大夫的藥，妳身體可好些了？」

林氏微笑著回答：「多謝母親惦記，兒媳如今好多了，許是人逢喜事精神爽的緣故，我覺得這孩子與我十分有緣分！」

李氏一聽，不由冷冷地看了她的腹部一眼，那目光帶著說不出的陰冷，道：「看來這孩子妳倒是喜歡得緊！」

林氏猛地朝她望過去，目光如炬，「母親……」眼角好像有水光閃爍。

「不必緊張！」李氏淡淡地道：「既然連尚書夫人都親自來看望了，妳也要快點把病養好，生個健康的孩子出來才是！」

這句話一出口，林氏心裡的石頭才落了地，看來婆婆已經改變主意，同意留下這個孩子了，至於其中的緣由，自然不是因為她突然想通了，而是蔣氏的到訪讓她意識到林氏的後臺很強硬，不得不暫時妥協罷了。

「是。」既然目的達到，林氏心情愉快地點頭稱是，眼角卻打量著李姨娘和歐陽暖。

李姨娘表情十分平靜，似乎什麼都沒聽見一樣，無悲也無喜，可眼底深處卻有一絲藏不住的嫉妒和怨憤，而歐陽暖笑咪咪地望著自己，好像林氏只要生出一個兒子，她也覺得高興似的。為什麼她就不能像李姨娘，一眼就讓人看出底細……林氏暗中惱怒地想。

時日如梭，歐陽府平靜無波，在李氏的直接示意下，李姨娘慢慢掌管了管家大權。她乖巧懂事，一應事物皆照個人等級行事，並不過分觸及各人原先的利益，凡事如有不決，便去請李氏定奪，一時之間倒也人人滿意。

歐陽治並不在乎誰來管家，既然府裡面秩序井然，僕婦管事俱妥貼聽話，也十分滿意。唯獨林氏惱怒萬分，李氏藉口她懷孕需要修養，將管事權力的剝奪從半個月延長到了孩子出生之後，她哪裡肯甘心，便對歐陽治使出種種手段，一忽兒生病一忽兒暈倒，一忽兒嘔吐一忽兒哭訴，可歐陽治這回卻鐵了心一樣，不管她怎麼鬧騰，就是不理睬，甚至連福瑞院都很少踏及，生怕被這未出世的孩子剋著了。再者林氏懷孕後，再美麗的容貌也多少會受到影響，歐陽治當然更願意去年輕漂亮的李姨娘處尋找歡樂了。

林氏一看局勢不對，乾脆靜下心來一心一意養胎，憋著一口氣要生出一個健康的兒子來給所有人看，心裡打定主意要讓這孩子繼承歐陽家，徹底粉碎這個天煞孤星的名頭。

蔣氏在那之後又來了一次，卻是送了個丫鬟嬌杏過來，指明了是尚書夫人送給林氏的。李姨娘剛開始還不知道嬌杏的厲害，去向林氏請安，卻被嬌杏擋在門外，說林氏身體不適請姨娘稍候，李姨娘在寒風口一等就是一個時辰，林氏最後也沒見她。

李姨娘回去後當然大病一場，歐陽治憐香惜玉問起如何著了風寒，李姨娘虛弱不勝一言不發，身邊丫鬟抱不平將一切變本加厲說了一通。歐陽治怒氣沖沖上門去，林氏卻紅了眼圈道：「老爺，我身體不適，實在不知此事，若李姨娘說的是我院子裡任何一個丫鬟嬤嬤，我都會任她處置，但偏偏是嬌杏！您是知道的，她是二嫂擔心我孕期不適特意送來照料我的，如果懲罰她，豈不是當眾給二嫂沒臉？到時候二哥面上也不好過啊！」

這話是挑明了的，嬌杏是尚書夫人所贈，並不是你歐陽府裡可以隨便處置的下人，你打了她就是打了林文淵的面子！你不過是個吏部侍郎，人家卻是兵部尚書，官大一級壓死人，你敢打一下試試看？

歐陽治的氣焰一下子就煙消雲散了，訕訕說了兩句便退了出來，一來二去，李姨娘便看出嬌杏的厲害了，從此都避著她走。嬌杏看到連老爺最寵愛的姨娘都得夾起尾巴做人，不免將那潑辣勁兒更放出來兩分，一時之間，歐陽府上上下下誰都知道夫人身邊有這麼個厲害丫鬟了。

歐陽暖回到聽暖閣，如往常一樣，院子裡各人做著自己手裡的事情，看到大小姐過來紛紛停下行禮。然而到了廊下，卻不見一個人守著，方嬤嬤很生氣，剛要發作，歐陽暖卻抬起手止了，「嬤嬤不必生氣，先看看是怎麼回事。」

轉過走廊，就看到三兩個小丫鬟和兩個嬤嬤正圍著一個丫鬟說著什麼，那丫鬟一個勁兒地抹眼淚，哭得鼻子都紅了。

看見歐陽暖來了，嬤嬤們都滿臉是笑地站了起來，小丫鬟們則一臉局促不安的樣子，再也不敢說話了。

孫嬤嬤立刻過來，第一時間捧了一個手爐上來，「大小姐，一直幫您加炭，熱呼著呢！」

歐陽暖微微笑著接過來，方嬤嬤卻冷了臉，「孫嬤嬤，這院子裡出了什麼事，為什麼一個兩個不做事都在這裡閒聊？妳是怎麼管事的？」

方嬤嬤是歐陽暖最信任倚重的人，孫嬤嬤不敢托大，陪笑道：「方嬤嬤誤會了，寶娟剛才出去不小心摔了一跤，正哭鼻子，惠玉她們在勸著呢！」

「哦，摔了一跤？」歐陽暖看了一眼低著頭不敢看自己的寶娟，心道這一跤能把臉上甩出一道五指印來，倒還真是天下奇聞了。

寶娟素來膽小不敢惹事，只管低著頭一句話也不敢說。惠玉卻是個爽朗直言的，她指著寶娟臉上對歐陽暖道：「大小姐，寶娟可不是在哪裡摔了一跤，她是被人打的！」

孫嬤嬤暗暗叫苦，她勸了半天就是想要把事情壓下去，現在惠玉卻敢當面說出來，趕緊遮掩道：「大小姐別聽這丫鬟胡說，是寶娟不小心摔了碗，奴婢一時惱怒，打了她一巴掌……」

惠玉還要說什麼，被孫嬤嬤狠狠瞪了一眼，便憤憤然地鼓起嘴巴不說話了。

「孫嬤嬤平日裡最是和善，怎麼會因為一點小事就打人？」歐陽暖淡淡地說道：「紅玉，去把事情問清楚了再來向我回稟。」

「是，大小姐。」

孫嬤嬤臉一紅，再也不敢開口了。

歐陽暖回到自己屋子，不過半炷香功夫，紅玉便掀了簾子進來，「大小姐，事情是這樣的，寶娟今兒去取大小姐用的早膳的時候，夫人房裡的嬌杏正好也去了，非說夫人今天胃口不好，想吃點別的，廚房管事說所有的早膳都是各房早先清點好的，要吃什麼得提早訂下。嬌杏不依不饒，廚房管事就說替夫人現做要她稍候，這時候她看見寶娟拎著食盒要走，立刻搶上來掀了，硬生生搶了那碗棗熬粳米粥，還說夫人懷孕身子嬌貴不能餓著，讓大小姐等著吧，寶娟實在忍不過分辯兩句，就挨了她一巴掌……」

「哦——」歐陽暖聽著，冷笑了一聲，聽起來不過是一碗粥的事情，實際上卻是藉故當眾打了自己的丫鬟，嬌杏倒真是夠膽量，她背後那人也的確是費煞苦心……表面上安心養胎，實際上還是在暗地裡作鬼！很好，放著安穩日子不過非要上門來討晦氣，當真是自作孽不可活！

「紅玉，我聽說那嬌杏生得倒是十分美貌，可是真的？」歐陽暖眉目間光華流轉，說不出的清麗動人。

「回大小姐的話，那丫鬟身段苗條，皮膚白皙，五官秀麗，倒是十分標緻的。」紅玉仔細回想了一下，認真回答道。

生得美貌，性子潑辣，對林氏唯命是從，二舅母送這樣的人來，只怕是打著讓林氏替歐陽治將這個丫鬟收房，然後藉機把歐陽治留在福瑞院的主意吧，這樣也可以給那些不安分的姨娘一些警告！只可惜林氏為人善妒，根本不會容忍這樣一個美貌的丫鬟得寵，這麼一來，嬌杏的作用可就大打折扣了！

「紅玉，一會兒妳吩咐下去，準備一些精緻的糕點送去福瑞院。」歐陽暖慢慢地說道，目光中似有一抹狡黠的亮光。

「大小姐要送去給夫人？」紅玉疑惑地問，以往都是大小姐親自去送，怎麼今天……

「不，送去給嬌杏。」歐陽暖微微笑著，向她眨了眨眼睛。

紅玉到了福瑞院，嬌杏果真站在門口，俏臉含霜道：「夫人身子不適正在歇息，大小姐若有吩咐，姑娘就請跟奴婢說吧，奴婢進去通稟！」

紅玉笑得十分可人，看到王嬤嬤在那邊廊下冷冷地瞧著，便揚聲道：「不是來找夫人的，早上為了一點小事，院子裡的丫鬟得罪了嬌杏姑娘，大小姐心裡過意不去，讓我特地給妳送些點心來，權當是替那丫鬟說聲不是！」

說完，她將拎著的食盒打開來，揭開一層，裡面裝的是一小碟棗泥山藥糕、一小碟菱粉糕，打開第二層，卻是一碟子桂花糖蒸新栗粉糕，都還冒著熱氣，香氣四溢。王嬤嬤一看，心道這大小姐慣常會收買人心，不過是一點小事，居然還專門派了人來致歉，旁人不知道還以為她多良善，端看她怎麼對付夫人，便知道她最是笑裡藏刀、綿裡藏針的笑面虎，不由得冷哼一聲，轉身走了。

伸手不打笑臉人，便是知道夫人恨透了大小姐，卻也不好把笑吟吟的紅玉給趕出去。嬌杏原來還以為對方是來找回早上那一場，誰知人家是來賠禮道歉的，當即冷臉不好再端下去，訕訕地道：「姑娘客氣了，請進來我屋子裡坐坐吧。」

進了屋，紅玉把食盒取出來放在桌子上，又從袖子裡取出一個紅包遞過去，「這是大小姐讓我給妳帶來的，她說夫人懷了孕，王嬤嬤年紀又大了，嬌杏姊姊如今是夫人身邊最倚重的人，早上的事情不過是一場誤會，還請妳多擔待著。」

嬌杏狐疑地接過來一看，卻是裝著兩枚金戒指、一支鑲了紅寶石的簪子、一朵南珠珠花，頓時臉上帶了笑容道：「這怎麼好意思……」她心道難怪歐陽府上上下下都說大小姐宅心仁厚，明明是自己欺負了她的丫鬟，若是換了別人還不跳起來，她卻反過來跟自己賠不是，當真是稀奇！

「大小姐最是心善不過的，既然給妳了就斷不會收回去，嬌杏姊姊放心收著吧！」

嬌杏臉上的笑容不由自主變得更燦爛了，趕忙拿了凳子請紅玉坐下，兩人之間的氣氛也不像一開始那麼僵硬彆扭。

紅玉打量了一眼這間雖然乾淨卻顯得十分狹小的屋子，道：「早就聽說嬌杏姊姊是個爽利的人，看這小隔間收拾得這麼乾淨整齊，果真是心靈手巧，秀外慧中！」

嬌杏聽她這麼說，臉上還帶著笑容，心裡卻有幾分不樂意起來。自己來得最晚，得到的屋子也最差，還要與人同住，實在是與尚書夫人許給她的那些相差甚遠，只是當著紅玉的面，這些都不好露出來，只能訕笑道：「妳真是拿我開心，不過是丫鬟，收拾屋子是分內的事情！」

紅玉卻笑問：「只是姊姊是什麼樣的人才，這種屋子妳也住不久的，何必費心去收拾呢？」

嬌杏一愣，目光卻有些閃爍起來，道：「我是個丫鬟，不住在這樣的屋子，還能怎樣……」

紅玉微微一笑，道：「姊姊不要瞞著我了，府裡上上下下誰不知道……」說著，拖長了聲音：「夫人懷了孕，侯府二夫人這時候送姊姊這樣的美人兒來，還用多說嗎？」然後笑著指了指東邊林氏住的正屋。

嬌杏勉強地笑了笑，「侯府二夫人是送我來伺候夫人的，並沒有旁的，姊姊不要誤會了！」

「這是怎麼說的？」紅玉故意露出驚詫的表情道：「聽說幾天前府裡苗管事替他兒子來向夫人提親，說的就是姊姊妳啊！苗管事的兒子是跟著老爺後頭辦差的，人長得好又有前程，府裡不少丫鬟求還求不來的好親事，夫人卻堅持不肯，說姊姊妳是尚書夫人送來的，她做不了主的。苗管事出來後就到處跟人說姊姊將來是要嫁給老爺做姨娘的……這事兒所有人都知道了啊！」然後彷彿奇怪般的喃喃自語：「只是夫人為什麼還不讓老爺將妳收房呢？」

嬌杏萬萬想不到紅玉竟然說出這些話來，當初尚書夫人確實暗示過讓她到這裡來要幫著夫人籠住老爺的心，所以她一直以為林氏會讓歐陽治收了自己，可是等了足足兩個月，林氏也沒有任何動靜，這不得不讓她開始焦灼起來。

紅玉「哎呀」一聲，一副自覺失言的樣子，「我說這些做什麼？這些事自有夫人做主，姊姊妳就等著過好日子吧！」

嬌杏臉上的笑容越發勉強，又閒聊了兩句，紅玉站起來起身告辭，走到門邊時，頓了頓，轉身回頭看了嬌杏一眼，道：「姊姊，雖然咱們相識不久，倒是十分投緣的，不要怪我多嘴，妳還是要多多為自己打算才是。」

嬌杏滿臉複雜地望著她離去，只覺得心底湧上來一陣說不清道不明的情緒……

紅玉一走，林氏立刻召嬌杏去，盯著她問道：「紅玉對妳說了些什麼？」

嬌杏陪笑道：「夫人，大小姐讓紅玉過來向奴婢賠不是。」

「沒別的事？」林氏咄咄逼人地追問，眼睛一瞬不瞬地盯著她。

「還問奴婢來府裡是否習慣，對了，她送來一個食盒，裝了不少點心，奴婢一點都沒動過，夫人要不要嘗一嘗？」嬌杏輕聲問道。

林氏冷冷地道：「吃了她的東西只怕是要積食的，妳自己留著吧！」

嬌杏看著那冰冷的目光，只覺得心裡一跳，低下頭道：「不知道夫人可還有什麼吩咐？」

「沒有了，妳出去吧。」林氏的臉色又恢復了平靜，淡淡地說道。

嬌杏行了禮後轉身離開，林氏看著她的背影，臉色越發難看起來，問一旁的王嬤嬤：「妳說歐陽暖是什麼意思？」

「夫人，這位大小姐的心思，老奴實在是猜不到。」王嬤嬤搖搖頭，道：「橫豎現在夫人懷著孕，她再膽大妄為，也不會在這時候對夫人您動手的。」

「哼，我的孩子都被她害得變成了天煞孤星，她還有什麼不敢的？」林氏冷哼一聲，眼神中充滿怨毒。

王嬤嬤壓低聲音道：「夫人，大小姐的事情可以先放在一邊，老奴會替您看著，想必她翻不出什麼花樣來，只是這個嬌杏，不知您可有什麼打算嗎？」

林氏眉頭一皺，道：「二嫂的意思的確是想讓我替老爺收房，藉此將老爺籠在我房裡，只是……」她不願意再給自己培養一個對手，萬一二嫂另有心思，嬌杏很有可能成為第二個周姨娘。想到這裡，她的目光不由變得更冷，道：「二哥或許是一心為我著想，可二嫂到底與我隔了一層，她有什麼心思還未可知，保險起見，我情願從自己的丫鬟裡選一個老實木訥好掌控的出來。」

就在這時，突然聽見外面有嬤嬤喚了一聲：「嬌杏，妳在這兒做什麼？」

嬌杏慌亂的聲音傳進來：「奴婢……怕夫人還有別的吩咐！」

林氏面色一變，與王嬤嬤對視一眼，王嬤嬤飛快地跑到窗邊，一下子掀開窗格，就看到嬌杏慌慌忙忙離開的背影。王嬤嬤關好窗子，回到林氏身邊，道：「夫人，剛才說的話……」

「聽見也好，妳去回了苗管事，就說他求的親事我應了，只是嬌杏嫁人之後還留在我院子裡伺候，我還用得著她。」

「夫人，尚書夫人那邊是不是……」

「不必，回頭我就說嬌杏和那苗管事的兒子情投意合，自己來求我玉成的，她怪不到我身上！」林氏的聲音越發冷淡，王嬤嬤知道她已經不想再說下去，心中不免嘆息一聲，不再勸說了。

下午，歐陽暖來探望林氏，這一回嬌杏卻是避在屋中，半點也沒有出來阻撓的意思，她一路暢通無阻進了院子。王嬤嬤得到消息，慌忙迎出來，看見她身穿蜜合色棉襖、淺銀紅的對襟長褂、素淡綾棉長裙，臉上未著半點脂粉，卻是說不出的清麗難言，既不失少女的青春氣息，又兼有端莊之態，彷彿畫中走出來的美人，心中不免又驚訝了一回。

丫鬟為她掀開大紅撒花軟簾，歐陽暖微微一笑，走了進去，看到林氏坐在鋪著大紅閃緞坐褥的炕上，戴著大紅猩猩氈昭君套，穿著胭脂紅點赤金線的緞子襖、石青緙絲灰鼠披風、大紅洋縐長裙，耳朵上赤金鑲翡翠水滴墜兒顫悠悠地晃在頰邊，更映得她珠翠耀目，富貴無匹，只是因為懷孕兼之情緒不佳，再好的脂粉也遮不住臉上的斑點和憔悴。

丫鬟梨香正站在炕沿邊，捧著小小的一個填漆茶盤，盤內一個小蓋盅，林氏正要從她手中接過茶，看到歐陽暖來了，臉上早已換了盈盈笑意，道：「這大冷的天氣，難為暖兒想著來，快上炕來坐著吧！」

歐陽暖微微一笑，走過去道：「娘身上可好些了？」

林氏道：「已經大好了，還要多謝妳一心記掛著。」

歐陽暖在炕沿上坐了，林氏剛想說什麼，卻突然咳嗽了一聲，歐陽暖忙上前幫她順氣，又接了梨香遞過來的茶，倒在茶盅蓋子裡嘗了一小口，見溫度適宜，才坐到炕上扶了林氏服侍她喝茶。她面容溫柔、動作自然，倒叫梨香看得傻了，暗道大小姐這麼體貼周到、孝順有禮，任是誰看了，都會以為她是夫人的親生女兒。

王嬤嬤看到心中實在複雜難言，如今府中眾人都說大小姐品格端方，行為豁達，性情恬靜，容貌絕俗，二小姐歐陽可遠所不及，只有夫人心裡清楚，大小姐分明是個臉上笑嘻嘻，心裡卻十分毒辣的厲害角色，可人前人後偏偏抓不住她一絲一毫的把柄，這樣下去可怎麼是好……當下笑道：「大小姐最是溫柔體貼的，想是在老太太那兒做慣了的。」

歐陽暖回頭看了王嬤嬤一眼，點頭道：「娘身子不好，又懷了弟弟，不能在祖母面前服侍，我作為女兒自然要去為她盡孝的，王嬤嬤，妳說是不是？」

王嬤嬤臉色一凜，看了面色沉沉的林氏一眼，低頭笑道：「是，大小姐說的是。」她本想要諷刺她兩句，說她是老太太身邊的哈巴狗，她卻暗指夫人本該去老太太跟前立規矩。誰都知道夫人自懷孕開始已經很久不曾去老太太跟前服侍了……這個大小姐，是半點虧也不肯吃的。

「對了，娘，我差點忘了正事。二月初五是祖母的生辰，我寫了一幅壽字，預備到時候給祖母做壽禮，只不知道這幅字是否合她老人家的心意，要請娘幫我拿個主意才是。」歐陽暖帶著笑容，彷彿剛才的事情沒有發生過一般。

「這種事情還需問妳父親，我哪裡懂得！」林氏笑著說道，心道不過一個壽字，怎麼就當得什麼壽禮了，心中實在是瞧不起的。

「娘說的是，剛才女兒已經著人去請爹爹來此了，請他和娘一同幫我鑒定一番，就盼望著祖母能夠喜歡。」歐陽暖說道。

林氏的臉上雖然還帶著笑容，心裡卻實在奇怪，她到底是什麼意思？為什麼要請歐陽治和自己一起來鑒定，這其中難道別有所圖？她仔細想了一回，自己一直閉門不出，實在沒有什麼把柄會被她握在手裡，也就稍微放心了些。

歐陽暖和林氏又說了幾句不痛不癢的話，就見簾子一撩，嬌杏衝了進來。

「夫人！」她面孔蒼白，眼睛卻是亮得驚人，整張臉有一種豁出去的神情。

跟在她身後進來的小丫鬟滿頭是汗，神色惶恐，「夫人，奴婢攔不住……」

「這像個什麼樣子？還不快拉出去！」剛派人告訴了嬌杏，夫人為她決定了親事，她就衝進來，肯定沒好事！王嬤嬤惱了，指揮著丫鬟婆子要把她拉出去。

嬌杏柳眉倒豎，杏目圓睜，道：「誰敢動我！」她以前是蔣氏身邊的大丫鬟，十分得寵又潑辣厲害，到了這裡又仗著是尚書夫人所賜，林氏對她多有倚仗，福瑞院裡誰不讓她三分？這時候見她一副撒潑的樣子，別人一時之間都愣在那裡，不知道該怎麼辦才好。

「暖兒，娘有事處理，妳先回去吧。」林氏看到歐陽暖站在一旁，不好直接發作，想要先打發她離去。

「娘，這是怎麼了？」歐陽暖露出奇怪的神情，眼中波光盈盈，倒像是有些委屈，「咱們母女之間還有什麼事情不能說的嗎？」

林氏放在裙邊的手緊緊地攥成了拳，指甲掐在肉裡也不覺得痛，卻是笑道：「暖兒說的哪裡話，好像娘有什麼事情要瞞著妳似的？罷了，嬌杏，妳有話就說吧。」

「夫人！」嬌杏撲通一聲跪倒在地，「奴婢不願意嫁給苗管事的兒子！」

話一出口，屋裡子的氣氛一下子變得詭異。

林氏的聲音如同寒霜般冰冷：「嬌杏，今天我有事和大小姐商量，妳有事情待會兒再說吧！」

「夫人！」嬌杏猛地抬起頭，「夫人，原來的主子送我來不是讓我來給一個管事的兒子做媳婦的，她沒跟您說嗎？」她的下巴尖尖的，此刻高高揚起，眼睛裡充滿惱怒的情緒，「她是讓我來為夫人分擔憂慮，伺候老爺的！」

「妳這丫鬟——」王嬤嬤瞪大眼睛，不可置信地望著嬌杏，「妳、妳瘋了，竟敢在夫人面前說這種話！」

歐陽暖面色平靜地望著林氏的臉色一下子變得雪白，她轉過頭看著嬌杏，慢慢地道：「二舅母送妳來，只不過是要好好服侍我娘罷了，妳說的這是什麼話？」

嬌杏眼中含著說不出的堅定，「奴婢的確是被送來伺候夫人的，可奴婢的賣身契還在侯府，便是夫人要隨便嫁了我，侯府二夫人知道了，她也是不依的！」

「所以，妳想要怎麼樣？」歐陽暖的聲音一字一句，輕輕地回落在屋裡，輕柔的如春風般拂面，卻奇異地帶著一種誘惑力。

嬌杏臉上的猶豫之色只是一閃而過，她來這個府裡，是因為蔣氏許了她姨娘的位分，那可是半個主子，她不是來給一個小小的管家做兒媳婦的！想到紅玉所說的的話，她越發堅定自己的心思，大聲道：「奴婢求夫人給個恩典，若是夫人嫌棄奴婢，就讓奴婢回侯府吧！」

「大膽！」林氏被氣得臉色都青了，王嬤嬤趕緊上去輕輕拍著她的胸口，道：「夫人還懷著身孕，千萬保重身子，不要為了這個小浪蹄子壞了心情！」說完，厲聲對著嬌杏道：「妳到府裡來以後夫人是怎麼對待妳的，妳這個忘恩負義的白眼狼！要不是夫人護著妳，容得妳在這府裡猖狂嗎？現在翅膀長硬了，還敢跟夫人對著幹了！」

嬌杏一愣，臉上閃過一絲害怕，歐陽暖嘆息一聲，道：「嬌杏姑娘，看妳說的哪裡話？苗管事的兒子雖然是娶妳做填房，可到底他是跟著爹爹後面的，妳嫁給了他又怎麼會錯？我娘可是全心全意為妳著想，妳可得想明白了才是。」

填房？嬌杏眼裡幾乎要冒出火來，她這樣的相貌，要在侯府裡面不知道多少管事來求娶，何必特地跑到這裡來做人家的填房？

「奴婢不願的事情，哪怕是夫人也強求不了！」

梨香跟了林氏多年，知道她的性格，不忍心看到嬌杏將來被處置了，趕緊上去拉住她，道：「嬌杏姊姊，千萬不要這樣跟夫人說話！」

嬌杏想到自己偷聽到，林氏說要在自己的丫鬟中找個老實可靠的這樣的話，心中頓時惱火起來，一把摔開梨香的手，冷冷地道：「別假惺惺的，當誰不知道呢，妳這麼小心翼翼畏畏縮縮的，還不是要讓夫人以為妳聽話乖巧，將來攀上老爺做姨娘去？」

梨香愕然，繼而不敢相信自己的耳朵，明明自己是好心好意去幫她，反而被她這樣誤會，當真是好人做不得了！她一抬眼卻看到林氏宛如毒蛇般陰冷的目光向自己射過來，趕緊跪下，卑微地伏在了地上，道：「夫人饒命，奴婢斷不敢有這樣的心思！」

嬌杏卻不管不顧地道：「夫人，自侯府將奴婢送過來，奴婢一直盡心盡力服侍您，沒日沒夜陪在您身邊，為您分憂解勞、苦心勞力，縱然沒有功勞，也是有兩分情分在的，您怎麼能將奴婢送給人家做填房，這是辜負了奴婢原來主子的心意啊……」她掏出帕子開始哭泣，「夫人，奴婢也不是有意要違背您的意思，只是實在捨不得離開您身邊，這院子裡王嬤嬤年紀大了，其他丫鬟性子懦弱，便是將來夫人被人欺負了也沒人替您說一句公道話！您就是看在奴婢為您分憂的分上，也請留下奴婢才是！」

歐陽暖聽到這裡，嘆了口氣，道：「娘，我說句真心話，嬌杏姑娘人品性子都是出挑的，嫁給那苗沐做填房實在可惜了。」說著目光往嬌杏身上一掃，「娘要真的將她嫁過去了，只怕二舅母那裡多少也說不去吧……」

林氏一愣，看見歐陽暖正面帶笑容看著自己，不由自主聯想到紅玉送來的那些糕點，臉色在一瞬間變得更加難看起來，她猜到如今這一切都和歐陽暖有關，終是氣得兩眼發紅，氣血翻湧，卻礙於那麼多人在場不能發作，只能強行忍住這口氣，道：「暖兒，妳年紀小不懂事，娘不和妳計較！嬌杏這麼做分明是給主子沒臉，若後頭沒有惡人替她撐腰，她是斷不敢如此的！」說罷，她一隻手指著嬌杏，冷道：「妳不服我的安排，就是嫌棄我這裡廟堂小，那就回去侯府吧！我這就去回了二嫂，讓她替妳另謀好前程！」

王嬤嬤立刻大聲道：「妳們都是死人啊，還不把她拖出去！」立刻就有嬤嬤上去抓住她，誰知嬌杏卻是十分厲害，那個嬤嬤還沒拉起她，就被她推得一個趔趄，一下子跌在地上，摔個四仰八叉，實在是丟人極了。又有四個嬤嬤圍上來，嬌杏瞪目欲裂地瞪著她們，大聲喝斥道：「妳們這些見風使舵的刁奴，也不看看我是誰，由得妳們糟蹋嗎？」說著，伸手就將一個嬤嬤猛地推開，自己順勢倒在了地上，一臉委屈地撒起潑來，「夫人，您衝奴婢撒氣沒什麼，奴婢本就是賤命一條，您愛怎麼整治就怎麼整治，可奴婢也是聽了原來主子的命才來的，您這樣趕奴婢走，回去奴婢也無法答覆二夫人，她怪罪下來，奴婢兩面不是人，夫人這樣刁難，奴婢真是沒活路了！」

眾人看到這一幕，不免瞠目結舌，她們雖然早知道這丫鬟潑辣，卻也沒想到她竟然潑辣到這個分上。歐陽暖冷眼瞧著，臉上竟然看不見一絲幸災樂禍的樣子，反倒還微微露出些愕然，也像是很驚訝的模樣。只有紅玉和方嬤嬤知道，大小姐早已從侯府得到了消息，嬌杏在侯府裡是二夫人蔣氏身邊的大丫鬟，相貌出眾脾氣極烈，幫著蔣氏彈壓了不少姨娘通房，只是日子久了卻與二老爺林文淵眉來眼去，據說林文淵還想要抬了她做姨娘，這讓蔣氏心中十分不悅，卻又不能明目張膽處置了她，這才找了由頭將她弄到林氏這裡來。既解決了一個眼中釘，又可以幫她盯著這裡的動靜，一舉兩得。正因如此，歐陽暖才會藉著紅玉的嘴巴說了兩句話，不過是兩句話而已，就將嬌杏的潑辣刁蠻完全暴露了出來。

嬌杏見大家被她鬧得愣住，趁機又哭道：「奴婢辛辛苦苦伺候夫人，沒有功勞也有苦勞，今天卻是落到這個下場，與其受這樣的氣，不如一頭碰死算了。」她這麼說著，就要作勢往旁邊的牆上撞，一旁的丫鬟嬤嬤忙上去拉扯她。

被嬌杏這麼一鬧，場面頓時混亂起來，丫鬟婆子們擠得屋子裡亂哄哄的，越吵越厲害。爭執之中，嬌杏的的衣服被扯破了，頭髮也被抓亂了，她一把撲到桌子前面，從繡花簸籮裡抽出把剪刀，一剪刀擲過去戳在一個丫鬟胳膊上，那丫鬟尖叫一聲，和其他人跌成一團。

這還了得！林氏用力將手中茶杯砸了出去，嬌杏沒能躲開，額頭上頓時開了一個口子，血一個勁兒地冒了出來，其他人趁著這時候上去按住她，屋子裡正亂做一團，屋裡突然響起歐陽治的聲音：「這都是怎麼了？」

他是什麼時候進來的，大家都沒有注意到。

屋子裡一下子變得鴉雀無聲，丫鬟們忙各自收了手，神色略帶慌張地跪了下來。

歐陽暖站起來，嘴角微翹，道：「爹爹來了。」

歐陽治點點頭，看這屋子裡亂成一團，冷冷地道：「都在鬧些什麼？」

嬌杏面色有些蒼白，見了歐陽治，更是拿著帕子低頭擦拭眼淚，一副梨花帶雨的樣子，歐陽治平日裡見她都是笑吟吟的，當初知道她冒犯李姨娘還覺得奇怪，這樣一個甜美可人的丫鬟怎麼會那般兇悍，現在見她這樣委屈，倒像是被人欺負了的樣子，再看看周圍兇神惡煞一般圍著她的丫鬟婆子，不免心中有了定論。

「好了，有什麼事以後再說，都先出去吧。」林氏趕緊說道，聲音又快又急，生怕嬌杏說出什麼來。

嬌杏卻撲通一聲跪倒在歐陽治的腳下，「都是奴婢不好！夫人有了身孕，侯府二夫人知道老爺缺人照料，就想把我送過來服侍老爺……」

「嬌杏！」林氏一張臉氣得煞白，渾身打著顫，氣急敗壞地打斷了嬌杏的話：「這件事我會和老爺商量的，妳馬上出去！」

王嬤嬤已經衝了過去，和另一個嬤嬤一左一右將嬌杏架了起來，攥住她的胳臂將她往外拖。

歐陽治卻突然大喝一聲：「讓她說完！」

王嬤嬤一愣，手不由得鬆了，嬌杏立刻撲倒在歐陽治的腳下，哀泣道：「今日能再見老爺一面，奴婢便是死了也值了！奴婢來到歐陽府上，本是二夫人的一片好意，她讓奴婢來的時候，說會請老爺納了奴婢，可奴婢如何敢奢望？奴婢不過是個下等的婢女，給老爺端茶遞水，做使喚丫鬟就好，只要能時時見到老爺便心滿意足了……現在老爺嫌棄奴婢，奴婢絕無話說，立刻就回去便罷了，為什麼要讓夫人將奴婢嫁給別人做填房，難不成老爺厭棄奴婢至此嗎？」

嬌杏一邊說著，身子如同瘦小的小鳥一樣不停地顫抖著，好像一個無助的孩子低低哭泣，哭得讓歐陽治一顆心都亂了。

歐陽暖站在一旁，看著歐陽治的衣袍下襬硬生生被嬌杏哭濕了一大片，臉上雖然還是很平靜，眼睛裡卻綻放著一種不可思議的光彩，便緩緩走近了兩步，輕聲道：「爹爹，嬌杏姑娘是二舅母送來的人，確實不好隨意處置，鬧成這樣實在不像個樣子，不如讓其他人都退出去吧，有什麼話……」

歐陽治一愣，從迷濛之中清醒過來，厲聲喝斥看著這一切的丫鬟婆子們：「還不滾出去！」所有人都依言退了出去，剩下林氏、歐陽治、歐陽暖和王嬤嬤，以及那個哭得上氣不接下氣的嬌杏。

林氏心口怒火騰騰地燃燒起來，顧不得歐陽治還在場就冷笑一聲，道：「妳說得好聽，什麼是原來主子讓妳來的，誰還看不出妳自己的心思，不過是想要攀高枝罷了，卻也不看看自己什麼身分！」

王嬤嬤一聽頓時著急，心道夫人這是氣糊塗了，這話哪裡能當著老爺的面說呀？豈不是正中大小姐的下懷？果然，歐陽暖輕聲嘆息道：「娘，嬌杏不過是年輕不懂事，爹爹丰神俊朗，身居高位，得到女子仰慕也不是什麼稀奇的事，您大人大量，就饒了她這一回吧！嬌杏，那苗管事的兒子也算是良人，妳許給他也不算委屈，娘也是為了妳好，還不謝恩？」

這話一說出來，就彷彿是林氏嫉妒身邊的丫鬟，要生生逼她走上絕路一般，歐陽治深深皺緊了眉頭。

嬌杏一聲悲呼，撲到林氏所在的炕邊，成串的淚水從眼眶裡淌出來，嘴唇翕翕，聲音無限悲戚：「夫人，您切莫生氣，您身子貴重，是奴婢不知禮數，一切都是奴婢的錯，只是千萬不要把奴婢許給別人！」

林氏氣得雙目赤紅，恨不得上去掐死這個賤人，大聲喝斥道：「成何體統！成何體統！王嬤嬤，叫人把她拉出去，快拉出去！」

嬌杏不管不顧，連連賠罪道：「夫人說的是，都是奴婢的不是！奴婢自知身分卑賤，不比夫人身分高貴，哪怕為夫人做牛做馬奴婢也是心甘情願的，只求夫人莫惱了我！」

王嬤嬤連忙上去拉扯嬌杏，想要堵住她的嘴巴，誰知嬌杏一把扯住林氏的裙襬，猶自哀求：「夫人，您瞧瞧奴婢，哪一處都比不上您的，您就可憐可憐奴婢吧！讓奴婢留在老爺身邊，奴婢不求別的，只求留在府裡做個小丫鬟啊！求您了，求您了……」

她的聲音卑微至極，透著悲愴和哀傷，回頭望著歐陽治的眼神彷彿傾慕無限。歐陽治素來捨不得看美人流淚，更想不到一個丫鬟竟然對他有了這份癡心，難怪每次他來福瑞院，這丫鬟的眼神都纏綿得很，他忍不住眼眶一熱，望著林氏的目光中立刻帶了三分嚴厲：「夫人！」

林氏胸口一陣氣血翻湧，如今這個架勢，似乎不答應，她就是多麼狠毒的人！

「不！奴婢寧願死在這裡也不回去！」侯府二夫人絕不是個好相與的，縱然自己回到侯府，也絕不可能再當上主子的妾室，為今之計，只能死死抱著歐陽治這棵大樹不放，哪怕得罪了林氏，只要有老爺的寵愛，她一樣能過上好日子！

想到這裡，嬌杏緊緊拉著林氏裙襬，嚶嚶哭泣著，身子輕輕顫抖，「夫人，外面人常常誇您，說您人好心又善，素日裡也常布施行善，是有名的活菩薩、活觀音，您便當奴婢是路邊的乞丐，可憐可憐奴婢吧！奴婢對天發誓，只要讓奴婢留下來，奴婢什麼都不會與您爭的，奴婢這樣的身分也不配啊，只求常常見著老爺……」

她本就生得嬌美，再加上淚水漣漣，更顯得盈盈欲墜。林氏惱怒到了極致，再不願多說話，抬起來就是一腳，狠狠踹在嬌杏的心窩。嬌杏大呼一聲，向後仰倒，雙目緊閉竟似暈過去了一般。

歐陽治大吃一驚，趕上幾步將嬌杏緊緊抱在懷裡，怒瞪著林氏道：「她不過是個丫鬟，又威脅不到妳的地位，當著我的面都敢這麼下手，妳真是狠毒！」

林氏一愣，不敢置信地盯著歐陽治，是了，她怎麼氣糊塗了，居然當著歐陽治的面做出這樣的事！她一抬頭，卻看到歐陽暖站在不遠處靜靜瞧著，眼睛漆黑幽深，彷彿一潭古井，帶著說不出的嘲諷。是她！是她一直在看著自己！這一切都是她在背後推波助瀾！林氏什麼都明白了，卻也晚了！

歐陽暖走到歐陽治的身邊，臉上帶著無限同情，語氣也萬分惋惜，道：「爹爹，嬌杏對您如此癡心，只怕強行讓她嫁了人也活不下去！不如做做好事，將她送回二舅母身邊吧！」

「暖兒，此事爹爹自會處理，妳先回去吧！」歐陽治緊緊抱著嬌杏不撒手。

歐陽暖微微一笑，行了個禮，道：「是，女兒先退下了。」說完，轉身禮數周到地向林氏道：「娘，千萬保重身子，女兒明日再來探望。」

林氏盯著她，眼睛裡像是要噴出一條火蛇將她生生燒死才甘心。歐陽暖妙目中閃爍著寶石般熠熠光彩，柔柔地一笑，轉身走了，輕飄飄的像是一朵雲彩。

兩天後就傳來歐陽治納了嬌杏做姨娘的事，從一個丫鬟一步登天做了姨娘，連通房這一級都跳了過去，嬌杏還真不是一般的能幹，只是這樣一來，她也算是跟林氏徹底翻臉了。人麼，總是要將自己的利益放在第一位的，夫人這個靠山再好，也比不上自己的前程重要。

歐陽暖微笑著，在紙上寫下了小小的壽字，問一旁的歐陽爵：「爵兒，你看這個字如何？」

歐陽爵看了一眼，吃驚地瞪大了眼睛，「姊姊，這是什麼字體，為什麼我從來沒有見過？」

歐陽暖輕輕咳了一聲，一本正經道：「這是歐陽體，我自創的。」

二月初五，李氏壽宴。

歐陽暖帶著紅玉剛走到花廳前，就聽到裡面歡聲笑語，不知有多少個聲音在裡面嘰嘰喳喳。李姨娘在門口守著，看到歐陽暖過來，忙笑著向她行禮，道：「族親和老爺同僚的夫人小姐們都過來給老太太祝壽了，大小姐快進去吧。」

花廳裡擺了八張黑漆四方桌，桌上用白瓷果盤裝著水果、點心等物，李氏穿了件福壽吉祥紋樣鑲領赤金團花褂子，正笑盈盈地坐在正位上，旁邊不少穿著錦衣的婦人有說有笑地圍坐在她的身邊，其間穿著銀紅襖兒、青緞背心、白綾細褶裙的丫鬟們穿梭不停，忙於上點心或續茶，一派熱鬧的氣氛。

看見有人進來，屋子裡頓時安靜下來，所有人的眼睛都集中在歐陽暖身上，她微微一笑，落落大方地上前去向李氏行禮，「祖母，暖兒祝您福壽安康，萬事順意！」

「暖兒，快來見過妳們伯母和嬸娘、嫂子還有姊妹們！」李氏笑嘻嘻地朝她招手。

人們看著她的眼神是十分驚訝的，這位鎮國侯府寧老太君的外孫女，吏部侍郎的嫡長女，在他們的印象中，總是唯唯諾諾地跟在主母林氏的身後，沉默寡言、氣質怯懦，以往見到人總是低著頭，連她的樣子都看不清，像這樣獨自一人站在眾人面前讓他們打量還是第一次。

她穿著一襲淺紅流彩暗花雲長裙，頭上斜挽一支碧玉七寶玲瓏簪，戴著翠綠水滴耳環，春意融融的組合，偏又有一份說不出的華貴。如瓷般細膩白潔的面孔，尖尖的下巴、大大的杏眼、彎彎的黛眉……聽到李氏招呼，她笑不露齒，眉眼彎彎，盈盈向眾人見禮，袖襬點點流瀉，映著雪白細膩、晶瑩剔透的皮膚，喜慶卻內斂的衣裙，相得益彰，更添清麗傲骨。眾人心中暗道這大小姐酷似逝去的侯府嫡女林婉清，是天生的美人胚子，再配了這樣的風姿氣度，彷彿換了一個人一般，還不知道她及笄後要美得如何動人心魄，不由得大呼當初走了眼。

李氏笑著拉過歐陽暖的手，為她介紹了在座的幾位夫人，接著道：「不是我自誇，我這個孫女兒真的是宅心仁厚，又體貼又溫柔，只是不愛在人前走動，太內秀了些。」

吏部尚書廖遠的夫人石氏是個三十來歲的美婦人，她穿了件五彩緙絲石青銀鼠褂，氣質很高雅，聞言笑道：「大小姐生得如此模樣，再過幾年還不知道要如何動人，只怕老夫人您想藏都藏不住呢！」

歐陽暖笑著低下頭，李氏親熱地拍拍她的手，「這孩子害羞呢！」

眾人聞言大笑，在座的除了吏部尚書夫人石氏、吏部司務夫人文氏、吏部郎中夫人何氏以外，大多數都是歐陽家的同族，彼此也是熟悉的，一時之間氣氛熱烈起來。

正在這時候，張嬤嬤進來稟報說：「老夫人，二小姐來了。」

就見歐陽可微笑著走進來，向眾人行了禮，她上身穿金色纏枝花卉錦緞交領長身襖、領口袖口籠了一圈灰鼠毛皮，下頭露著月白挑線裙子，胸前掛著一枚金光燦燦，耀眼生輝的赤金鎖，頭上插著一對七寶鎏金簪也是十足絢爛。

李氏微微點頭道：「來了就好，妳且坐下吧。」態度全然不似對待歐陽暖的熱絡。

眾位夫人小姐看在眼中，暗自揣測其中的原因。

吏部司務夫人文氏笑道：「老太太，這樣的場合怎麼不見夫人？」

文氏與林氏向來交好，這時候問起她也並不奇怪，李氏臉上的表情淡淡的，道：「天一冷，她身子就總不見好，這些天還念叨著要親自為我操辦壽宴，但我著實捨不得她過於操勞，便讓她歇著了。」

文氏皺眉，心道歐陽府的這位主母向來身子可好得很，怎麼幾天不見身子骨就這麼嬌弱了？還是最近府中發生了什麼事情？她不由自主看了一眼站在庭院裡笑吟吟站著候客的李姨娘一眼，一瞬間心中已經轉過了很多個念頭。

坐在堂上的眾人都是人精，看到這場面都各有猜測，面上分外應承歐陽暖。歐陽暖一直在李氏身邊靜靜坐著，嘴角含笑，溫柔可人，只有別人問話的時候才回答，有禮有節，語調柔和，任由眾人如何打量，自是不動如山。

從前見客，旁人問話歐陽暖總是問三句才回答一句，十分不善與人相處，歐陽可則性情活潑，喜歡熱鬧，向來都享受慣了眾星捧月的生活，此時見眾人對歐陽暖比對自己熱絡了許多，心中十分怨恨，又因想起林氏想要親自替祖母籌辦壽宴，卻被祖母冷言冷語地拒絕了，她更是難受得很，只覺得自己的地位隱隱受到了威脅，便對著坐在一旁的吏部尚書家的廖三小姐低聲私語道：「妳別瞧我大姊一臉笑容，最是厲害的人物，可別被她的外表騙了！」

廖三小姐仔細看著笑臉盈盈的歐陽暖一眼，輕聲道：「看著很親切啊！」

「哼，我這位姊姊最是個八面玲瓏、慣於籠絡人心的，得到府裡上下的誇讚，咱們可得好好學著！」歐陽可冷笑一聲。

歐陽暖注意到了這邊的竊竊私語，溫和地向她們看了一眼，臉上帶著恬靜的笑。廖三小姐愣了愣，她的臉皮沒歐陽可那麼厚，立刻紅著臉，低頭不再答話了。

正在這時，張嬤嬤一臉喜色地走進來道：「老太太，寧老太君親自來了！鎮國侯府大夫人和二夫人也都來了！」

李氏一聽大喜，連忙起身，歐陽暖趕緊攙扶著她，其他夫人也起身，跟在李氏身後迎上去。

李氏不過是吏部侍郎的母親，吏部同僚派人來祝賀是同誼，鎮國侯寧老太君是一品夫人，歷年來不過是派人送來壽禮便罷了，親自登門祝賀還是第一次。眾人驚訝的同時，目光不由自主都落在了來人身上。

李氏驚喜之餘同樣疑惑，思忖間寧老太君已攜了她的手，「親家夫人，大壽怎麼也不請我？」

李氏連忙告罪。

寧老太君笑著拍了拍她的手，就看見了她身後的歐陽暖，帶著笑意道：「還是暖兒特地來告訴我，親家夫人，壽辰可馬虎不得……」

歐陽暖落落大方地上前向寧老太君行禮，「外祖母！」

眾人恍然大悟，這也就是說，寧老太君是大小姐請來的了。外人一直以為自從寧老太君親生女兒死後，鎮國侯府雖嫁了個庶女過去，關係到底還是疏遠了，卻不料今日寧老太君竟親自到訪，真是耐人尋味。

寧老太君笑咪咪地點頭，她身後的鎮國侯夫人沈氏和兵部尚書夫人蔣氏也笑著向李氏行禮，李氏又引薦其他幾位夫人。一時之間，屋裡鶯鶯燕燕，珠佩叮噹，十分熱鬧。

李氏將正座讓給寧老太君，寧老太君謙讓一番，終於落座。歐陽暖看到大舅母沈氏臉上已半點看不到上次見面的哀痛之色，知道她已振作起來，不由微笑著陪侍在側，就聽到一道溫和的聲音笑道：「暖兒表妹。」

她側目一看，叫自己的人身著明紫色直身長衣，領口繡著對稱的芍藥花圖案，眉如遠黛，膚若初雪，烏黑的青絲綰了彎月鬢形髻，斜插了一支鎦金珍珠扁簪，正是大舅母的長女，鎮國侯府的二小姐林元馨，便笑著上前拉住對方的手，道：「馨姊姊，上次去侯府都沒來得及相見，今日妳來得好。」

林元馨感受著手上真切的溫度，臉上的笑容十分的溫柔，道：「暖兒妹妹，多謝妳親自去開解母親，她如今能這麼快康復，妳功不可沒，我總要來向妳說一聲謝謝的！」

歐陽暖點點頭，看向正含笑與人說話的鎮國侯夫人，道：「大舅母自己能想通才是最重要的，馨姊姊不必多慮。」

「妳們說些什麼呢？怎麼這麼小聲，不肯叫我們其他姊妹聽一聽嗎？」一道聲音斜插進來，帶了三分譏誚。

歐陽暖冷眼看去，臉上卻先綻放出親切的笑容，道：「原來柔姊姊也來了，可兒她一直盼著妳來呢！上次我在侯府匆匆停留，沒來得及說幾句話，這回我們可要好好聊聊！」

「暖兒妹妹說的哪裡話，上一次妳說的話可不少呢！」林元柔掩嘴而笑，姿態優雅。

歐陽暖微微含笑，與林元馨對視一眼，見到林元馨不由自主皺起了眉頭，便拍了拍她的手，道：「兩位姊姊不要站著說話，先去那邊坐下吧。」

林元馨自然挨著歐陽暖，那邊歐陽可一見到林元柔，立刻改了原本鬱悶的神情，嘻嘻笑著，拉了她的手坐下，小聲交談起來。

大家笑著分主次坐了，眾位夫人雖然表面談笑風生，實際上目光都不由自主在侯府寧老太君和她的兩位兒媳婦身上打轉。鎮國侯林文龍是老太君的親生長子，可惜性情太溫和，身子骨傳聞也不太好，那邊兵部尚書林文淵高調強勢，前途大好，偏偏是個庶子。歐陽治先後娶了鎮國侯府嫡庶兩位千金，生下歐陽暖和歐陽可兩位小姐，這關係本就很是複雜，再看這邊老一輩微笑著打太極，那一邊小輩們也親親熱熱，倒叫旁人看不出兩方陣營激烈對壘的機鋒，只覺得如今這局面還真是說不出的妙。

正說著話，歐陽可站起來，對李氏道：「祖母，孫女有禮物要獻給您。」

眾人不由為之側目，李氏略帶了三分笑容，道：「哦？那可兒就快拿出來吧。」

「是。」歐陽可看了歐陽暖一眼，走上前從丫鬟手中取得一個大紅鑲金貼壽字的紅木匣子，當眾打開。眾人一看，卻是一尊天然白玉觀音，這尊觀音雙眉似月，直鼻小口，神態沉靜祥和，衣飾簡潔流暢，手持如意寶物，坐於蓮花之上，觀之端莊大方，生動逼真，氣質更是嚴肅超凡。

歐陽可臉上帶著誠摯的笑容，道：「祖母，這是孫女為了您的壽辰，特意花重金從雲州請來的天然白玉觀音，祝您福如東海，壽比南山！」

李氏僅微笑著點點頭，示意旁邊的張嬤嬤收下，一旁的兵部尚書夫人蔣氏卻在此刻站起來，走過去觀賞了一番，臉上帶著讚嘆，笑道：「老太太真是有福氣，這尊玉觀音質地純淨，玉色溫潤，包漿豐厚，不說典雅飄逸的模子，單單是這樣精湛的雕琢、有力的刻法、嫻熟的刀功，便是世間難得的上品，只怕是千金難求啊！」

眾人看那玉觀音，只覺得果真如同蔣氏所言，便紛紛點頭附和，直說老太太有福氣，有這麼孝順的孫女兒。

歐陽可看了歐陽暖一眼，微笑道：「今天是祖母的好日子，不知道姊姊準備了何等的壽禮？」她早從母親口中得知歐陽暖的壽禮僅僅是一幅親手寫的壽字，這樣的禮物倒是有三分心意，可未免太過小氣，怎麼可能拿出來供給這些名門貴婦欣賞，只怕別人會笑掉大牙，嘲笑這位歐陽家的大小姐小家子氣罷了。所以林氏為她重金聘請名匠，更是不惜千辛萬苦求來天然白玉，按照李氏的喜好精雕細刻而成，明天京都所有人都會知道自己是何等的孝順，這回還不徹底將歐陽暖打壓下去！

歐陽暖微微一笑，道：「我的禮物只是一點心意，無法與妹妹的白玉觀音相提並論的。」

歐陽可聞言，嘴角露出譏誚，臉上的笑容卻越發得意，咄咄逼人道：「姊姊太謙虛了，想必妳的禮物一定是匠心獨運，不知道可否借妹妹一觀？」

林元柔在一旁笑道：「說的對，早聽聞暖兒妹妹聰慧非凡，不知禮物是何等的讓人驚喜，何不拿出來供大家欣賞一番？」

林元馨向來不喜歡刁鑽驕縱的歐陽可，聽到這裡，不免對林元柔皺起了眉頭，她怕歐陽暖為難，剛想要替她說兩句話，歐陽暖卻按下了她的手，垂下眸子掩住了眼中的流光溢彩，淡淡道：「妹妹，我的禮物早已獻給祖母了。」

這是不準備拿出來了？怕丟人現眼嗎？歐陽可這麼想著，故意拔高聲音道：「那我去請祖母拿出來！」說完，她立刻跑到李氏身前，撒嬌道：「祖母，姊姊說早已將禮物送給您了，我求她拿出來給大家看一看她偏不肯，可兒好想看一看啊！」

李氏看了歐陽可一眼，眼神中帶了三分嘲諷，臉上卻露出淡淡的笑容道：「既然可兒想看，張嬤嬤，去將大小姐的壽禮捧上來。」

歐陽可得意地看向歐陽暖，預備看著她在眾人面前抬不起頭來。

張嬤嬤應聲離去，不過片刻便回轉，手中拿了一個鏤空雕刻的精緻古檀木匣子，她要打開匣子，李氏卻搖了搖手，道：「拿過來。」

眾人眼中一時都露出好奇的神色。

李氏臉上的笑容不免帶了三分自得，道：「不是我自誇，這個禮物乃是暖兒親手所做，整個京都也絕不會有第二件。」說完，打開匣子，取出了裡面的畫卷，徐徐在眾人面前展開。

畫卷足足有一米多長，慢慢展開的過程中，剛開始漫不經心的眾人都睜大了眼睛，只見那畫卷上是一個巨大的壽字，字體筆劃十分緊湊，筆力遒勁，渾然天成一體，無瑕可指，無懈可擊。

「這幅字莊重肅穆、古樸圓潤，勾如露鋒，點似仙桃，寓意長壽之意，的確難得！」鎮國侯夫人沈氏笑著稱讚道。

眾人也點點頭，表示這字體確實從未見聞，形為楷書但與正楷不同，既非楷非隸非行非草書法，卻又似楷似隸似行似草的風韻，的確別有意趣。

歐陽可心底冷笑，口中卻十分失望的樣子，「哎呀，只是一幅字呀！」說完，彷彿自覺失言的樣子，捂住了嘴巴，不好意思地看向歐陽暖，道：「姊姊，對不住，這壽字真是寫得很好！」只可惜，與價值千金的白玉觀音一比，就黯然失色了。

其他人雖然也開口稱讚，心中卻也作如是想，不過是一幅字，又不是名師所作，便是寫得如何超凡脫俗，怎麼也比不上千金難求的白玉觀音。

李氏笑著搖搖頭，道：「大家仔細看看這幅字。」

寧老太君凝目望去，片刻後竟也吃驚道：「這是——」沈氏見婆婆驚訝，立刻睜大眼睛細細看了一番，這一看卻是驚呼出聲：「這不是一個字，是一百個字啊！」

眾人聞言也不免紛紛起身，上前去觀看這幅畫，只見遠觀這幅圖的確是一個巨大的壽字，近看卻是密密麻麻足足一百個壽字所組成，更讓人驚嘆的是，這幅字中，一百個小壽字字體各異，各有千秋，無一雷同，楷、隸、篆、行、草文等無所不有。

「諸位，這不是一個壽字，這是一幅百壽圖！」李氏眼中竟然破天荒地帶了十足的驕傲，微笑著向眾人解釋道。

林元馨也起身上前觀看，不免驚嘆道：「暖兒妹妹好聰穎的心思，這一百個小壽字上還都用金描備註了字體的年代！妳們看，這是商鼎文、周鼎文、漢鼎文……鰭隸、燕書、閩南台書……還有易篆、古隸、古斗金文、飛白書……」

大歷向來重文治，不要說男子，便是女子也大多看書識字，在座的夫人之中更是不乏飽讀詩書、頗有才名之人，尤其鎮國侯夫人沈氏出身名門望族，是禮部尚書的嫡女，對詩詞歌賦、文字筆墨頗有心得，此刻見了這幅畫當真是嘖嘖稱奇，愛不釋手，向著眾人解說道：「是啊，瞧這幅畫遠看是一個壽字，細看每一個小壽字的字體都有不同，裡面不但有千古以來的書法名家留下的王書、懷書、虞書、褒書、小王書以及書聖的『換鵝經』，竟然還有字如其形的蝌蚪文、星斗文、火文、樹文、龍文、鳳文、聚寶文等等，當真是令人嘆為觀止！」

不少人聽得雲裡霧裡，只覺得茫然懵懂，吏部尚書夫人石氏雖也略通文墨，卻對這些並不精通，不免代替眾人問道：「其他的我倒是有所耳聞，但只聚寶文卻是從未聽說過呀？」

沈氏的手指向西北方最下角的一個小壽字，道：「廖夫人請看，這一個便是！妳看著一筆一劃，是不是形同珊瑚、象牙、犀角、珍珠、熊掌、玉圭？這就是聚寶文！」

眾人圍著這一幅畫觀賞了半天，看得懂的行家看得咋舌不已，驚嘆萬分，看不懂的人也只覺得維妙維肖，琳瑯滿目，很是有趣，再看向歐陽暖的時候，臉上便不由自主帶了三分驚異。

沈氏看了一眼臉色難看的蔣氏和歐陽可，微笑著道：「暖兒這樣的心思，實在是全京都也找不出第二個來了！」

歐陽暖淺笑，臉上卻不見半分得意之色，她慢慢道：「大舅母謬讚了，我朝以孝治天下，當今聖上更是曾親手為太后畫了一幅南極仙翁圖，孫女想著陛下此舉已是證明，天下再好的禮物也是千金可買，唯有一片孝心無可取代，便自己動手了。可惜暖兒養在深閨之中，孤陋寡聞，見識淺薄，多虧爵兒跑遍了整個京都，四處搜索名家古籍，耗費數月才為我湊齊了百種字體，趕得上在壽宴之前將禮物獻給祖母。」

眾人聽了紛紛點頭，要完成這樣的百壽圖絕非一朝一夕之功，這位歐陽家大小姐恐怕是殫精竭慮，耗費心思，她卻並未居功，反而將功勞都悉數送給了幼弟。禮物完成後更是不曾拿出來獻寶，反而悄悄送給了李氏，相比之下，那個一心一意在大庭廣眾之下獻禮的歐陽可就變得譁眾取寵，十分浮誇了。

歐陽可顯然也想到了這一層，站在那裡連笑容都僵住了。

沈氏手持畫卷愛不釋手，有些話她卻沒有對她們說，這幅百壽圖並非只有這一點珍貴而已，最重要的是，其中蘊含的不同文化，歐陽暖在壽字中採用了「玉帝天文」、「上古印章」頗有古時神話色彩；「瑤池寶意」、「四利佛書」、「西方梵書」三種字體乃是蘊含佛理；「南台書」是異族傳播而來；「飛章符」、「皇極篆」、「青黃君書」、「玄隸」、「帝君玉牒」又透出道家的氣韻。這樣的一副字竟然出自一個十二歲的少女之手，怎能不令人驚訝？

所有人都驚訝於歐陽暖的匠心獨運，寧老太君卻對著她微笑著點點頭，眼中的柔軟與欣慰溢於言表，她知道歐陽暖的創意從何而來，只因為過世的老侯爺曾經向自己提過要完成這樣一幅百壽圖，自己無意向暖兒提起，她卻記在了心中並將之付諸實踐。要是老侯爺泉下有知，不知該多麼欣慰，暖兒今日所為，並不僅僅是為了向李氏獻壽，更是為了替老侯爺完成這樣一份心願，寧老太君心中十分明白這一點，所以對歐陽暖不由自主更倚重了幾分。

歐陽可越發心中妒恨難忍，招來一旁的小丫鬟耳語了幾句，唇邊露出一絲冷笑……

丫鬟們端了淨手的水給大家淨了手，又輕手輕腳地上了湯羹。夫人們笑著談天說地，小姐們則是由著身邊的人服侍著吃飯。飯後，大家移到偏廳喝茶。

喝完茶，眾人坐到院子裡早已搭好的暖棚裡，裡面早已擺開幾張長榻，榻前几上擺放了各式果盤、點心，眾人按照位置尊卑依次坐了，小姐們都團團圍坐在夫人們身邊。

李氏將手中的戲帖子遞給寧老太君，笑道：「我瞧著哪齣戲都好，想請您幫著拿個主意呢！」寧老太君位分最尊，當下輕聲推辭幾句，最終還是接了過來，略略翻了翻，卻問一旁的沈氏道：「最近可有什麼戲最好嗎？」

沈氏看了一眼她手中的燙金戲帖子，笑道：「母親，近日倒是有一出齣戲叫趙氏傳，只是今日大喜的日子，這齣戲不免有幾分悲色……」

一旁恭敬跪地候著的戲院老闆忙解釋道：「夫人們放心，原這齣戲是悲了些，後來傳進宮去的時候太后看了說不好，親自給改了，如今可是大團圓的收場！」

「哦？太后也曾看過這齣戲？那便演吧，不怕什麼的。」李氏微笑著說道。

歐陽暖臉上帶著謙和的笑容，心中卻再明白不過，祖母這個人最是好大喜功，原來她是很忌諱兆頭不好的，一聽說太后聽過這戲立刻就要看，彷彿看了之後她的身價也提高了似的。

只聽鑼鼓一聲響，臺上開場了，夫人小姐們的注意力一下子都集中在臺上。故事發生於前朝，講述以戰功起家的趙氏家族，因為聲望過高，被將軍屠案賈嫉恨，設計誣陷趙家通敵賣國，並將趙氏一家三百口誅殺，只剩下趙家唯一的遺孤。

第一場第二場大家都看得很入神，不由自主便被趙家的命運所吸引，到了第三場託孤戲，乳娘把孤兒託付給一位經常出入趙府的大夫程嬰，正在乳娘唱到「將趙氏孤兒抬舉成人，與他父母報仇」的時候，有丫鬟稟報道：「老太太，夫人來了。」

滿座靜了片刻，歐陽暖第一個站了起來，笑道：「祖母，我去迎迎娘。」

李氏臉上不冷不熱，點了點頭道：「妳娘也真是的，既然身子不好，就該好好歇著，何必出來吹冷風呢？」

歐陽暖微微一笑，就看見王嬤嬤、梨香等人伴著林氏走進來。眾目睽睽之下，林氏的笑容十分的溫和真誠。

李氏一直坐著，等到她向自己行了禮，才慢慢地道：「有什麼事情讓人來說一聲就好，何必折騰？妳懷著身孕，再折騰出個好歹來可怎麼好？」

其他人還沒說話，侯府二夫人蔣氏已經附和道：「是啊，婉如，瞧老夫人多疼愛妳！她老人家說的對，妳身子重，應當好好保重才是！」

林氏微微行禮，露出笑容，「老太太大壽，各位夫人都來了，我怎麼也得來請個安！」說完，又走到寧老太君身邊鄭重地行禮。

寧老太君淡淡一笑，眼中劃過一絲銳芒，口中道：「都是自家人，這些虛禮就免了吧！」

「是啊，娘，您只管靜心養著，自己的身體要緊。」歐陽暖的笑容很溫柔，林氏也笑著拍了拍她的手，十分親熱的模樣，旁人見了只以為他們母女情深，根本想不到兩人之間根本是水火不容。

林氏坐下來，歐陽暖親自斟茶給她，「娘，正唱到精彩處，您來得正好。」

臺上高亢激揚，鏗鏘有力，突然鑼鼓聲鈧鈧戧戧猛地停住，就聽到趙氏孤兒對著牌位惡狠狠地發誓道：「他把俺一姓戮，我也還他九族屠！」林氏聽得心頭猛地一跳，回神卻看到歐陽暖微笑著望著自己，不由得頭皮發麻，背後竟不知不覺出了冷汗。

第三折唱完，李氏著人打賞。這時候，歐陽暖注意到林氏一直張望著門口的方向，眼神似乎有些焦慮。她暗自思忖，林氏自從懷孕開始，一直憋著一口氣想要生下個兒子來揚眉吐氣，卻不料被自己一力攪了，現在處境更是變得不上不下不尷不尬，依照林氏的心性，自然是不會甘心的，只怕今天就要有所動作……只是，她又會做些什麼呢？

戲臺上還在謝恩，有小丫鬟跑了進來，站在暖棚外面張望，卻不敢進來，林氏身邊的王嬤嬤看著，悄悄走了過去低聲和那丫鬟說了幾句，然後匆忙折回來在林氏耳邊低語，林氏臉上終於露出一絲笑容。

林氏站起來，對著李氏高聲道：「老太太，蘇家夫人正巧上京，聽說您辦壽宴，也要來向您請安呢！」

歐陽暖聽到蘇夫人三個字，臉上的笑容雖不曾半點改變，心中卻掀起了驚濤駭浪。江南蘇家，經營中藥、絲茶業務，操縱江浙商業，資產巨富，世人皆知，是有名的江南第一富貴之家，然而，沒有人比歐陽暖更瞭解蘇家了，因為前生自己就是毀在他們手中。萬萬想不到，在李氏的壽宴上，蘇夫人竟然前來拜壽，難怪林氏從剛才開始就一直坐立不安，原來是在等她。

蘇夫人與林氏在出嫁前便是手帕交，關係一直很好，這點李氏也是知道的，只是蘇家一直在江南，怎麼會突然跑到京都來了？她的心中有一絲疑惑，卻不好在眾人面前表現出來，便微笑著道：「那就請蘇夫人進來吧。」

柒之章◆再見玉郎傷前塵

歐陽暖看著七八個丫鬟簇擁著珠光寶氣，面容美麗的蘇夫人走進來，臉上的笑容依舊是十分的溫柔和氣，叫人半點看不出火氣，眼底深處卻帶著一種彷彿從地獄而來的陰冷……來吧，該來的總是要來，這一切已比前世整整提早了兩年，看來林氏是被自己逼到窮巷，再也等不及了！

蘇夫人一路走過大紅錦氈，盈盈地向李氏行禮，她身邊還立著一個紅衣少女，再次看見這兩張熟悉的臉，歐陽暖嘴角不由自主勾起一絲諷刺的弧度。

蘇夫人容貌出眾，眼角生芒，一團光彩之中，精神奕奕，她向眾人一一行過禮，坐到林氏身邊，指著李氏身邊的歐陽暖笑問道：「這位是誰？」

林氏笑道：「她就是我再三跟妳提起過的暖兒，我們府裡的大小姐。」

蘇夫人仔細看了一番，眼睛裡竟閃過一絲驚豔之色，笑道：「竟是個這樣出眾的美人兒！我今天來得匆忙，也沒有別的做見面禮，這個給了妳吧！」說著，便從懷裡拿出一個沉甸甸的大紅金繡線滾邊荷包給了歐陽暖。

歐陽可看見這裡情形，不待林氏開口，立刻挪動腳步，老實恭敬地站到跟前，乖巧拜下，「蘇夫人安好。」

蘇夫人瞧了瞧她，臉上露出微笑，林氏臉上也露出笑容，道：「這是可兒。」

蘇夫人點點頭，並未多說什麼，只是從腕上除下兩只鑲嵌珍珠的金鐲，替她輕輕套上，笑道：「好孩子，這個給妳吧。」

歐陽可垂下眼睛看了一眼金鐲子，又看了看歐陽暖手中的荷包，只覺得那荷包珠繡輝煌，鑲珍釘寶，極其華麗耀眼，不看裡頭東西，光是這荷包就價值不菲了，不由睜大了眼睛，心中很是嫉妒。

歐陽暖卻沒有半點動容，蘇夫人打自己的主意，自然要送份厚禮，前世自己還愚蠢的以為對方心地仁厚，卻沒想過這一切都是早有預謀。她淡淡行了禮便要回到李氏身邊，可是蘇夫人卻一直拉著她的手，細細摸了摸她的臉，目光中流露出讚色，「這孩子可生得真好，規矩也好，可不像我那潑猴般的女兒，整天像似匹沒籠頭的野馬一樣。」

歐陽暖心中冷笑，臉上卻溫柔恭順的模樣。跟著蘇夫人一同來的那個玉娃娃般精緻漂亮女孩此刻眉彎眼笑道：「娘，您真偏心，人家什麼時候頑皮了，沒得叫暖姊姊笑話了！」

歐陽暖當然認得這個女孩，她是蘇夫人的小女兒，蘇玉樓的妹妹蘇芸娘。當年自己和蘇玉樓的事，蘇芸娘忙著牽線搭橋，還真是從中出了不少「力」。後來自己被沉江之時，這個面容看似天真的少女早已嫁人，卻特意連夜從夫婿家趕回來看這一場戲。蘇家之人，當真都是面善心狠的敗類！

歐陽暖不動聲色，露出親切的笑容道：「這位妹妹是？」

「這是芸娘，妳們兩個也見一見吧！」蘇夫人說道，於是蘇芸娘也就笑吟吟地走過來，握著歐陽暖的手，低低說道：「暖姊姊，久仰得很，咱們以後可以常在一塊兒玩了！」

歐陽暖的手被她這一握，只覺得她身上馥郁的香氣薰滿衣袖，又見她身上珍寶燦爛流光溢彩，不由心中冷笑。那邊的鎮國侯府中人到底有涵養，臉上並沒露出什麼，吏部尚書的夫人小姐們卻已經面露嘲諷之色。蘇家在江南或可以呼風喚雨，到了這富貴官宦人家聚集的京都，卻難免被人看成暴發戶瞧不上的，偏偏蘇芸娘還打扮得如此富貴，生怕別人不知道似的。

行禮已畢，大家都挨次坐下。蘇芸娘三番四次想要拉著歐陽暖一起坐，卻被她婉轉拒絕了，只和侯府千金們坐在一起。蘇芸娘又想和其他官員家的小姐坐在一起，卻被不著痕跡地驅逐了出來，她從未想到京都的貴女圈子竟是這樣難以打入，不由氣得兩眼發紅，握緊了雙拳，最後只能莫可奈何地站回到蘇夫人身後去了。

蘇夫人看到自己的女兒紅了的眼圈，只能視而不見，笑對著林氏說道：「我自出嫁後，已是多年不曾回到京都走動。江南雖好，終究不是我的故土，我啊是沒有一個時候不魂兒夢裡想著到京都走走。去年大伯勸我家老爺，咱們總算是一個富貴人家，只是這仕宦念頭，倒也不可放棄了，於是這次便帶著家小一起上京，預備讓玉樓用心念書。」

林氏笑道：「這話說得不錯，早就該回來了。只是你們也不用客氣，我叫他們將我們外面三間大花廳收拾出來，你們就住過來吧。我雖比不得妳家富貴，這點東道也還承擔得起。」

歐陽暖一直認真觀賞著臺上的戲，卻因為坐得不遠，那兩個人說的話不時傳過來，她嘴角微微勾起，林氏這麼說也太大膽了，歐陽家什麼時候輪到她當家作主，竟然不跟李氏商量一下就說出這種話來，難不成以為祖母不存在？果然一側目，就看見李氏面色沉沉，眼睛裡隱約有一絲寒意。

蘇夫人笑道：「不是這樣講，咱們連丫鬟嬤嬤小廝，上上下下有七八十人，不怕妳著惱，普通屋子實在安插不下。倒是要請侍郎大人費心，替我們買一座宅子，房金不論多少，住在裡面舒服就好。」說著又對李氏道：「老太太，您聽我的話是不是呢？我們不是一時三刻便走，將來長久留下也未嘗不可。」

李氏臉上的笑容不冷不熱，淡淡地道：「蘇夫人說的是，京都倒是個好地方，只怕妳住下了就不想走。」

寧老太君微笑了一下，對李氏道：「我看蘇夫人就是打著這個主意，要在京都安家了呢！」

其他夫人們掩嘴一笑，對視的瞬間都流露出嘲諷之意。

這京都土地寸土寸金，要想在這裡購房買地並不是錢多就行的，你錢再多也要看你家有沒有那麼大的權勢，有了權勢也還要看祖上的根基。蘇家這樣的商戶，想要在這裡買院子，純屬是癡心妄想。

蘇夫人明知道對方在嘲笑自己，心中惱怒，臉上卻半點惱怒也沒有露出來，反而笑道：「您說得是，是我見識淺陋了。買院子的事情自然不急，先租下一座來應急就好。」

這時，旁邊的蘇芸娘突然俯身在她耳邊說了兩句話。

「玉樓要來請安？」蘇夫人臉上故意露出驚訝的神情，「他不是在前廳嗎？」

這一次李氏壽宴，所有男客一律在前廳，就連鎮國侯府的公子們也是如此，蘇玉樓卻要在這個時候跑進來請安？可笑林氏他們的心思昭然若揭，歐陽暖不由得感嘆前世自己怎麼會那麼輕易就上了當，白白給人家利用陷害！

「這恐怕不合禮數吧，這裡多是內眷呢……」蘇夫人故意露出為難的神色。

「讓他進來吧，這裡也沒有外人！」林氏笑道，對李氏道：「蘇公子遠道而來，聽說諸位都在這裡，想進來問個安！」

歐陽暖目光流轉，心中已經轉過千百個念頭。

李氏呵呵地笑，眼裡有著濃重的不滿，臉上卻高興地說：「叫這孩子進來吧。」

其他的人也跟著笑起來，只有寧老太君眼裡閃過一絲凌厲。

歐陽暖不由輕輕嘆一口氣，林氏所作所為，恐怕外祖母早就看在眼裡了吧？她微微笑道：「祖母，這裡本沒有外人，便是見見也無妨的，只是侯府和廖家的姊姊們都大了，蘇公子是外客，到底……」

李氏點點頭，道：「是該如此。」說完，對張嬤嬤道：「妳領了小姐們到屏風後面坐著吧。」

林氏一聽，眼裡露出焦急的神色，蘇夫人卻突然拉住她的手，輕輕拍了拍，安撫一般。

歐陽暖微微一笑，看來這蘇夫人倒比繼母林氏更沉得住氣些。

屏風後面是個宴息的地方，大家分頭坐了，就聽見外面小廝高聲喊道：「蘇家公子來了！」

歐陽可正好坐在屏風邊上，就湊在屏風的縫隙邊朝外望。其他的小姐們都屏息靜聲坐著，只有歐陽暖臉上帶著親和的笑容，眼底卻是說不出的冰寒。

一道如沐春風的聲音穿過屏風直叩人心：「見過各位長輩！」

那個聲音還是往昔一般柔和儒雅，令人心動。歐陽暖心中忽然湧上怨憤，心底的那份銳痛，清晰而徹骨……

但是，她沒有哭，那些因為他而流淌過的眼淚早已風乾鏽蝕，她——再也不會為他掉一滴眼淚了，過去的就讓它永遠過去吧！那些她曾經深深眷戀過的幸福日子，已經一去不復返了！不，那一切根本就是一場戲，一場令她迷醉沉淪、萬劫不復的戲！他的溫柔曾經令她沉溺得無法自拔，但也是這種溫柔，最後變成了冰冷殘酷的利刃，傷得她遍體鱗傷。曾經有多心動，死去的時候就有多怨恨，怨恨到恨不得毀天滅地！

蘇玉樓……蘇玉樓……蘇玉樓啊，你可知道我恨不得吃你的肉喝你的血，你竟然還敢送上門來！好好好……真是太好了！

所有人都被外面那道柔和的嗓音吸引去了，誰也不曾注意到歐陽暖的眼中那種苦寒深潭般的寒、千年冰山般的冷。

歐陽可很少見到外人，此刻就近盯著屏風上的縫隙向外看，只見到一個美少年款款走進來，他身著暗紅流雲蝙蝠暗紋袍，袍邊嵌著暗金色錦絨滾邊，外頭罩著一件雪白狐皮披風，一雙星眸令人沉醉，兼之眉目含情，唇若丹朱，姿態優雅，神采飛揚，真是說不出的風流倜儻，瀟灑不羈。歐陽可一看到他那張俊美的臉，頓時就像被點了穴般僵止了所有的動作。

「起來吧！」李氏的聲音很是和氣：「蘇公子遠道而來就是貴客，當在前廳多飲幾杯！」

蘇玉樓的聲音不緊不慢，給人一種從容不迫的篤定，「是，多謝老夫人美意，是玉樓聽說諸位夫人在這裡，特來問個安！」

蘇玉樓的出現，在所有夫人面前引起了一陣騷動，誰都沒想到蘇家竟然有個如此風采的少年公子。歐陽暖緩緩垂下眼簾遮住眼裡的冷意，蘇玉樓的俊美容貌她記憶猶新，誰會想到他是刻意接近的狼子野心。
外邊正在寒暄，小姐們卻坐不住了。
長著一雙明媚大眼，嬌態可憨的廖小姐首先按捺不住，問道：「可兒，蘇公子長得什麼樣？」
歐陽可還愣愣地向外望著，回不過神來。歐陽暖微笑著從紅泥小爐上端下茶水，親自倒了一杯給廖小姐，輕聲道：「請喝茶。」廖小姐醒悟過來，自己一個閨閣女子竟當著眾人的面問了不該問的話，不由羞得臉通紅。
身著六幅彩裙，豔光四射，出身吏部司務家的柯小姐嬌聲笑道：「這裡都是自己人，也不必那麼拘束，我聽說這位蘇公子是享譽江南的美男子呢！」
「是啊是啊……」鶯鶯燕燕一陣亂語。
抱著小手爐的吏部郎中家史小姐抿嘴一笑，「美男子？這京都美男子可不少，最出名的便是那位明郡王了，可惜他甚少露面，否則還不傾倒了一城女子？」
「史小姐見過明郡王嗎？」一位連歐陽暖都叫不出名字的年輕小姐問道。
「那一年祭祀只遠遠見過一次，看不真切……」史小姐眼神裡透出一種如夢似幻的神采，像是想起了什麼似的，臉頰緋紅起來，接著不能自抑地嘆了一口氣。
「唉，明郡王再好那也是要陛下賜婚的，尋常人家千金高攀不起，史小姐還是不要癡心妄想了吧！」林元柔淡淡笑了一聲，眼睛裡有一種說不出的嘲諷。
「妳亂說什麼！」史小姐幾乎跳起來，卻被歐陽暖輕飄飄一句話阻止了：「諸位小姐，這道屏風可是很薄，若是叫外面聽見了……」
眾人皆是一愣，俱都沉默下來。外面的蘇玉樓不知何時已經退出去了，歐陽可坐回來，旁邊的柯小姐沒什麼顧忌地直接問她道：「妳見過這位蘇公子了嗎？他品貌如何？」

千金們都豎起了耳朵，歐陽可還有些魂不守舍的，想了一下，道：「極好！」

「怎麼個好法？」柯小姐追問道。

歐陽可搖搖頭，輕笑道：「難描難畫！」眾女再糾纏，她卻是無論如何也不說了。

蘇玉樓出去後，眾位千金重新回到原先的位置上看戲，只是歐陽可卻開始漫不經心起來，這時候林氏突然道：「我們這邊聽戲，也別拘著孩子們，讓她們去園子裡走走吧。」

沒人搭腔，尤其歐陽暖優雅地坐在那裡，微微地笑，並沒有一絲一毫要離開的意思，林氏不由得著急，向歐陽可使了個眼色。

歐陽可索性站了起來，笑著對李氏撒嬌，「祖母，我不想聽戲，我想去園子裡玩。」

李氏笑了笑，道：「去吧，別在這裡陪我們坐著了，知道妳們這群孩子年輕坐不住，聽不得這咿咿呀呀的戲！」

大家都笑起來，林元柔就笑著站了起來，高聲道：「老太君，我也要去！」

接著，大部分的小姐都陸續站了起來，表示要一起去。

寧老太君點點頭，問一旁的歐陽暖道：「暖兒，妳不和她們一起去嗎？」

歐陽暖卻笑道：「外祖母，我很想知道趙公子能不能手刃仇人呢，我留下來陪您們聽戲吧！」

林氏臉上微微變色，望著歐陽暖的目光陰晴不定。

歐陽可嘴角一翹，上去挽了歐陽暖的胳膊，笑著問寧老太君：「外祖母，姊姊這是捨不得您要陪著呢，她才不愛聽這些戲！您發個恩典，讓她和我們一起去玩吧！」語氣裡一副很是嚮往的樣子。

林元柔忙道：「是啊是啊，還是讓暖兒妹妹和我們一起去吧，要不然，我們對這園子不熟悉，亂走就不好了！」

「既然如此，暖兒妳就陪著諸位小姐出去走一走吧，好好照應著。」李氏點點頭說道。

歐陽暖似笑非笑地看著在眾人面前裝得活潑可愛的歐陽可，歐陽可被她用這種說不清道不明的目光看著，只覺得頭皮發麻，剛離了夫人們的視線就不由自主鬆了手。

到了園子裡，歐陽可提議去涼亭裡坐一坐，眾位小姐客隨主便，都跟著去了，只有林元馨拉住歐陽暖的袖子，道：「歐陽可很奇怪，妳要留意她。」

這一句提醒絕對是發自真心，歐陽暖看了林元馨一眼，臉上帶了淡淡的笑容，「馨姊姊，妳放心，我絕不會叫外祖母為我擔心的。」不管她們有什麼目的，她都會叫她們雞飛蛋打一場空。

歐陽府的八角涼亭建在假山上，眾位小姐拾階而上，到了涼亭坐下，水果點心早已準備好了，舉目遠眺就能看清整個花園的美景，倒也有些趣味，正在這時，卻聽到不遠處竟是熱鬧至極，喝彩和歡笑不斷傳來，史小姐突然驚呼道：「妳們看！」

花園的西側竟然擺放了一桌桌的酒席，年輕公子們各自隨意地坐著，桌上酒香四溢，笑語不斷，所有小姐見到這情景似乎都有些驚慌。歐陽暖淡淡看了一眼，微笑道：「史小姐不必驚訝，爹爹為了讓客人盡興，在花園裡另外設了席位。我們在涼亭裡，下邊有丫鬟們守著，外客是進不來的。」

眾位小姐聽她這麼說，才稍微放下心來似的，紛紛向那邊望去。只見距離席位百步處，單獨樹立了一個石頭盾，盾牌兩側站了兩個小廝伺候，而那些公子們身後也都站著笑吟吟地手捧弓箭的丫鬟。歐陽暖遠遠看到歐陽爵也在席上，不禁微微笑了，豪門公子們聚在一起都喜歡舉辦小型的射箭比賽，爵兒還是個孩子，他拉得動弓箭嗎？

席上坐著的不僅是歐陽爵，還有鎮國侯的嫡子林之染、兵部尚書的兒子林之郁、吏部尚書的兒子廖鶴豐等人，還有最後一位到的蘇玉樓。

蘇玉樓不經意向涼亭上望了一眼，雖看不清亭中哪位小姐是歐陽暖，卻知道她一定在這群女子之中。對於他而言，俘獲一位少女的芳心是輕而易舉之事，既然是娘千叮嚀萬囑咐他要想方設法誘住這位歐陽府大小姐，他便放手施為就是。

正在此時，廖鶴豐的弓箭射到了獅頭上，眾人紛紛鼓掌叫好，蘇玉樓唇角帶著笑容，慵懶地站起來，從身後丫鬟手中取過弓箭，拉開弓弦，稍稍試了試張力，臉上露出輕鬆的笑容，弓弦張滿，嗖的一聲，利箭直奔獅子盾牌而去，立刻傳來利箭穿破木盾的聲音，所有人目光望去，竟是正中獅鼻。

涼亭中的小姐們口中發出陣陣驚呼，誰都想不到蘇府公子竟然還有這樣高超的箭術，不由得都將目光凝在他身上，歐陽可尤其癡迷，原本林氏讓她帶歐陽暖來這裡，是為了讓歐陽暖親眼目睹蘇玉樓的風采，藉機會給他們製造機會邂逅，可是歐陽可此刻卻已經將林氏的囑託忘到九霄雲外去了……

歐陽暖在一旁和林元馨輕聲說話，並沒有看蘇玉樓一眼，正在這時候，林元柔插了一句話道：「暖兒妹妹，爵兒竟然也要上場呢！」

歐陽暖抬起頭，向場中望去，果然見到歐陽爵也提著一把弓箭，似乎用盡了全身力氣拉開弓弦。歐陽暖慢慢站起來，不由自主地走近，心道這弓箭對一個孩子來說實在是太勉強了……爵兒真不該如此逞強……就在這時候，歐陽爵已經射出了一箭，守護盾牌的小廝一下子尖叫出聲，飛一般地逃向旁邊。這一箭果然沒有射中箭靶，更不要說獅鼻了，如果不是小廝逃跑得及時，恐怕會被當場射傷。所有公子一陣哄堂大笑，肆無忌憚的笑聲帶著嘲諷，讓歐陽爵的臉一下子漲紅了，他不過十歲的年紀，從來沒有碰過弓弦，這一次只是試一試，沒想到卻被他們如此嘲諷。

「姊姊，沒想到哥哥的弓箭這麼差呢！」歐陽可掩著嘴巴笑起來。

歐陽暖卻不在意地一笑，道：「爵兒還是個孩子，力氣有限，第一次就能拉開弓弦，我已經很驚訝了。」只希望他不要因此覺得自尊心受傷就好了，歐陽暖不自覺地這麼想到。

正在此時，一個年輕男子走過來，他接過歐陽爵手中的弓箭，微微一笑道：「表弟，讓我來試一試吧。」

「是我大哥！」林元馨眼睛很尖，臉上露出驚喜的表情。

林之染？歐陽暖心中不免覺得驚奇，大舅舅的長子林之染向來心高氣傲，與自己姊弟並不親近，怎麼會出面替爵兒解圍？

蘇玉樓走到他身邊，淡淡地笑道：「林公子，怎麼你也對射箭感興趣嗎？」

林之染看著他笑了笑，緩緩道：「略通一二罷了，但只要是我感興趣的東西，就一定會贏。」

蘇玉樓臉上的笑容緩下來，「我也是一樣，想贏的時候就從未輸過，林公子確定今天能夠拔得頭籌？」

林之染淡淡地笑道：「那就各憑本事了！」

「好，既然如此，你我二人比試一番。」蘇玉樓慢慢地道，手臂向外一伸，身後人將弓遞給他，他迅速上弦射出，箭剛離弓，又從身後取出一箭，上弦射出，整套動作快如閃電，乾淨俐落，不費吹灰之力，彷彿就是一眨眼的功夫，還未等大家反應過來，兩支羽箭爭分奪秒地向獅子盾牌射去，一左一右不過相距半分，同時命中獅鼻。

公子們一愣，隨即爆發出熱烈的掌聲，大歷朝講究文武兼修，兼容並蓄，所有的豪門權貴子弟不光是要修讀詩書，更要練習騎射，蘇玉樓生得如斯俊美，又出身商戶，大家本都以為他不過是個繡花枕頭，卻沒想到他竟有百步穿楊的箭術，當真已是世間少有的美男子。這回，連涼亭裡的小姐們都紛紛站了起來觀戰，臉上不由自主都露出傾慕的神色，一時間，全場的焦點都集中在蘇玉樓的身上。

只有歐陽暖已經重新坐回涼亭裡，慢慢替自己倒了一杯茶。歐陽爵射完箭，其他人她便已不放在心上，反倒是林元馨緊張地攥緊了手帕，歐陽暖看她一眼，微微笑道：「馨姊姊在擔心？」

擔心！當然擔心！蘇玉樓再優秀，畢竟出身商戶，大哥林之染卻是侯府公子，身分高了不是一點半點，若是在眾人面前輸給蘇玉樓，豈不是要成為整個京都的笑柄？

「馨表姊無須緊張，染表哥的個性妳比我還要清楚，他是不會打沒把握的仗的。」歐陽暖微笑著寬慰對方，心中卻也並不十分有把握，蘇玉樓此人她很瞭解，的確是文武全才，並非只有花架子而已，林之染麼，她就真的太不瞭解了……

歐陽爵走過去，仰面看著比自己高出許多的林之染，擔心地道：「表哥，要不還是算了吧？」

林之染淡淡一笑，一雙凌厲的丹鳳眼微微眯了眯。他接過弓箭，神情變得沉穩無比，嘴唇緊抿，全身的肌肉都繃緊，在這一刻，原本翩翩佳公子的氣質一下子全變了，一種冷厲的氣息從他身上散發出，眾人只覺得連陽光的溫度都冷了下來……

涼亭上小姐們聚精會神地看著，場面漸漸安靜下來，變得鴉雀無聲，所有人的目光都集中在林之染的身上，他們的心中都升起一種奇怪的感覺，這會是一場分外精彩的對決。

忽然，箭頭冷光一閃，咻的一聲，箭飛速而出，沒等眾人反應過來，林之染又是一箭以迅雷不及掩耳之勢緊隨上一箭飛馳而去。小姐們不約而同地向前一步，有人幾乎不顧形象地趴在欄杆上向下望去……

「啪」的一聲，蘇玉樓的一支羽箭被林之染的羽箭從中射成兩半掉落在地，另一支也「嗡」的一下因木盾強烈的震撼而猛地墜落，還沒等眾人發出驚呼聲，林之染第二支羽箭如同電閃流星一般落下，剛好在蘇玉樓所射出的箭坑上，正中獅鼻。

這一幕已不是射術精妙可以形容，所有的人眼睜睜地看著蘇玉樓的箭，一支被劈成兩半掉落到地上，另一支則因承受不了過猛烈的衝擊力而墜落在地，生生將扎進木盾裡的羽箭震落在地，這需要多大的力道？林之染不光箭術出眾，竟連臂力都非同凡響！眾人倒抽一口冷氣，驚訝得說不出話來，場中靜得似乎連掉落一根針都聽得見。接著，像是潮水突然湧過來，所有的人都歡呼起來，比剛才興奮百倍熱烈百倍。

小姐們一時之間都跟著歡呼起來，林元馨是大家閨秀，嫻靜溫柔，這時候卻也激動得滿臉通紅，拉著歐陽暖走到涼亭邊上，大聲地喊道：「大哥你好厲害！好厲害！」

這一群如花似玉的小姐們站在上面，早就有人注意到了，只不過裝作不知而已，現在如此，頓時引得無數少年仰頭望去。

歐陽暖的目光不由自主地停留在那名身穿銀白金絲滾邊錦袍的男子身上，他的年紀很輕，可卻身形高大，儀表出眾，在人群裡顯得格外扎眼。像是感覺到她的目光，那男子回過頭來對上她的視線。他的面孔白皙如玉，黑色的瞳孔反射出淡淡的光澤，晶瑩剔透，宛若毫無瑕疵的黑色寶石，容貌簡直堪稱完美，就像是精緻的雕像，每一分每一毫都恰到好處，像是一個無與倫比的藝術品，讓人在深深沉醉的同時，忍不住產生自慚形穢的念頭。

歐陽暖不躲不避，微微一笑。林之染也對她笑了笑，笑容在陽光下格外的耀眼。

就在這時候，有個丫鬟回稟說是老爺請諸位公子去前廳飲宴，下面的公子們便也轉身離去。涼亭裡的小姐們一看到這場面就知道他們是去前廳陪著大人們喝酒去了，眼看這場競賽到此擱下，便也沒了興致，紛紛說要回去。

歐陽暖卻對著她們笑道：「可兒，既然大家都想回去，妳就帶著她們回去看戲吧。」

歐陽可面色古怪地盯著她，林元馨奇怪地道：「暖兒妹妹不走嗎？」

歐陽暖微微搖頭，眾位小姐向下望去，看到所有人都離開了，只剩下歐陽爵還在花園裡，知道他們姊弟可能有話要說，便紛紛點頭，跟著歐陽可離開了。

歐陽可本還不想走，但林元馨為了給歐陽暖姊弟留下獨處的時間，故意親熱地套著她的胳膊，拉著她一起離開。

歐陽爵探身捧住弓，那弓對他的年紀來說是相當沉的，但他還是用左手拎住弓箭，右手用力拉了拉弓弦，深吸了幾口氣，用力將弓弦拉開，卻好像力不從心。

歐陽暖看見這個場面，心中不禁為他擔心起來。

歐陽爵試了很多次，因為用力，右手手指整個都紅腫起來。

歐陽暖就站在他身後不遠處靜靜看著，沒有上前去阻止。歐陽爵頭上全是汗珠，臉上卻沒有露出沮喪的神色，用力射出了一箭，卻還沒有碰到獅盾便落下了。他緊緊咬著嘴唇，彎下身體，似乎要把重心往下壓，再度用力拉開弓。

歐陽暖眼睛裡寫滿了擔心卻一言不發，拉到一半，歐陽爵吃不住力，腳下一滑，弓弦嗖的一聲彈回原地，歐陽爵愣愣看著，臉上有點苦惱，想著如何再試一次。

歐陽暖終於忍不住了，她走上前一把將弓搶走。歐陽爵一愣，道：「姊，妳怎麼來了？」

歐陽暖的心中有著動容，但她還是說：「爵兒，你不需要這樣勉強自己。」她丟下弓，拉過他的手，歐陽爵的左右手因為用力過度都發紫了，手指縫在汩汩往外冒血。歐陽暖忍住眼淚，微笑著拍拍他的頭，「傻孩子，疼嗎？」

烏黑的長睫毛掩映著歐陽爵的眼睛，他懇求道：「姊，讓我再試試吧，我一定能比表哥拉得還要好！」

「爵兒，姊姊說過了，不要太勉強自己，拉不好弓又有什麼關係呢？」歐陽暖這麼說道。

歐陽爵卻堅定地搖搖頭，道：「姊，我一定能超過所有人，絕不會給妳丟臉，妳信我！」

歐陽暖看著他漆黑的眼睛裡寫滿了堅決，張開嘴巴想說話，最終卻閉上了。她一直覺得，爵兒只要成為一個上進有為的人就好，不需要事事做到第一做到最好，況且他今年不過十歲而已，只是個小孩子，不該過早對他施加太大壓力，然而她似乎忘了，這個孩子骨子裡有一種執拗的驕傲，今天的事情對他的觸動一定很大……是她忽略了。

「爵兒，姊姊相信你！」歐陽暖這麼說著，露出笑容。

「嗯！將來我要封侯拜相，讓姊姊做一品夫人，叫那些小人再不敢嘲笑咱們，讓妳和娘都為我驕傲！姊姊，妳看著，我一定能做到！」歐陽爵說著，重新又拉起了弓。

歐陽暖站遠了幾步，默默看著歐陽爵一次又一次重新拉起弓，封侯拜相、一品夫人，爵兒，這是你的願望嗎？你可知道姊姊最大的心願就是讓你幸福，那些名利富貴又有什麼要緊，如果你想要，姊姊拚了命也要為你爭一爭！

「歐陽公子怎麼還在練習？」就在這時候，一個年輕男子從旁邊的花叢中走出來。

俊美絕倫……用這四個字來形容蘇玉樓再合適不過，加之他文武全才、琴棋書畫無一不精，任何女子看到了都要心動不已。林氏為了讓自己上鉤，只怕還真是費了好大一番心思，歐陽暖心中冷笑。

「這位是……」他目光落在歐陽暖身上，帶著和煦的笑容，眼裡的神情讓人微微迷醉。

「這是我姊姊。」歐陽爵直覺不喜歡這位蘇公子，言簡意賅地說道，甚至連歐陽暖的名字都不肯透露。

蘇玉樓望向歐陽暖，只覺得她眉若春山，眼橫秋水，雖年紀尚小，容貌卻是筆墨言語難描似的美，不由微微一笑，道：「大小姐安好。」

他的目光中似有種熱度，這種隱隱的熱切，彷彿要將她也燃燒起來，歐陽暖淡淡地笑著道：「公子不必多禮。」

歐陽爵聽到姊姊說話的聲音，只覺得與平常有異，仔細望去，歐陽暖臉上卻還是如同往常一般的溫和，然而這種細微的變化只有歐陽爵這麼親近的弟弟才能發現，蘇玉樓卻絲毫沒有察覺到。歐陽爵相當不喜歡這位俊美公子靠近自己的姊姊，冷冷地道：「姊姊，我要去前廳，妳要回去嗎？」

歐陽暖點點頭，道：「祖母也該到處找我才是，你快走吧。」說完，向蘇玉樓淡淡施了一禮，轉身離開。紅玉跟著自己小姐，卻不由回頭望了蘇玉樓一眼，心道這位公子的容貌真是太俊俏了，難怪剛剛那些千金小姐們一個個都激動萬分，可小姐卻是轉身就走，腳步沒有半點留戀。

歐陽暖走了很久，蘇玉樓還站在原地，歐陽爵輕輕咳嗽了一聲，「蘇公子，你不去前廳嗎？」

蘇玉樓一愣，回過頭來看到歐陽爵正不悅地望著自己，他微微一笑，彷若不覺的樣子，點頭和他一起離開，可是心裡卻說不出的驚奇。尋常千金小姐見到自己不是臉紅羞澀就是期期艾艾，要不就是使勁兒往上貼過來，這位歐陽家的大小姐卻彷彿半點沒放在心上的樣子，她這是故作淡然還是欲擒故縱？想到這裡，他心中不由得對歐陽暖生出了一絲別樣的興趣。

歐陽暖走出很遠，一直在袖子裡死死攥著的手才緩緩鬆開，日光下一看，卻已經被指甲劃得血跡斑斑，紅玉驚呼一聲，道：「大小姐，您怎麼了？」

歐陽暖淡淡地道：「剛才站得久了，頭有些疼罷了，不許聲張。」

歐陽家前廳，正桌上坐著歐陽治和他親近的官員七八人，其餘桌子是為諸位公子準備的。蘇玉樓剛剛坐下，便與眾人從容不迫地談話飲宴。其他人都是出身官宦世家，原本對他商人之子的身分有些輕視，可是剛才看到他在花園裡百步穿楊的射箭之術，輕蔑之意不知不覺就收斂了幾分，如今到了酒席上，眾人心存試探之意，席間不斷向他敬酒，他都含笑飲下，與對方親切交談，看來半點沒有生疏的樣子，遊刃有餘，給眾人留下的印象都非常之好。

言談間，公子們的話題從詩詞文章、絲竹琴曲扯到其他地方的風土人情，地方物產，蘇玉樓無一不精無一不通，當真是個文武全才，令人心折，諸位公子紛紛去了蔑視之意，只有林之染態度冷淡，並不理會。

席間，一個丫鬟端酒壺倒酒的時候，將一盅沒剩多少的酒水倒在了蘇玉樓袖口上。

蘇玉樓微微皺了皺眉頭，歐陽爵也陪坐在這一桌，作為主人終究忍不住道：「這是怎麼回事，妳這丫鬟太不小心了！」

那小丫鬟年紀還小，見闖了禍，立刻賠禮下跪，連聲道不是。

蘇玉樓在別人家作客，不好當場發作，只道：「算了。」只是袖口濕了一片，很不舒服。

那小丫鬟連忙道：「請公子跟著奴婢走，奴婢替您稍清理一下。」

對於向來重視儀表的蘇玉樓來說，身上帶了很濃重的酒味，當然是覺得很不像話，聽這丫鬟如此言語，他便放下酒杯，站了起來。

歐陽爵皺眉道：「可是待會兒要向爹爹敬酒的……」

蘇玉樓生性愛潔，便笑道：「時間還早，我很快就回來，不會耽誤的。」

歐陽爵點點頭，囑咐那丫鬟道：「不要去後院，不小心衝撞了誰家的小姐，絕饒不了妳！」

小丫鬟戰戰兢兢地點頭，領著蘇玉樓走了。歐陽爵並沒有覺察出什麼不對，坐在此桌首位的林之染抬起頭，若有所思地看著蘇玉樓離去的背影……

蘇玉樓跟著那小丫鬟穿過前廳，重新走過花園，不知不覺走到一個較為偏僻的院落，那小丫鬟讓他在院子裡等著，然後進了屋子，很快捧出一盆溫水，幫他捲起袖子，將袖口的汙漬細細洗淨了，再用乾淨布帕給他抹乾手，笑嘻嘻地道：「公子，很快就好了，不用著急！」

蘇玉樓的臉色卻有些冷淡，慢慢地道：「妳手腳如此俐落，怎麼會把酒倒在我身上？」

那小丫鬟十分伶俐，甜笑道：「公子說得奴婢好像是故意的，奴婢可沒有那個膽子！」說著，她望著蘇玉樓，感嘆了一句：「公子生得真俊俏，我來府裡這麼久，從來沒見過您這樣的公子，真是像天人一樣呢！」

她說得嬌俏，眼中卻似乎有異彩一閃而過，蘇玉樓忽然心頭一跳，覺得有些不對，一把抓住小丫鬟，厲聲道：「妳是誰派來的，帶我來這裡做什麼？」

小丫鬟輕聲道：「公子，奴婢是遵照夫人的吩咐做的，您且在這裡稍等片刻，一切的事情夫人都安排好了……」

蘇玉樓冷冷一笑，站起來起身就要走。小丫鬟很是機靈，快速擋在他身前，將一塊玉佩在他跟前晃了晃，道：「公子可認得這是什麼東西？」

蘇玉樓一愣，立刻認出這塊雙魚玉佩是蘇夫人貼身之物，他頓時站住不動，只是聲音冷了幾分：「妳家夫人到底是什麼意思？」

小丫鬟低下頭，掩住眼中的詭譎，道：「公子在這裡等著就是了，就算我家夫人會害您，難不成蘇夫人還會害您嗎？總之是大好事，公子若是錯過了，將來可是會後悔的……」

歐陽暖回去的時候，戲已經唱到了第六折。臺上的戲子正唱到「一隻大雁落地平，垂頭縮翅血斑紅，何日能得英雄將，也把仇人箭穿胸」。

她站在門口凝神聽著這一句，不由自主露出一絲微笑。寧老太君看到她回來，十分高興的樣子，立刻招手讓她過來。歐陽暖笑著走到她身邊，寧老太君道：「剛才見著爵兒了？」

「是，外祖母，爵兒讓我代他向您問好。」歐陽暖微笑著回答，那邊李氏向這裡望過來，就聽見歐陽暖說道：「爵兒這孩子就是太傻，說是要射個好彩頭給祖母祝壽，別人都走了，他還在花園裡練習，弄得手上都破了，我看著真心疼。」

李氏一聽這還得了，趕緊吩咐張嬤嬤去取白玉膏藥來：「妳吩咐人送去給大少爺，親眼見他抹了再回來。」

林氏在旁邊聽到，眼中的怨氣難以遮擋，大姊生的兒子就是歐陽家的心肝寶貝，她的兒子還沒有出生就被冠上了天煞孤星的惡名，這一切都是歐陽暖造成的！她在心中暗暗發誓，一定要讓對方付出慘痛的代價。

緊挨著林氏坐著的蘇夫人悄悄道：「妳先前可沒說大小姐是這麼個美人兒呀！」

林氏眼底劃過一絲冷意，客氣地道：「暖兒像我的大姊，容貌倒是很出眾，讓夫人見笑了。」

蘇夫人輕聲道：「這是哪裡的話，妳這話可是將我當外人呢！就以我送妳的玉佩為定，此事妳可不許變卦！」她越說越親近，尤其是眼角上笑出來的細紋，竟像是十分的高興。

蘇夫人看著歐陽暖，反覆地打量，心道憑藉玉樓的才華，這次功名一定會求到的，若是再娶一個出身這樣高貴的兒媳婦，將來鎮國侯府和吏部侍郎在朝中也能替蘇家幫襯一二，到時候玉樓的前途豈不是一片光明？這樣想著，她的目光更亮了幾分。

林氏看著蘇夫人，猜到她心中在惦記什麼，不由得暗自冷笑，蘇家不過是商賈之家，縱然富貴滔天，在京都權貴眼中也是不入流的，就算蘇玉樓取到了功名，根基也還太淺，歐陽治絕不會將嫡長女嫁給這樣的人家，更不要提背後還有個老謀深算的寧老太君，她怎麼可能同意讓自己的嫡親外孫女嫁給一個商戶？但若是歐陽暖自己願意，一心一意要嫁給蘇玉樓，那就怪不得旁人了……原本還想等歐陽暖年紀再大一些再動作，只是如今看來卻是等不得了，她在這府裡多留一天，都是自己的心腹大患！

林氏想到這裡，重重咳嗽了幾聲，向歐陽暖道：「暖兒，過來娘這裡。」

歐陽暖淡淡地看了她一眼，就要走過去，寧老太君卻突然拉住她的手，歐陽暖知道外祖母心中是擔心林氏另有所圖，只是大庭廣眾之下，她是自己的繼母，如果就這樣不理不睬，傳出去並不利於自己姊弟，所以歐陽暖安撫地拍了拍寧老太君的手，腳步輕盈，面上帶笑地來到林氏身邊。

還不等她說話，一旁的蘇夫人將她拉著又細細端詳，手摸到她的手指，不禁道：「大小姐的手怎麼這樣涼？」說著便將自己手裡的手爐遞過去，「快暖一暖！」

歐陽暖微微笑道：「多謝夫人關心，只是天氣寒冷，不要凍壞了夫人才是。」說完又將手爐還給了她。

蘇夫人笑容一僵，頓時察覺到自己的意圖太明顯了些，旁邊已經有不少的夫人為之側目，甚至連寧老太君和李氏也向這裡望過來，她面上有點訕訕的，不敢再多表露出什麼。

林氏笑道：「暖兒，蘇夫人是自家人，妳何必客氣？」

還真是急不可耐地要將關係拉近啊！歐陽暖笑了笑，目光之中卻露出些微的冷淡，道：「娘，來者是客，蘇夫人是您的貴客，暖兒更不能怠慢了。」

林氏是吏部侍郎夫人，竟將蘇夫人這樣的商人婦奉為座上賓，怎麼不令人覺得疑心？幾位夫人聽了歐陽暖這句話，不由得都互相看了一眼，覺得這裡面似大有深意。林氏心中暗暗叫苦，臉上卻只能裝做毫無所覺。

不一會兒，林氏臉上露出疲憊之色，蘇夫人關心地道：「夫人累了嗎？」

林氏點點頭，笑道：「我現在是雙身子的人，自然比不得旁人，不過坐了一會兒就這樣疲乏。」說完，站起來向李氏告罪道：「母親，媳婦身體不適，就陪諸位看到這裡了，先行回去，還請您不要見怪。」

李氏現在看見這個兒媳婦就厭惡，哪裡會留她，抬起手揮了揮，道：「這裡有這麼多人呢，哪裡用妳陪著，回去吧。」

林氏應了聲是，向諸位夫人告別，突然身子一歪，像是站不穩的樣子，不巧就歪倒在歐陽暖的身上。歐陽暖一把扶住她，輕聲道：「娘可小心些。」

李氏見到這種情況，對林氏越發厭惡了幾分，道：「可兒，妳送妳娘回去吧。」

歐陽可剛站起來，林氏連忙道：「不必了，可兒年紀還小，讓她陪陪母親吧，有暖兒送我回去也是一樣的。」

這倒是十分的奇怪，她不要親生女兒，偏要在眾人面前與自己這個繼女作出母女情深的模樣，到底是為了博得賢名，還是另有所圖？歐陽暖微微凝視著林氏，臉上緩緩露出一個笑容，不管是哪一樣，她都無所畏懼，便淡淡一笑道：「既然如此，就由我送娘回去吧，各位貴客還請安心看戲。」

歐陽暖走過歐陽可的身邊，彷彿不經意間，留給她一個奇異的微笑，看得歐陽可心中十分不安。她是知道林氏的計畫的，但她沒想到蘇玉樓竟然是這樣一個出眾的美男子，正因如此，在看到蘇玉樓的時候，她突然不希望娘的計策成功了，尤其看到歐陽暖露出這樣的笑容，彷彿在向自己挑釁似的，歐陽可心底更是不舒服得很，連眉頭都緊緊皺了起來……

林氏斜倚著歐陽暖一路走出去，一副怯弱不勝的模樣，又笑著道：「謝謝暖兒了，娘耽誤得妳連戲都看不成，實在過意不去！」

「娘說的哪裡話，人常說戲如人生人生如戲，到哪裡看不都是一樣的嗎？」歐陽暖笑得很甜蜜，但林氏卻覺得她甜蜜的笑容中帶著一種冰寒，不由自主攥緊了自己的手，強行壓制住自己甩開她的衝動，繼續往前走去，一直走到花園處，突然驚呼道：「哎呀，王嬤嬤，我身上的紅鯉金累絲香囊呢？剛才還在的呀！」

王嬤嬤一聽頓時著急道：「莫不是丟在哪裡了？夫人，院子裡人多嘴雜，萬一不小心叫什麼人撿走了可是大不妙，老奴趕緊去尋！」

歐陽暖冷眼看著這一對主僕一唱一和，心中冷笑，堂堂一個主母身上的東西怎麼會輕易丟失，這齣戲到底是什麼名堂？

王嬤嬤厚著臉皮道：「大小姐，夫人出來得匆忙，只帶了兩個丫鬟，能不能請您的丫鬟也幫著一塊找找？」

天氣寒冷，歐陽暖將方嬤嬤留在聽暖閣，身邊只帶了紅玉和文秀，聽到王嬤嬤這麼說，不由笑道：「嬤嬤要用人直說就好了，文秀，妳去幫著夫人找一找。」

王嬤嬤領著三個丫鬟離開，只剩下林氏、歐陽暖和紅玉三個人繼續往前走。

林氏道：「暖兒，我要妳來陪我，原是我有心裡話要同妳說。」

果然來了！歐陽暖一笑，「娘有什麼話盡可以說。」

林氏瞇眼看著歐陽暖，低聲道：「暖兒年紀也不小了吧？」

歐陽暖柔和地笑，「祖母說我還是個小孩子呢！」

林氏微微笑道：「這話是母親心疼妳，大姊在妳這個年紀上侯府提親的人都踏破門檻了！說真的，我們這樣的人家，便是姑娘年紀小，先訂下也沒什麼的！」

歐陽暖淡淡地道：「娘是嫌棄女兒了？想讓女兒早點離開家？」

林氏眼中寒光閃過，口中卻嬌嗔：「這怎麼可能？娘是全心全意為了妳好，好人家的公子留不住，等妳到了十五歲再籌謀，只怕找不到好人家……」

歐陽暖垂著眼道：「我年紀太小，這樣的事情娘還是不要和我商量得好，爹爹和祖母知道了只怕要生氣的。」

林氏心中冷笑，突然拉了歐陽暖的手，嘆道：「可憐的孩子，我何嘗願意和妳談這些，只是妳親娘早逝，老爺公務繁忙，母親近些年也不問事，只有我是妳的親生姨娘，待妳一直視如己出的，這些話說給外人聽自然是忌諱，何況咱們娘兒倆之間又有什麼說不得的？妳也該多為自己打算打算！」

林氏說得情真意切，眼睛裡還微微閃動著淚光，如果歐陽暖沒有重活一世，絕對想不到林氏的演技已經到了爐火純青的地步，現在她可是一絲一毫的感動都沒有，只有數不盡的厭惡之感，淡淡地道：「娘這話卻說岔了，我有祖母疼愛，有爹爹照拂，將來還有弟弟可以依靠，又有什麼可憐的地方呢？倒是娘您自己身子不好，就無須為這些瑣事擔心了。」

林氏心裡一凜，實在有些惱怒，嘴裡卻說道：「暖兒，我說句不中聽的話，母親雖然和藹，到底不是親娘，就算想為妳考慮，她年紀大也顧不上了，妳爹爹又是個糊塗的，妳還是應該為自己打算一下前程才是，別一味的如此老實，否則將來後悔都來不及。」

她拐彎抹角地說了這麼多，不外是為了下面的話做鋪墊，歐陽暖微微一笑，順水推舟道：「這些年多虧娘百般照顧我，我要是早嫁了，怎麼捨得您呢？」妳還不死，我怎麼能將弟弟放心留給妳這樣的母豺狼？

林氏笑了笑，「傻孩子，有妳這句話就夠了！這些年我當這個家，有多麼不容易，妳也是看在眼裡的！」頓了頓，又感慨道：「人都說後娘難做，爵兒一直誤會我倒沒有什麼，妳總要相信我才是，我是一心一意為你們姊弟著想啊，絕不會害你們的！」

就是相信了妳，才會讓爵兒危在旦夕，才會讓自己深陷絕境！歐陽暖靜靜地看著林氏，「娘的再生之恩，暖兒沒齒難忘。」

她說到沒齒難忘四個字的時候，笑容甜蜜，卻帶著一股令人齒冷的意味，聽得林氏背後莫名起了一層雞皮，只覺得這話聽起來十分可怖，彷彿在許下某種誓言一樣，卻又說不出哪裡不對。

關於早點為自己籌謀的話題，林氏幾次三番再提，歐陽暖幾次三番又岔開，不知不覺間走過了花園，一個小丫鬟突然從旁邊跑出來，好像慌慌張張地，一不小心撞在紅玉身上，林氏喝斥一聲道：「站住！瘋瘋癲癲像什麼樣子！」

小丫鬟立刻跪倒，很是緊張，低頭道：「夫人，奴婢是前廳伺候的丫鬟，大少爺不小心喝多了，說頭疼得很，奴婢要去尋大小姐去呢！」

歐陽暖的心微微一動，爵兒只是個孩子，平日裡從不飲酒，今天卻不同，作為主人肯定是要喝一些的，之前她已經囑託他儘量少喝，怎麼還是喝多了？就聽到林氏笑道：「好在妳碰上了我們，若是直接讓妳就這麼衝進去，不小心衝撞了老太君或者其他貴客怎麼辦？罷了，暖兒，妳就隨她去看看爵兒吧。」

歐陽暖頗有深意地看了小丫鬟一眼，故意遲疑道：「那娘怎麼辦呢？王嬤嬤和其他丫鬟也不在身邊，總不好叫您一個人回去……」

林氏嘴角勾勒出一絲弧度，狀似不經意地道：「那就讓紅玉扶我回去吧！」

原來在這兒等著呢！先是調走了文秀，接著是紅玉，林氏到底想要做什麼？一個偶然接著一個偶然，變成了一個必然。難不成還想讓張文定一事再度重演？歐陽暖仔細審視著林氏，卻看到她一臉平靜，半點端倪也看不出來，不由露出真誠的笑容，「娘真是體恤，既然如此，暖兒就先去看看爵兒。紅玉，妳好好照顧夫人，務必將她完好無損地送回福瑞院。」

紅玉應聲，抬起頭的時候眼底卻有一絲擔憂，歐陽暖朝她略點點頭，示意她不必擔心。看著林氏依著紅玉走了，歐陽暖才回過頭，盯著這個報信的小丫鬟，道：「大少爺在席上都向誰敬酒了？到底喝了幾杯？現在何處？身邊什麼人在服侍？既然醉了又是誰讓妳來請我的？妳既在前廳伺候，誰准妳跑到後院來找人？」

一連串的問題問出來，那丫鬟額頭不由得出了冷汗，低下頭回答道：「詳細的情形奴婢不清楚，是……是大少爺身邊的人讓奴婢來傳信給大小姐。」

傳信？歐陽爵身邊的人自己早已一一調查過，留下的都是些機靈可靠身家清白的人伺候，便是他真的喝醉酒了，她們也該知道怎麼處理，怎麼會跑到內宅來找自己這個大小姐？難不成還讓她去給爵兒醒酒嗎？更何況，她們自己為什麼不來請，非要這樣一個在前廳伺候的眼生丫鬟來？這樣的理由用得真是可笑，但換了以前的歐陽暖卻一定會相信，林氏不過是吃定了自己將爵兒看得比天還要重要，賭在關心則亂四個字罷了！只不過，如今這場戲誰是蟬，誰是螳螂，誰又是黃雀，這還兩說呢！歐陽暖心底冷笑。

「既如此，妳就帶路吧。」她的臉上露出笑容，話語中卻帶了三分冷意，那丫鬟只覺得被大小姐的眼光這麼盯著，不由自主脊背就矮下幾分，低聲應是。

一路走過去，終於到了花園西邊角落較為偏僻的小院落，小丫鬟臉上陪笑道：「大小姐，大少爺就在裡面，您進去吧。」

歐陽暖卻笑望著她，好像在待她走後自己再進屋。

小丫鬟臉上帶笑，眼中卻閃過一絲焦急，「大小姐，大少爺等著您呢！」

歐陽暖笑容溫和，「爵兒身邊必不缺人照料，妳多大了，叫什麼名字，怎麼以前沒見過妳？」

小丫鬟臉上有些緊張，「奴婢叫銀杏，是不久前剛剛進府的。奴婢是認得大小姐的，許是您貴人事忙，不記得奴婢了。」

歐陽暖笑容燦爛，「我倒不知道府裡還有這樣機靈的丫鬟。」說著，臉上露出幾分悵然，「看樣子真是進了好些新人，聽說府裡前些日子放出去不少嬤嬤，唉，祖母說要整頓院子，好多老人都出去了。日子過得真快呀，還記得小時候照顧我們姊弟的江嬤嬤，當初多麼爽利的一個人，沒幾年身子骨就不好了，這次我還特地求祖母將她留下養老，她偏偏說人老了想要回到故土去，我心裡真是捨不得呢！小時候爵兒總是哭鬧，就是乳娘都嫌他吵鬧，只有江嬤嬤不覺得，她最會逗我們開心了，又會紮竹蚱蜢……」竟然有要長篇大論說一通的架勢。

銀杏看她一直站在門口不肯進去，額頭上的冷汗越來越多，幾乎有點架不住。這位大小姐，年紀輕輕，卻不是軟柿子，夫人讓自己引她來這裡，還以為是個輕鬆的好差事，誰知竟這麼難完成……完成了又不知道會招惹來什麼禍事，只是到現在已經沒有她後退的餘地，索性把心一橫道：「大小姐，您快進去吧……大少爺真的該等急了……」等歐陽暖一進去，她就將鎖鎖上，照著夫人的吩咐將大小姐和那人一起關在裡面。

歐陽暖看了她一眼，似笑非笑道：「銀杏，我說這麼多話，口渴了，妳去倒一杯茶來給我！」

什麼？銀杏一愣，倒茶？

歐陽暖的笑臉冷淡下來，「怎麼，我連一個丫鬟都支使不動了嗎？還是妳眼裡只有夫人，沒有我這個大小姐？」

銀杏心中一顫，到底膽子不夠大，說話的聲音都在顫抖，道：「大小姐，奴婢……奴婢不是……不是這個意思……」

「不必麻煩了，爵兒既然在這院子裡，自然是備好了茶水的，不然怎麼醒酒？」歐陽暖冷笑一聲，道：「還是妳從頭到尾都在騙我，爵兒根本不在裡面？」

「不敢！奴婢絕對不敢欺騙大小姐！大少爺就在裡面，只是這院子向來沒主子住，大少爺就讓身邊的小廝去別處取醒酒湯了，所以外面才沒人伺候，恐怕院子裡現在爐子都還是冷的，一時照顧不到大小姐……」不是沒有水，只是水已經打來為蘇玉樓清理袖袍，再進院子裡去燒水，豈不是全都穿幫了？銀杏暗中著急。

「既然這裡面沒有，妳就去別處倒茶吧。」歐陽暖冷冷地說道。

銀杏眼珠子不停地轉，心念急轉，道：「要不然大小姐先進去，奴婢立刻去倒茶來……」

這時候，歐陽暖已經看到了不遠處臘梅樹後露出的一角月白挑線裙子，不由心中冷笑，卻淡淡地道：「什麼時候輪到妳告訴我該怎麼做了？還不快滾！」

銀杏不由自主捏緊了自己的袖口，心道去倒個茶也不過片刻功夫就回來了，便趕緊道：「是，大小姐稍候，奴婢馬上就回來。」說完，飛快地跑走了。

歐陽暖見她跑得遠了，冷冷地看了臘梅樹的方向一眼，就聽得有人在後面道：「人都到哪裡去了？到底什麼事？」

接著一個輕裘緩帶的少年公子走出來，正是蘇玉樓。

果真是他！歐陽暖暖垂頭一福，「蘇公子。」心中對林氏的計謀早已了然。

蘇玉樓一見到歐陽暖，露出淡淡的笑容，「大小姐，對不住，我沒想到妳在這裡。」又低聲罵道：「剛才那個丫鬟呢？大小姐在這裡怎麼也不說？」

裝腔作勢！林氏先是讓蘇玉樓在人前出現，意圖讓自己喜歡上他，又想方設法讓歐陽可引自己去涼亭，在眾目睽睽之下展示蘇玉樓的箭術，若她真的是個單純天真的閨閣千金，怎麼會不悄悄芳心暗許？隨後林氏藉著頭暈的藉口讓自己扶著她離開，一一將所有人調開，再讓銀杏帶自己到了院子裡面，到時候把院子門一封，將兩人關在裡面，自己一個未出閣的小姐還說得清嗎？

哈，林氏篤定了自己會看上蘇玉樓，既然說不清就會順水推舟的下嫁是吧？簡直可笑！這種拙劣伎倆一次就罷了，還敢使第二次？歐陽暖淡淡一笑，道：「意外總是有的，蘇公子太過客氣了，我這就先去了。」

蘇玉樓還沒來得及說話，歐陽暖卻頭也不回地走了，隱約聽見他在身後叫她，她也佯作沒有聽到。蘇玉樓還要追上去，卻突然被一個人攔住。

蘇玉樓皺眉看著眼前的盛裝少女，臉上露出一絲疑惑，「妳是……」

「蘇哥哥，我是可兒，剛才我在屏風……不，我在涼亭上見到你射箭的風采，我……我十分的仰慕……」

蘇玉樓一聽，極為詫異，卻也只能停下來，道：「妳是歐陽伯的小女兒？」

歐陽可的臉不由得變得更紅，眼睛裡的光彩越來越盛，「蘇哥哥，你知道我呀？」

蘇玉樓的確聽蘇夫人提過林氏只生有一個小女兒，只是歐陽可年紀很小，身形都還沒有長開，更不要說眉眼風度比其姊遜色太多，不像歐陽暖縱然站在眾多千金小姐之中也同樣引人注目……他怎麼可能注意到歐陽可呢？但她現在攔在他身前，他也只能說：「我聽娘提起過，妳找我有事嗎？」

歐陽可從來沒有跟這麼年輕俊美的公子說過話，心裡緊張得怦怦直跳，臉上故作平靜，微微笑道：「我無意走到這裡，看到蘇哥哥在這裡，便想著來跟你說說話，倒沒有別的事。」

蘇玉樓有些不耐煩，卻礙於情面不好冷言冷語，只語氣淡淡地道：「時候不早，我也要回去前廳去了，二小姐也早點回去吧。」

歐陽可一愣，眼看著蘇玉樓就要從她身邊走過去，一急之下趕緊叫住他：「蘇哥哥，等一等，我有話想說！」

蘇玉樓疑惑地看著她，歐陽可本只是為了留住他多看他兩眼，多說幾句話，這時候一時不知道該說什麼，更加著急起來，隨便扯道：「你要在京都待多久？」

蘇玉樓的眉頭鬆了下來，語氣有些冷淡，「可能要一段日子。」

歐陽可生怕冷場，又說道：「那……那你會常常來我們府上嗎？」

這話問得奇怪，蘇玉樓一雙美目看著歐陽可，終究回答道：「這個……不好說。」有些含糊，但他總不能說我經常會來妳家做客吧。

歐陽可滿臉希冀，卻也察覺到自己語氣過於急切，換了口氣道：「我大哥……哦，就是歐陽爵，他的箭術那麼差，爹爹一直想要為他找人教導呢，不知道蘇公子有沒有時間可以指點他一二？」

蘇玉樓點點頭，道：「家母與歐陽夫人是好友，日後恐怕會經常來叨擾，若是侍郎大人不嫌棄，小公子也沒有意見，我願意與他切磋一番。」

他眉長過眼，眉尾斜飛入鬢，雙眼含笑，顧盼生輝，口中說得十分謙虛，臉上卻帶著一種神采飛揚的自信，讓歐陽可看得目不轉睛，只覺得心頭小鹿亂跳，緊張得不得了。

蘇玉樓十分聰明，只看到她滿臉通紅，一副懷春少女的模樣，就猜到這位二小姐只怕是傾心於自己，只是她不過侯府庶女所出，身分地位比之大小姐差得太遠，再加上容貌氣質風姿都無法與歐陽暖相提並論，他並不將她列為考慮對象。

蘇家的確富甲一方，名鎮江南，在普通人眼中，風光無限。實際上，一旦到了藏龍臥虎的京都，蘇家就不算什麼了，再加上他在京中無靠山無根基，跟京城的世家侯門少爺比起來，猶自不如。他有才華有抱負，卻偏偏束縛於商人之子的身分無法施展，如何能夠甘心？這一次上京都就是為了一展所長！

蘇玉樓是一個極有野心的人，深知自己才華過人、容貌出眾，如果能在京都結一門好姻親，為自己前途鋪路，那將來飛黃騰達又有何難？京都之中名門貴女眾多，他若真的狠下心捨下姻緣來求一個靠山的確不是難事，但他偏偏還有幾分少年心性，不但要娶一個高門女子，更要一個絕代佳人，尋常女子他是絕對看不上眼的。這次到歐陽府，也是想要看看娘為自己籌謀的這位歐陽家大小姐到底是個什麼模樣，才好下定決心是否要在她身上下賭注。

只是歐陽大小姐對自己卻是十分冷淡，讓他心裡莫名起了一種不可言說的感覺，剛才她轉身就走，他竟然放棄自尊出言想留，本可以留下人的，誰知卻被這個半途殺出來的二小姐給攪和了，他心中怎麼可能沒有惱怒？只是他自恃君子風度，不好將惱怒表現出來，只能道：「二小姐，我真的該走了，抱歉！」

「等等！」歐陽可向來被人捧得高高的，身邊的丫鬟又都說她美貌無匹，怎能忍受別人這樣忽視她？狠下心，她飛快地走過去，將一樣東西塞給蘇玉樓，小聲道：「給你的！」

說完，她不等蘇玉樓反應過來就飛快跑走了，像是背後有鬼追一樣，走得又急又快。

蘇玉樓低頭一看，手中竟然是一幅紅綾帕子，帕上還繫著一幅赤金牙挑，不禁大為吃驚。

這時候，銀杏端著茶快步走過來，一見到這情景愣了，「蘇公子，大小姐呢？」

蘇玉樓約莫猜到林氏是在為歐陽暖和自己單獨相處製造機會，但這一次卻只說了兩句話而已，心中頗有些悶悶不樂，便淡淡地道：「她已經走了！算了，將這帕子還給妳們二小姐！」說完，他將帕子丟給銀杏，似是一句話也不想多說，快步離開。

銀杏愣在那裡，將茶盤放在一邊，剛蹲下想要拿起飄落在地上的帕子看，卻見到一雙珍珠繡鞋走到自己面前，抬頭一看，卻驚呼出聲：「大小姐……」

歐陽暖拾起地上的手帕，輕輕拍了拍上面的灰塵，似乎十分惋惜的模樣。

銀杏低下頭，半句也不敢多說了。這位大小姐根本沒有離去，那蘇少爺為什麼說她已經走了？她一直留在這裡的原因是什麼？難道她已經發現了自己的目的？不，絕不可能！銀杏一邊寬慰自己一邊揑把冷汗，卻聽到歐陽暖笑著說道：「好了，茶我也不想喝了，妳——跟我來吧。」

說完，她抖了抖帕子，然後擰成一團收入袖中。

歐陽可前世今生都沒有任何變化，再看到蘇玉樓當真還被迷住了，竟然不顧林氏的計畫想要接近他……林氏那樣的娘居然生得出這麼蠢笨的女兒，不枉費自己故意拖延時間等她來，果然是一場好戲！歐陽暖嘴角勾起一絲淡漠的冷笑。

銀杏疑惑地望著歐陽暖，不敢再吭一聲，只是心裡實在搞不清大小姐究竟是什麼意思……

歐陽暖一直等到紅玉和文秀回來，低聲吩咐紅玉幾句，看著紅玉轉身離開，她才領著文秀重新回到戲場。這期間銀杏一直想走，卻都被文秀拉著，硬是被迫跟在歐陽暖身後到了戲場，戲卻是已經散了，所有的夫人小姐們三五圍坐著在抹牌。

李氏正坐著，抬眼看見歐陽暖，笑著朝她招手，「快坐下幫我看看牌，我眼睛不好。」

歐陽暖走過去之前，對著銀杏淡淡笑了笑，銀杏立刻渾身發冷，突然意識到，要是大小姐在這裡把一切抖出來，自己也就徹底完蛋了，但是歐陽暖卻只是笑了一笑，就施施然走過去，不再理會她。銀杏本就忐忑，又看見文秀死死盯著自己，只好站在原地低下頭看自己的腳尖，只覺得自己變成了砧板上的肉任人宰割。

歐陽暖挨著李氏身邊坐下，李氏臉上露出慈祥的笑容，有一搭沒一搭地開始與她聊天。寧老太君坐在對面，看到這幅場景也微微笑著點頭，暗道暖兒果真是長大了，要是往常，林氏一走她早就跟著走了，怎麼可能坐下來陪長輩打牌？

李氏、寧老太君、大舅母沈氏和二舅母蔣氏一桌，歐陽暖環視四周，見其他夫人小姐們都在，唯獨不見了歐陽可，笑道：「可兒人呢？」

「她不是早就尋妳去了嗎？怎麼不見和妳一道回來？」沈氏詫異道。

歐陽暖故作吃驚道：「我沒看見她啊？」

沈氏看了蔣氏一眼，「妳和妳娘前腳走，她後腳就跟出去，怎麼會沒看到呢，這倒是奇了！」

歐陽暖微微笑了笑，不說話了。蔣氏手裡的牌頓住，忍不住抬頭，望著歐陽暖雋長柔美的眼睛，她柔和含蓄的側臉酷似多年前那位早逝的小姑，可神情卻截然不同。說起來，林婉清已是京都出名的美人兒了，歐陽暖的容貌比之林婉清要更清麗三分，最重要的是，她身上透著一種鎮定，一種萬事從容不迫的氣度。蔣氏有些失神，覺得她和記憶中那個跟在林氏身後的怯弱膽小的女孩的印象合不起來，一陣無名的不祥預感慢慢爬上她的脊梁，不由勉強笑道：「大約是可兒嫌這戲悶，找個藉口出去逛逛的，稍後就回來了吧。」

歐陽暖微翹的長長睫毛紋絲未動，秀美的面龐笑得很是溫柔，聞言似乎漫不經心地輕輕望了蔣氏一眼。歐陽可剛剛見過心上人，現在自然要去福瑞院表決心了，只是不知道林氏知道這個女兒居然敢破壞自己的計畫，表情會是何等精彩，可惜啊，自己是看不到這一幕了……

王嬤嬤扶著林氏斜躺上二龍戲珠穿雲噴水透雕的紅木貴妃榻，又往她背後塞進一個大紅金錢蟒引枕，捧上了一杯熱茶，林氏緩緩舒了一口氣，道：「也不知道能不能成功……」

「夫人說的哪裡話，瞧那蘇公子俊俏的模樣，哪家小姐看見了不心動？莫說大小姐很少出門，就是老奴活了這一大把年紀也是頭一回瞧見！只要那丫鬟照著夫人說的，趁他們兩人熱乎的時候把門一鎖，這事情也就板上釘釘了！」

「唉，要不是這些日子我手上的人大多數都被母親釘死了，我何至於要冒這種險！」林氏嘆了口氣。

「夫人放心，那丫鬟賣的是死契，她一家老小都在夫人手裡頭，就算打死她，她也不會把夫人咬出來，只會說是以為那院子裡沒人才鎖上了，不會有人知道這一切都是夫人安排的……」

「妳當壽安堂那老東西是死的嗎？她可精明得很，怎麼會想不到是我所為？不過她知道卻也晚了，只要到晚膳的時候還不見歐陽暖，我就可以四處張揚著找人！眾目睽睽之下她和一個年輕公子在小院子裡私會，看老爺還怎麼說，到時候不要說母親，就是寧老太君也只能認栽了！」

「夫人真是好計策，只是老奴不明白，夫人既想要她嫁出去，嫁給誰不行，隨便找個人就行了，怎麼非要配給蘇公子，畢竟他遠在江南呢！」王嬤嬤微微疑惑，把歐陽暖隨便和什麼男人關在一起造成既成事實就是了，為什麼還非要千辛萬苦挑出一個蘇玉樓來？

「妳懂什麼，還記得上次張文定那回事嗎？過後我仔細想了想，當初也是太心急了些，寧老太君最是疼愛這個外孫女，現在她又把母親和老爺哄得團團轉，這門婚事若是太說不過去，只怕寧老太君寧可鬧得魚死網破也不會讓歐陽暖下嫁，到時候我的苦心豈不是全白費了？再者說，那蘇玉樓再好又如何，不過是個低賤的商戶，大姊自詡公侯千金，身分非同一般，生出來的也是個高門貴女，說起來倒是風頭無兩，可一旦嫁給蘇玉樓，這輩子也就到頭了！過兩年可兒大了，我再替她籌謀一個好人家，到時候歐陽暖連可兒的一根腳趾都比不上！」

「是！夫人當真想得深遠，一旦沒了大小姐，大少爺還不任由夫人處置嗎？」

「哼，正是這個道理！原本我還想多留歐陽暖幾年，免得別人說我這個繼母刻薄她，誰曾想她心機如此深沉，上趕著和我作對，既如此，我哪裡容得下她！」林氏喝了一口茶，美目中流露出一絲怨毒，「她不是打量著我這個繼母在她的婚事上沒有說話的權力嗎？這樣也好，就讓她自己去和蘇玉樓情投意合，看看最後有什麼下場！」

就在說話的當口，突然聽見門砰的一聲。

「誰！」林氏厲聲喝道。

「娘，是我！」歐陽可從外面走進來，林氏見到是她，心裡才鬆了一口氣，「戲唱完了？」

「我不想聽戲！」歐陽可緊上幾步，急急地道：「娘，您真要讓蘇哥哥娶歐陽暖嗎？」

林氏一愣，倒有些反應不過來，怎麼自己女兒滿臉急切……

「娘，您倒是說話呀？我……」

「二小姐，這事情您不早就知道了嗎，怎麼又跑來問夫人？這時候您該陪在老太太身邊的呀，怎麼跑到這裡來了？要是讓人看見您在夫人這裡，又該說您……」

「我不管！娘，我喜歡蘇玉樓，我要嫁給他，我一定要嫁給他！」歐陽可昂起嬌美的下巴，語氣絕然。

林氏大吃一驚，從貴妃榻上坐起來，大聲道：「妳瘋了，胡說八道什麼！」

「娘，我要嫁給蘇哥哥！我喜歡他，我就是喜歡他！」歐陽可大聲地重複，毫無怯懦之意。

「孽障，快住嘴！他配不上妳，再不許提這件事！」林氏大為光火，劈手摔了茶杯，頓時水花四濺，將歐陽可的裙襬打濕了一片。

歐陽可向來嬌生慣養，半點也不懼怕，反而瞪大了眼睛，「怎麼會？我從來沒見過蘇哥哥那麼好的人了！」

林氏勃然大怒，王嬤嬤一看，趕緊過來安撫道：「夫人，您不要動怒，小心自己的身子！二小姐還不懂事，有話慢慢說！」

林氏氣息一窒，凝視著歐陽可無知的面孔，怒容慢慢消退，神情卻十分嚴肅，「妳仔細想想，蘇玉樓是什麼身分，妳自己是什麼身分，娘為什麼要讓他娶歐陽暖？妳也該動動腦子了，莫要一味任性糊塗。」

歐陽可咬緊牙關，道：「娘的目的不外是打擊控制大姊，那妳大可以選一個旁的什麼人，何必非要蘇哥哥不可？」

林氏見她冥頑不靈，氣得滿臉通紅，一句話說不出來，王嬤嬤不忍道：「二小姐，夫人所做的一切都是為了您呀！隨便找個人是容易，可要讓大小姐傾心，讓寧老太君點頭，這不是容易的事情！您怎麼不好好為夫人考慮呢？」

歐陽可惱怒地道：「我不管，我就是喜歡蘇哥哥！娘，不許您讓歐陽暖嫁給他！」

「滿嘴張口閉口蘇哥哥，妳認識人家才多長時間，妳怎麼知道他不是安心樂意娶歐陽暖的？妳以為他蘇家人是傻子啊！」林氏氣到不行，指著歐陽可手指都顫抖起來，恨恨地道：「他蘇家不過是一門商賈，再富貴，在這京都也是讓人瞧不上的，但妳看看蘇玉樓，哪裡有一點半點商賈之氣，他家是比照著侯門官宦公子培養出來的，文才武功無一不能，便是在這京都也是排得上的，妳當蘇家苦心孤詣這麼多年是鬧著玩的？妳以為他們攀上個吏部侍郎就滿足了嗎？妳不想想，歐陽暖是什麼身分，她親娘是侯府嫡女，要不是衝著這一層身分，蘇家怎麼可能找上門來？除去這一層，妳也該想一想，我便是再能耐，也不可能操縱得了蘇夫人，之前我提起此事她還猶猶豫豫，但妳可知道她看了歐陽暖之後與我說什麼，她說要是能娶到這樣的兒媳婦是天大的造化，妳可知道這話是什麼意思？人家盯上的是容貌出眾身分高貴的歐陽暖，可不是妳，妳不要打錯算盤了！」

林氏氣急敗壞，說的話很凌亂，卻等於是火上澆油，歐陽可一下子蹦起來，「娘，您也瞧不起我，覺得我不如她是不是？除了這個身分，我哪裡不如她？她不就是仗著嘴巴能說會道，還長了一張蠱惑男人的臉嗎？娘，我到底是不是您生的，您怎麼處處幫著她說話！」

想到今天在壽宴上被歐陽暖壓制得死死的，歐陽可更是惱怒極了，她根本不願意去想林氏此言的用心，只一味覺得旁人批評自己不如大姊就算了，連自己的親生娘親都這麼說，真是太過分了！

「二小姐！」王嬤嬤也急了，「您怎麼這麼說話，您這是拿刀子去戳夫人的心啊！她全心全意為了您著想，您怎麼能這樣誤會她？」

歐陽可話一出口也覺得自己過分了，「可是……可是……」她奔過去扯著林氏的袖子，急道：「我、我……蘇哥哥……」

林氏煩躁得一把甩開女兒的手，厲聲道：「什麼蘇哥哥？他是妳哪門子的哥哥？他蘇玉樓再好也是個商人之子，妳怎麼能嫁給他？妳要活生生氣死娘嗎？」

「娘，他就是最好的，我就是喜歡他！」歐陽可從第一眼看到蘇玉樓，就被他迷住了，怎麼可能想得到旁人，更想不到林氏的苦心。

「可兒，娘說了，他配不上妳，將來娘給妳找個更好的！」林氏許諾般的說，歐陽可卻漲紅了臉大聲道：「我不要！我不要！」

「啪」的一聲，林氏狠狠打了她一耳光，歐陽可捂住臉，不敢置信地看著林氏，從小到大娘從來沒有這樣對待過自己，她一下子嚇得愣住，淚水盈盈在眼眶裡不敢落下來，「娘……娘……您怎麼可以……」

林氏看著自己的手掌，臉上流露出不忍的神色，女兒是她從小捧著長大的，哪裡受過這樣的委屈？只是現在是最關鍵的時刻，不得不狠下心來道：「往日裡都是我不對，居然還一直覺得妳是個孩子，什麼都替妳考慮，什麼都幫妳擋著，卻不想妳一天天長大了，竟然連娘的話都不聽了！妳看看妳這副樣子，哪裡像是大戶人家的小姐？便是小門小戶的女兒也絕沒有像妳這樣口出妄言的！居然還跑到我面前來說這種話，一點都不知道害臊，簡直是丟人現眼！妳要再敢說這些不著邊際的話，我就直接把妳關起來，以後不讓妳見任何人，直到妳出嫁為止！」

歐陽可從未被如此責罵過，嚇得淚水漣漣，聽到她罵得如此難聽，一下子癱軟在林氏腳邊，只不住地哭泣。

王嬤嬤一見到這種情形，趕緊將歐陽可拉起來坐到旁邊，還去絞了塊濕巾子為她擦臉，「二小姐，莫哭了，您聽夫人的話吧，可別再這樣鬧了！」

歐陽可不說話了，卻哭得更厲害，簡直是要把心肝都一塊哭出來給林氏看才好。

林氏看她這樣，心裡自然十分心疼，原來的怒氣全變成了失望，重重嘆了口氣，道：「可兒，妳認真聽娘說，娘自己出身侯府，見多了爭鬥傾軋，為了討好嫡母和姊姊，我簡直是費盡了心思，拚了命做小伏低才讓她們信任了我，妳看著娘如今風光，妳可知道娘在背後籌謀了多少年？妳與我不同，自小被我捧在手心裡，樣樣由著妳寵著妳，娘恨不得把天上的月亮星星都摘下來給妳！妳沒有嘗過娘小時候那種為了一針一線也要仔細思量生怕搶了嫡姊風頭的痛苦，也不知道娘為了嫁給妳爹爹挖空心思想了多少辦法……這些話也不說了，妳只要記住，如今娘所做的一切都是為了妳，只要妳大姊嫁給了蘇玉樓，娘的心腹大患就除掉了，到時候妳就是這歐陽府裡唯一的小姐，要什麼有什麼，想什麼來什麼！妳如今可要聽娘的話，萬不可壞了娘的計畫！」

歐陽可停住淚水，怔怔地聽了起來，林氏頓了頓，道：「蘇家自然打著攀附豪門的如意算盤，卻不知道寧老太君個性剛強傲氣，要是歐陽暖這一回真的嫁給了蘇玉樓，寧老太君還不失望透頂？不要說蘇家，只怕是連歐陽暖都不想見了！哼，蘇家人偷雞不著蝕把米，到時候歐陽暖沒了利用價值，妳爹爹又是個自私自利的，誰會為她出頭？在蘇家有她好日子過了！」

「可是……可是我喜歡……」歐陽可囁嚅著，小聲辯駁。

「什麼喜歡不喜歡？這婚姻大事，自古都是父母之命媒妁之言，妳一個未出閣的小姐居然口口聲聲說什麼喜歡？這種沒臉沒皮的話再不許說了！妳真的要讓妳大姊看妳的笑話嗎？還是妳想讓娘從今往後在府裡抬不起頭來？」

歐陽可平日裡心高氣傲，這時候不由自主忿然道：「娘，女兒不是這個意思！」

「不是就好！」林氏鬆了口氣，「把歐陽暖弄出去，歐陽爵就不成氣候了，明年娘再給妳添一個弟弟，上頭有娘寵著妳，將來有弟弟給妳做靠山，妳舒舒服服地當歐陽家的小姐，豈不是更好？」

歐陽可想著蘇玉樓俊美的容貌，猶自不捨地道：「可是蘇……蘇公子對我很好的，如果配給歐陽暖……」

林氏一股氣又上來，罵道：「妳個沒眼力的死丫頭，人家對妳笑一笑，妳就以為他看上妳了嗎？實話告訴妳，蘇玉樓生得這種模樣，我一點都不擔心歐陽暖會不中意！蘇夫人已經跟我說了，蘇玉樓年少英俊，心高氣傲，蘇家為他相看了不少豪門小姐他都瞧不上，便是蘇夫人看上了歐陽暖，他都未必肯點頭！就是因為如此，我才特地安排將他們鎖在一起，到時候哪怕蘇玉樓不答應，迫於形勢也非得答應不可！」

王嬤嬤在旁邊聽得也心驚，她還以為騙歐陽暖與蘇玉樓相會再將他們兩人鎖在一起是為了確保萬無一失，沒想到這裡面還有這一層緣由，她不免覺得心底膽寒，只覺夫人心思縝密，十分可怖。

「妳快收了那些不該有的心思，再說半句，我就立刻就讓人把妳關起來，以後蘇玉樓進府妳也別想見他一眼！」林氏惡狠狠地道。

歐陽可又哭起來，一下子站起來，頓著腳：「娘，您不能這樣！」

這丫頭簡直是被美色迷昏了，居然說了這麼久還轉不過彎來，林氏這次徹底硬起心腸了，指著歐陽可罵道：「妳才多大點年紀，要臉不要？一個大家小姐，不過見了別人一回，就敢說出這些大逆不道的話，妳是要活生生氣死我嗎？還知不知道廉恥了！」

廉恥廉恥！歐陽可怨道：「您就知道嘴上說廉恥，您知道廉恥怎麼會和爹爹在一起，那時候歐陽暖的親娘還沒死呢！您以為旁人都不知道嗎？我知道您服用了祕藥，硬生生把我出生的日子推後了兩個月。」
林氏被說中痛處，臉上青白交加，恨不得一巴掌搧死歐陽可，歐陽可卻一扭頭便跑了，邊哭邊跑，王嬤嬤要去追她，林氏卻大聲道：「讓她滾！這個不要臉的東西，她哪裡還像是我的女兒！」
說完，她氣得胸膛一起一伏，像是一下子散了全身的氣力，頹然地倒在貴妃榻上，一句話都說不出來，呼哧呼哧喘著氣，王嬤嬤趕緊去幫她輕輕拍著後背，低聲勸慰：「夫人，您有身子，可一定要保重自己！二小姐年紀還小呢，慢慢教就是了！」
林氏的臉上滿是失望，道：「我真想不到，大姊愚蠢易騙，生出的歐陽暖卻是狠辣深沉，我聰明善謀，生出的卻是那麼一個扶不上牆的爛泥……我百般為她謀劃，最後反倒被她當面指著鼻子罵，我圖什麼？這個不要臉面的孽障，就算年紀小不懂事，怎麼能說出……說出那樣的話來？」
「夫人，您放寬心吧，二小姐只是一時想不通，看那蘇公子年輕美貌，風流瀟灑，便是一棵樹也要動心的，何況是二小姐呢？將來她大一些，見多了世面就好了，您別太上火了！」王嬤嬤又端了杯茶服侍她喝下，林氏才順了口氣，只是臉上多了疲憊之色。
王嬤嬤瞧見她臉色好些，才道：「夫人今日說的話委實重了些，二小姐誤會也是難免……」
「把她罵醒了才好！我跟蘇夫人來往多年，怎麼會不知道她的心思？她就這麼一個兒子，這般品貌這般才智，恨不得配個公主才好，可蘇家到底不是豪門貴冑出身，在這京都又沒什麼根基，這才盯上了咱們家，卻不是看重可兒，而是看重歐陽暖！不是我說喪氣話，妳瞧瞧可兒，論容貌心機手段，她哪裡比得上歐陽暖？我自己都這麼想，更何況蘇夫人？她自己上趕著要嫁給人家，蘇家也得看得上她啊，真是要活活氣死我！」
王嬤嬤動作輕柔地給林氏撫心口，小心翼翼道：「夫人說的是，二小姐的性子也該拘著些了，今天這麼多人她都能不管不顧鬧起來，要是壞了夫人的計畫……」

林氏點頭道，「是，從今後妳替我派人看著她，再不許她胡鬧！」

福瑞院這邊熱鬧著，林氏也沒顧得上去打探歐陽暖的下落，壓根兒不知道小院前發生的事。

歐陽府前廳，前朝名貴松柏圖掛在當堂，天然紅木几上兩邊都放著青花五彩花觚瓶，分別插著孔雀翎毛。紫金獸鼎裡傳出古樸的香氣，下面擺放著供客人飲宴的桌椅，側面特設的小油楠桌上還放著文房四寶。

歐陽治開口道：「光是飲酒也沒什麼意思，不如作詩取樂？若是誰做不出，罰酒一杯！」

所有人都點頭叫好，歐陽治有心看看在座諸位公子的學問，指著窗外的梅花林笑道：「就以梅花為題，大家盡情發揮。」

這是李氏壽宴擺酒每次必有的節目，大家也都十分習慣了，吏部尚書廖遠一向喜歡附庸風雅，對此提議十分贊同，當下道：「既然如此，鶴豐，你就賦詩一首，拋磚引玉。」

廖鶴豐是廖遠的嫡長子，生得溫文儒雅，這時候聽見父親叫他，微笑著站起來，沉吟片刻後，走到紙張前，提筆刷刷刷寫下一首詩。

小廝將他的詩提起來，大家便看到題為早梅二字，小廝朗聲念道：「萬木凍欲折，孤根暖獨回。前村深雪裡，昨夜數枝開。風遞幽香出，禽窺素豔來。明年如應律，先發映春台。」

眾人紛紛點頭叫好，兵部尚書的兒子林之郁沉吟道：「廖兄好文采，只是依我拙見，詩是說的早梅，數枝非早也，未若一枝更好。」

廖鶴豐想了想，高興地道：「對，一枝更恰當！來，我敬林兄一杯！」

林之郁微微一笑，接過酒杯一飲而盡。他是林氏親兄林文淵的兒子，歐陽治不免對他多注意了幾分，此刻見他相貌堂堂，神色自若，也覺得頗為高興。

眾人不由自主將目光投注到大少爺林之染身上，鎮國侯府現任侯爺是林文龍，卻又出了個強悍的兵部尚書林文淵，剛才鎮國侯府的二少爺有了精彩表現，卻不知道這個大少爺又會作何應對了。

歐陽爵尤其關注，他心裡痛恨林氏，連帶對二舅舅的兒子林之郁也沒什麼好感，縱然林之郁也是風度翩翩的美少年，他卻對他很是膈應，巴不得大表兄林之染將對方徹底比下去才好，只是林之染微微一笑，自顧自地飲酒，並沒有什麼特別的表示，大家看他神態自若毫不在意，心中都略有些失望，那邊林之郁見他沒有反應，反而站了起來道：「我也作一首吧。」

就在這時候，歐陽爵身邊的小廝悄悄走了過來，附耳對他說了兩句話，歐陽爵神情微微一變，趁著眾人沒注意到自己，離開了宴席向廳外走去，這一舉動誰也沒有特別關注，只有原本一直低頭喝酒的林之染看在眼中，露出饒有興趣的模樣。

不多時，歐陽爵便重新回到席位上，旁邊人問他去了哪裡，他微微一笑道：「剛剛喝了幾杯，去如廁罷了。」

旁邊人笑道：「你走得不巧，你家二表兄真是厲害，剛才作的詩連廖大人都讚不絕口呢！」

「是嗎？」歐陽爵聽著，露出笑容，漆黑的眼睛反而落在蘇玉樓身上，突然大聲道：「蘇公子，不如請你也作詩一首？」

蘇玉樓從剛才回來開始就一直坐著愣神，似乎心事重重的模樣，這時候聽見歐陽爵突然點他的名字，自然就回過神來，卻也並不慌張，從容地微笑起身，「既如此，我姑且獻醜了。」

他走到桌前，卻不忙動筆，抬目向窗外望去，只見燦爛明豔的紅梅如一束束燃燒的火焰，令人無法抗拒它的嬌豔動人。清冷的梅枝、細緻的線條，似一冷漠淡雅的秀美女子，風姿清絕地傲然綻放，飄逸著襲襲沁人的幽香。他的眼前不由自主浮現出歐陽暖清麗的身影，只覺得那梅花更加的優雅柔美，清塵脫俗，心中微微動容，提筆在紙上寫下：「一樹春風寄好晴，暗香淡去影娉婷。平生不喜凡桃李，看罷梅花睡過春。」

眾人看了紛紛點頭稱好，唯有林之染笑道：「蘇兄這句詩倒像是意有所指……」旁人不知道他所說的是什麼意思，蘇玉樓的神色卻冷淡下來，道：「不知林兄又有何妙句？」

林之染站起身，像是故意和蘇玉樓作對一般，特意走到廳堂另一邊的小桌前，提筆寫詩。眾人見他如此神祕，紛紛下座去看。歐陽爵就在這個時候將蘇玉樓的詩文悄悄拿起來，低聲吩咐一旁的小廝送走，然後才笑嘻嘻地走過去。

林之染刷刷刷不假思索地寫下，「挑燈看劍好風徐，如鐵寒枝出畫圖。今日梅花恰恰好，遙遙萬里望穹蒼。」

歐陽治輕聲念了一回，點頭道：「好句。」詩文講究立意，這詩句遠比廖鶴豐的別有意趣；林之郁的精雕細琢；蘇玉樓的風流雅致要更上一籌，這位侯府大少爺恐怕大有抱負……

蘇玉樓面色陰沉地望著林之染，卻見到他對著自己微微一笑，別有深意。

捌之章◆空手套狼斷攀纏

這裡熱鬧得不得了，女客那邊也同樣很是歡快，歐陽可從福瑞院回來，再不復剛才神采飛揚的模樣，平添幾分鬱鬱寡歡。歐陽暖看在眼裡，並未做聲，不多時紅玉回來，歐陽暖見狀起身對李氏道：「祖母，我去看看點心準備好了沒有。」

李氏笑著點頭，歐陽暖站起身。文秀橫了一眼銀杏，銀杏不得已也跟了上去。

歐陽暖從懷中取出手帕，包了紅玉遞過來的詩箋打成同心結，這時候刻意落後一步的文秀也領著銀杏出來，歐陽暖將帕子遞給銀杏，淡淡地道：「這帕子我已經查清楚了，是二小姐的，妳替我還給她吧。」

銀杏嚇得撲通一聲跪下，哀求道：「大小姐，奴婢不是故意的，是……是……」她想說一切都是夫人策劃的，但自己一家老小的性命都捏在林氏手裡，說一個字也要死，所以她一邊冷汗直流一邊拚命磕頭，想要讓歐陽暖放她一馬。

歐陽暖臉上沒見到一絲怒容，反笑道：「我不會問妳幕後主使是誰，也不是叫妳去死，妳將這帕子還給二小姐就好，妳就照實說——是蘇公子讓妳送還給她。」

銀杏接過帕子，臉上露出萬分疑惑的表情，十分猶豫，紅玉卻輕聲道：「妳是賣了死契吧，要知道可不光是主母有處置妳的權力，妳得罪了她不過是一死，得罪了大小姐，下場可就不止是死那麼簡單了！」

銀杏心頭一凜，苦苦哀求：「只求大小姐饒奴婢這一回，大小姐怎麼說，奴婢就怎麼做！」

歐陽暖點頭，道：「事後夫人問起，妳只要推說當時是二小姐壞了她的計策，帕子也是二小姐送給蘇玉樓的，其他妳一概都不知道，妳一家老小便不會有事。」

銀杏連連磕頭，連滾帶爬地走了。歐陽暖遠遠看著，銀杏果真將那帕子交給了歐陽可，歐陽可只看到那帕子被摺成同心結的模樣，來不及細看就趕緊塞進了懷裡。

院子裡，李氏打牌打厭了，正依著榻，笑著和寧老太君說起那幅珍品觀音雙面繡。寧老太君聽說歐陽暖已將繡品送給了李氏，不由微笑著點頭，一旁的其他夫人小姐們也紛紛說歐陽暖孝順。

歐陽暖指揮著丫鬟們上了精緻的點心，才重新回到李氏身邊坐下，笑道：「諸位不知道，那觀音雙面繡雖然也是珍品，只是我還見過另一幅有趣的繡品，是京都最有名的繡娘蘭芳所繡，雖然只是一方小小的帕子，卻運用暈、紗、滾、藏、切等技法，以針代筆，以線作墨，繡出來的花紋更是線條流暢、瀟灑光亮、色調柔和，不僅增添了筆墨的濕潤感，還具有光潔透明的質感，當真是令人嘖嘖稱奇呢！」

廖家小姐也笑道：「說的是，早聽說那蘭芳的繡品有『繡花花生香，繡鳥能聽聲，繡虎能奔跑，繡人能傳神』的美譽，只是她的繡品都是珍品，市面上千金難求呢！」

林元柔心裡冷笑一聲，什麼千金難求，那也就是一般人家的小姐，她們這樣的侯府千金手裡誰沒有？說完她淡淡笑道：「誰說千金難求，我上個月剛得了一塊，轉頭就送給了可兒妹妹呢！可兒妹妹，拿出來給大家欣賞一下吧！」

歐陽可嚇了一跳，拚命向林元柔打眼色，對方卻不明白她到底怎麼了，正自疑惑，歐陽暖笑道：「是啊，柔姊姊說的對，可兒快拿出來給大家瞧瞧。」

在座的夫人們大多見識過，只是小姐們出身卻不都像侯府那麼高，對這帕子也還有幾分好奇，紛紛催促歐陽可拿出來。歐陽可臉上越發紅了，訥訥道：「我……我出門忘了帶……」

「不妨事的，著個丫鬟回去拿就是了。」歐陽暖笑得溫柔，其他人也紛紛點頭。

歐陽可心裡想，其實也沒什麼的，那帕子不過是打了個同心結，就算被人問起來，就說自己一時好奇打著玩的，旁人也抓不到什麼把柄，要看就看好了，她咬咬牙，道：「我突然想起來帶在身上了，不必回去取。」說著故意在身上摸了一陣，最後才從懷裡取出那幅紅綾帕子，坐在旁邊的吏部司務家柯小姐早一把搶過來，笑嘻嘻道：「什麼好東西這樣寶貝，我倒要看看！」

她看見同心結的時候表情有點促狹，卻也沒說什麼，姑娘家偷偷打著玩的多了，難怪歐陽可不肯拿出來，還不是怕大家笑話她！她斜睨歐陽可一眼，一邊暗笑一邊打開了那帕子，「我看看繡著什麼？」

歐陽暖冷眼看著，就聽見柯小姐驚呼一聲，一張紙箋從帕子裡飛了出來……

紙箋忽悠悠正好飛到史小姐腳下，她撿起來，輕聲念道：「一樹春風寄好晴，暗香淡去影娉婷。平生不喜凡桃李，看罷梅花睡過春……這是……」

眾位小姐們面面相覷，一時之間都不知道發生了什麼，怎麼好好的帕子裡面突然飛出了詩文，好生奇怪！

聽見小姐們這裡喧譁，所有的夫人們也都側目望過來，所有人的目光都集中在那薄薄的一張紙上……歐陽可的臉色一瞬間雪白如紙。

蘇芸娘也走過來仔細一看，臉色不由得變了，她認得這是自己哥哥的筆跡，立刻驚疑不定地望向還毫無所覺的蘇夫人。

那邊李氏見到這番情景，笑道：「拿來我看看！」丫鬟將那帕子和詩文一起遞過去給李氏，李氏一看臉色雖然沒有什麼變化，眼底卻一瞬間波濤洶湧變得滿是怒意，這變化極快，只有熟悉李氏的歐陽暖注意到而已。李氏笑著將詩文摺起來放進自己袖口，道：「傻丫頭，學人家窮秀才做什麼詩文，真是貽笑大方！」

小姐們聽李氏這樣說，都有些了然地笑了，以為是歐陽可少女懷春寫的酸句子，嘻嘻哈哈笑話了她一陣都丟開了。在座的夫人們卻哪個不是人精，前院少爺們在作詩的事情大家都知道，現在後院小姐手裡邊突然多了一首詩，誰知道是哪個孟浪的東西送來的，這歐陽可竟然還忝不知恥地將詩文包在帕子裡面，這麼大點的年紀，好不要臉！

侯府的兩位夫人，沈氏臉上露出淡淡的嘲諷，蔣氏的臉色卻很不好看，死死瞪著歐陽可，只有寧老太君一副沒有看到的樣子，拉著歐陽暖聊起別的話題來。

李氏心裡實在是氣得狠了，只是臉上還要擺出高興的樣子和大家說話，雖然旁人只是在心裡笑話歐陽可，並沒有人當面指出來，但這樣一來，自己的老臉已經被歐陽可丟盡了……

歐陽暖將一切看在眼裡，臉上的笑容卻越發真誠溫暖，一直幫著李氏招呼客人，陪眾位小姐聊天說話，當做什麼都沒發生的樣子。這狀態持續到眾人用完點心，聽說前廳散了，諸位夫人帶著小姐也就紛紛起身告辭。

李氏親自送走寧老太君和侯府兩位夫人，回過身來就惱怒地甩了歐陽可一巴掌，「孽障，還不跪下！」

歐陽可撲通一聲跪倒在地，淚水刷的一下子就出來了，張嬤嬤在旁邊趕緊勸說道：「老太太，回壽安堂再說！」

李氏氣得不輕，指著李姨娘道：「去把妳家老爺夫人一起請來，我要問問他們怎麼教女兒，竟然教出這樣不要臉的東西來！」

正廳宴席剛散，歐陽治就被林氏請到了福瑞院。

他心裡最近正煩著林氏，晚上也想去李姨娘那裡，要不是王嬤嬤親自來請說林氏有要緊話說，他還不會去。

「妳說什麼？」歐陽治疑惑道：「妳想要蘇夫人住到咱們府裡來？」

林氏笑著道：「老爺是知道的，蘇夫人和我向來很好，這次她在京都一時找不到地方落腳，我借她個院子暫住也不是什麼難事呀！咱們家南邊的那兩進院子不是空著嗎，借給她住一段時日，只要她找到宅子就會搬走了！」

歐陽治倒不是很介意家裡多一些人，只是奇怪道：「那蘇家財力雄厚，下人一定不少，一起帶進來，兩進院子怎麼住得下？」

「老爺說的哪裡話，蘇夫人也說過人多怕麻煩咱們才不肯住進來的話，其實沒妨礙的，那些下人實在安排不下就放在京都郊外的別院農莊也沒什麼。」

「這個……妳有沒有問過母親？」歐陽治神色之間流露出遲疑。

「母親那裡我已經當面說過了。」林氏避重就輕地回答，卻沒有提李氏答應不答應，橫豎只要歐陽治答應了，他才是一家之主，婆婆也說不出什麼來。

「可是那蘇公子生得這麼好，咱們家又有兩個女兒，是不是……」歐陽治依舊心存疑慮。

林氏微微一笑，「我知道老爺是為著避嫌，可兒還小不妨事，倒是暖兒年紀也大了，實在不行，以後儘量避免讓他們見面就是了，這樣也省得外人傳出什麼閒話來。」實際上，她巴不得傳出閒話才好。

歐陽治皺眉道：「暖兒麼，我倒是不擔心，她性子沉穩大氣，知書識禮，不會做出什麼出格的事情，反而是可兒年紀太小，心性不定，就怕她闖禍！妳是她娘，該多管著她，不要成天瘋瘋癲癲的，以後在屋裡學些女紅才是正經！多學學她姊姊，又穩重又大方，做事妥貼懂事，聽說今兒還給母親送了百壽圖，那字我也看過，的確是用足了心思，明天恐怕這京都就會傳遍了，誰都會知道我家有個孝心難得、才華橫溢的大小姐！我不求可兒也跟暖兒一樣聰明，學學針線收收心也就罷了！」

這叫什麼話？林氏氣得不行，自己費盡心思求來的玉佛沒討到一句好，反而被歐陽暖徹底搶走了風頭不說，可兒還落了這麼多不是！她直咬牙，強自忍住，款款走到歐陽治身邊，替他輕輕捏著肩膀，鬆鬆筋骨，湊到他耳邊吹氣如蘭，輕聲道：「可兒年紀小，漸漸也就懂事了，倒是暖兒年紀也大了，今天我看那蘇公子年紀輕輕，一表人才……」

歐陽治猛然回頭，難以置信地看著林氏，剛有些燥熱的腦子立刻冷了下去，「妳說的什麼話，暖兒和蘇公子有什麼關係？」

林氏原本沒打算現在就說，但是聽了歐陽可的話，實在是摸不到底，防止中間再出什麼變故，只好先出言試探一二，徑直說下去：「我瞧著那蘇公子真是一表人才，不知多少人看直了眼，再加上蘇夫人看到暖兒又歡喜得跟什麼似的，不如……」

歐陽治倏地站了起來，狠狠揮開了林氏的手，盯著她一言不發。林氏被他看得渾身起了雞皮疙瘩，強笑道：「老爺這是怎麼了？」

「怎麼了？」歐陽治冷笑一聲，道：「我倒不知道，暖兒才多大，妳就給她相好婆家了？這是什麼道理？她的婚事我這個爹爹不知道，老太太這個祖母不知道，妳倒自己定下了？」

林氏揪緊自己的袖子，顫聲道：「旁人家哪個不是夫人先相看女婿的，我又不是非要將暖兒嫁過去，只是看著蘇公子實在惹人喜歡才這麼說，老爺說這話，豈不是要怪我多事？難道我說錯什麼了嗎？」

歐陽治臉色很難看，冷冷地道：「妳還覺得自己有理嗎？暖兒的外祖父和親舅舅都是鎮國侯，妳可知道鎮國侯的封號是怎麼來的嗎？那是當年老侯爺不惜性命，護駕有功，先帝賜下來的！寧老太君雖然是一介女流之輩，卻是堂堂正正的一品夫人，個性剛強、正直不阿，極為受人敬重，哪怕是長公主都要給她幾分顏面！要不是當年婉清執意要嫁給我，妳以為他家會看得上我嗎？如今妳看著我那大舅兄身體不好，可聖上卻十分厚待，逢年過節都有重賜，這是什麼，這是聖上在向天下人表態！還有暖兒的表姊林元馨，我今天聽尚書大人的意思，太子殿下有意為皇長孫聘下她，姑且不管是傳言還是真的，那都是我們惹不起的人物！妳以為妳一個繼母，就能像是旁人家一般隨便許女兒，暖兒是妳許得了的嗎？婉清去得早，在寧老太君眼睛裡暖兒就是她的眼珠子，誰敢隨隨便便動老太君的眼子？告訴妳，不要說是妳，就算是母親，也要掂量著想一想夠不夠格！」

林氏氣得眼睛通紅，一口氣上不來，恨不得暈死過去，她顫聲道：「老爺，您到底在想什麼，她再寶貝也還是您的女兒，鎮國侯府再厲害也是外人，他們還能一心一意阻我們嫁女兒嗎？」

「糊塗！」歐陽治劈頭蓋臉罵道：「就算不說侯府，暖兒這樣的才貌，將來要嫁的還不知會是什麼樣的顯貴，我怎麼能將她許給一個商戶這麼愚蠢！暴殄天物！暴殄天物！」他一連說了兩遍，心中不解氣，卻還是不敢將明郡王曾經派遣使者來送過東西的事情說出來，暖兒若是將來能攀附上燕王府，他歐陽治也跟著飛黃騰達，蘇家算個屁！

歐陽治滿頭滿腦都是奇貨可居的心思，尤其是今天看了那幅百壽圖，竟覺得滿京都的千金都比不上自己的長女，他想到這裡，一時自信心極度膨脹，不由自主地道：「哼，若不是我家門第不夠，暖兒便是嫁給皇長孫做正妃也配得起！」

林氏不敢置信地看著自信心高漲的歐陽治，道：「老爺，您瘋了！」

歐陽治話一出口就後悔了，自家的門第其實不算低，只是攀附皇家麼……鎮國侯府的嫡女嫁過去說不準就是個側妃，歐陽家不過是個吏部侍郎，只怕別人還瞧不上。真說起來，皇長孫地位太高，明郡王更是光芒萬丈，這兩位歐陽治只是做做夢而已，不過那又怎樣，皇子皇孫多的是，只要能嫁個皇孫貴戚，將來自己也跟著水漲船高。然而，歐陽治轉念一想，又覺得如今聖上心意不明，將來大位會落到誰頭上還說不定，暖兒就一個人，總不能分開幾個嫁，自己一定要看準了，押對寶才是！

歐陽治越想越覺得自己很聰明，幾乎將林氏的話忘到九霄雲外去了，他一邊想一邊道：「妳看著吧，暖兒這樣的才貌，哪家豪門權貴聘不得？再等上兩年，我家說親的一定會踏破門檻，還輪得到妳瞎操心！」

林氏頓時一盆冰水澆了下來，心頭冷了不少，猶自不死心道：「京城豪門權貴雖多，可那些貴族公子未必如蘇公子這樣出色啊！」

歐陽治冷笑道：「婦人見識，簡直不知所謂！妳說話也先要想想，說出去莫要笑壞了人家肚皮！人家堂堂王室公侯之家的公子，什麼時候會輕易在外頭顯擺？不說太子府，就說如今聖上十分倚重的秦王、晉王、燕王、周王四位王爺家中都尚有世子和郡王沒有聘正妃，便是這幾位太高貴我家攀不上，還有楚王、齊王、魯王、蜀王、湘王、代王、肅王這些，我就不信憑著暖兒的才貌，連一個皇孫也攀不上！」

這一番話說得又狠又急，如同一把鋼刀把林氏身上的肉都給割了下來，她心中急得上火，若是讓歐陽暖嫁給這些人家，那就是徹底飛上了枝頭，到時候不要說自己，誰都壓不住她了，自己和可兒不就是死路一條！她不由淚眼盈盈道：「老爺和我說的這些，我婦道人家都是不清楚的，聽您這樣說，暖兒有更好的出路，我這個娘也為她高興啊！老爺，您也不必生氣，有什麼話都可以好好說，況且您這話我聽著總是難受，難道您忘了咱們還有可兒嗎？她將來也可以為老爺您鋪路啊！」

「她？」歐陽治嗤笑一聲，「若是沒張文定那件事，我還信她將來能給我爭氣，妳看看她都做了些什麼？要不是妳拚命幫她壓下來，只怕事情都傳遍京都了吧，誰家會要這種媳婦？她這種沒腦子不懂事的，就算進了這種門第，也活不過一年，我指望她？妳別誠心害我！」

林氏一聽，眼睛一酸，不由得哭了起來，「老爺說便說了，何必開口閉口的傷人心？可兒也是您的親生骨肉啊，難道您不想為她謀個好前程嗎？再說她生得也很好，比暖兒又差到哪裡去？」

「差哪裡？差得遠了！妳眼高心更高，腦子不清醒胡思亂想，高攀也得有個度！妳是什麼出身，可兒是妳生出來的，人家是何等門第，哪裡會看得上她？妳什麼都不懂，盡在那裡做白日夢，真是癡心妄想！」

林氏一聽，像是一把刀插進心口，她最恨的就是旁人說自己是庶女，不由變了眼神道：「老爺這是說我這個娘耽誤了可兒的終身？」

歐陽治鼻子裡「哼」了一聲，道：「妳自己都明白，還需要我多說嗎？皇室最重嫡庶之別，妳是個庶出的，妳的女兒地位又能高到哪裡去？別再胡思亂想了！」

林氏心裡宛如被刀絞般的恨，卻因此腦子清楚了許多，她心中冷笑，你說得這麼信誓旦旦，還不知你那個寶貝女兒和蘇公子已經闖到一起去了，晚了，一切都晚了，你攀龍附鳳的計畫全泡湯了，歐陽暖這個眼中釘很快就會連根拔起！想到這裡，她軟下語氣，伏到歐陽治身邊，媚眼如絲道：「治郎，瞧您說到哪裡去了，我只是與您說女兒罷了，怎麼會說到我自己身上？我身分低您早已是知道的，怎麼如今卻嫌棄我了嗎？如果這樣，我還不如一死了之……」

歐陽治見她語氣放柔了，原本的怒氣也稍微緩了緩，長嘆口氣，道：「妳也不必如此，如今妳懷了孕，還是多多保重身子吧，別盡想些有的沒的！若是妳真的喜歡那個蘇公子，將來把可兒嫁給他就是了，只是暖兒妳卻是想都別想！」

林氏見自己一貫的伎倆此刻失效，知道歐陽治如今已經被年輕美貌的李姨娘迷住了，對自己不怎麼感興趣，再加上因為懷孕的關係，自己身子發福，哪裡還有當初的苗條美貌？尤其是聽到歐陽治竟然說要將歐陽可嫁過去，不由氣得咬牙，卻不敢表露出來，只能繼續道：「老爺，我原本看著蘇公子是喜歡的，可聽您這麼說卻也明白了，他到底是個商人之子，便是再出眾也與我家不匹配！可兒雖不如暖兒，卻也乖巧可愛，生得也很好，我好好教導，將來的親事必不會差！老爺，她也是您的親生女兒，您可不能不管她呀！」

歐陽治聽得有點心煩，胡亂點頭道：「知道了知道了，別再說這些，我還有事，今晚不歇在這兒了！」說完，起身就毫不留戀地向外走去。

林氏看著他的背影，嘴角勾起冷笑，走吧走吧，很快你就會發現你引以為傲的女兒做出丟人現眼的事來了，到時候看你這個如意算盤還打不打得響！

就在歐陽治走到院子裡的時候，突然見到壽安堂的丫鬟匆匆來報信，說老太太吩咐老爺和夫人立刻過去。歐陽治十分奇怪，林氏卻笑盈盈地跟著走出來，她以為李氏已經發現歐陽暖和蘇玉樓共處一室了，心中激動得不行，不由自主藏不住得意的神情。

到了壽安堂，歐陽治當先進去，看到裡面情形悚然變色。林氏跟著走進去，本以為會看到歐陽暖和蘇玉樓被綁在堂下，卻沒想到看到的卻是哭得死去活來的歐陽可。

歐陽暖和李姨娘正陪在李氏身邊，李姨娘掩不住幸災樂禍，歐陽暖的臉上卻露出同情不忍的神色，一看到歐陽治和林氏立刻迎上來，急切道：「爹娘總算來了，快勸勸祖母吧，她要打死可兒呢！」

林氏一聽，頓時臉色大變，驚疑不定地看著歐陽暖，又看看跪倒在地上的歐陽可。

燭光下，歐陽暖面容素淨而清麗，整個人彷彿一朵出水的蓮花，美麗不可方物，更加上面色急切，真誠不似作偽，彷彿心焦妹妹的性命，林氏卻看得心中一抖，只覺得歐陽暖如同索命惡鬼一般可怖。她不說一句話，衝過去劈頭問道：「母親，這是怎麼回事？」

「怎麼回事？我倒要問問妳這個娘妳的女兒怎麼回事！在我的壽宴上，當著那麼多的夫人小姐，她鬧得這是哪一齣？」李氏陰陽怪氣地道。

林氏聽了一愣，不由自主望向歐陽可，不知道究竟發生了什麼，自己的計畫明明是沒有遺漏的，怎麼會……歐陽暖怎麼半點事也沒有？反而是可兒跪在這裡，好像犯了彌天大罪的樣子！

「可兒，到底怎麼了？」歐陽治嚴厲地逼問。

歐陽可「哇」的一聲哭出來，叫她說什麼？說自己把帕子送給了蘇玉樓，然後蘇玉樓寫了詩文又將帕子連帶詩文一起送給自己嗎？這不是私相授受是什麼？她怎麼敢說出來？

歐陽可並不知道，蘇玉樓隨手將帕子丟給了銀杏，接著帕子落到了歐陽暖手中，她又讓紅玉去前廳請歐陽爵想方設法從蘇玉樓身上找個貼身物件，歐陽爵順水推舟撿了那詩文送來，歐陽暖再將詩文與帕子一同交給銀杏，逼她將帕子還給歐陽可。歐陽可拿到帕子，看到同心結就心跳不已，哪裡注意得到帕子裡面還夾了別的東西，再加上眾目睽睽之下不好打開同心結細看，只能收起來。緊接著歐陽暖故意引得旁人要看帕子，歐陽可不知究竟便將帕子拿了出來，這才闖下了大禍……

這一層層環節下來，不過是雕蟲小技，要怪就怪歐陽可運氣太背，腦子太蠢，一個姑娘家竟然將帕子交給男人，蘇玉樓只要有點腦子都不會收下！歐陽暖立於屋子裡，面上帶著同情之色，眼神卻冷冷看著這一切。

張嬤嬤解釋道：「老爺，今日老太太壽宴，原本一切都好好的，誰知侯府小姐非要看二小姐的帕子！二小姐拿出來之後，不知怎的那帕子裡面竟然藏了一張詩文，老太太一看就生了氣……」

「什麼詩文？拿來我看！」歐陽治皺眉，一旁的丫鬟將紅漆盤遞過去，歐陽治翻了翻上面的帕子，又拿起詩文細看，頓時勃然大怒，上去對著歐陽可就是惡狠狠的一腳，「不要臉的東西！」

林氏立刻想要衝上去，準備護著歐陽可，歐陽暖卻一把拉住她，情真意切地道：「娘，您還懷著弟弟，不要也受傷了！」她漆黑的眼睛裡，是一片漫無邊際的寒芒，竟彷彿帶著滔天的恨意，然而說話的聲音卻溫柔入骨。林氏被她的眼神看得渾身發抖，不自覺咬住了嘴唇，歐陽暖淡淡一笑，將她還給一旁緊張地衝上來的王嬤嬤，「王嬤嬤，可要好好攙著娘，要是她哪裡受傷了，妳們也別活了！」

王嬤嬤拚命攙著林氏，根本不敢和歐陽暖對視，她心裡實在害怕這位大小姐，只覺得她根本像是惡鬼來向夫人索命的，卻偏偏還披著一張傾國傾城的美人皮，將所有人迷得神魂顛倒，著實叫人心驚膽戰。

林氏強迫自己冷靜下來，大聲道：「老爺，這詩文怎麼了，你說呀！可兒到底怎麼了？」

歐陽治一把將詩文摔在她臉上，林氏一看，卻是「一樹春風寄好晴，暗香淡去影娉婷。平生不喜凡桃李，看罷梅花睡過春」，看到上面不是歐陽可的字跡，她眼皮一跳，心頭一驚，望向歐陽可的眼神就多了幾分驚疑不定，這丫頭、這丫頭難道說……

「這是蘇玉樓今天作的詩！」歐陽治的聲音如同炸雷，讓林氏一下子懵了。

怎麼可能？這怎麼可能？林氏差點氣暈過去，再看歐陽可一副畏畏縮縮的樣子，以為是她拿了蘇玉樓的詩文，心中不由翻起滔天巨浪，這可怎麼辦？

李姨娘在旁邊帶著笑容道：「老爺，二小姐年紀小，一時糊塗做出這種事，以後好好管教就是了，何必動手呢？」

「哼！她自己都不要臉了，我還給她留臉幹什麼？一個姑娘家，居然敢藏著男人的詩文！」

「老爺！」林氏警醒過來，大聲打斷道：「就算這詩文是蘇玉樓的又怎麼樣，這不是什麼情詩啊！怎麼就說可兒做了見不得人的事？」

「平生不喜凡桃李，看罷梅花睡過春！妳仔細念念，這詩句裡面難道不是含著情愫！妳不識字嗎？」歐陽治越想越覺得蘇玉樓這首詩不是單純詠梅，倒像是真的意有所指。看罷梅花睡過春，這不就是說見過歐陽可以後別人都不入眼了嗎？好一個孟浪公子，他倒是愜意！

歐陽可哀哀痛哭，林氏猛地走上去拽住她的袖子，厲聲道：「不許哭！」

歐陽可一下子被林氏臉上可怖的神情驚駭住，一時之間忘了哭泣。林氏死死拉住她，滿面厲色，不能承認，打死也不能承認！歐陽可終於明白過來，哭聲道：「爹爹，我是冤枉的，我沒有，我沒有做，我也不知道那詩文怎麼會在帕子裡面！」

林氏回頭毅然道：「母親、老爺，可兒雖然年紀小，卻不至於做出這種不懂規矩的事！那蘇公子在外面寫詩，她在內院看戲，詩文怎麼會到她手裡？保不齊是別人誠心陷害啊！」

「陷害？」李氏冷笑一聲，道：「可兒，我且問妳，帕子可是妳的？」

歐陽可臉上全都是淚水，滿臉恐懼，驚惶不安，此刻見到祖母一臉冷漠，不由自主點點頭。

「帕子一直在妳懷裡，妳倒是告訴我，誰能把手伸進妳懷裡陷害妳？」李氏聲音冷漠至極。

歐陽可咬咬牙，道：「祖母，那帕子……那帕子……」

林氏大聲道：「帕子一定是丟過的，是不是可兒？」

歐陽可一聽，立刻點頭，連聲道：「是的，是丟過的！」

歐陽暖臉上露出笑容，道：「這就對了，一定是帕子被別人撿去了，只是可兒在哪裡丟了帕子，又是怎麼撿回來的呢？」

歐陽可一愣，嘴唇哆嗦著不敢說話，這帕子分明是自己送出去的，難不成要說是蘇玉樓送回來的嗎？不可以！絕對不可以讓人知道這帕子是蘇玉樓送回來的，甚至不能讓人知道是銀杏給自己遞了帕子！只要叫她來一問，她定然會說出是蘇玉樓命人將帕子送來給自己的，到時候真是坐實了罪名，吃不了兜著走！她狠狠心，道：「是……是在花園裡丟了的……後來，後來我自己發現了去尋找，在花園裡找到了，因為心急著回去，我直接拿了帕子就走，也沒發現被人動了手腳……」

「妳這意思是說，別人撿了妳的帕子，故意動了手腳，再放回原位等妳去撿回來？妳當別人都跟妳一樣是蠢貨！」歐陽治氣得不行，惡狠狠罵道。

歐陽暖嘆了口氣，「爹爹不必生氣，今天府裡面人多，興許真是誰惡作劇鬧著玩呢？」

「誰沒事開這種玩笑？倒不如說是她跟蘇玉樓私相授受，不知廉恥！」歐陽治怒聲道。

李氏冷笑一聲，「暖兒，妳也太善良了些，怎麼這種話都相信？今天在場的客人雖然多，可誰都與她無冤無仇，哪個會無緣無故陷害她？就算是陷害，難不成還真的將帕子弄成那樣來誣陷她？她是瞎子嗎，不知道打開帕子仔細看一看就收起來？」

不要說他們，就連林氏都覺得這謊言太拙劣，不由得一副恨鐵不成鋼的樣子，狠狠瞪著歐陽可。

歐陽可縮了縮脖子，一把撲倒在林氏跟前，「娘，您救救我，我真是什麼都不知道！」

歐陽治恨恨地道：「聽聽，妳還不知道反省！凡事反躬當自省，妳卻一心一意說別人害妳！我倒不知道，妳一個深閨裡面的千金小姐，誰沒事會來害妳？他怎麼不去害妳姊姊？保不齊妳比她優秀，還招人妒忌些嗎？妳是我的女兒，我一向護著妳疼著妳，跟尋常那些小姐比起來，妳的日子不知道多好過！人說閨中女子要廣讀聖賢書萬卷，才能做到知書達理通曉世情，我不求妳像妳姊姊一樣聰明有禮，只要妳老老實實在屋子裡待著就行了，妳連這個都做不到！才多大點年紀，先是張文定，後是蘇玉樓，難不成是個男人妳都愛，還要臉不要？」

這話說得嚴重，幾乎是戳著脊梁骨在罵人，歐陽可哇的一聲哭得更厲害，鼻涕眼淚全抹在林氏的裙襬上，林氏看著心疼得像是刀割一樣，不得已顫聲道：「老爺，可兒真是無辜的，也許是蘇玉樓看中了可兒，想要攀附上老爺，藉機算計她呢？」事到如今，她已經顧不得對付歐陽暖，保下歐陽可才是最重要的。

「人家陷害她？少往自己臉上貼金了，那蘇玉樓好歹出身富貴之家，什麼樣的美人兒沒見過！她才多大，又有幾分姿色，人家看得上她嗎？妳以為妳家女兒是天仙？哼！」歐陽治冷笑。

歐陽暖柔聲勸說道：「爹爹，不必說得這樣嚴重，可兒活潑可愛，確實招人喜歡，只是我看著蘇公子不是那樣的人，再說他一個少年，身邊又沒有隨身攜帶婢女，怎麼會打那麼精緻的同心結，說不準是一場誤會呢？」

歐陽治看著懂事善良的大女兒，心裡更加厭惡歐陽可，冷著臉不說話，心裡卻突然閃電般晃過一個念頭，暖兒說的對，蘇玉樓年少英俊，心機深沉，蘇家野心勃勃，謀劃不小，想要攀附上高門權貴也不難，怎麼會一見面就出手算計歐陽可這樣的小女孩，看中暖兒倒是有可能！再說蘇玉樓這麼一個少年郎，今天也沒帶婢女來，怎麼可能想到打同心結？這樣看來，極有可能不是什麼私相授受，而是歐陽可一廂情願，偷了人家的詩文，還悄悄打成同心結的樣子，那就更加不知廉恥了，有辱門風！

歐陽治盯著歐陽可，越看越恨不得一腳踹死她，眼神可怕到了極點，歐陽可嚇得渾身發抖，一個勁兒往林氏身後躲。

林氏從未見過歐陽治像要殺人的神情，心中也起了一絲恐懼，見情況不對，立刻大聲道：「老爺，花園裡來來去去那麼多人，誰能保證這帕子是乾淨的？可兒一定是受人誣陷！就算不是，也有可能是其他人家的小姐故意拿了她的帕子去裹心上人的詩文，又太過驚慌怕被人發現才丟在花園裡啊！」

聽聽，林氏開始慌不擇言了！歐陽暖冷笑，臉上卻是一副驚奇的樣子：「可是今日花園裡都是各家的公子，小姐們都在涼亭裡，誰也沒敢靠近那裡……」

李氏喝了一杯茶，冷冷地道：「旁人都不敢去，就她敢去！明知道花園裡有那麼多年輕男人，居然還敢去，到底打的什麼主意？怪不得，我們這麼多人在園子裡看戲，本來好好的，她卻鬧著要去玩，原來是打的這種主意！」

歐陽可有苦說不出，去花園本來就是林氏為了給歐陽暖和蘇玉樓製造見面的機會，誰知此刻卻成了自己的把柄。她鬧著去花園已經不對，又說在花園裡丟了帕子，任何人聽了都會以為是故意的。

歐陽暖不等林氏反應過來，先嘆息了一聲，「爹爹，當時那麼多人在場，若是讓別人知道這是蘇公子的筆跡，妹妹一生可就毀了！原本只是一張詩文還好，大不了說妹妹仰慕蘇公子的才學才私藏了，了不起也就是名聲受點損害，但偏偏是帕子包著詩文，還是同心結的模樣，大家都瞧見了，縱然嘴上不說，心裡也會有疑心的，萬一變成話柄，妹妹芳名掃地不說，還要連累爹爹您落個教女不嚴的罪名！好在祖母英明，將詩文先藏了，旁人多半會以為是妹妹無聊時作詩取樂……」

「暖兒，妳就不必為她掩飾了，妳以為今天在場的夫人都是傻子嗎？我怎麼說她們就怎麼相信？我告訴妳，這些一個個都是人精，嘴上不說，心裡明白著呢！這一回的壽宴簡直是丟盡了臉面，還連累了你們姊弟，將來也要被人家說有這麼一個不要臉的妹妹！」李氏嘆息著，將茶杯重重磕在炕桌上。

「祖母說的哪裡話，都是自家姊妹，難不成我還擔心妹妹連累我嗎？縱然真是這樣，可兒也永遠是我的妹妹，我當然要護著她了。」歐陽暖微笑著說道，十足姊妹情深的模樣，林氏恨得咬牙切齒，偏偏不能開口反駁。

林氏手下狠狠掐了一把歐陽可，歐陽可一個激靈，頓時反應過來道：「爹爹，別的小姐是沒有膽量靠近花園，可是丫鬟們有啊！是秋月，一定是秋月做的！除了她，沒有人能貼身靠近我身邊，帕子肯定就是她偷走的！先是假借我的名義騙來了蘇公子的詩文，生怕被我發現又悄悄將帕子還了回來，卻夾雜了不乾淨的東西！我什麼都不知道啊，爹爹，你相信我！」

歐陽暖冷冷看著這一齣鬧劇，要說忝不知恥，這對母女認第二，無人再敢認第一。先是說丟失了帕子，再說蘇玉樓仰慕歐陽可送來了詩文，歐陽治都不相信，她們就說成是其他小姐丟下的，這還不成，乾脆冤枉在無辜的丫鬟身上。只是她們這個故事編得可不怎麼樣，祖母李氏十分精明，這種漏洞百出的藉口誰會當真。

林氏像是突然找到了宣洩口，怒聲對已經目瞪口呆的歐陽可的貼身丫鬟秋月喝斥道：「膽大妄為的賤人！妳今日趁著機會到花園去勾引蘇公子在前，撿了小姐的帕子，偷來蘇公子的詩文，竟然還打成同心結，做成圈套陷害二小姐！妳老老實實交代，我還會饒妳個全屍！」

丫鬟秋月一聽完全驚呆了，撲通一聲跪倒在地，她萬萬想不到，出了事情，二小姐竟然全部栽贓在自己身上。當時她明明親眼看見二小姐送出帕子給蘇玉樓，現在卻變成了是自己偷走了帕子！老天，她一個丫鬟怎麼敢做出這種事，嚇得不停磕頭道：「奴婢絕不敢，不敢啊！求老太太、老爺和夫人明鑒！」

歐陽暖回到李氏身後，臉上一副似笑非笑的神情。

李氏的臉色很不好看，在她眼中如今這一切已經成了鬧劇，林氏卻猶自不知，喝斥道：「小賤人，妳還妄想推得乾乾淨淨，二小姐多大點的姑娘，怎麼會將帕子送給男人？倒是妳，只有妳能近身伺候，偷了她的帕子是再容易不過，莫非妳以為故意將這一切誣陷在二小姐身上，妳就能夠跟著陪嫁進蘇府嗎？」

滿屋子的丫鬟嬤嬤們都滿眼同情之色，她們看著林氏母女將所有罪責怪在秋月一個卑微的丫鬟身上，而秋月渾身發抖，牙齒打顫，一句辯駁的話都說不出來。林氏平日裡慈愛大度，一派主母風範，二小姐對秋月不說很好，卻也是十分信任倚重，但到了關鍵時刻，這對母女卻將一個可憐的丫鬟推出來作了替罪羊，這是何等可怕的主子！

歐陽暖靜靜看著，將屋子裡每一個人的表情都收進了眼裡，最後她的目光落在疾言厲色的林氏身上，微微冷笑，恐怕滔滔不絕的林氏還不知道，不知不覺之中，她已經失盡人心了吧！一個隨時隨地可以棄卒保車的夫人，一個出了事情自己無力承擔就全部賴在下人頭上的主子，誰還會全心全意忠心耿耿為她們賣命？可笑之至！

歐陽暖嘆息了一聲，臉上卻滿是同情之色，道：「爹爹，算了吧，這件事情再查下去對妹妹閨譽有損。我料想秋月一個小小的婢女也不敢做出這種膽大妄為的事，我們就當是誤會一場，揭過去便罷了。」

屋子裡的所有人都望向歐陽暖，卻見她色如春花，滿面慈悲，不由得大為感嘆，秋月算是投錯了主子，若換了慈悲善良的大小姐，定不會落到這等下場。歐陽暖與秋月無親無故，更無主僕情分，竟然開口為秋月辯解，相形之下，一直咄咄逼人要將秋月推出來受死的林氏母女就太可怕了。

歐陽治冷冷地望著林氏母女，臉上全然都是不信。李氏已經低頭喝茶，彷彿在看一場鬧劇。

事到如今，林氏已經別無退路，她走到秋月身旁蹲下去，用只有兩人的聲音輕聲道：「用妳一死，可換全家平安富貴。」

秋月渾身一震，看著林氏眼睛裡的冰寒之色，臉上終於露出絕望，如果她不為歐陽可認下這罪名，自己的家人也難逃一死。夫人啊，二小姐啊，妳們好狠毒的心！她低下頭去，再無一絲希望，淒涼道：「是，一切都是奴婢做的，奴婢……奴婢仰慕蘇公子的才華，妄想誣陷二小姐，最後跟著二小姐嫁入蘇家……」話未說完，已是泣不成聲。

林氏緩緩站起來，揚起下巴冷聲道：「母親、老爺，可兒再有疏忽，卻也是歐陽家的女兒，你們要看她被別人誣陷，徹底名譽掃地嗎？」

她在賭，賭李氏和歐陽治為了保住歐陽可的名譽，認可這個錯漏百出的謊言。

歐陽治死死盯著林氏，目光之中全然都是隱忍的怒氣，終究只是長嘆一聲，慢慢說道：「夫人說的對，這丫鬟竟如此居心不良！如今既已實供，賜她全屍而死！來人，拖出去杖斃！」

外面的嬤嬤們齊聲應了，拖著秋月到中庭，用麻繩狠狠捆了，毫不留情地重重打下去。一時之間滿屋子都聽到秋月淒厲的慘叫，以及沉重的木板向人的身體重重擊下的聲音。屋子裡，歐陽可面無表情，林氏冷淡聽著，歐陽治滿面冷色，就連李氏都微微閉目，彷彿睡著了一般，所有的丫鬟嬤嬤們都露出不忍的神色。

在體統面前，他們明知道罪魁禍首是歐陽可，卻還是選擇了犧牲一個無辜丫鬟的性命，歐陽暖的指甲不由自主陷入掌心，這些人就是她的親人，多麼冷血多麼可怕，簡直是一群披著人皮的豺狼！

秋月這些年跟著歐陽可，縱然沒有做大惡事，欺負人的交易也做了不少，歐陽暖自始至終沉默不語，直到外頭打了三十個板子，料想她已經受了教訓後，才緩步上前道：「祖母、爹爹，可容女兒一言？」

李氏睜開眼，嘆息一聲，「暖兒，祖母知道妳心軟，但若是為了這個丫鬟求情，就免了吧。」

在歐陽家的體統和人命之間，他們毫不猶豫選擇了維護聲譽，哪怕是掩耳盜鈴，欺世盜名，也要照著這條路走到底！歐陽暖看了一眼面帶譏誚的林氏，慢慢道：「暖兒也知道這丫鬟做了錯事，但畢竟她跟隨可兒多年，是她的貼身丫鬟，情分非同一般。可兒如今是氣得狠了，若是將來回想起來定會後悔，暖兒明知妹妹必悔，豈可無一言規諫？」

歐陽治坐回座位上，淡淡地道：「說吧。」

歐陽暖輕聲道：「秋月的確是罪該萬死，只是她這些年來盡心盡力服侍妹妹，沒有功勞也有苦勞，這些都且不論，祖母怎麼忘了，秋月是華嬤嬤的親生孫女啊！華嬤嬤當年是您的陪嫁丫鬟，服侍您多年後因年老體弱才得了恩典去了別院養老，她兒子早死，媳婦改嫁，只剩下這麼一根獨苗，如今將她杖斃，華嬤嬤知道該有多傷心呢？」

李氏臉上多了三分戚色，只是還有些猶豫不決，歐陽暖又道：「娘現在懷了身孕，惠安師太叮囑過一定要我們多做善事，如今杖斃丫鬟是小事，壞了師太的囑託才是大事。萬一不小心留下業障，祖母和爹爹豈不是要受到連累？」

歐陽治一直沒有任何要停手的意思，聽到這裡頓時目光一凝，便向外喝道：「行了，住手！」外面當然停了手，屋子裡的人一下子面面相覷。

林氏如何肯饒，事已至此，只有秋月一死，死無對證她才覺得安全，立刻大聲道：「暖兒，妳說的什麼話，這樣的賤婢妳何苦為她求情！」

歐陽暖嘆息一聲，目光流連在林氏腹部，別有深意地道：「娘，就當是為弟弟積陰德吧！可憐弟弟還未出世就已經有了天煞孤星的惡名，若是府中再有人死去，豈不是加重了他的罪孽？您身為親娘於心何忍？」

「天煞孤星」四個字彷彿一道魔咒將林氏牢牢束縛住，她與歐陽暖對視的瞬間，只覺那雙黑漆漆的眼睛裡流露出無邊的寒冷，令她心頭如針刺一般，不由自主倒退半步。

歐陽暖回過身，淡然道：「秋月的確有罪，祖母和爹爹一定要懲罰她，就讓她進入家廟為還未出生的弟弟祈福吧，也替娘每日誦經百遍，消弭業障！」

進入家廟將是永遠不見天日，但與直接杖斃比起來已經是法外開恩，所有人都想不到會有這樣的轉折，一時之間都呆呆看著站得筆直，目光冷靜的大小姐。秋月並不是她的丫鬟，她卻三番四次出言相救，當真是寬容大度、仁厚有情，不由令人心中肅然起敬。

歐陽治思來想去，打死秋月的確會增添罪孽，於自己的福祿有損，若是放出去又怕她在外頭亂說，只有投入家廟徹底斷絕了她與外界的接觸才不失為上策，當下看了李氏一眼，道：「母親，您看呢？」

李氏點點頭，冷冷地望了林氏的腹部一眼，天煞孤星，歐陽家居然出了這個妖孽，為了消除業障，替自己祈福，就暫且饒了這丫鬟也無妨，便微微點頭道：「暖兒宅心仁厚，這個主意好，既懲罰了這個丫鬟又保全了她的性命，今天就送進去吧。」

歐陽治冷冷地看向林氏，「可兒雖是被丫鬟誣陷，但也是她無緣無故跑到花園招蜂引蝶，罰她禁足百日，抄寫女則五百遍！妳身為親娘管教不嚴，以致於生出這許多事，丟了歐陽家的臉面，從此之後妳必須好好管教可兒，若是再發生這種事，連妳一塊嚴懲！」

走出壽安堂的時候，歐陽可渾身發軟，幾乎站不起來，王嬤嬤硬是攙扶著她隨同林氏一起走出去。一路走過門檻，到了院子，所有的丫鬟嬤嬤都用一種極端陌生的眼光盯著這對母女，那神情說不出的詭異。

歐陽可有些害怕，不由自主靠近了林氏。林氏目光凌厲地環視四周，所有人在這一瞬間都低下頭去，彷彿受不了女主人的威嚴。林氏目光冷厲，昂起身板，帶著歐陽可和王嬤嬤等人離去。

歐陽暖站在光明處，遠遠看著這對母女在眾人異樣的眼光中慢慢步下臺階，漸漸走向黑暗，露出了一絲淡淡的微笑……

世人皆知，京都追雲樓雕簷映日，畫棟飛雲，是最豪華最雅致的客棧，當夜，追雲樓雅間裡，蘇玉樓聽完妹妹蘇芸娘的話，露出微微的訝然，「妳說二小姐藏了我的詩文？」

「是啊，大哥，我親眼見到那帕子裹了詩文，裡面還是你的字跡！」蘇芸娘睜大眼睛道。

「玉樓，你可知道那二小姐不但用手帕裹住了詩文，還特地打成同心結的樣子！一開始我還沒有留意是你的字跡，後來你妹妹一說，我才覺得不對！」蘇夫人坐在椅子上，露出不悅的神情，「難不成你真的瞧上那二小姐了？」

蘇玉樓眼中再也沒有原來的平靜，只剩下冰冷和怒氣，冷聲道：「這個歐陽可真是沒臉沒皮，她將帕子送給我，我當然沒有收下，卻不知怎麼會鬧出這種事情來？」

蘇夫人臉上露出驚訝的神色，「這詩文真不是你送給她的？」

蘇玉樓俊美的臉上露出一種厭惡，沉聲道：「娘，您覺得我會看上歐陽可嗎？她有哪裡值得我注意？」

蘇夫人想了想，與大小姐歐陽暖比起來，歐陽可的確遜色許多，自己的兒子清高自持，眼高於頂，怎麼會捨棄耀眼奪目的歐陽暖而看上歐陽可這麼一個小丫頭，她沉吟片刻道：「若不是你，又會是誰？」

蘇玉樓冷笑一聲，「當時前廳那麼多人，誰會注意到詩文被人拿走了？娘，歐陽可派人偷走我的詩文，又作出那副噁心模樣，十有八九是想要別人以為我與她有情！」

蘇芸娘點頭道，「我也相信大哥不會做出這種事，憑大哥的人才風度，多少小姐傾心，何必去招惹歐陽家二小姐？簡直可笑！只是剛開始看到那帕子包了詩文，又特地挽成同心結的模樣，的確叫人心中懷疑！既然大哥這麼說了，定然是歐陽可故意做成圈套，想要藉此賴上大哥！」

蘇夫人搖頭道：「怎麼會這樣？林婉如與我說得那麼好聽，說會想方設法將大小姐許給玉樓，我剛開始還在猶豫，玉樓這麼優秀，不但要找個家世好的，更要找個容貌出色的，所以才特意提早上京，趁著歐陽老夫人壽宴看一眼，卻想不到竟是那麼一個美人兒，我便想著答應下來，還特意送了塊玉佩……」

蘇芸娘奇怪道：「娘，您不覺得奇怪嗎？我覺得大小姐和歐陽夫人感情很要好啊，簡直比親生母女還要親熱，憑她這樣的才貌，歐陽夫人為什麼要將她嫁到蘇家來？歐陽暖會不會有什麼缺陷？」

蘇夫人蹙眉道：「妳說的什麼話，難道我蘇家門第很差嗎？還是妳哥哥配不上人家歐陽府大小姐？妳就這樣長他人志氣滅自己威風？」

蘇芸娘見母親生氣了，趕緊上去攀著她的臂彎，撒嬌道：「娘，人家不是這個意思嘛！」

蘇夫人哼了一聲，伸出食指點了點她潔白的額頭，「口沒遮攔！這歐陽府每個人看著親親熱熱，底下卻是針鋒相對得厲害！妳不要看歐陽夫人對人和氣，最是個厲害的！那大小姐年紀不大，卻已生得如此模樣，再加上她還有個可能繼承歐陽府的胞弟，肯定受到繼母的嫉恨，恐怕和歐陽夫人早已是針尖對麥芒，只是妳今天看她笑容滿面，親切隨和，哪有半點怨懟委屈的樣子？照娘看來，她只怕也是個不簡單的人物！」

「咦，那娘豈不是要給大哥娶個厲害的嫂子？我不要！」蘇芸娘噘起嘴巴，嬌俏地嗔道。

「傻孩子，妳總要為妳大哥著想，今天妳也是在場的，歐陽暖還真是萬里挑一的人品！見人先露三分笑，卻半點沒有諂媚之態，身上也沒有那些大家千金扭扭捏捏的怪毛病，一身規矩氣派，便是兩位侯府千金也有所不及！妳有沒有看見她的一言一行、一顰一笑，比之咱們在江南見過的那些矯揉造作的豪族女子不知強了多少，可惜我們來得晚了，沒瞧見那幅百壽圖，但我聽其他人說也是世間少有的……要是能為妳大哥聘下歐陽暖，還真是一件美事！」蘇夫人感嘆道。

蘇芸娘笑了笑，心裡卻十分不快，歐陽暖對待自己雖然也是帶著笑容的，卻自始至終帶了幾分疏離，無論自己如何討好，對方都似銅牆鐵壁無法突圍，再加上她也是個年輕美貌的女孩子，自然見不得親娘在她面前這麼誇另一個人，當下故意拿眼睛去瞧蘇玉樓，道：「娘，您相中了有什麼用，也要大哥喜歡才是！」

「玉樓，你今天也見著那大小姐了吧，覺得如何？要再瞧不上，娘可真不知道去哪裡尋個仙女給你了！」蘇夫人見蘇玉樓一言不發，若有所思地打趣道。

蘇玉樓沒有回答，眼前不由自主浮現出歐陽暖的那一雙眼睛，他只覺得其中盈著說不清的耀目光彩，卻不知道為何她只肯對自己流露出冷淡的神色。這些年蘇玉樓自詡見過不少女人，其中既有名門閨秀也有小戶千金，但叫歐陽暖那麼淡淡的一瞥，滿園的衣香鬢影似乎都失了顏色。

「大哥，你說話呀！」蘇芸娘見蘇玉樓遲遲不語，上來推了他一把。

蘇玉樓回過神來，淡淡一笑，卻沒有回答。

蘇夫人看在眼裡，心中有數，鄭重道：「玉樓，娘明白你的心思，定會叫你如願以償！」

「娘，您當真有辦法？」蘇芸娘不由自主追問道。

蘇夫人微微一笑，「既然歐陽夫人和大小姐大有嫌隙，我們加以利用，何愁好事不成？」

福瑞院

林氏剛一回屋子裡，就一頭栽倒在炕上。王嬤嬤趕緊讓所有丫鬟嬤嬤們都出去，回頭卻看到林氏臉色臘黃，顴骨處泛著不正常的紅暈，顯是氣到了極點。一旁歐陽可愣愣地看著，不知所措。

王嬤嬤趕緊推了她一把，「二小姐，還不向夫人認錯！」

歐陽可幡然醒悟，一下子跪倒在地上。王嬤嬤趕緊過去倒了一杯茶給林氏，又攙扶著她勉強坐起來，服侍她喝了茶，見她臉色稍微好看點了，才輕聲勸道：「夫人，二小姐年少無知……」

「年少無知？」林氏冷冷地盯著歐陽可，恨恨地道：「妳每次都這麼說，我也以為她年少無知，卻不知道竟是個這樣不知廉恥的東西！」

歐陽可打量著自己親娘，頓時嚇了一跳，從小到大她從未見過林氏如此憔悴，好像一下子老了七八歲，瞧著情形不對，趕緊磕頭道：「娘，您別生氣……都是我的錯……我知道錯了！」

林氏卻不理會她，低聲對王嬤嬤道：「銀杏那賤丫鬟呢？讓她滾進來！」

王嬤嬤應聲去了，歐陽可還要分辯，抬眼看見林氏難看到了極點的臉色，不敢再說話了，只默默想要站起來，林氏卻突然暴喝一聲：「跪下！不叫妳起來，妳敢動一下！」

歐陽可驚駭莫名，一張小臉嚇得雪白如紙，委頓在地上，神情楚楚可憐，卻是不敢再動了。

銀杏跟著王嬤嬤進來，林氏劈頭蓋臉砸了茶杯過去，一下子打在銀杏前胸，濕了一片。銀杏撲通一聲跪倒，嚇得不敢抬頭。

「我是怎麼吩咐妳的？」林氏怒聲道：「明明讓妳引大小姐去那院子，妳為什麼不照做？」

銀杏磕頭不止，額上青了一片，抬起頭來的時候一臉無辜，道：「夫人，奴婢確實照您的吩咐帶了大小姐去，可是走到門口她卻堅持不肯進去，非要讓奴婢替她倒茶來，奴婢生怕她生氣起來轉身就走壞了夫人的大事，這才飛奔著去倒茶，回來後卻不見了大小姐，反而見到……見到……」

「見到什麼！」林氏聲音嚴厲，目光紅赤。

銀杏偷偷看了歐陽可一眼，低聲道：「見到二小姐在和蘇公子說話，奴婢見此情形不敢出來，直到二小姐走了才敢現身……」

林氏氣息一窒，剛才她還不敢確認，現在才知道真是歐陽可壞了自己的大事，這個不孝的蠢貨！她氣喘吁吁地瞪著歐陽可，像是要將這個向來疼愛萬分的女兒吊起來毒打一頓才甘心。

歐陽可瞧見林氏那駭人的眼神，慌了神，顫聲道：「娘……娘，帕子的確是我送給蘇公子的，可詩文卻是他讓銀杏裹在帕子裡面送給我的呀！我根本沒來得及打開細看，怎麼就知道裡面藏了詩文呢？」

林氏聞言，逼問銀杏道：「妳是不是被人收買了陷害二小姐？」

銀杏嚇了一跳，面色青白，耳邊猛地響起大小姐的話，不由自主照著說道：「不，奴婢怎麼敢！奴婢一家人性命都在夫人手裡捏著，怎麼敢輕易背叛夫人？那帕子的確是蘇公子命奴婢還給二小姐的，只是奴婢接過來的時候，真的不知道裡面藏了東西的！奴婢連字都不認識幾個，怎麼知道什麼情詩？況且奴婢是夫人的人，怎麼會幫著別人陷害二小姐？奴婢當真是冤枉的啊！」說完，又片刻不停地磕頭，聲音砰砰作響，聽得林氏心煩意亂，揮手讓她滾出去。

銀杏還沒反應過來，王嬤嬤已經厲聲道：「還不出去！」

銀杏如蒙大赦，跌跌撞撞出去了，深知自己從夫人手中撿回了一條命。

林氏長嘆一口氣，倒在榻上，幾乎半炷香的時間一句話也說不出來。歐陽可也不敢起來，就這麼一直跪著，直到林氏突然坐起來，歐陽可嚇了一跳，道：「娘，您怎麼了？」

林氏目中滿是懷疑之色，盯著歐陽可看了半天，又閉目沉思道：「不，這事情有哪裡不對！可兒將帕子送過去，對方又送了詩文過來，這事情除了銀杏不該有旁人知道，可歐陽暖卻一意挑唆著那些閨秀要看帕子，分明是早已經知道帕子裡面有玄機，成心要讓可兒出醜！這事情一定是她在背後作鬼，銀杏這丫鬟沒準就是內鬼！」

王嬤嬤嚇了一跳，越想越是如此，試探著問：「夫人，照您這麼說，銀杏這丫鬟留是不留？」

林氏目光閃爍不定，陰厲十分，終究卻歸於無奈，道：「妳怎麼也傻了，現在多少人等著抓我的小辮子，若是這丫鬟莫名其妙沒了，妳還怕他們抓不到我的錯處嗎？」

「可若不是她，二小姐也不會被誣陷……」

「誣陷？妳沒聽她說嗎？帕子是這丫頭眼巴巴送給人家的，詩文又是人家回過來的禮物！要不是可兒自己先做了蠢事，怎麼會有把柄落在人家手裡？」不提還好，一提起來，林氏就眼睛裡冒火，恨不得吃人一樣。

王嬤嬤趕緊幫她順氣，道：「夫人息怒，您還懷著身孕，千萬不要氣壞了身子呀！」

歐陽可一聽林氏所言，這才恍然大悟，拿著帕子捂在臉上，大聲哭道：「娘說的是！竟然是歐陽暖這樣陷害我，我絕饒不了她……」

林氏打斷了她的話：「妳還好意思說？妳一個閨女竟然敢明目張膽送禮物給男人，我平日裡那般疼妳，今天也差點被妳氣死，妳還不好好思過！」

歐陽可白天剛被林氏責罵過，晚上又受了這一場驚嚇，現在林氏還這樣不依不饒，她不由得伏在地上抽抽噎噎哭起來。

王嬤嬤低聲道：「夫人，您看這……該怎麼辦？要不要為二小姐出這口氣？」

林氏冷冷地道：「還是省省吧，歐陽暖既然敢做，就是篤定了我不敢去問罪！妳不想想看，若是真的將銀杏推出去，我所做的事情也會被抖出來，這不是正中她的下懷？」

歐陽可抬起頭來，滿臉都是憤怒，道：「娘，難道您也不管我，就這麼任由我被人陷害？」

林氏疲憊地道：「現在我也沒有辦法，妳還是好好收心吧！忍下這口氣，等娘生出一個健康的弟弟來，有的是報仇雪恨的機會！」

弟弟弟弟，又是弟弟！現在娘滿心滿眼都是肚子裡的這個孩子，哪裡還會關心自己這個女兒？歐陽可猛地站起來，摔簾子衝了出去。

王嬤嬤要去攔著，林氏卻揮揮手阻止了，「由著她吧，不懂事的東西！我一心一意為她好，什麼都為她著想，她卻不管不顧，任性妄為！就該讓她吃點虧，才明白這世上誰對她最好！過些日子她就會明白了，現在不必管她！」

王嬤嬤心道夫人現在才知道嬌慣了女兒，只是二小姐脾氣這麼大，這樣負氣出去了，只怕要惹出什麼禍事來，但是見林氏眉頭深深皺起，像是十分頭痛，也不敢出聲，只能眼睜睜地瞧著人出去了。

歐陽暖一回到聽暖閣，就看到院子裡的丫鬟嬤嬤們整整齊齊站在門口迎接，一路走進去，竟見到歐陽爵趴在桌子上，苦著一張小臉無聊地撥弄著桌子上熱滾滾的茶水，一看到歐陽暖進來，他高興地跳了起來，「姊姊總算回來了！」

歐陽暖微微一笑，「這麼晚了還到這裡來等著，有話要說吧？」

歐陽爵看著方嬤嬤叫丫鬟們都出去，才笑嘻嘻地道：「姊姊，今天我做得不錯吧，聽說……」

歐陽暖瞧見他得意的樣子，不由露出微笑，這個孩子天真爛漫，卻又十分耿直，她不會讓他直接參與到陰暗的事情裡面，今日所做只是讓他稍許瞭解一些內幕，不至於當真以為這後院裡頭的太平日子得來簡單，剛想要說話，卻聽見外頭菖蒲大聲道：「誰！」

接著聽見歐陽可的尖叫聲，歐陽爵一愣，有些驚疑不定地看著歐陽暖。

歐陽暖頭也不回，揚聲道：「菖蒲，讓二小姐進來。」

門口的簾子刷的被掀開，歐陽可滿臉怒氣地衝了進來，她的釵環散亂，衣袖帶著不少褶皺，顯然是衝進來的時候受到了菖蒲的阻攔。此刻她雙手緊握成拳，一臉找麻煩的樣子，令歐陽爵不由自主喝斥道：「妳幹什麼！」

歐陽暖微微皺眉，「爵兒，我和可兒是姊妹，有什麼話都可以說！你卻是個男孩子，就不必多言了，快出去！」

歐陽爵望向自己的姊姊，卻看到她一臉堅定的神色，不由自主抿了抿唇，卻是一動也不動。歐陽暖刻意在他耳邊低聲道：「去請祖母來。」

歐陽爵一愣，這才恍然大悟，立刻抬腳走了。歐陽可也不去管他，只狠毒地盯著歐陽暖。

歐陽可再彪悍，在自己這裡也討不到什麼好，爹爹剛剛禁了她的足，她就敢闖進聽暖閣，當真是好大的膽子！歐陽暖微微一笑，道：「可兒怎麼了，這麼晚了，有事找我嗎？」

「妳還有臉笑！」歐陽可冷笑著，一步步逼近，「歐陽暖，妳真是夠厲害的，居然挑唆著那丫鬟陷害我，現在妳可滿意了吧？害得我這麼慘，臉都丟盡了！」她雙目赤紅，似乎要冒出火來，外面不少丫鬟嬤嬤要上來勸，歐陽暖卻使了個眼色，紅玉立刻過去將她們制止了，獨獨讓菖蒲進了屋子，守衛在歐陽暖身旁。

歐陽暖沉聲道：「妹妹說話要小心！便是妳不喜歡我這個姊姊，也不該空口白話誣陷我！歐陽家的名聲最重要，妹妹也是爹爹的女兒，難道還要繼續不顧臉面這麼瞎鬧嗎？自家姊妹有了嫌隙，什麼話不能好好說，非要這樣闖進來，傳出去好聽嗎？還是妹妹已經豁出去了，情願落下一個兇悍無禮的惡名？」

歐陽可被這話徹底激怒，臉上露出憤怒到了極點的神色，怒喝道：「我就是不要臉面了！現在我還有什麼臉面？不止這樣，我還要給妳點顏色看看，讓妳知道我也不是好惹的！」說完，一頭向歐陽暖衝過去。

菖蒲三步擋在歐陽暖身前，一個巧妙的反手扭住歐陽可的胳膊，一把將她摜倒在地上。從旁人看來，只是她在阻止歐陽可不讓她傷害大小姐而已，實際上卻暗地裡狠狠在歐陽可柔軟的腰部踹了一腳。歐陽可厲聲尖叫起來：「歐陽暖，妳個不要臉的賤人！什麼姊妹情深，什麼仁心仁義的大小姐，全是假的，妳最是個心狠手辣的……」

歐陽暖卻聽得臉上帶笑，口氣反而越發鎮定，淡淡地道：「看來妹妹是被不祥之物剋著了，竟然這樣口沒遮攔！依照我看，以後妳還是少去不該去的地方吧，免得招惹了某些髒東西！」

歐陽可一聽，死命掙扎起來，卻不知為什麼菖蒲個頭小小的，一雙手卻如同鐵鉗一般讓她無論如何掙脫不開，不由得更加憤怒，嘶聲道：「我到底哪裡得罪了妳，妳要這樣害我？放開我！歐陽暖，妳簡直是不要臉，將來一定會下地獄！」

「妹妹，妳到底怎麼了，莫非真的是發燒了不成？」歐陽暖大聲道，裝作十分疑惑的關心模樣，低下了身子湊過去，附在歐陽可耳邊道：「是誰送帕子給男人？又是誰當眾丟了歐陽家的臉面？是妳呀，妹妹，怎麼？都不記得了嗎？」

歐陽可臉色脹得發紫，想要用腳去踢歐陽暖，卻被菖蒲一腳踩住，只能拚命掙扎，嘴裡罵罵咧咧的，很是難聽。歐陽暖聲音低沉，只有兩人能夠聽見，卻無比溫柔入骨，「我倒忘了，有其母必有其女，妳娘人前一套背後一套，一邊假惺惺地在姊姊病床前伺候，一邊勾搭著上了姊夫的床！她那麼個不要臉的女人怎麼可能生得出好東西？妳記住，妳娘已經夠賤了，妳比她還要賤！」

這些話別人都沒有聽見，只有歐陽可眼睛已經變得血紅，像是一頭失去控制的野獸，瘋狂地想要掙脫鉗制。這時候，外面傳來一陣敲門聲，歐陽暖算好了時間，對著菖蒲點了點頭，菖蒲放開了歐陽可。歐陽可想也不想，沒頭沒腦向著歐陽暖撲了過去，重重將歐陽暖推倒在桌子上，桌子上的茶杯摔在地上變得粉碎，歐陽可拿起碎瓷片就要向歐陽暖美麗的臉上劃過去。

菖蒲眼明手快，一把抓住歐陽可的手。

歐陽可用力掙扎，卻沒料到此刻歐陽暖竟露出微微的冷笑。

就在這時，外頭一聲清脆的大喊：「祖母，您快進去看看，二妹妹像是發瘋了！」

歐陽可一愣，下意識地要收回手，可是菖蒲怎麼肯，就在兩人糾纏的時候李氏踏進門來，見滿屋狼藉，歐陽可高高舉著手裡的瓷片，菖蒲忠心耿耿地抓住了她的手，再看歐陽暖被推倒在桌子上，似乎受足了委屈。

李氏勃然大怒道：「可兒，妳鬧什麼？」

旁邊的張嬤嬤趕緊罵丫鬟：「妳們都死了不成，趕緊把大小姐扶起來！妳們幾個，還不快去把二小姐抓住了！」

幾個丫鬟衝上去一左一右抓住歐陽可，菖蒲鬆了手，迅速去攙扶歐陽暖起來。

歐陽暖瞧見李氏，頓時落下淚水來，走到她跟前盈盈拜倒，「暖兒不孝，竟然驚動了祖母！」

李氏見她滿臉委屈，手上竟然還有被茶水燙傷的痕跡，頓時變了臉色，厲聲喝斥歐陽可道：「妳瘋了，竟然敢衝進妳姊姊的院子！」

歐陽爵大聲道：「祖母，好在您來得早！看見沒，二妹妹要毀姊姊的容呢！」

李氏的臉色已經氣得青白，指著歐陽可大聲道：「快請家法！快去！」

一聽到要請家法，歐陽可頓時慌了，還沒來得及狡辯，歐陽暖已經低聲道：「祖母，家法是請不得的！妹妹似是被什麼髒東西魘著了，白天還好好的，晚上去了福瑞院，好好的人怎麼就成了這個樣子……」

李氏大吃一驚，不由自主就聯想到惠安師太所說天煞孤星剋父母剋兄弟姊妹的話，再看看歐陽可釵環散亂，雙目赤紅，面目蒼白，越看越像是中了邪的樣子，心中咯噔一下，對天煞孤星一說更加篤信不疑。

歐陽暖在旁看到她神色數度變換，怎麼會不知道她心中所想，便柔聲道：「祖母，這麼多人都看到妹妹發狂，還是趕緊派人將她扶回去吧，事情萬不可傳出去啊！」

李氏猛地一個激靈，立刻喝斥道：「都傻愣著幹什麼？趕緊帶二小姐回去！沒我的吩咐，再不許放她出來！」

「祖母，可兒是冤枉的呀！您相信我，救救我呀……」歐陽可還要說話，李氏卻生怕她發神經說出什麼不好聽的來，大聲叫著讓旁邊的人堵了她的嘴巴，將她硬生生拖了出去。

一路上所有的丫鬟嬤嬤們都看見了，她們親眼見到從前可愛活潑的二小姐一副瘋了的模樣衝進大小姐的院子，不僅大聲咒罵姊姊，還妄圖用瓷片傷人，十足像是中了邪的模樣，再加上二小姐的確是從福瑞院出來就變成了這副模樣，不由得也都對天煞孤星的傳說深信不疑。

屋子裡，歐陽暖重新整理了儀表，又讓丫鬟們收拾了地上的碎片，才向李氏恭敬行禮道：「祖母，您看妹妹她……」

李氏面沉如水，「惠安師太所言極是，這孩子還沒出世就將家裡攪得雞犬不寧，當真是個禍胎，偏偏妳娘還一心護著！唉，真不知道我前世造了什麼孽，好好一個壽辰，竟然變成了這副樣子！」

歐陽爵乖巧地依附在李氏身邊，道：「祖母，您千萬不要生氣，娘如今一心向著兒子竟然忘了孝道，妹妹也被那孩子剋得神志不清，但您身邊還有我和姊姊啊，我們會加倍孝順您的！」

李氏嘆了一口氣，雖然面上有些欣慰，心中卻還是不樂，一想起那個天煞孤星的孩子，胸口就像是堵住一口氣上不來，恨不得立刻就下令將林氏肚子裡的孽種除掉才好。

歐陽暖的臉上早已恢復了平靜，只餘下眼睛裡的一絲絲委屈，輕聲道：「您且放寬心，一切都會好起來的。」

李氏點了點頭，望著窗外沉沉的夜色，道：「但願如此吧。」

歐陽爵望了自己的姊姊一眼，卻見到她一臉平靜寬和，半點沒有怨懟憤然之色，不免心中悄悄想著，姊姊只比自己大兩歲而已，卻已經如此處變不驚，從容鎮定，當真是令他一個男孩子都自愧不如。以前他還一直大言不慚說要保護她，現在看來，自己才是一直被她護在羽翼之下啊！

深夜，竟是一場大雪漫天席地，歐陽暖早已命丫鬟為歐陽爵準備好了禦寒的厚披風，第二天一早從壽安堂請安出來，便往松竹院而去。

走到園子門口，卻聽見一道柔和的聲音道：「暖兒表妹。」

歐陽暖一愣，立刻回頭，卻見到一陣高大的陰影直蓋在她頭頂上。

不自覺退後兩步，眼前男子十分年輕，卻已生得十分高大，身上披著深色狐皮披風，內裡深藍色的袍子上繡著雅致竹葉花紋，袖口鑲著雪白滾邊，巧妙的烘托出一位侯門貴公子的非凡身影。此刻他的下巴微微抬起，一雙深邃似寒星且犀利的丹鳳眼竟然現出星河淡淡的璀璨，園子裡已經是一片肅殺的冬意，他的出現彷彿令暗淡的天色都亮了起來，如同要召喚回春天。

園子裡的丫鬟們瞧見他，都臉紅心跳地低下頭去。

「染表哥。」歐陽暖恭恭敬敬地福下去。

林之染也在打量著她，歐陽暖披著一襲銀狐裘披風，風帽半遮擋著秀髮，衣袖翩然，一路走進院子猶如從寒梅深處踏雪而來。一陣風吹過，不經意地有梅花花瓣落在她的肩膀上，他竟似受了誘惑一般，伸出手想要替她拂去。歐陽暖退後一步，略一抬手，自己輕輕拂去肩頭梅花，不意風帽卻突然滑落，露出一張清麗絕俗的臉來。如雪花般潔白的面容，神情卻似寒冷的冰雪一樣冷淡。她淡淡望了林之染一眼，奪去了天地之間所有的風華。

他從前也見過這位暖兒表妹，卻似是第一次見識到了她的美貌。

林之染收回手，臉上不見絲毫尷尬，淡淡地道：「暖兒表妹看來對我很是客氣。」

歐陽暖低著頭，依舊恭敬的語調：「染表哥平日十分繁忙，今日怎麼有空來這裡？」言下之意是，你吃飽了閒著沒事幹，還要我應酬你，怎麼好意思？

「不過是答應了爵兒為他找副好弓箭，今天特地送來罷了。」林之染微微一笑，雙眉斜飛，只神色一頓，「怎麼，表妹不謝謝我昨日的鼎力相助？」

歐陽暖猛地抬起頭來，輕柔一笑，「不知道表兄此言何意？」

林之染徑直走到她身邊，壓低聲音道：「若是沒有我引開旁人，爵兒那傻小子恐怕還要費一番心思才能拿到東西吧……」

歐陽暖的腦中自動產生預警，立刻擺出一臉訝然，低著頭輕聲道：「表兄說的這話，暖兒卻是不懂。」

林之染冷哼一聲，睥睨著她，「妳就不要在我面前裝模作樣了，妳對我娘所說的那些話，一字不漏，我都聽見了，要不要我親自去找二姑母說說？」

歐陽暖勾起唇角，越過他逕自向前走去。林之染怎麼會輕易放棄，快走幾步與她並肩而行。歐陽暖抬頭直視前方，輕聲道：「染表哥所說，暖兒是不知道的，你要去找娘說話便去吧，恕暖兒不遠送。」

林之染怔了怔，「妳不害怕？」

歐陽暖滿面從容，淡然道：「既然敢做，我便不怕別人詬病。染表哥若是要去福瑞院，只怕是走錯方向了，這裡可是通向爵兒的松竹院。」

林之染嘴唇動了動，想不到歐陽暖竟然這般肆無忌憚。

歐陽暖心裡冷笑，很多事她早就想過了，雖然林之染突然說出這些話來讓她很驚訝，只是就憑幾句話想要拿捏她的把柄，卻是萬不可能。

林之染幾步搶在她前面攔住了路，卻面色沉沉不說話。歐陽暖看著他面色陰晴不定，想了想，覺得還是早些把話說明白好，免得以後生出嫌隙，於是止住腳步，轉臉對旁邊吩咐：「我忘了一件暖袍，菖蒲，妳領著其他人回去取，留下紅玉一個人伺候吧。」

原本就站在幾步開外的丫鬟們依言跟著菖蒲離開，歐陽暖放柔了聲音，一臉真誠道：「染表哥，你是難得的聰明人，明人面前不說暗話，咱麼今日攤開來說些心裡話也無妨。」

林之染愣了愣，似乎沒料到歐陽暖突然換了一副語氣和自己說話，歐陽暖也不去看他神色變幻，自顧道：「自娘親去世後，暖兒在世上的真正親人便只剩下外祖母和大舅舅、大舅母、染表哥你們了，我說句心裡話，論親疏、論遠近，染表哥應該幫這誰，你應該分得很清楚吧？」

這話由歐陽暖這樣的少女軟綿綿地說出來，實在是說不出的令人動容。林之染聽了，冷淡表情果然鬆了鬆，歐陽暖繼續道：「大舅舅身子不好……」林之染皺起眉頭，歐陽暖緊接著說：「二舅舅虎視眈眈，如今我這位繼母則是他的同胞妹妹，若是染表哥不肯幫著我們姊弟，任由我們被她剷除，無異於為仇人鋪路，豈不是親者痛仇者快？」

倒真是伶牙俐齒！林之染鼻子裡輕輕哼了一聲，可到底把眉頭鬆開了，歐陽暖帶入正題：「染表哥，說一句不當說的話，將來你要繼承爵位，多我一分助力，難道不好嗎？」

林之染吃了一驚，只見歐陽暖直直看著自己，一雙點漆般眸子沉靜如深湖，竟半點不像是個十二歲的少女……

林之染淡淡地道：「表妹多慮了，我剛剛不過是與妳說笑。」

他所說的一切根本不是為了說笑，而是為了藉此機會試探自己的虛實罷了！歐陽暖知道這位表兄心智過人，眼睛裡半點沙子都不肯容下，卻也不點破，笑道：「凡事總有個厲害關鍵之處，我是大舅舅的親外甥女，自然期盼他長命百歲，將來染表哥能夠名正言順地繼承爵位。可世上偏偏又有那些個狼心狗肺的小人，染表哥品貌出眾，心懷大志，怎麼甘心被那些小人施展陰謀手段奪走爵位？你昨日出手相助，暖兒銘感五內，古語說，投我以木桃，報之以瓊瑤，這個道理我還是懂的，焉知將來暖兒無法幫上你的忙呢？」

林之染聽了，心裡翻江倒海般湧動，臉上卻笑道：「暖兒表妹，我覺得妳和以前不同了！」

歐陽暖笑道：「吃一塹長一智，妹妹我再不濟事，也得顧著爵兒，哪裡能一直做軟柿子任由旁人揉捏？到底我是外祖母的親外孫女，是侯門千金的嫡女，是染表兄的表妹，不能一輩子那麼窩囊是不是？」

林之染看著歐陽暖，只覺得似乎從來不認識她一般。他認為歐陽暖身上發生了某種變化，才故意出言試探，卻不料她接連一番話似乎掏心掏肺，實際上卻什麼都沒真正說出來，偏偏他還覺得她說得很有道理，句句落在心坎上，尤其是聽著那柔和的嗓音，他的心一陣怦怦跳得厲害，像是受到了某種蠱惑一般。

他不由自主問道：「妳要獨自一人對付林氏？妳不害怕？」

歐陽暖神色冷淡，目中卻是堅定的神色，「怕？為了保護爵兒，我什麼都不怕！就像染表哥一樣，你也會為了保護舅舅和舅母，不惜一切代價吧？」

林之染沉默著，眼睛裡的光影明滅不定，終於點點頭，「暖兒表妹的確是變了，變得連我都覺得陌生起來。」

歐陽暖淡淡地道：「你說的對，只怪我當初眼盲心盲，看不清人心。記得八歲的時候，外祖母跟我講過一個故事，她說江南有一戶豪門，兄弟七人為了爭搶一塊風水寶地，無所不用其極，男男女女死了一百六十口，連門戶都死絕了。我以前一直不知道她說這個故事是為了什麼，等我明白的時候，卻是爵兒的生死關頭。人從生下來就在爭鬥，有爭鬥就要流血，我已經是歐陽家的女兒，是爵兒的親姊姊，我就該做好這個位置。從前我總想著忍耐，想著不計較，可現在我才明白，別人來和我爭，是因為她們看著我擁有的一切眼紅。一塊所謂的風水寶地尚且要鬥得你死我活，更何況我們這樣的家族？為了不被別人除掉，我只好奮起反擊保護自己。誰敢攔在我面前，就是我的死敵！」

她的面容平靜無波，說出的話卻是無比狠辣，帶著一股遇魔殺魔遇佛斬佛的氣魄，連林之染都為之一震，不敢置信地看著眼前這個年輕美貌的小表妹，一時之間說不出話來。

過了許久，他才慢慢地道：「可是妳這樣一次又一次地防著，能防到何時？不如想個一勞永逸的法子。」

歐陽暖花瓣般的唇畔浮出笑意，「世上有一勞永逸的法子嗎？」

林之染俊美的臉上露出一絲冷笑，「當然有，端看表妹能不能狠下心！」

歐陽暖微微一笑，道：「表兄的法子若是要人性命，暖兒倒也不是狠不下心腸，只是我和弟弟吃虧上當這麼多年，總要向那人討點利息回來才是！這麼讓她們死了，未免太便宜！」

林之染深深望著她，「那表妹想要如何？」

歐陽暖只道：「讓她眼睜睜看著自己的一切被一點一點一點地奪走，看著所有的希望慢慢地全部毀滅，逼得她每一天都過得像是拿刀子凌遲自己的心肝，親眼看著她最疼愛的人落入地獄……」

林之染略帶諷意地笑道：「暖兒表妹倒是好忍性！」

正在這時侯，歐陽爵興沖沖地從院子裡跑出來，大聲道：「姊姊！咦，大表哥也在啊！」

歐陽爵看看兩人，白玉般的小臉露出奇怪的神情，他總覺得這兩個人之間的氣氛很奇怪。

等到林之染拿出那張精緻的牛角弓的時候，歐陽爵歡呼一聲，飛快地拿著弓箭回院子裡去了。歐陽暖和林之染先後進了松竹院，丫鬟們在走廊下擺放了小几，林之染坐下喝著熱氣騰騰的茶，歐陽暖也站在廊下，靜靜望著興奮地不得了的歐陽爵。

林之染拔弄著茶盅的蓋碗，面無表情地道：「表妹一心籌謀，可爵兒年紀太小，只怕不能幫妳的忙。」

歐陽暖看著歐陽爵射出了一箭，衝自己高興地招手，臉上便也露出微笑，道：「爵兒並不擅長權謀，但這沒有關係，一切都有我在。所有的陰暗和血腥，我會全部替他擋著。」

林之染的手頓住，抬起頭盯著歐陽暖，「表妹真的這麼有信心？」

「當一個人的痛苦曾經超越一切如墜地獄，如今這種程度的忍耐就不算什麼了……」歐陽暖的目光幽深，眼睛還在望著庭院裡，焦點卻已經不知投向了何方。

她這一番話說得冰冷無情，但卻帶著一種無法掩蓋住的悲涼與怨憤，林之染呆呆地看著她的側臉，突然覺得心中一陣陣難忍的複雜情緒翻滾上來。這個少女似乎承受過正常人難以想像的痛苦，才造就了如今這副寵辱不驚的模樣，可是為什麼呢？什麼時候這位歐陽府的大小姐竟然悄悄變成了這個樣子？他這樣想著，忍不住道：「我那位二姑母不是這般好對付的。」

歐陽暖勾起了一絲微笑，「要對付她這樣的人，必須要心黑要手狠要不擇手段，稍有鬆懈，就會萬劫不復。這一點，沒有人比我更明白。」

林之染眉頭緊攢，深知此言不虛，但不知道為什麼，從歐陽暖這樣一個外表嬌柔的年輕女孩子口中說出來，他只覺得胸口如同被塞了一團東西似的，「我並不希望看見妳的雙手染上血腥，我相信祖母也會這麼想，她寧願妳一生平安喜樂。」

提起寧老太君，歐陽暖的眸中帶上了暖意，卻也只是一瞬間而已，很快就重歸平靜，「我明白你的意思，也懂得外祖母的期盼，但我有我的手段和行事方法。」

林之染仰起頭深吸了一口氣，閉目沉默了半晌，方才緩緩睜開了眼睛，將視線投向歐陽暖，「我明白了，既然妳如此開誠布公，我也不妨對妳說實話。對林文淵這種人，我同樣不在乎使用任何手段，只要贏。」

「看來——我們是同一種人。」歐陽暖臉上露出淡淡的笑容。

林之染定定地看著她，良久後方慢慢點頭，字字清晰地道：「我們目標一致，妳記著就好！」

歐陽暖微微一笑，知道今天的談話算是已經結束，她後退了一步，微微福了福。林之染果然不再多說，一轉身，大踏步地向外走去，走到門邊，突又停住，回頭對歐陽爵大聲道：「好好練習，下次看你成果！」

他人一走，歐陽爵卻停下了手上的動作，將弓箭隨手丟給一旁的丫鬟，三步兩步跑了過來，「姊姊，你們剛才在說什麼？」

爵兒並不僅僅是個十歲的孩子，他比一般人更敏銳，或許從剛才開始，他就是知道他們有話要談，刻意給他們留出空間。

歐陽暖笑了，「你不繼續練習嗎？」

「沒心情……」

「怎麼了，剛才不還是好好的嗎？」

歐陽爵眨了眨眼睛，「大表哥他目不轉睛地盯著妳，我想他今天根本不是為了我而來，分明是為了見妳。」

「他沒有惡意的……」歐陽暖伸出手，揉了揉他的頭髮，「如果他懷有惡意，就不會跟我說這麼久了！他是大舅舅的嫡長子，不會害我們！」

歐陽爵仔細看了她幾眼，點點頭。

「其實我很高興！」歐陽暖擰著歐陽爵的臉，笑道：「爵兒這麼關心姊姊，我真的很高興！」

「真的沒事？」歐陽爵還是不死心，歐陽暖鄭重點了點頭，歐陽爵才放了心，又跑出去，大聲道：「那我繼續練箭啦！」

歐陽暖站在走廊下，靜靜地看著歐陽爵一次一次舉起弓箭，看到那流動的光影飛速衝向箭靶，每次接近靶心的時候，歐陽爵就會興奮得滿眼發亮，衝到歐陽暖的身邊向她炫耀。歐陽暖微笑著，用手帕擦他汗津津的額頭，又看著他跑遠。

「姊姊……」歐陽爵眨著清澈的眼睛，回頭開心地叫著她：「我射中靶心啦！」

歐陽暖在松竹院一直待到下午，只覺得這個下午特別靜謐安寧。她深深珍惜著這樣的平靜時光，並且希望這樣的生活一直持續下去，為了保護這樣單純明媚的弟弟，她將不惜一切代價，墜入地獄也在所不惜。

張嬤嬤急匆匆地跑來松竹院，一看到歐陽暖便露出驚喜的神色，「大小姐，老奴到處找您，快和奴婢去壽安堂看看吧！」

歐陽爵停下了手裡的弓箭，驚奇地望著向來從容的張嬤嬤一頭的汗水，有些疑惑到底發生了什麼，歐陽暖卻已經微微笑著對他說：「今天就到這裡吧，我去祖母那兒看看。」

（未完待續）

作　　者　秦簡
封面繪圖　若若秋
責任編輯　施雅棠
副總編輯　林秀梅
編輯總監　劉麗真
總 經 理　陳逸瑛
發 行 人　涂玉雲
出　　版　麥田出版
城邦文化事業股份有限公司
104台北市中山區民生東路二段141號5樓
電話：（886）2-25007696　傳真：（886）2-25001966
發　　行　英屬蓋曼群島商家庭傳媒股份有限公司城邦分公司
104台北市中山區民生東路二段141號2樓
客服服務專線：（886）2-25007718；25007719
24小時傳真專線：（886）2-25001990；25001991
服務時間：週一至週五上午09:00~12:00；下午13:00~17:00
劃撥帳號：19863813；戶名：書虫股份有限公司
讀者服務信箱：service@readingclub.com.tw
麥田部落格　http://blog.pixnet.net/ryefield
香港發行所　城邦（香港）出版集團有限公司
香港灣仔駱克道193號東超商業中心1樓
電話：852-25086231　傳真：852-25789337
E-mail：hkcite@biznetvigator.com
馬新發行所　城邦（馬新）出版集團【Cite (M) Sdn Bhd】
41, Jalan Radin Anum, Bandar Baru Sri Petaling,
57000 Kuala Lumpur, Malaysia.
電話：(603) 90578822　傳真：(603) 90576622
Email：cite@cite.com.my
美術設計　洸譜創意設計股份有限公司
印　　刷　鴻霖印刷傳媒股份有限公司
初版一刷　2013年4月30日
定　　價　250元
I S B N　978-986-173-910-6

漾小說 69
高門嫡女 上

國家圖書館出版品預行編目資料

高門嫡女 / 秦簡著. -- 初版. -- 臺北市：
麥田, 城邦文化出版：家庭傳媒城邦分公司發行,
2013.05
冊；　公分. --（漾小說；69）
ISBN 978-986-173-910-6（第1冊：平裝）

857.7　　　102006263

著作權所有・翻印必究
本書如有缺頁、破損、裝訂錯誤，請寄回更換
Printed in Taiwan.

城邦讀書花園
www.cite.com.tw